如今，植物分類學專家潘富俊博士已就《紅樓夢》中提到的植物，做若干初步之整理與說明，並分類分章介紹書中提到的植物，不但讓讀者在展讀《紅樓夢》之際，加強身置小說的現實感，所建立的若干植物基線資料，更可供未來研究者取用。中國文學家大都不識草木蟲魚，也不講究物種之名。許多文學巨著中，往往以「不知名」（的小花，小蟲）一語帶過。而大觀園中栽種的植物超過七十種，可見曹雪芹重視植物，他在植物分類學上的知識早已凌駕一般文學家之上，誠屬難能可貴。至於紅學中的生態學與環境學仍然屬「尚未開發之領域」，有待後人在這塊園地上耕耘。作為讀者的我，期待潘博士或其他學者能就此領域，開出燦爛與香甜的花果，開展紅學研究的新領域。

金恆鑣

台灣森林學家、作家、翻譯家，台灣大學森林學系畢業後，在加拿大取得碩士和博士學位，學術專長是森林土壤學和森林生態學。1980年從加拿大回到台灣，在林業試驗所做副研究員，2003年接任所長，思考台灣林業經營不在傳統上認定的木材經營，而在於生命、系統和地景的經營方面。2007年退休。著有《讓地球活下去》等書，和生態有關的著作與翻譯超過20種。

紅樓夢的系譜學

洪淑苓

和幾個朋友談天，說起《紅樓夢》的種種，大家的興致都很高昂。再往下談，大家又不約而同想起張愛玲，然後是白先勇……接著，又有人提出蕭麗紅，脈絡是那麼順暢，彷彿每個人都先做了功課，答了一張共同的試卷，叫：紅樓夢系譜學。

曹雪芹的《紅樓夢》筆力萬鈞，無人能比。他的「滿紙荒唐言」，卻是提示了一個深刻的人生哲理，繁華落盡見真淳，賈府的興衰，不也是無數大大小小的滄海桑田之明證？他所塑造的人物典型、音聲笑貌、生命情調，可說深深烙印在後世讀者的腦海中。不只是主角人物如寶玉、黛玉、寶釵、湘雲、鳳姐等，栩栩如生，就是副角的丫鬟襲人、晴雯、平兒、金釧、鴛鴦等，也是各有各的脾氣性情，毫不遜色。至若劉姥姥、妙玉等「局外人」，偶然介入大觀園，反而有畫龍點睛的作用，襯托了大觀園生活的精緻與貴氣，又暗示著極盛而衰的道理。

《紅樓夢》由一個石頭神話開始，又以一個「白茫茫大地真乾淨」的超凡境界結束。這似乎把大觀園塑造為一個超現實的世界，在其中演繹著絳珠草還淚的宿世因緣，而最後終如〈好了歌〉所唱的，捨棄一切貪嗔癡，才能獲致生命的自主與自由。然而，在這悟道的過程中，曹雪芹又極力描摹大觀園小兒女的嬌憨情態，寶玉、黛玉的癡情執著固然令人注目，就連小丫環也有雨中畫「薔」字的癡傻！「問世間情是何物，直教人生死相許？」（元好問詞）《紅樓夢》啟示我們的，究竟是由感情悟生死之理，還是使我們更加模糊曖昧，陷入對愛情的癡迷而難以自拔？

記得年少時初讀《紅樓夢》，讀到第九十七回「林黛玉焚稿斷癡情，薛寶釵出閨成大禮」，那種揪心的痛，實在無可形容，只能怨天怨地，任淚珠兒直流。也因此懂得什麼叫「造化弄人」，原來情傷處處，無不顯示了人與命運的拉鋸！用這樣的心情去讀張愛玲、白先勇或者蕭麗紅的小說，就很容易進入了。這些作者，都擅於描摹華麗的人生場景，卻又冷不防吹起悲婉的曲調，暗示著曲終人散、人去樓空的蒼涼。他們所傳承的，正是中國文學裡一再刻畫的生命的悲情與美感。

不過，我們似乎都忽略了《紅樓夢》裡繁盛的花草世界。它們不僅是場景的點綴，黛玉的瀟湘館、寶釵的蘅蕪院，不也襯托了人物的性情？而海棠詩社的由來，因白海棠花而起；芒種節祭花神，黛玉有〈葬花詞〉；中秋題詠菊花詩，一共吟詠菊花

韻事十二種；香菱與芳官等人鬥草，一連數出觀音柳、羅漢松、君子竹、美人蕉等花草名；寶玉生日宴上的「行花名令」，也巧妙的以杏花喻探春、牡丹喻寶玉、老梅喻李紈、海棠喻湘雲……這些植物的名稱與特性，透過文字想像，僅能領略一二，如果也有一本像《詩經植物圖鑑》的書，讓我們一邊欣賞文字，一邊吸收植物學知識，甚至和中國文學的花草世界聯繫起來，建構中國文學的植物系譜學，豈不妙哉！

沒想到，植物學專家潘富俊先生真的給我們這樣的驚喜──在《詩經》、《楚辭》的植物圖鑑之後，他又寫成《紅樓夢植物圖鑑》。讓我們對《紅樓夢》的植物世界獲得更清晰的印象，也讓我們真正享受到「怡紅快綠」的閱讀樂趣。如果上文《紅樓夢》的系譜學可以成立，那麼一定要加上這本《紅樓夢植物圖鑑》，多識草木花卉之名，有助於使你成為博學多聞的「紅迷」！有關《紅樓夢》的欣賞與研究，各類著作都有。但以植物為系統的，《紅樓夢植物圖鑑》可說精采而獨特。我十分樂意推薦給所有的讀者朋友。

洪淑苓

現任台大中文系教授，兼台灣文學研究所所長。鑽研台灣文學、現代文學、民俗學與民間文學。曾獲台大文學獎、台大現代詩獎、全國學生文學獎、台北文學獎、教育部文藝創作獎、優秀青年詩人獎、詩歌藝術創作獎，是當代少數雙棲優遊於學術研究與文學創作者。著有《誰寵我，像十七歲的女生》、《深情記事》、《扛一棵樹回家》、《預約的幸福》、《現代詩新版圖》、《牛郎織女研究》、《關公民間造型之研究》、《民間文學的女性研究》等。

看古典文學，也能從植物入手

歷代章回小說中，提到植物種類最多的，其實是《西遊記》，共有253種。但《西遊記》的植物是作者隨手拈來，大都以「但見那：黃花菜、馬齒莧……馬藍、灰條菜、剪刀股」的方式出現在小說的字裡行間。變動植物的出現前後次序，或置換植物種類，並不會影響到小說的故事情節。《西遊記》的植物也常常不分季節冷熱、節氣物候，所有植物會一起開花競豔，如第九十一回有春天開花的芍藥、牡丹；夏季開花的紫薇、含笑；冬天開花的山茶、紅梅等「花木爭奇」的敘述。個人發現《西遊記》的作者對植物在小說內容中的安排，處理並不嚴謹。

但《紅樓夢》不一樣，作者常常利用植物特性融合小說情節。特別在前八十回，可以看出作者對所引述植物之生態特性、植物生理、用途、植物的特殊義涵等，都了解得相當深刻。作者會用植物來刻劃小說人物的個性和命運，例如木芙蓉是秋天開花的植物，以之代表晴雯，象徵晴雯不畏權勢的個性；黛玉葬桃花、寫〈桃花詞〉，桃花豔麗、但花開後迅即凋落，象徵黛玉短命夭亡。作者還會用植物的特殊習性安排情節，如第三十八回和第三十九回，眾姐妹作菊花詩以應秋天景色。菊花詩一共十二題，由眾人各自選題創作，作出〈憶菊〉、〈訪菊〉、〈種菊〉、〈對菊〉、〈供菊〉、〈詠菊〉、〈畫菊〉、〈問菊〉、〈簪菊〉、〈菊影〉、〈菊夢〉、〈殘菊〉等詩篇，成為全書故事的分水嶺。菊花的盛開和凋零，在在暗示著賈府由盛而衰的發展脈絡。這兩回之前，寶玉和眾姐妹大致都生活在溫馨和樂的氛圍中；但從第五十五回起，賈府總管鳳姐病倒，賈府的病象已開始顯現。接著寧府的大家長賈敬去世，大觀園內部大抄檢，賈府的氣象和故事的發展急轉直下。

對於今本《紅樓夢》的作者，向來有不同的意見。由大觀園植物的內容、植物的種類、對植物的特性了解，可以得知第一個四十回和第二個四十回應為同一作者所撰，而後四十回則顯然出自於第二人之手。換句話說，從各回植物的應用分析，可以支持前八十回的作者為曹雪芹，而後四十回為他人所續之觀點。同理，從《西遊記》有荔枝、龍眼、椰子、甘蔗等熱帶、亞熱帶植物的描述，推知曾在浙江、南京謀事的吳承恩是該書作者的可能性，也遠大於一生都在西域工作的丘處機。植物，居然能夠協助解決章回小說的作者之謎！

　　再來看看古典的情色小說《金瓶梅》，作者署名蘭陵笑笑生。誰是笑笑生？數百年來有不同的猜測和爭論，各家所提出的候選人名單有五十人以上：從王世貞、李開先等名家，至玩世不恭的屠隆；從集體創作，到祖孫三代共同完成者都有。直至今日，尚未有令人信服的證據說明笑笑生是何許人物。比較不同作者在作品中使用的植物名稱、種類，或許能夠提供線索，解決懸宕多年的《金瓶梅》作者問題。

　　《紅樓夢》有版本的問題，各版本之間使用的植物不盡相似。如第二十八回的〈紅豆詞〉有「咽不下玉粒金蒪（蒓）噎滿喉」，及「咽不下玉粒金波噎滿喉」的不同。鈔本的甲戌本、庚辰本、列藏本等，和今日大陸主要的排印版，用的是「玉粒金蒪（蒓）」；鈔本的甲辰本、台灣的亞東本系統排印版，如世界書局本用的是「玉粒金波」。「玉粒」指的是白米飯，「金波」指的是黃酒，全句意為思念一個人到嚥不下米飯和喝不下美酒的地步；而「金蒪（蒓）」是金色的蒪菜，世上並無此物。為何會有如此差異，值得探究。

　　《紅樓夢》全書所提到的植物，到目前為止能夠確切指出名稱的共有237種。第一版依照回次，介紹每回出現的植物；第二版作了改變，依植物的用途、性質分成十三章，分別介紹靈虛幻境植物、大觀園的庭院植物、藥用植物、用具用材植物、食用植物、詩詞歌賦引述植物等，而第八十一回以後的植物也有專章敘述。如此劃分，更能彰顯《紅樓夢》作者植物知識之淵博。

　　以植物的特性和小說情節、人物形象作密切結合，《紅樓夢》是個典範。中國著名的章回小說，包括《水滸傳》、《西遊記》、《三國演義》、《儒林外史》、《金瓶梅》等，運用植物的技巧、對植物的了解程度，都不如《紅樓夢》。《紅樓夢》的作者曹雪芹，堪稱是當代的植物學家和民俗植物學家，這也是《紅樓夢》何以如此深深吸引我的原因之一。

目次

第一章　太虛幻境的植物　16

在幻化仙境中，寶玉看了金陵十二釵正冊、副冊的判詞和圖詠，描繪了《紅樓夢》各金釵未來的命運，植物的花名、形象與人物做了最貼切的結合，比如李紈畫的是一盆茂蘭，而香菱畫的是蓮枯藕敗。

第二章　大觀園的植物　26

「天上人間諸景備，銜山抱水建來精」的大觀園，庭院深深中有別館院落，有渚亭架榭，錯落其間的花木各種形態都有，喬木、灌木、草本、藤本、水生植物各展其妍。

第三章　紅樓夢的醫藥方劑　96

凡病都因六淫七情而起，《紅樓夢》裡的人物都帶了幾分病症，哪種人生什麼病，與每個人的脾氣心性相符，而使用的醫藥方劑則虛實兼而有之。

第四章　用具用材類植物　142

看看奢華可比皇室的賈府，用的是哪些高檔家具器用？除了紫檀架、楠木圈椅，連一雙筷子、一只杯盞都大有來頭。

第五章　衣飾妝扮類相關植物　170

植物可吃可穿可用，還可抹妝撲粉澤悅於人。蜜合色棉襖、蔥黃綾棉裙、沙棠屐、金藤笠、木槿清露、玫瑰清露、茉莉粉、薔薇硝，巧扮起《紅樓夢》的各色人物。

第六章　茶點與果品類　192

大觀園中眾家姐妹個個是水蔥似的人兒，平日喜歡品茗淺酌、吟詩作賦，案几上總少不了幾樣點心零嘴，也透露出康熙年間王公貴族的家居生活細節。

跨界新世代經典

紅樓夢植物圖鑑

潘富俊◎著

2.0版

如何使用本書

《紅樓夢》全書所提到的植物，目前能夠確切指出名稱的共有237種。本書依照植物的用途、性質分成十三章，由靈虛幻境植物開始，到大觀園的庭院植物、方劑藥材的組成、用具用材類植物、食用植物、詩詞歌賦引述植物等，而第八十回以後的植物也有專章敘述。

至於在編排上，每一章每個分類都先會有一篇小導讀，透過《紅樓夢》的內容來引介出該章所出現的植物，並在下文中一一敘述。所引植物的書寫內容除了作者本人

分類說明

透過《紅樓夢》全書的內容來引介出該章所要介紹的植物，跳脫回目限制，更可見出該種植物在《紅樓夢》一書的應用情形。

主要庭院植栽

典型的中國庭園有院落、棚架、迴廊、亭閣、花園等景觀格局，每種格局都有一定的植栽配置。歷代詩文、書畫等文學作品，均有庭園植物的記述，顯示中國傳統的庭園景觀植物底蘊及植栽配置的原理。章回小說中有關庭園觀賞植物的描述，最具代表性的有兩部：一是明代出版的《金瓶梅》，二是清代撰寫出版的《紅樓夢》。

《紅樓夢》大觀園中植物種類繁多，第十七回藉賈政領眾清客，並要寶玉陪同巡視園區試才對額的過程，說明園內植物的種類及配置。其中有岩石上的攀爬植物，也有依附棚架、山石的藤本花木；有色彩鮮豔的花木，也有蒼翠的庭院樹；有常見的庭園花草，如芭蕉，也有《楚辭》中的香草，如杜若、杜蘅等。還有經寶玉之口引述《昭明文選》及其他詩詞中借景抒情的植物，比如出自《吳都賦》的藿（藿香）、納（艾納香）等，出自《蜀都賦》的辛夷、花椒等。本回共提到61種植物。

第二十三回提到元妃在宮中編次大觀園題詠，想起園中景致，認為封鎖不住，殊為可惜。遂著太監到榮府下一道論：命眾姐妹及寶玉進入大觀園居住，以免辜負此園。寶釵住蘅蕪院、黛玉住瀟湘館，迎春住綴錦樓，探春住秋爽齋，惜春住蓼風軒，李紈住稻香村，寶玉住怡紅院。每個重要庭院都種有配合院落名稱，或與所居住主人個性相對應的植物：瀟湘館四周種許多瀟湘竹（又稱湘妃竹、斑竹），秋爽齋則「前有芭蕉、後有梧桐」，靠著水岸的蓼風軒種有大片紅蓼，怡紅院前則栽有海棠等。寶玉住進大觀園，心滿意足，每日只和姐妹丫鬟們一處，或讀書或寫字，或彈琴下棋或作畫吟詩，生活過得十分快意。他寫了幾首「四時即事詩」，記述真情真景。

大觀園開支太大，探春決心興利除弊，除了節省開支，重要的還是開源興利。第五十六回記述大觀園各類可食的竹子很多，稻香村一帶，則種有蔬菜、稻及其他穀類供觀賞用；也說明蘅蕪院和怡紅院種有許多花草，如玫瑰花、薔薇、月季、寶相、金銀花、藤花（紫藤）等，都是名貴的觀賞植物種類。

總結來說，大觀園幾個主要別館的代表植栽如下：怡紅院為西府海棠；瀟湘館為瀟湘竹（斑竹）；蘅蕪院為蘅蕪（杜蘅）；稻香村是稻；秋爽齋是芭蕉；梨香院的代表植物則是梨。

的看法，也旁徵博引其他文獻以為印證，最後再以植物小檔案來詳細介紹該植物的形態、性狀以及分布地區。除此之外，本書也另闢數個專欄，專題討論較具趣味性的主題，如〈海上仙方，寶釵的冷香丸〉、〈嗜食檳榔的公子哥兒〉等。

最後要說明的是，由於《紅樓夢》是中國文學史上的一大巨著，坊間版本不一，本書所根據的版本主要是程本系統中、爭議性較小的「程甲本」。（程本系統是清乾隆五十六年由萃文書屋的高鶚整理而成，由程偉元出資印行。）

八楞海棠、冷花紅、果紅、果黃、青刺海棠等。還有一種開粉紅色花，花瓣9至12片重瓣且結綠色果的栽培種，名之為重瓣粉海棠（*M. spectabilis* cv. Riversii），有時也稱為西府海棠。《學圃餘疏》說海棠類「就中西府最佳，而西府之名紫棉者尤佳」。可見古代還有稱為「紫棉」的栽培種，「此花特產於南都」，是一種重瓣且花色較紅的品種。

近代西府海棠多栽植在庭園及公園觀賞，果實也供食用，已培育出許多品種，其中比較有名的是平頂海棠、白海棠等。

主題圖片
許多植物培育品種不一，花色、花型或葉型都可能不同，均依《紅樓夢》主要情節選用最適合的品種。

植物介紹主文
闡述該種植物的特色、用途及象徵意義，並旁徵博引其他典籍與研究資料以為佐證。

植物標題名稱
均採用程甲本《紅樓夢》植物名稱，若用途與性質分屬不同類別，則分別敘述，如雞頭。

植物小檔案
詳細介紹主題植物的形態、性狀以及分布地區。

29

【西府海棠·】

寶玉的住所怡紅院內布置著一些山石，石旁種有芭蕉。在芭蕉不遠處還種有松樹，還有兩隻仙鶴在松樹下剔翎。芭蕉配山石原是傳書香門第庭院常用的手法，自古文人就喜歡種芭蕉，取意「細雨芭蕉」的境界；而松樹凌冬不凋，也是古今庭園不可或缺的景觀樹種。

賈政一行人來到怡紅院，進了門，兩邊盡是遊廊相接，院中幾塊山石，芭蕉的對邊則是一株西府海棠。賈政稱之為「女兒棠」，據說是外國品種，出自「女兒國」；寶玉解釋：「此花紅若施脂，弱如扶病，近乎閨閣風度，故以女兒命名。」

海棠品種甚多，有海棠、西府海棠、木瓜海棠、貼梗海棠等。西府海棠又名小果海棠，可能由一般的海棠（見35頁）和山荊子（*Malus. baccata* (L.) Barkh.）雜交而來。《群芳譜》記載：「有枝梗略堅，花色稍紅者，名西府海棠。」另有許多栽培品種，如

西府海棠
落葉小喬木，樹姿直立，幼枝被短柔毛。葉橢圓形至長橢圓形，先端急尖成漸尖，銳鋸齒緣，嫩葉被短柔毛。花序繖形總狀，花4-7朵，生小枝端，玫瑰紅色，未開放時顏色較深，花瓣近圓形至橢圓形；花柱5。梨果球形，紅色。
學名：*Malus micromalus* Mak.
科別：薔薇科

【瀟湘竹】

瀟湘竹又名湘妃竹，即今之斑竹。相傳舜之二妃名娥皇及湘君，在舜駕崩之日相繼投湘江殉情。沉水之前，「望蒼梧而立，泣血染竹成斑」，此即瀟湘竹或湘妃竹名稱

第一章
太虛幻境的植物

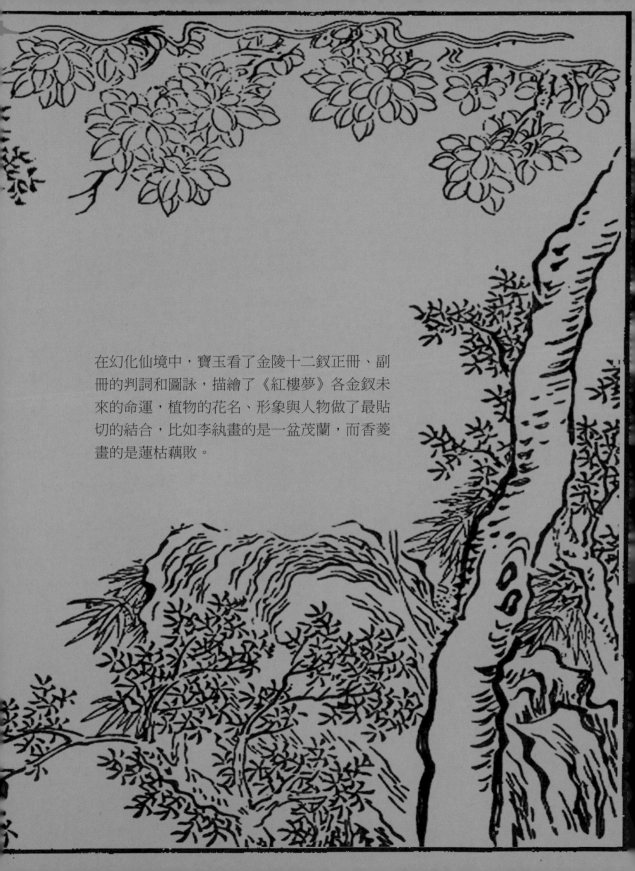

在幻化仙境中，寶玉看了金陵十二釵正冊、副冊的判詞和圖詠，描繪了《紅樓夢》各金釵未來的命運，植物的花名、形象與人物做了最貼切的結合，比如李紈畫的是一盆茂蘭，而香菱畫的是蓮枯藕敗。

太虛幻境的植物

　　作者虛擬的幻化仙境，中有西方靈河、赤瑕宮等幻境和樓臺亭閣，也有警幻仙子、神瑛侍者等仙女。其中第一回姑蘇城鄉宦甄士隱晝寢，夢到一僧一道說起那顆媧皇未用的石頭，化成人形後住在赤霞宮中，見該處靈河岸上長有一株絳珠仙草，十分嬌娜可愛，遂每日以甘露灌溉，使得此草得以久延歲月。絳珠草後來受天地精華幻化成女體，終日遊於離恨天之外，饑餐「蜜情果」，渴飲「灌愁水」。絳珠草為了報答奇石雨露之惠，常想若下世為人，要將她一生所有的眼淚還報灌溉甘露之恩。「絳珠草」為傳說中的仙草，「蜜情果」為小說中經常出現的仙果，現實世上並無此兩種植物。但後來也有人解釋「絳珠草」為靈芝；「蜜情果」或稱「蜜青果」，即橄欖。橄欖蜜漬之後色青，因此又稱「青果」。

　　第五回寶玉在秦可卿床上夢遊幻境，幻境中進入「薄命司」觀看「金陵十二釵正冊」、「金陵十二釵副冊」、「金陵十二釵又副冊」的判詞和圖詠，描繪了《紅樓夢》各金釵未來的命運。回末寶玉與可卿在幻境中攜手出去遊玩，到了一處深有萬丈、遙亙千里的迷津，但見荊榛滿地，狼虎同行。前面黑溪阻路，並無橋樑可通。此處以「荊榛遍地」來形容荒蕪之景，華北地區乾旱地的廢棄地或荒山常生長黃荊與榛樹這類耐旱灌木。

　　寶玉所觀覽正冊之金釵圖冊及判詞中，薛寶釵和林黛玉為兩株枯木，木上懸著一圍玉帶，地下又有一堆雪，雪中一股金簪。賈元春，則畫著一張弓，弓上掛著一個香櫞。李紈，是一盆茂蘭，旁有一位鳳冠霞帔的美人。副冊中，關於晴雯的圖幅為水墨滃染，滿紙烏雲濁霧。襲人則畫著一簇鮮花，一床破席。又副冊中，僅看到一位金釵的圖冊及判詞，畫著一株桂花，下面有一方池沼，其中水涸泥乾，蓮枯藕敗（即指香菱）。

【絳珠草

第一回靈河岸的絳珠草，到了一一六回賈寶玉魂遊通靈仙境時，又在同一地點看見，小說的開頭和結束用此植物貫穿聯繫。「絳珠草」是傳說中的靈草或仙草，《白蛇傳》中的仙草，指的就是靈芝。古人認為靈芝是「起死回生，長生不老」的仙丹靈藥。在藥理上，靈芝有健腦、消炎、利尿、益胃等功效，用來治療神經衰弱、慢性肝炎、哮喘、積年胃病等症狀。馮其庸、李希凡主編的《紅樓夢大辭典》（1990年）解「絳珠草」為靈芝。

歷代文獻均賦靈芝以芝蘭、芝範等其他意義，如一一五回寶玉用「芝範」來恭維同名同貌的甄寶玉所說的話，用靈芝香草來讚譽對方的風範。

靈芝是吉祥的象徵，古今皆視之為瑞草，國人佩帶的如意飾物就是模仿靈芝外形製作。古人認為政治清明必有靈芝等祥瑞之物出現，一有靈芝出現，官員聞人會「設宴慶賀，或寫詩賦，或上表歌功頌德」一番。古人視靈芝為瑞草，相信「服食可仙」，唐人孟郊的〈遊華山雲台觀〉就說「仙酒不醉人，仙芝皆延年。」《禮記‧內則》也記載靈芝與木耳，都是皇室重要的食品。

《神農本草經》中分靈芝為赤芝、黑芝、青芝、白芝、黃芝、紫芝等多種，其中有「靈芝」之稱者是指傘內白色或上層淡白色且底下淡褐色的赤芝。紫芝（*G. japanicum*

(Fr.) Lloyd）與赤芝外形相似，但菌傘和菌柄的皮殼均呈紫黑色至黑色，此兩種現可經人工種植。

19

靈芝

生長在闊葉樹幹上，喜潮濕環境，為大型的腐生真菌，包括菌絲體和子實體；子實體又分化成菌柄、菌傘和菌傘背面的子實層。木栓質菌傘半圓形，上面有不規則突起。皮殼堅硬，會由黃色漸變為紅褐色，有光澤。菌柄長可達20公分，紅褐色至紫褐色。菌肉近白色至淡褐色，菌柄著生在菌傘一邊。全世界有100多種，中國至少有57種。

學名：*Ganoderma lucidum* (Leyss. *ex* Fr.) Karst.
科別：多孔菌科

【蜜情果

第一回所提到的「蜜情果」，即指蜜漬而成的橄欖。果實生吃味苦澀微酸，久嚼之後才覺甘美。生食、煮汁可開胃生津、化

橄欖

常綠喬木，高可達25公尺，幼嫩條被黃棕色絨毛。奇數羽狀複葉，小葉3-6對，紙質至革質，披針形至橢圓形，背面有細小疣狀突起，全緣。托葉早落。花序腋生，雄花序為聚繖狀圓錐花序，多花；雌花序總狀，花少。果卵圓形至紡錘形，成熟時黃綠色。

學名：*Canarium album* (Lour.) Rauesch.
科別：橄欖科

痰滌濁、除煩止渴、涼腫息驚，並解「一切魚鱉毒及骨鯁」。北方天氣嚴寒，室內要生火取暖，易令人喉乾唇焦，需吃橄欖生津。果實糖漬或鹽醃後可以久藏，味酸甜香甘。第五十回眾人大雪天在蘆雪亭吟詩所吃的橄欖，也是指蜜餞橄欖而言。

橄欖原產於華南地區，一名青果，又名白欖。《齊民要術》已有記載，出土漢墓中也發現有橄欖種子，中國的栽培歷史已超過二千年。橄欖樹姿高大，果實採收不易，古人已發明省力的採收方法，如《本草綱目》記載：「橄欖樹高，將熟時，以木釘釘之，或納鹽少許於皮內，其實一夕自落。」此法至今仍在使用。

橄欖農曆二月開花結子，果實狀如青色的長棗，兩頭皆尖，深秋始成熟，是秋冬之際的時令水果。由於枝葉茂密，樹形美觀，也栽植為庭園樹或行道樹。木材可用來作枕木、家具、農具、建築用材。唯橄欖不耐霜寒，不適合栽植在寒冷的華中、華北地區。

【長生果

〈虛花悟〉歌詞：「聞說道，西方寶樹喚婆娑，上結長生果。」長生果是指吃了可以長生不老的果實，即《西遊記》二十四、二十五回萬壽山五莊觀之「人參果」。人參（見99-100頁）是重要的中藥方劑藥材，三千年才開一次花，三千年結一次果，再三千年果實才成熟，即每一萬年可收成一次果實，而且每次只結果三十個。此果又名「草還丹」，說只要聞一聞，就會多活三百六十歲；吃一顆，可活上四萬七千年。

另一種說法，根據《紅樓夢辭典》引清朝葉夢珠《閱世編》，認為「長生果」一名「萬壽果」，即今之番木瓜。

番木瓜有時亦稱木瓜，是泛熱帶地區的果品，有「嶺南果王」稱號。十七世紀成書的《嶺南雜記》已載有本種植物，因此推測番木瓜引進中國的歷史至少已有三百年。

番木瓜果實含大量的維他命A、B和C，以及醣類和無機鹽類，甜度高，風味特殊；富含蛋白質和其他營養素，可助消化及治療

胃病。乳汁可提取木瓜素，具有很強的分解蛋白質能力，可製造健胃藥、驅蟲劑、肉類軟化劑等。未成熟果和葉片含有豐富的木瓜蛋白酶，經常應用在食品工業、化妝品工業、皮革工業方面。

番木瓜

原產美洲墨西哥熱帶。植株呈直立喬木狀，莖半木質化，一般不分枝，全株具乳汁。葉大型，多簇生於莖頂，掌狀7-9深裂。葉柄中空，長可達60公分。花單性，多異株；雄花序下垂，花乳黃色；雌花數朵聚生。果為肉質漿果，橢圓至長圓形，長10-30公分，成熟時橙黃色。

學名：*Carica papaya* L.
科別：番木瓜科

【桂花

　　金陵十二釵副冊的圖畫上，畫著一株桂花，下面有枯蓮敗藕的乾涸水池，象徵香菱的命運。桂代表凌虐她的正房夏金桂，蓮即

香菱的本名「英蓮」。

　　英蓮是甄士隱的女兒，為「應憐」之諧音，是個身世坎坷、「有命無運」的薄命女子。五歲時，元宵節觀燈失蹤，被拐賣兩次。後來改名香菱，隨薛家入賈府，侍奉薛蟠。四十八回矢志學詩，終有所得；第七十九回薛蟠娶妻夏金桂，香菱受其百般凌虐。香菱最後雖然被扶為正室，生了兒子承薛家宗祧，卻死於難產，顯見香菱坎坷多舛的命運。

　　夏金桂是巨富之女，家中擁有幾十頃桂花，以此為閨名。金桂自幼嬌生慣養，雖「外具花柳之姿」，卻「內秉風雷之性」，脾氣暴躁，任意擺布香菱、挾制薛蟠、欺壓婆婆小姑。《楚辭》之〈九歎·惜賢〉有「結桂樹之旖旎兮，紉荃蕙與辛夷」句，說明桂花本來和香草荃（菖蒲）、蕙（薰草）及香木辛夷一樣，是象徵君子、忠臣的香木；而金桂是開金黃色花的桂花品種，用在夏金桂的身上卻是截然不同的含意。

桂花

常綠灌木或喬木，小枝黃褐色，無毛。
葉對生，葉片革質，橢圓形至橢圓狀披
針形，先端漸尖，全緣或上半部具細鋸
齒，側脈6-8對。聚繖花序簇生於葉腋，
花梗細弱，合瓣花，花極芳香；花冠
小，黃白色、淡黃、黃色或橘紅；雄蕊
2，花絲極短。果橢圓形，長1-1.5公分，
熟時紫黑色。

學名：*Osmanthus fragrans* (Thunb.)
　　　Lour.
科別：木犀科

【蓮、藕

　　荷花為宿根水生植物，春季由地下莖
的節上萌發幼葉。最初產生的葉，形狀較
小，浮在水面上呈圓形，形如銅錢，謂之
「荷錢」，即唐人杜甫〈絕句漫興〉詩句：
「糝徑楊花鋪白氈，點溪荷葉疊青錢」之
「青錢」。後來的葉，葉形略大，也浮在水
面，稱之為「浮葉」；最後挺出水面的葉，
叫「立葉」。無論是「錢葉」、「浮葉」或
「立葉」，葉面都有一層蠟質白粉，能使水
滴形成滾動的水珠。

　　夏天是觀賞荷花的季節。荷花的花單
生，花期六至九月，仲夏盛開。每朵花只開
三至四天，多晨開午閉。花有單瓣、複瓣之
分，色有深紅、粉紅、紅色或白色等。

　　初秋天氣變涼之際，枝葉開始凋萎，
呈現淒涼的殘荷景色。唐詩人羊士諤〈郡中
即事〉詩句「紅衣落盡暗香殘」提到的「紅
衣」，即指荷花。宋人柳永〈夜半樂〉：

「敗荷零落，衰楊掩映。」也同樣描繪秋季
的荷。金陵十二釵副冊所畫的枯蓮敗藕，就
是這個季節的荷池景象，象徵香菱「平生遭
際實堪傷」的命運。

　　冬季嚴寒，荷花水面上的植株完全枯
萎，以蓮子或蓮藕越冬。蓮藕就是荷花生於
淤泥中的肥大地下莖，翌年會再萌芽生成新
的植株。

荷

多年生水生草本，根狀莖肥厚，節間膨
大，內有多數縱行通氣孔道。葉圓形，
盾狀，直徑50-90公分，表面光滑，具白
粉；葉柄中空，外面散生小刺。花梗和
葉柄亦散生小刺；花芳香，花被、雄蕊
多數，花藥線形，雌花花柱短，埋在膨
大的花托中。果橢圓形至卵形，果皮革
質，堅硬。

學名：*Nelumbo nucifera* Gaertn.
科別：蓮科

【香櫞

　　寶玉在太虛幻境翻閱「金陵十二釵」判
詞，有一判詞的前面畫著一張弓，弓上掛著
香櫞。弓、宮同音，表示和宮廷有關；櫞、
元同音，說明此判詞和元春有關。元春後來
進入宮廷成為王妃。

　　很多文獻解釋香櫞即佛手柑，兩者植

香櫞

常綠喬木或小喬木，分枝不規則，新生嫩枝、花蕾常呈暗紫紅色；莖枝多刺，刺長4公分。單葉先端圓或短銳尖，基部寬楔形，邊緣有鋸齒。花常單性；雄花外面淡紫色，內白色。果實卵形至近球形，頂端有一乳頭狀突起，檸檬黃色，果皮厚而香，但極難剝離。分布華南及西南各省，中南半島和印度均產。

學名：*Citrus medica* L.
科別：芸香科

株形態雖然相似，但還是有差別。香櫞葉先端稍銳，果實圓球形；佛手柑葉先端鈍或有凹缺，果實長形，先端條裂如佛手。在分類上，佛手柑被處理為香櫞的變種。另有一種稱為香圓（*C. wilsonii* Tanaka）的植物，葉柄具倒心形寬翅，果球形，表面粗糙，也常被誤認為香櫞。

香櫞古名枸櫞，東漢時代的《異物志》已有載錄。果實外皮極厚，切開色白如脂肪，氣味芳香且持久不衰，適合擺在桌几上。「搗大蒜掩其蒂上」，香味更甚，滿室馨香；「置衣笥中，則數日香不歇」，放在衣櫃中則有薰衣草的效果。香櫞開花時，香味強烈，結實大而香，多栽植在山亭前或屋宇前，可以美化環境及淨化空氣。

香櫞也是藥用植物，《圖經本草》說有理氣、寬中、化痰的藥效。香櫞去核後切成細片，用酒煮爛，加蜜拌勻，可治咳嗽。古人也取果瓢汁液，當作織物的清潔劑及鮮豔劑使用。

【蘭

李紈是賈寶玉兄長賈珠的寡妻，也是「金陵十二釵」之一。她出身金陵名宦之家，年輕喪偶而心如槁木死灰，只知侍親教子。由於清靜守節，大部分時間幽居在稻香村中，是古代禮教典型的賢妻良母。她待人和氣，脾氣又好，小廝們說她是「第一個善德人」；受命暫理家務，多「按例而行」，不會「多事逞才」，人稱「菩薩奶奶」。總而言之，李紈是美而不豔、潔身自好的少婦。第五回李紈判詞，畫的是一盆茂蘭，旁邊有一位鳳冠霞帔的美人，符合李紈似蘭花、不亮麗但有香味的個性。

一般所稱的「蘭花」多指蕙蘭屬（*Cymbidium* spp.）植物，全世界約50種，中國產29種。許多種類是著名的觀賞蘭花，已在中國栽培千年以上。蕙蘭屬植物花單生或多數花排成總狀花序，單花者謂之「蘭」，多花者稱為「蕙」。本屬植物大都枝葉姿態秀美、花色淡雅樸素而香味馥郁。自古以

來，就是高潔典雅的象徵，與「梅、竹、菊」並列，合稱「四君子」，古人常用之題詩作畫。

經長期栽培選育，蕙蘭屬植物有四季開花的代表種類：春季花類以春蘭（*Cymbidium goeringii* (Rchb. f.) Rchb. f.）為代表，春蘭又名草蘭、山蘭；夏季花類以蕙蘭（*C. faberi* Rolfe）為代表，蕙蘭又名夏蘭、九節蘭；秋季花類以建蘭（*C. ensifolium* (L.) Sw.）為代表，又名秋蘭；冬季花類以寒蘭（*C. kanran* Makino）和墨蘭為代表，墨蘭又名報歲蘭。

墨蘭

花期自冬季至早春。地生蘭，假鱗莖卵球形，包藏於葉基部之鞘內。葉3-5片，線形，薄革質，暗綠色，長45-80公分。花莖由假鱗莖基部抽出。花序總狀，花10-20朵或更多；花色通常為暗紫色或紫褐色，唇瓣有紫褐色條紋，香氣強烈。蒴果狹橢圓形，長6-7公分。

學名：*Cymbidium. sinense* (Andr.) Willd.
科別：蘭科

【黃荊

　　黃荊常生長在土壤貧瘠的生育地，荒山、沙丘尤多，常和其他有刺灌木混生，形成所謂的「荊棘林」。混生植物中，最常見的是酸棗（古稱棘），所以典籍中有「荊棘叢生」之語，用以比喻前途困難重重，有許多阻礙。榛樹也是華北地區和黃荊、酸棗伴生的樹種，在第五回寶玉幻遊仙境中，就用「荊榛遍地」來形容該地的荒涼狀態。其他常和黃荊混生的種類，還有枸杞、榛、蓬、蒿等，都是耐旱、耐脊的植物。

　　黃荊屬植物（*Vitex* spp.）全世界約270種，歐洲、美洲、非洲、亞洲、澳洲及大洋洲等主要大洲均產。中國產10餘種，多分布在長江以南，只有少數種類產華北、西北、東北，黃荊即為其一。黃荊分布範圍極廣，除長江以南各省外，向北可至秦嶺、淮河及黃河流域，甚至日本、非洲、南美也有分布。種內變異很大，根據葉形態的差異，可分為以下數個變種或變型：小葉荊（*Vitex negundo* Linn. var. *micophylla* Hand.-Mazz.）、疏序黃荊（*V. negundo* Linn. f. *laxipaniculata* Pei）、白毛黃荊（*V. negundo* Linn. f. *alba* Pei.）、擬黃荊（*V. negundo* Linn. var. *thyrsoides* Pei et S.）、牡荊（*V. negundo* Linn. var. *cannabifolia* (Sieb. *et* Zucc.)

Hand.-Mazz.）、荊條（*V. negundo* Linn. var. *heterophylla* (Franch.) Rehd.）。

黃荊

落葉性灌木。掌狀複葉對生，小葉3-5片，葉緣從全緣至不規則缺刻都有，視地區不同而有變化。夏天開淡紫色花，合瓣花，二唇瓣。果球形，黑色。

學名：*Vitex negundo* Linn.
科別：馬鞭草科

【榛

榛樹類植物均為喜好陽光的不耐蔭樹種，喜生長在陽光充足的環境。根系極易萌發根狀莖，在土壤中交錯生長；根狀莖在表土層產生根蘗，能萌發新株叢，形成連片生長的榛樹灌木林。榛樹抗寒，能耐零下45℃的低溫，也耐乾旱瘠薄，在華北地區，榛木林常數十、數百公頃連綿成片生長於荒坡，謂之「榛莽」。

古今皆用「榛」來形容荒涼之地，如第五回寶玉神遊太虛幻境，去到一個荊榛遍地的所在，就是用長滿黃荊和榛樹來比喻該地之荒僻；七十八回寶玉的〈芙蓉女兒誄〉，也以「荊棘蓬榛」來形容野草雜木蔓生的荒地，酸棗（棘）、飛蓬（蓬）都是瘠薄乾旱地區常見的植物。

全世界榛木屬（*Corylus* spp.）植物約20種，亞洲、歐洲、北美洲均有分布。本屬植物種子含油量豐富，很多種類的乾果都可供人類食用。歐美各地栽培的榛樹為歐洲榛（*Corylus avellana* L.），果實大，品質優良，唯抗寒、抗旱力不如中國的榛樹。中國產7種：刺榛（*Corylus ferox* Wall.）、維西榛（*C. wangii* Hu）、滇榛（*C. yunnanensis* A. Camus）、華榛（*C. chinensis* Franch.）、披針葉榛（*C. fargesii* Schneid）、毛榛（*C. mandshurica* Maxim. *et* Rupr.），以及栽培最多、分布最廣的榛（*C. heterophylla* Fisch.）等。除了採集堅果供食用之外，榛類樹種木材堅硬，可供建築及製作家具之用。

榛

落葉小喬木，萌芽性強，常數幹叢生，呈灌木狀。葉倒卵狀長圓形至寬卵形，先端平截下凹，具三角形尖頭；側膜5-7對；葉緣具不規則重鋸齒；葉柄被細絨毛。雄花序2-7排成總狀，腋生。果單生或2-6簇生，堅果成熟時，由大小苞片發育而成的果苞所包被。堅果近球形，密被細絨毛，稍扁。

學名：*Corylus heterophylla* Fisch.
科別：榛木科

第二章

大觀園的植物

「天上人間諸景備，銜山抱水建來精」的大觀園，庭院深深中有別館院落，有渚亭架榭，錯落其間的花木各種形態都有，喬木、灌木、草本、藤本、水生植物各展其妍。

主要庭院植栽

　　典型的中國庭園有院落、棚架、迴廊、亭閣、花園等景觀格局，每種格局都有一定的植栽配置。歷代詩文、書畫等文學作品，均有庭園植物的記述，顯示中國傳統的庭園景觀植物底蘊及植栽配置的原理。章回小說中有關庭園觀賞植物的描述，最具代表性的有兩部：一是明代出版的《金瓶梅》，二是清代撰寫出版的《紅樓夢》。

　　《紅樓夢》大觀園中植物種類繁多，第十七回藉賈政領眾清客，並要寶玉陪同巡視園區試才對額的過程，說明園內植物的種類及配置。其中有岩石上的攀爬植物，也有依附棚架、山石的藤本花木；有色彩鮮豔的花木，也有蒼翠的庭院樹；有常見的庭園花草，如芭蕉，也有《楚辭》中的香草，如杜若、杜蘅等。還有經寶玉之口引述《昭明文選》及其他詩詞中借景抒情的植物，比如出自〈吳都賦〉的藿（藿香）、納（艾納香）等，出自〈蜀都賦〉的辛夷、花椒等。本回共提到61種植物。

　　第二十三回提到元妃在宮中編次大觀園題詠，想起園中景致，認為封鎖不住，殊為可惜。遂著太監到榮府下一道諭：命眾姐妹及寶玉進入大觀園居住，以免辜負此園。寶釵住蘅蕪院、黛玉住瀟湘館，迎春住綴錦樓，探春住秋爽齋，惜春住蓼風軒，李紈住稻香村，寶玉住怡紅院。每個重要庭院都種有配合院落名稱，或與所居住主人個性相對應的植物：瀟湘館四周種許多瀟湘竹（又稱湘妃竹、斑竹），秋爽齋則「前有芭蕉，後有梧桐」，靠著水岸的蓼風軒種有大片紅蓼，怡紅院前則栽有海棠等。寶玉住進大觀園，心滿意足，每日只和姐妹丫鬟們一處，或讀書或寫字，或彈琴下棋或作畫吟詩，生活過得十分快意。他寫了幾首「四時即事詩」，記述真情真景。

　　大觀園開支太大，探春決心興利除弊，除了節省開支，重要的還是開源興利。第五十六回記述大觀園各類可食的竹子很多，稻香村一帶，則種有蔬菜、稻及其他穀類供觀賞用；也說明蘅蕪院和怡紅院種有許多花草，如玫瑰花、薔薇、月季、寶相、金銀花、藤花（紫藤）等，都是名貴的觀賞植物種類。

　　總結來說，大觀園幾個主要別館的代表植栽如下：怡紅院為西府海棠；瀟湘館為瀟湘竹（斑竹）；蘅蕪院為蘅蕪（杜蘅）；稻香村是稻；秋爽齋是芭蕉；梨香院的代表植物則是梨。

八楞海棠、冷花紅、果紅、果黃、青刺海棠等。還有一種開粉紅色花、花瓣9至12片重瓣且結綠色果的栽培種，名之為重瓣粉海棠（*M. spectabilis* cv. Riversii），有時也稱為西府海棠。《學圃餘疏》說海棠類「就中西府最佳，而西府之名紫棉者尤佳」。可見古代還有稱為「紫棉」的栽培種，「此花特產於南都」，是一種重瓣且花色較紅的品種。

近代西府海棠多栽植在庭園及公園觀賞，果實也供食用，已培育出許多品種，其中比較有名的是平頂海棠、白海棠等。

【西府海棠

寶玉的住所怡紅院內布置著一些山石，石旁種有芭蕉。在芭蕉不遠處還種有松樹，還有兩隻仙鶴在松樹下剔翎。芭蕉配山石原是傳統書香門第庭院常用的手法，自古文人就喜歡種芭蕉，取意「細雨芭蕉」的境界；而松樹凌冬不凋，也是古今庭園不可或缺的景觀樹種。

賈政一行人來到怡紅院，進了門，兩邊盡是遊廊相接，院中幾塊山石，芭蕉的對邊則是一株西府海棠。賈政稱之為「女兒棠」，據說是外國品種，出自「女兒國」；寶玉解釋：「此花紅若施脂，弱如扶病，近乎閨閣風度，故以女兒命名。」

海棠品種甚多，有海棠、西府海棠、木瓜海棠、貼梗海棠等。西府海棠又名小果海棠，可能由一般的海棠（見35頁）和山荊子（*Malus. baccata* (L.) Barkh.）雜交而來。《群芳譜》記載：「有枝梗略堅，花色稍紅者，名西府海棠。」另有許多栽培品種，如

西府海棠

落葉小喬木，樹姿直立，幼枝被短柔毛。葉橢圓形至長橢圓形，先端急尖或漸尖，銳鋸齒緣，嫩葉被短柔毛。花序繖形總狀，花4-7朵，生小枝端，玫瑰紅色，未開放時顏色較深，花瓣近圓形至橢圓形；花柱5。梨果球形，紅色。

學名：*Malus micromalus* Mak.
科別：薔薇科

【瀟湘竹

瀟湘竹又名湘妃竹，即今之斑竹。相傳舜之二妃名瀟妃及湘妃，在舜駕崩之日相繼投湘江殉情。沉水之前，「望倉梧而泣，泣血染竹成斑」，此即瀟湘竹或湘妃竹名稱

愛哭,「海棠詩社」的詩友取舜之二妃灑淚在竹上的湘妃竹典故,公認黛玉應取號為「瀟湘妃子」。

除了斑竹外,也有其他竹類的竹稈上布有斑點或斑紋,如筠竹(*Phyllostachys glauca* McClure f. *yunzhu*)、日向斑竹(*P. reticulata* (Rupr.) Carr. f. *tanakae*)等。瀟湘竹及具斑點或斑紋的上述種類,也可製作扇柄,《紅樓夢》第四十八回石頭獃子所擁有的二十多把名貴扇子,部分即用瀟湘竹製成。

斑竹

單稈散生竹類。高可達10餘公尺,稈徑2-5公分,幼稈綠色,成熟稈有紫褐色或淡褐色斑點,斑點形狀既不規則,數量也不定。籜黃褐色,散布紫褐色斑塊和小斑點;籜葉線形,外翻。葉片披針形至狹長披針形,先端銳尖,基部鈍形,背面稍有白粉,長6-12公分,寬1.5-2公分。

學名:*Phyllostachys bambusoides* S. et Z.
　　 f. *larcrima-deae* Keng f. *et* Wen
科別:禾本科

的由來。斑竹竹稈上散布如淚點般的紫斑,後世詩人遂以斑竹比喻淒美的愛情故事。唐朝李商隱的〈深宮〉詩句:「斑竹嶺邊無限淚,景陽宮裡及時鐘。」用斑竹隱喻宮女怨;明朝詩人朱應登的〈湘中雜興〉詩:「此中自古行人怨,鷓鴣雙啼斑竹林。」用鷓鴣啼斑竹林來比喻恩愛男女遭逢變故。

瀟湘館是黛玉居住之處,院中種滿了瀟湘竹,瀟湘館的窗簾多由瀟湘竹所製。第三十七回說到,黛玉住的是瀟湘館,加上又

【蘅蕪

杜蘅,古籍又稱蘅、蘅蕪。薛寶釵所住的「蘅蕪院」之「蘅蕪」,以及第十七回賈政一行人巡行大觀園,所聞到的異香(眾人不知香者何物,寶玉說發出香味的植物是「蘅蕪」),還有第三十七回,史湘雲〈白海棠合韻〉:「蘅芷階通蘿薜門」句中的「蘅」,指的都是香草杜蘅。

30

杜蘅為細辛屬植物，全株均有香味，也極為耐蔭。《本經逢原》說：「杜蘅香竄，與細辛相似，故藥肆以之代充細辛。」細辛（*Asarum heterotropoides* Fr. Schmidt）葉端銳，杜蘅葉尖圓鈍，可資區別。杜蘅植株的芳香油，主成分為丁香油酚及黃樟油，有特異的香氣，古人隨身佩帶當香料。《楚辭》視之為香草，後世文人也受到《楚辭》影響，以杜蘅表示忠貞。

杜蘅的藥用部位為根，具有散風逐寒、活血定痛的功效，用來治療風寒頭痛、傷風、瘡毒等病症。《唐本草》云：「杜衡葉似葵，形如馬蹄，故俗云馬蹄香。」常生長在山蔭及水澤下濕地，葉圓整，可植為盆栽觀賞。

杜蘅

多年生草本，高10-20公分；根叢生，稍肉質。莖端生1-2葉，葉片闊心形至腎心形，徑幅3-8公分，先端圓鈍，表面深綠色，脈兩旁有白色斑塊，背面淺綠色。單花頂生，花近於葉腋，貼近地面；花暗紫色，無花瓣，萼瓣狀，內壁具明顯格狀網脈，花被裂片直立，卵形；花梗長1-2公分。

學名：*Asarum forbesii* Maxim.
科別：馬兜鈴科

【稻

第十八回元妃歸省，命寶玉導引至大觀園各院遊幸，擇其喜者賜名並題字。李紈住處原題「杏帘在望」，賜名「浣葛山莊」，後來看到黛玉寫就的〈杏帘在望〉詩句：「一畦春韭綠，十里稻花香。」又將「浣葛山莊」改成「稻香村」。此處有黃泥牆，「牆上皆用稻莖掩護」，裡面「數楹茅屋」；牆外有兩列青籬，籬外山坡之下，「分畦列畝，佳蔬菜花，一望無際」。書中雖未寫明「稻香村」周圍圃圃栽種什麼植物，但根據〈杏帘在望〉詩句及元妃賜名，主要應為稻、韭及其他常蔬。

全世界栽培稻有兩大類，即非洲稻和亞洲稻，分屬不同物種。非洲稻（*Oryza glaberrima* Steud.）源自非洲西部的奈及利亞；亞洲稻（*O. sativa* L.）的來源比較複雜。非洲稻的產量和栽植面積都遠不及亞洲稻，意即全世界栽培稻大都是亞洲稻。亞洲稻又可細分成：米粒較圓、飯粒較黏的粳稻（蓬萊稻或日本型稻）；米粒較長、飯粒較不黏的秈稻（在來稻或印度型稻）。另外，還有一型中國古代就培育出來，米粒更圓、飯粒更黏的糯米稻。

在不同亞洲稻的類型中，又有適應水分

芭蕉是中國重要的庭園植物，《紅樓夢》中有許多芭蕉的描述，如首回甄士隱的庭園有「芭蕉冉冉」；大觀園中也處處種有芭蕉，如第十七回賈政一行人走到後園，見「有大株梨花、闊葉芭蕉」；遊廊相接處，院中幾塊山石，一邊種有幾本芭蕉，房內窗櫺也雕有蕉葉圖案。書中也記述寶玉住的怡紅院，芭蕉下養著仙鶴（第二十六回、第三十六回）。第四十五回黛玉感念自己的身世，又聽見窗外竹梢芭蕉之上雨聲漸瀝，清寒透幕，不禁又滴下眼淚。表示瀟湘館中除了種竹，也種芭蕉。

此外，《紅樓夢》也出現芭蕉的典故。例如，第十八回寶釵走進黛玉房中，諷刺寶玉肚裡典故雖然很多，但元宵當日卻不知

較少環境的旱稻（也稱陸稻），也有粳稻、秈稻、糯米稻之分。種稻之水田需要固定的灌溉和排水系統，「稻香村」周圍的園圃應屬旱地，種水稻的可能性較小，所栽種者應該是旱稻

稻

一年生叢生草本，稈直立。葉片扁平，披針形至線狀披針形。圓錐花序疏散，直立或點垂；小穗橢圓形，黃褐色；不孕小花的外稃近等長。結實小穗外稃背上被剛毛。穎果橢圓形，兩側稍平。全世界熱帶、亞熱帶及部分溫帶地區均有栽培，為世界三大糧食作物之一。

學名：*Oryza sativa*
科別：禾本科

【芭蕉

第三十七回說到探春的「秋爽齋」種有許多梧桐、芭蕉，她自己又深愛芭蕉，遂自稱「蕉下客」。說明秋爽齋的代表植物是芭蕉。

「綠蠟」之典。「綠蠟」出處就寶釵所言，係唐朝錢珝〈詠芭蕉〉詩之「冷燭無煙綠蠟乾」句，說明「綠蠟」係指芭蕉而言。

芭蕉產於亞洲熱帶，長江以南各省廣為栽培。果有種子，不能食用，但綠葉扶疏，姿態優美，通常栽植供觀賞。華中以北天氣

太冷，芭蕉無法生長，較耐寒的品種只能生長在秦嶺、淮河以南的少數區域。由此可知，《紅樓夢》的故事，應該具有華中、華南的背景。

文學作品所言之芭蕉，除本種外，尚包括香蕉（*Musa nana* Lour.）、大蕉或甘蕉（*M. sapientum* L.）等食用蕉種類。食用蕉在中國的栽培歷史悠久，漢朝的《三輔黃圖》就有記載，謂：「漢武帝元鼎六年破南越。起扶荔宮，以植所得奇草異木，有甘蕉十二本。」六世紀前，中國已廣泛栽植了。

芭蕉

多年生高大草本，高2-4公尺。葉鞘層層包疊形成粗壯假莖，地上莖包藏於假莖中。葉片長圓形，全緣，葉面有光澤；葉柄粗壯，有明顯之翼。苞片佛焰苞狀，紫紅色至紅褐色，雄花序位於花序上部，雌花序在下部。果長圓形，近無柄；種子多數，黑褐色。

學名：*Musa basjoo* Sieb. & Zucc.
科別：芭蕉科

【梨

第四回回末提起梨香院位於大觀園東南角、怡紅院之南，原是當日榮國公晚年靜養所在，約有十餘間房舍，「前廳後舍」俱全，且自成院落。薛姨媽一家人進京來訪，賈政安排薛家住進梨香院，此院在《紅樓夢》故事之中扮演著重要角色。薛姨媽與賈政夫人王氏是姊妹，育有薛蟠一子及女兒寶釵；寶釵讀書識字、舉止嫻雅，且生得肌

骨瑩潤。第十七、十八回薛家遷出「梨香院」，原址改為戲班教習女戲之所在。第五十六回以後，女伶被遣散，「梨香院」再度閒置。

「梨香院」以梨香為名，是因為院內種有梨樹。嫁給皇帝當妃子的賈元春歸省時，曾為本院題有「梨花春雨」匾額。春季梨花盛開，有「梨花白雪」之美景，為大觀園重要景致。

假若大觀園位於江寧（南京），則「梨香院」所種之梨應為沙梨。沙梨喜生溫暖濕潤環境，不耐華北寒冷氣候，因此華中以南栽培較多，華南地區及台灣的梨品種也多屬本種。白梨、秋子梨等其他梨則屬溫帶、寒帶梨，較不適合在溫暖環境栽種。

33

沙梨

落葉喬木，嫩枝被黃褐色絨毛，後脫落。葉卵狀橢圓形或卵形，先端長漸尖，基部圓形至近心形，葉緣芒狀鋸齒，微向內彎，嫩葉棕紅色，無毛。繖形穗狀花序，花7-10朵；花瓣白色，卵形。果近球形，淺褐色。

學名：*Pyrus pyrifolia*（Burm. f.）Nakai
科別：薔薇科

庭園喬木

　　中國庭園的古文獻《長物志》、《治園》、《群芳譜》等，都提到高大喬木在景觀的作用：除樹冠可提供涼蔭外，尚有生產食用果實、觀賞花果的效用。有些樹種可配合石景造景之用，亦有少數樹種「宜植池岸，臨水為佳」，有些則能生產木材供建材及製作用具之用。以江南中國庭園代表之「蘇州拙政園」來看，樹木類的選擇及配置多依上述原則執行。《紅樓夢》的庭園喬木，作者雖然未曾明言，但根據小說情節及內容描述，出現的樹種完全符合傳統中國園林設計內涵。

　　《紅樓夢》的庭園植物，主要出現在第十七回，大多數喬木也在第十七回提及，如榆、西府海棠、玉蘭、松、梨等。其他提到庭園喬木的內容，還有第十八回、第二十三回等。

　　大觀園的觀花喬木，有春季開花的西府海棠和玉蘭，以及夏季開花的合歡、槐樹。楸、梧桐、楓香則屬於秋季葉會變色的樹種，前二者入秋後葉變黃，而楓香葉變紅。松和柏是「歲寒不凋」的常綠樹種，自古就屬不可或缺的庭園樹，在第十八回由鳳姐口中說出大觀園種有松和柏。中國原產的松和柏雖各有多種，按小說內容及大觀園所在的區位是南京或北京來看，松可解為馬尾松，柏可解為側柏。

　　除了觀賞樹種，大觀園還栽植有兼具景觀效果的用材樹種，如榆、梓等。兩者均生長快速，自古就是中國人普遍種植的家具及建築用材樹，樹幹皆挺直、美觀，經常栽植成行道樹或庭園樹。

捲湘簾半掩門，碾冰為土玉為盆。偷來梨蕊三分白，借得梅花一縷魂。月窟仙人縫縞袂，秋閨怨女拭啼痕。嬌羞默默同誰訴？倦倚西風夜已昏。」

歷史上所稱的海棠，包含海棠幾種近緣植物：同屬的西府海棠（見29頁）、垂絲海棠（*Malus halliana* Koehne）、湖北海棠，以及不同屬的貼梗海棠（*Chaenomeles lagenaria* Koidz.）等。

【海棠

海棠自古就是庭園中著名的觀賞花木，四川的海棠尤為翹楚，唐代已廣為栽植。唐朝大詩人杜甫曾避地蜀中，卻未見有詠海棠詩篇傳世，宋代大文豪蘇東坡因而為海棠抱屈，作詩曰：「恰似西川杜工部，海棠雖好不吟詩。」揣測說大概是海棠姿色太妖冶，才使得杜甫等保守詩人難以下筆描繪。《群芳譜》：「蓋花之美者惟海棠，視之如淺絳，外英英數點如深胭脂，此詩家之所以難為狀也。」然歷代詠海棠詩還是很多，著名者如宋陸游的〈海棠歌〉：「碧雞海棠天下絕，枝枝似染猩猩血。蜀姬豔妝肯讓人，花前頓覺無顏色。」

第三十七回賈芸為了攀龍附鳳拜寶玉為「乾爹」，送來兩盆白海棠，眾人遂以海棠為題作詩。詩社以海棠詩開端，名稱就定為「海棠詩社」，訂於每月初二、十八兩日開社。其中，有林黛玉的〈詠白海棠〉：「半

海棠

落葉小喬木，高3-5公尺；小枝粗壯，幼時具短柔毛。葉片橢圓至長橢圓形，細鋸齒緣；葉柄長1.5-2公分。花序近繖形，花4-6朵；花未開時花苞呈紅色，初開時粉紅，最後變白色；萼筒鐘狀；雄蕊多數。梨果近球形，徑2公分，黃色。

學名：*Malus spectabilis* (Ait.) Borkh.
科別：薔薇科

【榆

《紅樓夢》中有三回提及大觀園內的榆樹：第十七回榆樹與桑、木槿、柘樹一同出現；第十八回寶玉詩句「菱荇鵝兒水，桑榆燕子樑」，有桑與榆；第六十三回的榆陰堂，雖是建物名稱，也應與園中的榆樹有關。第七十八回寶玉用來悼念晴雯的〈芙蓉女兒誄〉以「楸榆颯颯，蓬艾蕭蕭」來描寫心中的悲傷，其中也有榆樹。

榆樹是北方之木，自古華北及邊塞都可見之。木材通直，花紋美麗，有彈性，耐濕耐腐，可供建築、製作農具及車輛之用材，是北方重要的造林樹種。《爾雅翼》說：「秦漢故塞，其地皆榆。」陶淵明〈田園詩〉也有「榆樹陰後簷」句，可證北方種榆之普遍。

榆樹的果實周圍有翅，外形極似古錢，即庾信〈燕歌行〉：「桃花顏色好如馬，榆莢新開巧似錢」所言，因此榆果又有榆錢之稱。春季的嫩果可供食用，「三月榆錢可做羹」，亦可釀酒，曬乾後又可製醬。樹冠成傘形，具觀賞價值，自古即種為觀賞樹及行道樹。漢朝甚至以榆樹為社樹（國樹），《漢書·郊祀志》說「高祖禱豐枌榆社」，枌榆即白榆。據近代研究顯示，白榆有很強的抗污染能力，可淨化空氣，至今仍是栽植普遍的行道樹及園景樹。

榆樹

落葉喬木，樹皮深灰色，粗糙，縱裂。葉互生，橢圓狀卵形至橢圓狀披針形，長2-8公分，先端漸尖，葉緣有單鋸齒。花先葉開放。翅果倒卵形至近圓形，頂端凹陷，有缺口，種子位於中部。

學名：*Ulmus pumila* L.
科別：榆科

【玉蘭

玉蘭又稱木蘭，第十七回賈政率領眾人巡視大觀園，只見「青松扶簷，玉蘭繞砌」，可知大觀園種有木蘭。其餘各回提到玉蘭，都是在詩文中，均以之為香木，用以象徵高貴及貞潔，如第十八回形容賈妃的行宮為「桂殿蘭宮妃子家」，並用「桂楫蘭橈」來比喻賈妃所乘之船，桂、蘭分別指肉桂及木蘭，都是《楚辭》所言的香木。第三十八回藕香榭柱子的對聯「芙蓉影破歸蘭槳」，蘭槳即以木蘭木材製造的船槳，也象徵貴重。

木蘭是中國特產的名花，其花「色白微碧，香味似蘭」，故稱為玉蘭，為名貴的庭園觀花樹種。栽培歷史已超過二千年，南朝梁·任昉的《述異記》云：「木蘭洲在潯陽

江中，多木蘭樹。」
應該是木蘭最早的記
載，唐代已在庭園廣
為栽培。歷代均植為
觀花的庭院樹，典籍
多有述及，例如造園
名著《長物志》就提
到：「玉蘭，宜種廳
事前。對列數株，花
時如玉圍瓊林，最稱
絕勝。」說明受重視
的程度。

木蘭先花後葉，
春天開花，又稱應
春花、望春花。近代
已培育出紫紅花的變種，稱紫花玉蘭（var.
purpurascens Rehd. *et* Wils.）。同屬植物被
當成木蘭或玉蘭的種類，尚有山玉蘭（*M.
delavayi* Franch）、辛夷（見49-50頁）、望
春玉蘭（*M. biondii* Pamp.）等，均為花氣香
郁的觀花樹種。

木蘭

落葉喬木，高可達30公尺；嫩枝及芽被
黃綠色長柔毛。葉互生，倒卵形至寬倒
卵形，先端急短尖，基部近楔形，排成
三輪；花直徑12-15公分；雄蕊多數，粉
紅色至白色。聚合果圓柱形，褐色，果
梗有毛。種子紅色。

學名：*Magnolia denudata* Desr.
科別：木蘭科

【楮

合歡又名合驩，葉似槐而小，「至暮
而合，枝葉相交結」，也稱為合昏或夜合。
夏初開花，下半部白色，上半部（花絲部
分）粉紅色，花散垂如絲，是著名的夏季觀
賞花木之一。《紅樓夢》沒有直接提到大觀
園有種合歡，第七十八回中秋夜，黛玉和湘
雲聯句詩：「階露團朝菌，庭煙斂夕楮。」
「楮」指的就是合歡，可知大觀園應該也種
有合歡。

古人相信合歡樹可令人歡樂，晉·崔
豹《古今注》云：「欲蠲人之忿，則贈以青
棠。」青棠即合歡。三國時代建安七子之一
的稽康，在房舍前栽種合歡，目的就是使人
不忿。《女紅餘志》記載，杜羔的妻子趙
氏，每年都會在端午節前後採合歡花放於枕
頭內，每當杜羔稍有不快，即取少許合歡花
入酒，讓他喝下消氣。

唐朝詠合歡詩很多，所謂「閒花野草亦
隨時輕重，唐人詩中多言夜合、石竹」，夜
合即合歡。詠合歡的名句，有杜甫〈佳人〉
的「合昏尚知時，鴛鴦不獨宿」及李頎〈題
合歡〉的「開花復卷葉，豔眼又驚心」。

37

合歡花和合歡皮都可當藥材使用，如第三十八回寶玉倒給黛玉喝的酒就用合歡花浸泡而成，有使人「舒鬱理氣、安神活絡」的保健功效。

合歡

落葉喬木，樹皮褐灰色，淺縱裂。偶數羽狀複葉，二回，小葉10-30對，鐮狀長圓形，先端尖，微內彎。頭狀花序排成繖房狀；花淡紅色；雄蕊多數，花絲細長，基部稍連合。莢果扁平狀，先端尖，基部短柄狀，果皮薄，淡黃褐色。

學名：*Albizia julibrissin* Durazz.
科別：含羞草科

【梓】

第七十八回寶玉祭悼晴雯的〈芙蓉女兒誄〉有提起，第五十回寶釵所擬的燈謎詩也提到梓樹：「鏤檀鐫梓一層層，豈係良工堆砌成？」

梓樹的樹冠寬大，葉大花美，自漢朝以來就栽植為行道樹或宮廷景觀樹，至今仍是中國各地最常見的行道樹樹種。早在詩經時代，梓和栗、桐、漆等樹種就已進行人工栽植。由於桑樹及梓樹栽種普遍，所以後人就以「桑梓」代言故鄉，即《紅樓夢》第九十九回所言的「桑梓」之意。《雜五行書》記載：「舍西種梓楸各五根，令子孫孝順，口舌消滅也。」意思是說庭院周圍種有梓、楸二樹，家用得以依恃，子孫就不會有口舌之變，相處自然融洽和睦。

梓樹生長迅速，材大而紋理均勻，耐腐且易加工，可供建築、造船及刻印書籍，因此古書說：「木莫良於梓，造屋有此木，群材皆不震。」梓、楸在分類上隸屬同科同屬，葉形及大小均極類似，也都是建築良材，導致古人常梓、楸不分。楸樹的蒴果長度可達50-60公分，遠比梓樹的蒴果長，可以作為兩者的區別。

梓樹

落葉喬木，主幹通直。葉對生，闊卵形，長寬近相等，幅約25公分，全緣或淺波狀緣，常3淺裂，掌狀脈5-7條。頂生圓錐花序；花冠合瓣，鐘狀，2唇瓣，淡黃色，內具黃條紋及紫色斑點。蒴果線形，種子扁平，長圓形，兩端具長毛。

學名：*Catalpa ovata* G. Don
科別：紫葳科

【楸

《埤雅》有「木名三時」一語，即指椿
從春、榎從夏、楸從秋。椿（*Toona sinensis*
(A. Juss.) Roem），初春吐芽；榎（*Catalpa
spp.*），夏至開粉紅花；楸，樹葉秋季變
黃。《紅樓夢》僅第七十八回提到楸樹，即
寶玉祭悼晴雯的〈芙蓉女兒誄〉：「楸榆颯
颯，蓬艾蕭蕭」句。

楸樹樹冠狹長，樹形美觀，葉有濃蔭，
自古即廣泛栽培為庭園樹。唐·韓愈的〈庭
楸〉詩和宋·劉敞的「中庭長楸百尺餘，翠
掩藹葉當四隅」詩句，描述的都是栽植在庭
院中的高大楸樹。大量栽植成林，常會形成
一地的景觀焦點，《洛陽伽藍記》就有如下
記載：「修梵寺北有永和里，里中皆高門華
屋。齋館敞麗，楸槐蔭途，桐楊夾植，當世
名為貴里。」

樹幹通直修長，古今都栽植為行道樹，
如曹植的〈名都篇〉有「鬥雞東郊道，走馬
長楸間」句，可見至少在漢魏時代，楸樹即
列植在馬路兩旁。

楸與梓同屬，都是古代的造林樹種，
《齊民要術》描述楸的用途，說楸：「車
板、盤盒、樂器所在任用。以為棺材，勝於
松柏。」木材堅韌緻密，紋理美觀不易翹
裂，是優良的家具用材，也是良好的建築用
材，廣泛用於建築、造船、橋樑、雕刻工
藝；古人也用之製作棋枰琴瑟。此外，花可
炒食，葉可餵豬，莖皮、葉、種子可入藥，
至今仍是中醫的外科要藥。

楸樹

落葉喬木。葉三角狀卵形至卵狀長圓
形，先端長漸尖，表面深綠色。頂生繖
房花序；合瓣花，二唇瓣，上唇2裂，
下唇3裂；花冠淡紅色，內有2黃色條紋
及暗紫色斑點。蒴果細長，長可達50公
分，黑色，2瓣開裂。種子橢圓形，兩端
有白色絲狀毛。

學名：*Catalpa bungei* C.A. Mey.
科別：紫葳科

【梧桐

自古以來，梧桐就是著名的庭園觀賞
樹種，如《群芳譜》云：「皮青如翠，葉缺
如花，妍雅華淨，賞心悅目，人家齋閣多種

之。」《紅樓夢》第二十二回，賈母說：「後廊簷下的梧桐也好了，只是細些」的一段話，表示大觀園中也種有梧桐。其餘的梧桐均出現在各回的詩賦句中，包括寶釵所撰的燈謎詩：「眼無珠腹內空，荷花出水喜相逢。梧桐葉落分離別，恩愛夫妻不到冬。」用「梧桐葉落」表秋天。寶釵的燈謎猶如讖語，隱含未來命運：「荷花出水」用以形容寶釵，「梧桐葉落」隱指寶釵命運，後來和寶玉的婚姻就如「恩愛夫妻不到冬」所述。此外，還有寶玉〈秋夜即事〉：「苔鎖石紋容睡鵝，井飄桐露濕棲鴉」，及〈芙蓉女兒誄〉：「桐階月暗，芳魂與倩影同消」。

梧桐枝幹扶疏，有春芽、夏綠、秋黃、冬枯的四季變化，早已成為出色的景觀樹及行道樹。古人相信「鳳凰非梧桐不棲」，顯示梧桐非世俗之木。古人也視梧桐為祥瑞之物，代表賞頌類型的植物。東晉郭璞的〈梧桐贊〉云：「桐實嘉木，鳳凰所棲，爰伐琴瑟，八音克諧，歌以永言，嚦嚦喈喈。」因此，古代文士偏愛在庭院中廣植梧桐欣賞。

梧桐樹幹挺直，生長迅速，對土壤條件要求不高；材質白色，木材輕軟，即所謂「梧桐柔軟之木也，皮理細膩而脆」，為製作木箱和樂器的良材。古代各種琴瑟、琵琶等常以梧桐木材製造，以桐製琴的時代甚至可遠溯至神農時期。

梧桐

落葉喬木，高可達18公尺，樹皮青綠色。葉互生，心形，掌狀3-5裂，葉基心形。大形圓錐花序頂生，花淡黃綠色，無花瓣，萼深5裂；花藥15枚，花絲合成

實心之雄蕊筒。蓇葖果膜質，成熟前即開裂成葉狀，5片，每片種子2-4，種子圓球形。

學名：*Firmiana simplex* (L.) F. W. Wight
科別：梧桐科

【松】

《紅樓夢》全書共有十六回提到松，另有三回提到松子。松為松科松屬植物的總稱，常見的有馬尾松、油松（*Pinus tabulaeformis* Carr.）、白皮松（*P. bungeana* Z. ex Endl.）等，皆是種子具翅、靠風傳布後代的硬木松類，葉一束二或三針。其中分布最廣、大江南北均可見到的是馬尾松。松子則

是種子無翅、靠鳥傳布後代的軟木松類，葉一束五針（見198-199頁）。

《圖經》形容松樹：「磈砢多節，盤根樛枝，皮粗肌潤，四時常青，望之若龍鱗。」松樹凌冬不凋、樹姿蒼勁，古人視為「佳物」及君子的象徵，文人也多以松自況，所謂「歲不寒無以知松柏，事不難無以知君子」。君子居喪，也常會親手栽植松柏。《左傳》也說：「松柏之下，其草不殖。」比喻君子自持，則遠奸佞小人。南北朝有「山中宰相」稱譽的陶弘景嗜聽山野松濤之聲，經常獨自一人待在深山中，為的就是聽到風吹松林的沙沙之聲。他對松風如癡如醉的態度，讓當世之人視他為仙人。

清朝李漁的《閑情偶寄》說：「一切花竹，皆貴少年；獨松、柏與梅三物，則貴老而賤幼。」因此，世人有「蒼松古柏」之謂。老松也是古人眼中的祥瑞之物，即「樹生千年，下有茯苓，上有菟絲。脂入土千年，化為琥珀、墨玉」。《述異記》也說：「香洲出千年松，香聞於十里。」謂此松為「十里香」，在在說明松樹代表著德澤及祥瑞之兆。

馬尾松

常綠喬木，樹皮紅褐色，裂成不規則的鱗狀團塊，枝條每年生長一輪。冬芽褐色，圓柱形。葉2針一束，細柔，下垂或微下垂，有細齒。毬果卵圓形至圓錐狀卵形，果鱗之鱗臍微凹，無刺。種子卵圓形，有長翅。

學名：*Pinus massoniana* Lamb.
科別：松科

【槐

槐樹自古即為重要的造林樹種和景觀樹種，木材耐水濕、易加工，可為建築、車輛、船舶、農具及家具用材。除黑龍江、西藏等地，全中國各地都有栽植，舉凡造林、庭園、道旁都有槐樹。就像桑樹一樣，槐樹也是各地普遍可見的樹種，但兩者形態差異極大，十分容易辨識。《紅樓夢》第十六回、第五十九回、第六十九回鳳姐和鶯兒罵

街所言之「指桑罵槐」或「指桑說槐」，就是以尋常所見的樹種來影射罵人。

古代宮廷官邸多種有槐樹，《周禮》的外朝之法有三公面三槐（三公朝天子時，要面向三槐）的制度；漢宮中所栽種的槐樹，還特稱為「玉樹」。唐朝「天街兩畔多槐」，稱為槐街，長安大街「夾樹楊槐」，「下走朱輪，上有鶯棲」，博士諸生在槐樹之下暢言議論。

槐樹一名櫰，除了「材實重可作器物」外，還有許多用途。農曆四、五月間開黃花，未開花苞狀如米粒，採收後曝曬炒過，是古代染織物的黃色和綠色染料。初春新葉初成，採嫩芽、幼葉煮過後以油鹽調食，是古代的一種家常菜，也可以當成藥材，所謂「久服明目益氣，烏鬚固齒催生」。拾取枯落的槐葉和米飯同煮，稱為「槐葉飯」，是晉朝人士的一種嗜好。農曆七、八月結實作莢，成熟種子黑色，「服之令腦滿，髮不白而長生」。此外，「燒青枝取瀝」，可塗治皮膚頑癬。

槐樹

落葉喬木，樹皮灰褐色，具縱裂紋。奇數羽狀複葉，小葉8-15，紙質，卵狀披針形至卵狀長圓形，先端漸尖，背面灰白色。圓錐花序頂生；花冠白色或淡黃色，旗瓣有紫色脈紋。莢果念珠狀，種子間的縮縊不明顯，具肉質果皮，成熟後不開裂。種子卵球形。

學名：*Sophora japonica* Linn.
科別：蝶形花科

【柏

古人認為：「木皆屬陽，而柏向陰指西，為陰木。白，西方正色，柏為木之貞德者，故字從白。」柏木被視為堅貞的象徵，殷商人甚至以柏為社木。

柏木樹冠濃密、枝葉下垂、樹姿優良，常栽植為庭園觀賞樹，中國園林名勝、廟宇古蹟常栽種。陝西的黃帝陵有一株直徑近4公

來建造舟船。柏係多種柏科植物的總稱，除了側柏外，也包括扁柏類（*Chamaecyparis* spp.）、柏木（*Cupressus funebris* Endl.）等種類。

側柏

常綠喬木，樹皮淡褐灰色，小枝細長下垂。小枝綠色，由鱗片所包。葉鱗片狀，先端銳尖，十字對生，中央之葉背部有條狀腺點，兩側之葉背部有稜脊。毬果球形，熟時暗褐色，種鱗4對。種子近圓形，淡褐色，有光澤。

學名：*Thuja orientalis* L.
科別：柏科

尺的古柏，相傳為黃帝親手所植，距今已有五千多年歷史。孔廟大城門內的孔林，主要也是由柏木組成。《紅樓夢》第七十七回寶玉所說的「諸葛祠前的柏樹」，與杜甫〈蜀相〉詩所云：「丞相祠堂何處尋，錦官城外柏森森」，指的都是成都諸葛武侯祠的祠前大柏，相傳是孔明親手所植，圍達數丈，後世均以此柏來表徵孔明的忠貞之心。

歷代頌揚柏樹的篇章很多，除杜甫〈古柏行〉外，還有宋・司馬光的詠〈柏〉詩：「紅桃素李競年華，周偏長安萬萬家。何事青青亭下柏，東風吹盡亦無花。」及明・李奎的〈古柏行〉：「虞山古柏幾千歲，根盤節錯羅星文。……巖壑寧教無此材，歲寒然後知松柏。」

柏木邊材淡褐黃色至黃白色，心材黃棕色，有香氣。木材紋理直、結構細緻，堅韌耐腐，供建築、車船、家具之用。《詩經・邶風》的「汎彼柏舟」，就是取柏木大樹幹

【楓

第四十六回描寫平兒拉鴛鴦到楓樹底下說話，全書中明言大觀園內種有楓樹的只有本回。楓樹冬葉變紅，自古即為重要的景觀樹種，歷代詩詞文獻都有詠楓詩句。自漢朝起，皇宮貴族皆時興在官邸或辦公場所栽種楓樹。賈府是當年豪門，大觀園種有楓樹，也就不足為奇了。

楓樹就是楓香，《說文解字》說：「楓木厚葉弱枝，善搖。漢宮殿中多植之，至霜後葉丹可愛，故稱楓宸。」皇帝所居之處曰宸，楓宸即指漢宮，表示漢朝皇宮中種有許多楓樹。古代常栽楓成林，特別是在河岸或湖堰處，如《楚辭・招魂》的「湛湛江水兮上有楓」，及唐・姚合的〈楓林堰〉詩：「森森楓樹林，護此石門堰。杏堤數里餘，楓影覆亦遍。」湖堤上春天開杏花，秋冬見

楓紅，可見古人匠心獨具。

　　楓香秋葉變紅、冬季落葉、春季發新芽、夏季葉綠青蔥，四季景觀變化顯著。因此，詩人文士也依所見而使用不同名稱：秋葉稱丹楓，如杜甫詩句：「門巷散丹楓」、「丹楓不為霜」；夏季綠葉尚未轉紅則稱青楓，如李白詩句：「帝子隔洞庭，青楓滿瀟湘。」這種情形也出現在《紅樓夢》中，第十一回描寫鳳姐到會芳園看戲，見到園內景致由衷發出讚詞，說「樹頭紅葉翩翩」；第五回寶玉幻遊太虛境，「紅樓夢十二曲」之一〈虛花悟〉詞句中則有「青楓」一詞。

楓香

落葉喬木，高可達30公尺。葉薄革質，互生，枝端叢生，闊卵形，掌狀3裂，裂片先端尾狀漸尖，邊緣有鋸齒。雌雄花均無萼片及花瓣，雄花呈短穗狀花序，數個排成總狀，雄蕊多數；雌花成頭狀。果排成頭狀，木質。種子多數，褐色，多角形或有窄翅。

學名：*Liquidambar formosana* Hance
科別：金縷梅科

種子上有毛絨，稱為柳絮，常隨風飛舞。第七十回，湘雲見柳花（絮）飛舞，便和寶釵以「柳絮」為題作詞。古人認為柳絮「著毛爪即生蟲，入泥沼隔宿化為萍」，意即柳絮落在皮毛物件上會生蟲，落在池塘中則變成浮萍。

《圖經》說柳性柔脆，枝條長而軟，葉青綠狹長。因此，文人喜歡以柳葉描寫女人之眉，例如第三回形容鳳姐「兩彎柳葉掉梢眉」，及第六十五回形容尤三姐「柳眉籠翠霧，檀口點丹砂」。

柳樹後來演變成負面的形容詞或成語，用以形容吃喝玩樂的紈絝子弟。如第四十七回形容少年柳湘蓮「賭博吃酒，眠花臥柳」，及第七十五回賈珍邀了一群「問柳評花」的公子在寧府飲酒作樂等。

【柳

一般指垂柳，象徵溫柔謙遜，古代文人雅士經常在居家四周栽柳以自勵。觀賞用的柳樹宜臨池種之，取其「柔條拂水，弄綠搓黃」。寧府、榮府皆種有柳樹，如第十一回的詩以「黃花滿地，白柳橫坡」形容寧府花園。榮府內栽種柳樹的地方更多，有怡紅院的「綠柳周垂」（第十七回）、瀟湘館外「柳枝上的宿鳥棲鴉」（第二十六回）、沁芳橋邊之「柳垂金線」（第五十八回），及柳葉渚的柳堤（第五十九回）等。

至晚春時節，柳葉長成；花結子如粟，

垂柳

落葉喬木，小枝細長下垂，褐色或帶紫色，光滑。葉線狀披針形至披針形，先端長漸尖，基部楔形，邊緣有細鋸齒。雄花序葇荑狀，苞片邊緣有纖毛；雌花序長2公分左右，柱頭2-4裂。雌花、雄花均無花瓣。蒴果2瓣裂，種子多數而細小，自珠柄生有白色柳絮。

學名：*Salix babylonica* L.
科別：楊柳科

灌木花卉

　　《紅樓夢》的灌木花卉，主要出現在第十七回，其他提到灌木花卉的內容還有第四十一回、第五十二回、第七十八回。第十七回中提到11種灌木花卉，如辛夷、梅、牡丹、桂、木槿、柘樹、桑等。

　　《長物志》言及灌木花卉在庭園景觀的功能，有些能布置庭台，如李、杏之屬；有些可植於石岩之上或庭際、庭階；有些則具生產食用果實、觀賞花果的效用；也有植於木桶、盆盎等容器的種類，如黃楊；或植於池邊的樹種，如桃、木芙蓉；或栽種成綠籬的植物，如黃楊等。這類功能和造型的灌木，大觀園都有。

　　大觀園以具四季花卉功能的灌木最多，春季灌木花卉有開紫紅色花的辛夷、開紅色花的碧桃（見92-93頁）、淡粉紅色的杏花、白色的梨花（見33頁）及各色牡丹花；夏季開花的，有紫丁香、石榴（見94-95頁）和木槿；秋季開花的，有木芙蓉和桂花（見21-22頁）；冬季開花的，有臘梅和梅等。此外，花、果兩用的灌木植栽，則有梅、杏、梨、桃、石榴等。其中梅和桃在全書出現了25回、桂出現22回、杏出現18回。除第十七回和第四十九回在書中言明木槿作為綠籬外，黃楊（見155-156頁）也是良好的綠籬植物，兩者都耐修剪；其他還有柘樹和桑樹等普遍在大江南北栽種的植物。

【槿

槿即木槿，中國庭園栽植木槿是有講究的，第十七回賈政一行人走至稻香村，有稻莖覆蓋的泥牆、幾百枝杏花、數楹茅屋，屋外種了桑、榆、柘樹及木槿。這些都是中國庭院常見的樹種，稱為「林園佳友」，蘇州拙政園就有種植。大觀園種植木槿可能有兩

暮落花」；《廣群芳譜》名為朝菌。盛暑孟秋，百花開始凋零，只有木槿與荷花相伴。木槿繁花似錦，荷花娟好榮豔，兩者交互生輝，正如李白〈詠槿〉所言：「園花笑芳年，池草豔春色。」荷花凋落較早，木槿花期較長，中秋過後各地僅見殘荷，木槿卻仍樹樹繁花。

木槿

落葉灌木，小枝被黃色星狀毛。葉互生，菱形或菱狀卵形，長4-8公分，不分裂或3淺裂；葉柄長1-2.5公分，有稀疏星狀毛。花單生於枝端葉腋，花瓣5，白色、淡紫色或紫藍色，又有重瓣花品種；雄蕊多數，花絲合生成單體；花下有小苞片6-7枚，線形；萼片5裂。蒴果，長橢圓形，先端具尖嘴。種子黑褐色，有棕色長毛。

學名：*Hibiscus syriacus* L.
科別：錦葵科

個作用，其一是夏季觀花用，其二是作為綠籬，稱為「槿籬」。

木槿應用在庭園的歷史已超過三千年，《詩經》早有記載，如〈鄭風‧有女同車〉：「有女同車，顏如舜華」之「舜」即木槿。歷代文學作品不乏詠木槿的作品，如唐‧崔道融之〈槿花〉詩、戎昱的〈題槿花〉等詩作。

木槿花期五月至十月，花開不絕，但「晨放夕墜」，《本草綱目》稱之為「朝開

【柘

賈政帶領清客及寶玉來到稻香村，見茅屋外所種的植物有桑、榆、木槿及柘樹。四種植物高低不一，葉片質地也有不同。榆樹可長成大喬木；柘和桑樹形較低，分叉多，樹冠呈扇形，枝葉濃密；木槿則是小灌木。若以葉片大小而言，桑樹最大，柘樹次之，木槿又次之，榆樹最小。四者合種，景觀效果最佳。

柘樹

落葉灌木或小喬木，枝有硬長刺，全株
有乳汁。葉互生，近革質，長5-13公分，
卵圓形至倒卵形，基部楔形至圓形，先
端鈍或漸尖，全緣或3裂，表面深綠色，
背面淺綠色。雌雄異株，雌雄花序均為
頭狀。聚合果近球形，徑約2.5公分，肉
質，成熟時紅色。

學名：*Cudrania tricuspidata* (Carr.)
　　　Bureau *ex* Lavall.
科別：桑科

【桑】

古代華北地區民宅、田野多種有桑、
梓、槐諸樹，是古人生活中最為熟悉的植
物。成語「指桑罵槐」或「指桑說槐」多次
出現在《紅樓夢》中，如第十六回鳳姐說
賈府的管家奶奶常「指桑罵槐」的抱怨；
第五十九回鶯兒指責春燕他娘「別指桑罵
槐」，及第六十九回鳳姐的手段讓下人「指
桑說槐」等，將本句成語發揮得淋漓盡致。
第九回賈府家學中寶玉、秦鐘等人的「詠桑
寓柳」句，含意也類似指桑罵槐。

「桑梓」指故鄉，第九十九回周瓊寫給
賈政的信函有「桑梓情深」句。大觀園中也
栽有桑樹，如第十七回描寫稻香村所植之樹
有桑、榆、槿、柘等樹種；而第十八回寶玉
的〈杏帘在望〉詩句：「菱荇鵝兒水，桑榆
燕子樑。」顯示大觀園的蘅蕪院也有植桑。

桑是古代農業的重要植物，先秦古籍如
《詩經》、《尚書》、《楚辭》、《爾雅》
等均有提及，主要是用來養蠶以生產衣料。

48

　　自古桑、柘經常並提，主要是兩者材質
堅硬細緻，都是製弓良材。而柘木又比桑木
堅勁，製弓猶勝之，《考工記》云：「弓人
取材，以柘為上。」兩者也用以製作家具、
農具，也都是古代養蠶的食料。柘葉飼養的
蠶，所吐的絲特別堅韌，適合製作琴弦。自
古名琴，「弦用白色柘絲」，琴聲「清響
勝常」。《齊民要術》說種柘樹的好處是
三年可做「伏老杖」，十年可製「馬鞭、胡
床」，而十五年可做「弓材」和「屨」（木
鞋），二十年可做「犢車材」。柘樹成熟果
實呈紅色，是吸引鳥類取食的鳥餌植物。

　　柘樹也是古代的染料植物，《本草綱
目》說天子衣物取柘木汁液染製。所以黃袍
也稱「柘袍」。

分，密生細毛，雌花序長0.5-1.2公分；花被綠色，雌花被宿存，膨大變肉質。果為多花果，紅色，成熟時暗紫色。

學名：*Morus alba* L.
科別：桑科

【綠夷

寶玉說明蘅蕪院前山石所栽植的一株樹木為「綠夷」，「綠夷」一名出自《文選·吳都賦》：「或豐綠夷，或番丹椒。」但本句又典出《楚辭·七諫》：「雜橘柚以為囿兮，列新夷與椒楨。」謂辛夷和花椒都栽種在園中之意。

初出枝頭的花苞形如筆頭，密生青黃絨毛，外觀酷似毛筆，因此有「木筆」之稱，乾燥後可當藥材使用。開花時，紫苞紅焰，花大而豔，自古即為庭院主要觀賞植物。寺廟官邸亦常種植，白居易的〈題靈隱寺紅辛夷花戲酬光上人〉可為代表：「紫粉筆含尖火焰，紅胭脂染小蓮花。芳情香思知多少，惱得山僧悔出家。」描寫辛夷花的形態、顏色及香氣。

在藥材上，被當成辛夷的植物有多種，主要是根據花苞

木材性質優良，呈獨特的黃色，多年生的大型樹幹可製作器具、農具。果實桑椹供藥用及食用，有時亦為釀酒原料。莖和根部皮入藥，稱為桑白皮及桑根白皮，是利尿消腫及鎮咳劑，《神農本草經》早已載錄。桑樹用途廣泛，經數千年的栽培選育已發展出許多變種，除了栽培最廣的白桑之外，尚有魯桑、荊桑等著名的商業品種。

桑樹

落葉灌木或小喬木。葉紙質，卵形至闊卵形，先端鈍或有短尖，基部圓形或心形，葉緣有粗鋸齒或不規則裂，表面光滑無毛。雌雄異株；雄花序長1-3.5公

的形狀及「味辛」的特性。同科植物望春花（*Magnolia biondii* Pamp.）、木蘭（見36-37頁）、湖北木蘭（*M. sprengeri* Pamp.）等都是藥材中所稱的辛夷。而真正的辛夷，其乾燥花雖可做辛夷藥用，但已不是主要的藥材來源，真正用途還是栽種為觀賞用。

辛夷

落葉灌木，常叢生。小枝紫褐色，芽有細毛，花苞長1.5-3公分，徑1-1.5公分。葉倒卵形至橢圓形卵狀，長10-18公分，先端急尖或漸尖，全緣，表面疏生細柔毛。花先葉開放，單生於枝頂，鐘狀；花被片9，紫色或紫紅色。雄蕊扁平，片狀，多數。聚合果長圓形，長7-10公分。

學名：*Magnolia liliflora* Desr.
科別：木蘭科

【梅

《紅樓夢》共有24回提到梅，其中描述園中梅花的只有4回，即第五回寧府的梅花，第四十九回、第五十回及第五十四回榮府櫳翠庵盛開的紅梅。其餘提到的「梅」均為器物、形容詞或詩中的文句。

第五十回眾姐妹下雪日集合在蘆雪亭做聯句詩，眾人拈鬮為序，起首應為李紈，但卻由鳳姐起頭，依序為李紈、香菱、探春、李

紋、邢岫煙、湘雲、寶琴、黛玉、寶玉、寶釵等，共同作一首詩。由一人先作一句開頭，第二個對這句，再起下一句頭，依次下去，直至作完為止。此次作聯句詩，湘雲提供詩句最多，而寶玉最少，眾人罰他去向妙玉要一枝紅梅來，並準備好一只「美女聳肩瓶」供插。妙玉的住處櫳翠庵中開了十數枝紅梅，寶玉沒一會功夫就已經笑瞇瞇地扛著一枝二尺長的紅梅枝條回來了。

寶玉帶回紅梅，眾姐妹決定由新來的邢岫煙、李紋、薛寶琴以「紅梅花」三字為韻，每人作一首七言律詩，以〈賦得紅梅花〉為題。眾人看了，評定寶琴的詩最好。全詩如下：「疏是枝條豔是花，春妝兒女競奢華。閒庭曲檻無餘雪，流水空山有落霞。幽夢冷隨紅袖笛，遊仙香泛絳河槎。前身定是瑤台種，無復相疑色相差。」

梅花

落葉喬木，樹皮灰褐色；常有枝刺，小枝綠色。葉卵形至橢圓狀卵形，長4-7公分，葉緣細尖鋸齒。花單生或2朵並生，先葉開花；花瓣白色、淡紅或紅色，雄蕊多數。核果近球形，成熟時黃色，徑2-3公分。核（種子）橢圓形，有小尖頭，表面有蜂窩狀穴孔。

學名：*Prunus mume* Sieb. *et* Zucc.
科別：薔薇科

【臘梅

　　臘梅盛開於隆冬時節，所謂「密綴枝頭半展時，才遇小雪是花期」，香氣濃郁，類似梅花，但花色鵝黃，又稱黃梅。臘梅一名源自宋朝文豪蘇東坡及黃庭堅，命名原因有二：一是花期十二月至翌年二月，正值隆冬臘月；二是花開與梅同時，色似蜜蠟。

　　臘梅是中國名花，寒冬雪日先葉開放，香氣襲人，深得文人雅士喜愛。可盆栽，也可栽植在牆邊、池畔。臘梅屬植物僅有三種，分別是臘梅、山臘梅、柳葉臘梅，均產自中國。自冬至春，僅有臘梅等少數花卉能迎風怒放，第五十二回大觀園內，賴大奶奶送給薛寶琴兩盆臘梅，可知此時節已值嚴冬臘月。

　　臘梅樹形優美，花色雅致，氣味芬芳勝於梅花，且花期特長。以花色來分，有素心臘梅和葷心臘梅兩大類。花被、花蕊均為黃色，並無雜色相混者稱為素心臘梅，又有磬口梅與檀香梅之分。磬口梅花形較大，花被不全開放而呈半合；檀香梅花開最早，色深

黃如紫檀，花香濃烈。至於荷花梅等葷心臘梅，其外花被片為黃色，內花被片雜有紫色條紋或斑點，花大瓣圓，上端敞開如荷花，香氣較淡。《群芳譜》說：「臘梅磬口為上，荷花次之，九英最下，寒月庭除，亦不可無。」九英梅為播種成苗的臘梅品種，花小香亦淡。

臘梅

落葉灌木，高可達4公尺。葉橢圓形至橢圓狀披針形，先端漸尖，基部楔形或近圓，近全緣。花單生葉腋，黃色芳香；花被片約16，有光澤，先端圓，內花被片小，具褐色斑紋。聚合瘦果包於肉質果托內，卵狀長橢圓形，果成熟時，果托先端撕裂。

學名：*Chimonanthus praecox* (L.) Link
科別：臘梅科

【杏

《紅樓夢》說到杏的回數很多，如第十七回的稻香村中「有幾百枝杏花」；還有第五十八回清明之日，寶玉去看黛玉途中，在沁芳橋一帶的山石之後見到一株大杏樹，

人，正如《學圃餘疏》所言：「杏花無奇，多種成林則佳。」歷代吟誦杏花的詩詞相當多，如宋·陸游〈江路見杏花〉：「我行浣花村，紅杏紅於染」句，所見為開紅色花的杏樹。

杏有許多栽培品種，可按用途區分為三大類型：一為食用杏類，果實大，肉厚多汁，主要供生食，有200多個品種。二為仁用杏類，果實較小、果肉薄、種仁大，主要供採杏仁。三為觀賞杏類，樹形特殊，葉有斑彩，花色美豔。第六十一回大觀園一位應門的小廝要柳家的「偷幾個杏子賞他吃」，可見園內杏樹至少應有部分屬於食用杏類。

花已全落，上面結了許多小杏果。可見大觀園多處種杏樹，到處能見到杏花。

杏原產於中國的北部和西部山地，《夏小正》有「正月，梅、杏、杝桃則華」及「四月，囿有見杏」的記載，說明至少在二千六百年前中國已有杏樹的栽培。杏樹一般在農曆二月開花，花蕾時色純紅，盛開時色白微帶紅，至落花時則變為純白；單瓣者大量結實，重瓣者多不結實。杏花盛開時，單株無甚可觀，但成叢杏樹開花則美麗動

杏

落葉小喬木，樹皮灰褐色，縱裂；一年生枝條淺紅褐色，有光澤。葉寬卵形至圓卵形，先端急尖至短漸尖，基部圓形至近心形；葉緣圓鈍鋸齒。花單生，先葉開放；花萼紫綠色，花瓣白色或帶紅色，雄蕊20-45。果球形，黃色至黃紅色，果肉呈暗黃色。

學名：*Prunus armeniaca* L.
科別：薔薇科

【芙蓉

晴雯之死是在農曆八月,池岸的芙蓉正開。雖然一般稱荷花為芙蓉,但此處的芙蓉指的是秋季開花的木芙蓉(或稱山芙蓉),而非夏天盛開的荷花。第七十八回寶玉為了祭拜晴雯,在大觀園中以楷字寫成一篇〈芙蓉女兒誄〉,有序有歌;又備了晴雯喜歡的四樣食品,在黃昏人靜時命小丫頭捧至芙蓉花前,行禮畢,將誄文掛在木芙蓉枝上,含淚念詞祭拜。讀畢誄文,又焚帛奠茗,依依不捨。

自古木芙蓉就是中國庭園的著名花木,種在山石旁或池水岸。明代文震亨的《長物志》云:「芙蓉宜植池岸,臨水為佳。若他處植之,絕無豐致。」庭園外則植江邊、河岸、林塘,取其「花光波影,絕豔秋江」的特質。浙江的甌江兩岸因為遍植木芙蓉,而被稱為芙蓉江。

木芙蓉也用來襯飾亭閣和形塑地景,唐詩人柳宗元的〈芙蓉亭〉詩句:「新亭俯朱檻,嘉木開芙蓉。」所指即木芙蓉,新亭因所種植物為名。木芙蓉可單植、叢植,更宜列植,五代蜀後主孟昶為博妃子一笑,曾在成都城內外到處栽植木芙蓉,成都因盛產木芙蓉而名為「芙蓉城」或「蓉城」。

木芙蓉

落葉灌木或小喬木,小枝密被星狀毛及細綿毛。葉卵圓狀心形,5-7裂,裂片三角形,具鈍鋸齒,表面疏被星狀毛,背面密被星狀絨毛。花單生,花梗具節;小苞片8,密被星狀毛;萼鐘形;花初開

時白色或淡紅色,後變為深紅。蒴果扁球形,被淡黃色剛毛及綿毛。種子被長柔毛。

學名:*Hibiscus mutabilis* L.
科別:錦葵科

53

【丁香

紫丁香又名華北紫丁香,是長江以北庭園栽植最普遍的丁香類植物,也是中國著名的觀賞花木。雖然丁香花種類很多,但一般都以紫丁香為丁香花。《紅樓夢》並未明寫大觀園栽植丁香,而是由第七十八回寶玉的詩句「丁香結子芙蓉縧」得知,園區應種有此種花卉。

丁香春季開花,花密集成龐大的花序。

未開時，花蕾先端之花冠裂片呈膨大圓球狀，和纖細而長的花冠管合成細長丁字形。丁香枝葉茂密，花序碩大，香氣襲人。中國栽培丁香的歷史約有一千年，據宋·周師厚《洛陽花木記》記載，當時洛陽已有丁香栽培。常叢植、片植於路邊、草坪中，或與其他花木混植；也可用盆栽栽植，或切花插入瓶中供養，放置案頭、几上及室內，花繁香濃，香氣經月不減。

全世界丁香屬植物（*Syringa* spp.）有28種，中國就有25種，各地所見的丁香花木幾乎都是原產植物。丁香花色繁多，庭園常見的丁香，除了紫丁香外，尚有白丁香（var. *alba* Hort. *ex* Rehd.），為紫丁香的變種，葉片較小，花白色；小葉丁香（*S. microphylla* Diels.），花冠粉紅色；藍丁香（*S. meyeri* Sch.），花紫藍色；什錦丁香（*S.* × *chinensis*）是花葉丁香和歐洲丁香的雜交種。本屬中有許多種類的花可提取香精，是配製高級香料的原料。

紫丁香

落葉灌木或小喬木，小枝、花軸、花梗、葉柄及幼葉均密被腺毛。單葉對生，葉片革質或厚紙質，卵圓形至腎形，通常寬度大於長度，全緣，先端短突尖至長漸尖，基部心形至寬楔形，表面深綠色，背面淡綠色。聚繖花序排成密錐花序，花冠紫色，花藥黃色。蒴果倒卵狀橢圓形至長橢圓形，熟時黃褐色；種子扁平有翅。

學名：*Syringa oblata* Lindl.
科別：木犀科

【牡丹

牡丹自古就是中國庭園中不可或缺的名花，大觀園也不例外。第十七回提到園中有牡丹亭，牡丹亭附近就栽植有許多牡丹。

南北朝時，牡丹就已成為名貴的觀賞花卉。唐皇室在驪山開闢牡丹園，特別珍視牡丹。唐朝中書舍人李正封〈詠牡丹〉詩句：「國色朝酣酒，天香夜染衣。」牡丹遂有「國色天香」之譽。李白曾奉詔到沉香亭寫三首〈清平調詞〉，其一為「名花傾國兩相歡，常得君王帶笑看。解釋春風無限恨，沉香亭北倚欄杆。」描寫的是豔麗的牡丹和傾國傾城的楊貴妃。

牡丹栽培歷史悠久，又遍植各地庭園，培育出來的品種極多。其中的「姚黃」和「魏紫」，是歷代文學作品經常詠頌的著名牡丹品種。宋朝時，洛陽是牡丹的栽培中心，世界第一部牡丹專著就是宋‧歐陽修所寫的《洛陽牡丹記》，記錄了洛陽著名的牡丹品種24個，並描述洛陽人賞花、種花、養花的習俗和經驗。明清兩代栽植、賞玩牡丹的風氣也很盛。明朝的《群芳譜》中載錄有185個品種，而根據1992年出版的《中國花經》估計，現代的牡丹品種約有462個。

牡丹

落葉灌木，高達2公尺，分枝短而粗。葉常為二回三出複葉，表面綠色，背面淡綠色，有時具白粉。花單生莖頂，徑10-16公分；苞片5，花萼5，花瓣5或重瓣，花瓣紅紫色、紅色、玫瑰色、白色。果實為蓇葖果。

學名：*Paeonia suffruticosa* Andr.
科別：牡丹科

藤本植物

　　蔓藤類植物體無主莖，亦無一定的高度，大都不能自立；又可區分成：莖柔軟，以莖本身纏繞他物爬升的纏繞植物（twining plants）；莖細長柔弱，生出卷鬚、倒鉤刺等特別結構以攀緣他物的攀緣植物（climbing plants）；莖較柔弱，幼苗期或植株尚小時能直立生長，但枝條伸展時必須攀附他物支撐或上升的蔓性植物（trailing plants）；以及利用匍匐莖平臥在地面上生長蔓延的匍匐植物（runner plants）。

　　栽植蔓藤類植物時，宜搭設棚架、支撐物，「以竹為屏或架木為軒（長廊之有窗者曰軒）」。或直接在屋牆、高台下種植。

　　《紅樓夢》出現蔓藤類植物的內容主要有兩回：一是第十七回賈政率賓客巡視大觀園，沿途所見的荼蘼架、木香棚、薔薇架等，藉以顯示大觀園栽花之盛、品種之多。二是第五十六回，借李紈之口說明怡紅院的籬笆上種了玫瑰、薔薇、月季、寶相、金銀花、藤花（紫藤）等，都是香氣濃郁的名貴觀賞藤類。另外，在第三十八回，有迎春獨坐在花蔭下拿針穿茉莉花的情節，表示大觀園也種茉莉花。

　　大觀園所種的藤蔓植物，各種類型都有：以柔軟的莖旋繞枝架的纏繞植物，如葛藤、金銀花、雞血藤等；以卷鬚、倒鉤刺等攀附他物的攀緣植物，如荼蘼、薔薇、紫藤、月季、寶相、木香等，這類植物是大觀園觀賞藤類的主體。還有在莖節長出不定根，攀爬樹幹或岩石、牆壁的攀緣植物，如薜荔、扶留（見213-214頁）；蔓性植物則有茉莉花（見183頁）、玫瑰等。

【葛

葛藤是中國最早利用的重要纖維植物之一，平民的衣物、織品多由葛藤的莖部取纖維紡紗製成。葛也是製作鞋子的材料，所製之鞋稱為「葛履」。

第十七、十八回提到賈珠的寡妻李紈住在「瀟葛山莊」，用「瀟葛」以稱頌其婦德，元春歸省時才改名為「稻香村」。第三十八回的葛，出自探春的〈簪菊〉詩：「短鬢冷沾三徑露，葛巾香染九秋霜。」葛巾為士人所戴的頭巾，用葛紗製成，後人用「葛巾布袍」或「葛巾野服」形容平民裝束，或指隱士、道士。

葛在中國可謂處處有之，江浙尤多。《尚書・禹貢》所言：「揚州島夷卉服」之「卉」，即指葛藤。在棉花及近代合成纖維進入中國之前，葛藤是作為纖維植物而栽培。近代則利用葛藤廣泛的適應性、易繁殖及繁生迅速的特點，作為水土保持的植物應用。因枝葉營養價值高，在許多地區作牧草栽培。莖蔓堅韌，可編製箱籠家具。

塊根稱「葛根」，富含澱粉，也是古老的藥用植物，《神農本草經》列為中品，含有黃酮類物質，可用來解饑退熱、生津止渴。葛藤未全開放的花稱為「葛花」，也含多種黃酮類成分，古代用來解酒。

葛藤

多年生蔓性草本，臥地蔓生或纏繞其他植物生長，莖節極易生根。葉為三出複葉，葉半菱形，有時三淺裂，兩面被覆粗糙毛；托葉盾形，小托葉針狀。花腋生，總狀花序，花軸長20公分，花密簇著生；花瓣藍紫色或紫色。莢果扁平而長，密布黃色剛毛。

學名：*Pueraria lobata* (Wild.) Ohwi
科別：蝶形花科

【茶蘼

茶蘼古又名酴醾、佛見笑、獨步青、獨步春，開白色花；也有黃花品種，因其「色黃似酒」，故又稱「酉茶醾」。《四川志》記載成都所產的茶蘼花有白玉碗、出爐銀、雲南紅三種，均花美且香氣芳馥。《廣東志》說茶蘼花：「海國所產為盛，出大西洋國者，花大如中國之牡丹，夷女以澤體膩髮，香經月不減。」

詠茶蘼詩在宋朝大量湧現，但是歷代文獻並未確切指出茶蘼種類。依據詩詞描述及傳世的唐宋繪畫，茶蘼應和薔薇、玫瑰一類植物有相似之處，其中又以懸鉤子薔薇最為接近。

茶蘼具香氣，《廣群芳譜》說茶蘼：「香微而清……盛開時折置書冊中，冬取插鬢猶有餘香。」蘇東坡詩：「酴醾不爭春，

寂寞開最晚」，說茶蘼盛開期較其他薔薇類植物晚，即所謂「開到茶蘼花事了」，春天的花開到茶蘼，就無花可賞了；「不妝豔已絕，無風香自遠」，謂其花色香兼具。

另有一說，認為茶蘼是同科懸鉤子屬的重瓣空心泡（*Rubus rosaefolius* Smith var. *coronarius* (Sims.) Focke），亦為有刺攀緣灌木，開白色的重瓣花。

懸鉤子薔薇

匍匐性灌木，小枝通常被柔毛，幼時較密，老則脫落；皮刺粗短彎曲。小葉卵狀橢圓形至橢圓形，表面深綠色，背面密被柔毛。花排成圓錐狀繖房花序，花瓣白色且芳香，倒卵形；萼片披針形，兩面密被柔毛。紅色果近球形，有光澤。

學名：*Rosa rubus* Levl.*et* Vant.
科別：薔薇科

【薔薇

薔薇植株蔓狀，必須依附他物生長，大觀園內的薔薇分別生長在薔薇院及薔薇架上。爬滿屋牆者稱為薔薇院，而在空曠地上以支架種薔薇者，則稱為薔薇架。一般可在庭院中植為花籬，或當作花柱、花門等。《紅樓夢》提及薔薇者有九回，都出現在前八十回。

薔薇屬植物全世界約有200種，中國有80多種，有許多種類已成為世界著名的觀賞植物。中國栽培薔薇的歷史悠久，十七世紀成書的《群芳譜》已有薔薇記載。歐洲引入大量的中國種薔薇屬植物，如月季花、薔

薇、玫瑰，跟原產歐洲的薔薇屬進行雜交，培育出許多優良品種。世界各地花園所栽培的各類薔薇植物，大概或多或少都有中國薔薇的基因。

中國章回小說及詩詞等歷代文學作品所言的薔薇，可能包括野薔薇在內的許多變種和其他相關種類，例如光葉薔薇（*Rosa multiflora* Thunb. var. *wichuraiana* Crep.）、紅刺玫（見63-64頁）、白玉堂（*R. multiflora* Thunb. var. *albo-plena* Yu *et* Ku）等。近代栽培的「薔薇」多數是洋薔薇（*R. centifolia* L.），或其他雜交品種。野薔薇抗病、抗蟲力強，目前雖亦有栽種供觀賞用者，但大都用來作嫁接其他品種的砧木，或當作雜交育種的親本。

薔薇

攀緣灌木，小枝皮刺短而稍彎。羽狀複葉，先端急尖，邊緣有銳鋸齒；托葉篦齒狀，大部分貼生葉柄。花排成圓錐花序，花多朵；花徑1.5-2公分，花瓣先端微凹。果近球形，紅褐色或紫褐色，光滑無毛。本種變異極大，有許多變種及園藝栽培種。

學名：*Rosa multiflora* Thunb.
科別：薔薇科

薜荔

薜荔的植物體無香味，也非草類，但《楚辭》及後世文人均視之為香草。《紅樓夢》出現本植物的各回，也都有引喻香草的意義。第十七回大觀園中有香味的植物，賈政門客毫不猶豫地說是「薜荔藤蘿」；第三十七回〈白海棠和韻〉詩句「蘅芷階通蘿薜門」，典出〈九歌·山鬼〉之「被薜荔兮帶女蘿」；第七十八回〈芙蓉女兒誄〉句「雨荔秋垣，隔院希聞怨笛」，則出自〈九歌·湘夫人〉：「罔薜荔兮為帷」。

《爾雅翼》說薜荔：「生於石上，亦緣木生，葉厚實而圓。」所言應即李時珍所說的「木蓮」。木蓮「四時不凋，厚葉堅強……不花而實。實大如杯，微似蓮蓬」，木蓮即今之薜荔。薜荔通常「緣樹木垣牆而生」，古時多栽培供攀緣門牆戶簷，即唐人顧況詩所言：「薜荔作禪庵，重疊庵邊樹。」現代亦栽植於岩坡、水泥牆垣上，任其蔓延攀爬，增加自然情趣，並軟化硬體鋪面。薜荔也是藥用植物，果實、種子為壯陽固精劑。

薜荔

攀緣性之匍匐灌木，幼時以不定根攀附石壁或樹幹。葉二型，幼年枝及非結果枝葉小而薄，紙質，心狀卵形，基部歪斜；老枝及結果枝之葉大而厚，革質，橢圓形，全緣。隱頭花序為梨形至近球形；雄花及蟲癭花都生於同一花序之中，雄花著生於近口部。隱頭果成熟時略帶淡黃色，頂端平截，略具短鈍頭。

學名：*Ficus pumila* L.
科別：桑科

【藤花

藤花即紫藤，是世界知名的觀賞植物，原產於中國；暮春時開花，是花木中少見的高大藤本植物。枝葉茂密，紫色花序懸垂，開花繁盛，有香氣，是姿態優美的觀賞花卉植物。

中國栽植紫藤的歷史悠久，唐朝時已經有栽培紀錄，各地都有栽種，有許多百年以上的古老植株。栽植廣泛的一般紫藤，花為紫色，其他常見品種還有紫色花、白色花的「一歲藤」；花白色、有濃香的「麝香藤」；花初開時紫紅色，後變為白色的「野白玉藤」；花大、桃紅色的「本紅玉藤」；主蔓較細，花白色、有香氣的「白花紫藤（或銀藤）」；花青蓮色的「三尺藤」；花重瓣、菫紫色的「重瓣紫藤」等。

同屬其他常見的栽培種類，尚有開白色花的白花藤（*Wisteria venusta* Rehd. et Wils.）；開淡蓮青色花的藤蘿（*W. villosa* Rehd.）；原產日本，花亦紫色的多花紫藤（*W. floribunda* (Will.) DC.）等。園藝育種學家以這些植物為材料進行種間雜交，陸續培育出花期長、花數多、花序長而大、花香濃郁的重瓣花及適應性更廣的觀賞品種。

紫藤

落葉木質大藤本，莖左旋。奇數羽狀複葉，托葉線形，早落，小葉7-13，紙質，卵狀橢圓形至卵狀披針形，先端漸尖至尾尖。總狀花序長15-30公分，花序軸被白色柔毛；花芳香，花冠紫色，旗瓣圓形，先端略凹陷，花開後反摺。莢果倒披針形，密被絨毛，懸垂枝上不脫落，種子1-3粒。

學名：*Wisteria sinensis* (Sims) Sweet.
科別：蝶形花科

【玫瑰

　　第五十六回描述怡紅院周邊的籬笆種有玫瑰。玫瑰雖然豔麗，但枝幹長滿密刺，對有些人而言，是美中不足之處，如第六十五回賈璉說尤三姐「玫瑰可愛，但刺多扎手」，以此形容尤三姐雖然美麗，但性情強悍不易「馴服」。

　　玫瑰花是著名的觀花植物，古名徘徊花，除栽植觀賞外，還可「結為香囊」隨身佩帶，香味濃郁持久。古人或許不習慣香豔超絕的花朵，因此《長物志》才會說玫瑰「實非幽人所宜佩」，也嫌玫瑰「花色微俗」。因此，玫瑰在古代多作為食品香料，少當名花欣賞。但歷代詠玫瑰的詩文也不少，如宋・楊萬里的〈紅玫瑰〉詩：「棲葉連枝千萬綠，一花兩色淺深紅」、明・陳淳的〈玫瑰〉詩：「色與香同賦，江鄉種亦稀」等，都是玫瑰的擁護者。

　　經過歷代栽培，玫瑰已發展出不同花色的各式品種，如紫玫瑰、紅玫瑰、白玫瑰等，以及重瓣紫玫瑰、重瓣白玫瑰及各類雜種玫瑰。

玫瑰

直立灌木，高可達2公尺；枝幹密生皮刺和刺毛。奇數羽狀複葉，小葉5-9，橢圓形至橢圓狀倒卵形，邊緣有鈍鋸齒，質厚，表面光亮，但多皺，表面蒼白色，有柔毛及腺體。花單生或3-6朵聚生，花梗有絨毛和腺體；花紫紅色至白色，芳香，徑6-8公分。果扁球形，徑2-2.5公分，成熟時紅色。

學名：*Rosa rugosa* Thunb.
科別：薔薇科

【月季

　　狹義的月季專指本種植物，每葉只有3-5片小葉，葉片較大，花色紅或粉紅；廣義的月季花則包括月季、薔薇和玫瑰。

　　月季最重要的特徵是花期長，色豔而有香氣，又名月月紅、月月花、長春花。有些地方一年四季都可開花，即蘇東坡詩所言：「唯有此花開不厭，一年長占四時春。」另一位宋朝詩人朱淑真也說：「一枝才謝一枝殷，自是春工不與閒。」詩人所提到的月季花，應屬中國特有種。

　　現代的月季花，是經過歷代育種家將薔薇屬內不同品種間交配所產生的雜交品種，全世界公認的優良品種有7000個以上。形態較複雜，花色包括紫、紅、橙、黃、白、綠多種。第六十二回提到的「月月紅」，就是月季花的一個重要品種。

　　月季是名貴的觀賞花卉，也是重要的香料工業原料。花有桂花香、水果香等不同揮發油成分，可萃取香精，供製香水及食品

香料。月季也可作為中藥材，花用於治血調經，治療月經困難、月經期痙攣性腹痛等症狀；根治赤白帶；葉能活血消腫。

月季

直立灌木，高1-2公尺，小枝粗壯，具粗短的鉤狀皮刺。單數羽狀複葉，小葉3-5，寬卵形至卵狀長橢圓形，邊緣有銳鋸齒，表面暗綠色，有光澤。花4-5朵集生，萼片卵形，先端尾狀漸尖，邊緣常有羽狀裂片，內面密被長柔毛；花重瓣或半重瓣，紅色或粉紅色，有時為白色。果卵球形至梨形。

學名：*Rosa chinensis* Jacq.
科別：薔薇科

【寶相】

　　第五十六回，李紈提到怡紅院的籬笆上有薔薇、月季、寶相、金銀花、藤花等。由此可見，「寶相」在此指的是和薔薇、月季形態類似的一種攀緣藤本植物。《廣群芳譜》也視寶相為薔薇的一個品種，「花較薔薇大，有大紅、粉紅兩種」，也就是指單瓣、紅色或粉紅色花的薔薇，即今之粉團薔薇或稱紅刺玫。

　　薔薇原是野薔薇經過歷代選育馴化而來的多個品種的綜合名稱，早在梁武帝時代（西元520～547年），宮廷中就已盛行栽

植薔薇觀賞。宋朝品種漸多,至明朝栽培更盛。現代薔薇應為多種同屬植物或不同品種經長期雜交選育而來,包括粉團薔薇、荷花薔薇(cv. Carnea)、白玉棠(cv. Albo-plena)等優良品種,目前世界各國廣泛栽培的薔薇花,已絕少血緣單純的種類。

寶相花也指一種盛行於隋唐的莊嚴紋飾,又稱寶仙花、寶花花。紋飾的構成一般以某種花卉,如牡丹、蓮花等為主體,中間再鑲嵌形狀不同、大小粗細有別的其他花葉,經常應用於佛教寺院的浮雕圖案、瓷花盆、地氈圖案。例如,奉國寺大殿的石雕就有寶相花、牡丹花、蓮花的花紋,唐朝彩色釉陶及明清瓷器上也可見到寶相花紋飾。

粉團薔薇(紅刺玫)

攀緣藤本或蔓狀灌木,枝細長,有皮刺。奇數羽狀複葉,小葉5-9,倒卵狀圓形,先端稍鈍,邊緣具銳鋸齒,有柔毛。繖房花序,花數朵,花色為粉紅色至紅色,單瓣花;花柱伸出花萼筒外,結合成柱狀。果近球形,紅褐色。

學名: *Rosa multiflora* Thunb. var. *cathayensis* Rehd. et Wils.

科別:薔薇科

【金銀花

秋季老葉枯落後,可在葉腋萌出新芽,新葉在冬季不凋落,可越寒冬,因此金銀花又名忍冬,是一種有悠久歷史的常用中藥,始載於《名醫別錄》,列為上品。花、莖、

葉都可入藥，有清熱解毒、生津止渴、散風解表及消炎止瀉的功效，是「銀翹解毒丸」的主要藥材，用以治療傷風感冒、腫毒、惡瘡不癒等病症。

金人段克己的詩：「有藤名鷺鷥，天生匪人育。金花間銀蕊，翠蔓自成簇。」所言之鷺鷥藤即金銀花。金銀花一總梗上開著兩花，通常一大一小，又名鴛鴦藤。初開時花冠潔白如玉，數日後花冠轉為金黃色。同一花枝上，新舊花相參，黃白色花交雜，宛如金銀相映，因此得名。清明節過後即開花不絕，屬於夏季花卉。

植株為纏繞性藤本，栽植時多架設棚架或種在籬笆下任其攀繞而上，而且藤皆左旋。本回怡紅院中，金銀花是和其他藤本花卉沿著籬笆栽植，原是純粹觀賞用。經過探春此番興利除弊的整頓後，大觀園中的金銀花等花卉則可採收枝葉賣到藥鋪去。

金銀花

半常綠纏繞藤本，幼枝密被黃褐色之硬毛及腺毛。葉對生，卵形至橢圓狀卵形，有毛，表面深綠色，背面淡綠色。小枝上部葉通常兩面密被短毛，下部葉平滑無毛。花通常成對生於總花梗頂端，特稱「雙花」，腋生；花冠初生時白色，後變黃色，分成上下兩唇瓣。果圓形，成熟時黑色。

學名：*Lonicera japonica* Thunb.
科別：忍冬科

【玉蕗藤

賈寶玉引《離騷》、《昭明文選》等書來說明大觀園內的奇花異草，其中一種稱為「玉蕗藤」。但上述各書並沒有提及「玉蕗藤」，歷代本草、花經亦無記載。《紅樓夢大辭典》依〈急就篇〉註解玉蕗藤為甘草，以甘草為「蕗草」，但甘草為直立木質化的草本植物，非藤類。若解為蕗藤，應該較為合理。

蕗藤今稱雞血藤，又名老荊藤，老莖砍後有血紅色黏液流出，經常栽種於園林中以攀附花架、花廊、假山、牆壁，終年常綠，夏秋之間開紫紅色花朵。古都園林，例如蘇州拙政園、滄浪亭等都有種植。有時亦栽成盆景，非常美觀。

除觀賞外，雞血藤在民間亦當成藥物使用。《本草綱目拾遺》記載雲南產的雞血藤熬煉成膏，有補氣血、壯筋骨、通經活絡的效果。《植物名實圖考》引《順寧府志》記述，取莖部汁液入水煮之，佐以紅花、當歸、糯米熬膏，可「去瘀血，生新血」，稱之為「血分之聖藥」。老藤輕勁堅韌，顏色淡紅，民間常取之為手杖，即詩詞所稱的「赤藤杖」。既然有詩詞吟誦之，像賈府這種書香門第，庭院所植亦應包含本種。

雞血藤

常綠攀緣或蔓生灌木，產於長江流域及華南地區。羽狀複葉，小葉7-9，卵狀橢圓形，先端鈍，微凹且基部呈圓形，光滑無毛。圓錐花序頂生，下垂，長5-10公分；花多而密集；花冠蝶形，紫色至玫瑰紅色。莢果扁，線形，長約15公分，寬約2公分，果瓣近木質。種子扁圓形，紫黑色。

學名：*Millettia reticulata* Benth.
科別：蝶形花科

【木香

木香之名首度出現在《花鏡》一書，植株形如薔薇，農曆四月開花，花香濃馥，因此稱為木香。《本草綱目》說：「本名蜜香，因其香氣如蜜也。」又名木蜜。

木香屬蔓性植物，必須利用花架、花棚攀爬。花開時節，「望若香雪」，宋人劉獻說：「只因愛學宮妝樣，分得梅花一半香。」晁補之詠〈木香〉詩：「朱簾高檻俯幽芳，露浥煙霏欲褪妝」及「羞殺梨花不解香」，均說明木香兼具花色及花香。

「木香棚」顧名思義是栽種木香的花棚，位於大觀園西側、稻香村北方。《長物志》評論各類花木，說：「木香架木為軒，名木香棚。花時雜坐其下，此何異酒食肆中？」如按其說，大觀園的木香棚也是以木材搭蓋的。

木香是中國庭院最常栽種的香花植物，除架設花棚栽種之外，也可以沿牆而植，更適合栽種在庭院的山石旁。花可煎茶及提煉芳香精油，製造化妝品及香皂。木香也是中藥材，可治療膀胱冷痛、嘔逆反胃、霍亂痢疾等病症。

木香

攀緣灌木，疏生刺或近無刺。羽狀複葉，小葉3-5片，革質，橢圓形卵狀至長圓狀披針形。花數朵至多花簇生成繖形花序形；花瓣白色、乳黃色、紅色，均具強烈芳香。果近球形，成熟時紅色。

學名：*Rosa banksiae* Ait.
科別：薔薇科

草本植物

　　相對於木本植物之喬木及灌木，草本植物形體較為低矮，莖部由柔軟草質構成。包含許多觀賞花卉種類，也包括許多食用及藥材植物，甚至有很多常見的雜草，一年生、二年生至多年生兼而有之。

　　大觀園的草本植物，絕大多數出現在第十七回，只有極少數種類出現在其他回，如荻在第十八回、蘭花在第四十回、萱草在第七十六回。大觀園的草本植物種類，不同於一般的植物分類系統，其中包括植物形體矮小、不具維管束（特化的輸導組織）的低等植物苔蘚類，苔和蘚都有；也有由藻類和真菌結合而成的地衣類，如松蘿；雙子葉類有澤蘭、蘼蕪（見111頁）、芍藥、紫雲英等；單子葉類有金燈草、萱草、蘭花等。

　　若依用途和植物來源區分，大觀園的植物有非經人工栽植者，是植物的種子、孢子等繁殖體自行由園外進入園區適生而自然產生者，而且為數還不少，如苔、蘚、稗、荻、紫雲英、松蘿等。有香草類，如杜若、杜蘅（見30-31頁）、澤蘭、蘼蕪、白芷等。也有刻意栽植，花色豔麗的四季花卉，種類有金燈草、芍藥、萱草、蘭花、蜀葵、菊（見252頁）等，種數也很多。此外，還包括兼具觀賞價值的藥材，如蘼蕪、白芷、風連、艾納香、蓱、藿等，以及常見的庭園綠化植物芭蕉（見32-33頁）和蔬菜韭（見226-227頁）等。

【苔

苔是潮濕地面上常見的綠色低等植物，地錢為其中分布最普遍且到處可見的種類。古人說：「苔生於地之陰濕處，陰氣所生也。」大觀園中有多處提到苔，如第十七回賈政等人進入正門後在翠嶂前的白石上，就見有「苔蘚斑駁」；第二十六回黛玉吃了怡紅院的閉門羹後，不顧「蒼苔露冷」，躲在牆角花蔭下獨自飲泣；第四十回劉姥姥逛大觀園，看到瀟湘館前的路邊「蒼苔布滿」；第五十九回寶釵春睡初醒，見蘅蕪院窗外「土潤苔青」；第七十五回王夫人擔心路上「苔滑」，要賈母坐竹椅等，可見園內青苔處處。

古來詩詞都有詠苔或寫苔詩句，《紅樓夢》各回中的詩句提到苔的也有多處，如寶玉「四時即事詩」之一的〈秋夜即事〉，就有「苔鎖石紋容睡鶴，井飄桐露濕棲鴉」句（第二十三回）；黛玉見景思情，想起有父母的好處來，遂引《西廂記》一曲：「幽僻處可有人行？點蒼苔白露冷冷」（第三十五回）。還有探春〈詠白海棠〉之「苔翠盈鋪雨後盆」句（第三十七回）、寶玉的蘆雪亭即景詩「衣上猶沾佛院苔」句（第五十回）、黛玉〈桃花行〉之「閒苔院落門空掩」（第七十回）、妙玉「露濃苔更滑」句（第七十六回）等。

地錢

常生長在陰濕的岩石、地面及台階上。有扁平的葉狀體，淡綠至深綠色，邊緣波狀曲；腹面有紫色鱗片及假根。雌雄異株；雄花器圓盤狀，7-8淺裂，下約有長約2公分的托柄；雌花器扁平，9-11深裂，托柄更長，長約6公分。

學名：*Marchantia polymorpha* L.
科別：地錢科

69

【蘚

多數蘚類分布的海拔比苔類高，水平分布北方寒冷處較多，南方低海拔地區較少，亦即蘚類多分布於生態上屬於較冷濕的生育地。第十七回在進正門後，翠嶂白石上有「苔蘚斑駁」，極可能是指形體較矮小的蘚類，或泛指鋪展在地面上或其他物體的氈狀綠色植物。

一般人經常苔、蘚不分，文學作品中大

都是「苔蘚」並提。但在植物分類上，苔蘚卻是屬於兩類大不相同的植物。蘚類形體一般較苔類高大，大都具有莖葉體，植物體有一定的高度或長度，蒴柄長而堅挺，多分布在高海拔山區或溫、寒帶地區。

中國古代庭園，有時還刻意栽植苔蘚類植物以增添古趣。例如，《花史》言：「王彥章葺園亭，疊壇種花，急欲苔蘚，少助野意。」用人工方式在山石各處栽植，「以茭泥馬糞和勻，塗潤濕處，不久即生」。

小金髮蘚

土生蘚類，質地稍硬，綠色至暗綠色，老時變黃褐色，常叢生成大片族群。莖長2-8公分，單一，基部密假根。葉上部闊披針形，邊緣有鋸齒，中肋粗，長達葉尖。雌雄異株；雄株較小，頂端花蕾狀。蒴柄長2-4公分，橙黃色，孢蒴圓柱形，蒴帽兜形，披黃色長毛。

學名：*Pogonatum inflexum* (Lindb.) Lac.
科別：金髮蘚科

70

【女蘿

女蘿即松蘿，古人常常弄不清楚菟絲與松蘿的分別，陸機《毛詩義疏》云：「菟絲蔓連草上生，黃赤如金。松蘿自蔓松上生枝，正青，與菟絲殊異。」說兩者是截然不同的植物。即《釋文》所說：「在草曰菟絲，在木曰松蘿」之意。《古詩》裡有「與君為新婚，菟絲附女蘿」句，指二物同類相依附，菟絲和松蘿若不攀附他物就無法自生。

《爾雅翼》說「女蘿正青而細長」，生山谷松樹上，或其他各種樹幹上。古人重視松蘿所攀附的植物種類，藥用則「以松上者為真」。松蘿又稱綠蘿，例如唐·杜牧的〈綠蘿〉詩：「綠蘿縈數匝，本在草堂間。秋色寄高樹，晝陰籠近山。」

《神農本草經》列松蘿為中品，可用來止咳平喘、活血通絡、清熱解毒。植物體含有松蘿酸、地衣酸，其中又以松蘿酸含量最多，有抗菌作用。

另有一種常見的松蘿，稱為長松蘿（*U. longissima* Ach.），植株比松蘿更長，枝條不呈二叉狀分枝，而是在主枝上密生長約1公分的短側枝，外形像蜈蚣，因此又叫做「蜈蚣松蘿」。

松蘿

藻和菌共生的絲狀地衣，植株淡灰綠
色，長絲狀，成二叉式分枝，越近前端
分枝越細，基部較粗。分枝平滑，表面
有明顯的環狀裂溝，中軸線狀，強韌，
由菌絲組成，有彈性，其外為藻環。子
囊果盤狀，褐色；子囊棒狀，內有8個橢
圓形子囊孢子。

學名：*Usnea diffracta* Vain.
科別：松蘿科

【紫芸

　寶玉一一指出園中的花草名稱，有些
植物出自〈離騷〉，有些出自《昭明文選》
的〈吳都賦〉及〈蜀都賦〉。部分植物未言
明出處，紫芸為其一，寶玉僅說道：「紅的
自然是紫芸。」但近代中國植物名稱中，並
沒有「紫芸」這種植物，推測可能是指紫雲
英。另有解成爵床科的紫雲菜，但其花為紫
色，應非本回所指。

　紫雲英又名紅花草、翹搖，即《詩經》
所說的苕，在秦嶺、淮河之間及西南地區尚
有野生種分布。明清時代長江中下游地區已
廣為栽植，目的是提供綠肥以改善土壤，增
加穀類生產，也提供牲畜當飼料，目前已成
為全中國栽培面積最廣的綠肥植物。

　根據研究，用作飼料的紫雲英，在始花
期至盛花期收割，植物體養分最高，適合餵
食豬、兔等多種牲畜。近代栽培紫雲英多以
提供飼料為主要目的，經濟利益比充作綠肥
高。嫩莖葉可當蔬菜食用。花紫紅色，在植
株上結成圓球狀花序，相當美觀，有早花型
與晚花型品種，可當作觀花植物，或許這是
大觀園栽植「紫芸」的目的。

紫雲英

一至二年生草本，常匍匐生根，高可達
30公分。葉為奇數羽狀複葉，小葉7-13
片，膜質，倒卵形至倒心形，長0.5-2公
分，先端圓或凹入。繖房花序聚生於總
花梗頂端，成頭狀，總花梗長4-15公分。
花冠紫色至粉紅色。莢果長圓形，微
彎，有凸起網紋，成熟時黑色。

學名：*Astragalus sinicus* L.
科別：蝶形花科

高良薑的花集生成穗狀，南方居民用鹽梅汁浸漬未開花前的幼嫩花序當蔬菜食用。高良薑、山薑（*Alpinia japonica* (Thunb.) Miq.）、紅荳蔻（*A. galanga* Willd.）、草蔻（*A. katsumadai* Hay.）均為薑科山薑屬植物，植物形態相似，植物體均有香味，古代多混淆使用。即《本草綱目》所言，這些植物「葉皆相似，方書所載，多相合併」。不止是方書，歷代詩文所見之杜若，可能也是一類多種。

【杜若

本回提到的「杜若」，應該就是今日所稱的高良薑。據《本草綱目》所說：「今楚地山中時有之，山人亦呼為薑，根味辛，或以大根為高良薑，細者為杜若。」意思是說形體大者為高良薑，中小者為杜若。

賈政等人來到蘅蕪院，其中有一清客應賈政要求作了對聯：「麝蘭芳靄斜陽院，杜若香飄明月洲」。麝為麝香，蘭為澤蘭，和杜若一樣都是以香氣勝出。杜若被視為香草，係源自《楚辭·山鬼》句：「山中人兮芳杜若，飲石泉兮蔭松柏」及〈九歎〉句：「握申椒與杜若兮，冠浮雲之峨峨」。庾信的「春洲杜若香」、錢起的「新泉香杜若」、錢惟善的「春雨和香杜若洲」，這些詩人均視杜若為香草，無疑是受到《楚辭》啟發。

高良薑

多年生草本，高可達1公尺，根莖長而匍伏，棕紅色或紫紅色。葉排成二列，披針狀線形，先端尾狀漸尖；葉鞘開放抱莖。直立總狀花序頂生：花白色，唇瓣長圓形卵狀，白色而有紅色條紋，雄蕊1枚；子房密被絨毛。蒴果球形，成熟時紅褐色。

學名：*Alpinia officinarum* Hance
科別：薑科

【金蔆草

賈政等人來到一片山石，只見許多味香氣馥的奇花異草，眾人均不認得。寶玉乘機賣弄「雜學」，說明其中一種是金蔆草。金蔆草一名出自《拾遺記》：「晉武帝為撫單時，砌下生草三株，狀若金蔆。」金蔆草可

囊螢。」意思是說在書房外種上明豔的金燈花，就無須常常更換囊中的螢火蟲來照明看書了。

金花石蒜

多年生宿根性草本，鱗莖肥大，近球形，外有黑褐色鱗莖皮。葉基生，長線形，長可達60公分，寬約1.5公分。先開花後長葉，花莖高達60公分，繖形花序，5-10朵花，黃色或橙色，花被邊緣稍皺曲。蒴果，種子每室數個。

學名：*Lycoris aurea* (L'Herit) Herb.
科別：石蒜科

【芍藥

能是「金燈花，今之金花石蒜」。

金燈花又名鬼燈檠、鹿歸草、無義草、朱姑。《本草綱目》說金燈花：「處處有之，冬月生葉，如水仙花之葉而狹。二月中，抽一莖如箭簳，高尺許，莖端開花，白色，亦有紅色、黃色者。」由於眾花簇生於花莖頂端，顏色黃紅，形狀有如舊時燈籠，故名「金燈」。《園林草木疏》說：「金燈濕生，花開纍纍明豔，垂條不自支。」群生的金燈花開花時，遠望有如節慶時遊行的花燈，極為美麗壯觀。金燈花也有粉紅色及紅色花品種，《荊溪遊記》說：「善權洞秋晚，遍壑皆金燈花，綺錯如繡。」形容金燈花如「繡」，所見之金燈必為紅色花品種。

宋朝才開始出現詠金燈花的詩詞，大都以花形酷似燈籠而寄寓。例如，宋朝晏殊的〈金燈花〉詩：「蘭香蘗處光猶淺，銀燭燒燈焰不馨。好向書生窗下種，免教辛苦更

芍藥自古即為著名的觀花植物，春季開花，花色豔麗嬌美。大觀園之中還專門闢了芍藥園，栽種不同花形、花色的芍藥。芍藥園位於大觀園西部，出稻香村往北，轉過山坡後，出現許多花圃、花架，有荼蘼架、木

香棚、牡丹亭、薔薇院、芭蕉塢等，芍藥園為其中之一。芍藥是著名花卉，大觀園栽植芍藥的園圃，當不只一處。

第六十二回寶玉、寶琴和平兒生日同一天，眾人在芍藥欄中紅香圃三間小敞廳內預備了酒席慶賀。席中少不得又行酒令、划酒拳。這些人因賈母及王夫人不在家，沒了管束，便任意取樂。最後當大家正要散席，才發現湘雲不見了。一個小丫頭笑嘻嘻地走來，說雲姑娘喝醉了，在山後一塊青石上睡著了。史湘雲醉臥芍藥花下，四面芍藥花飛了一身，滿頭臉、衣襟上皆是紅香散亂，手中的扇子掉在地下，也半被落花埋了，還以芍藥花瓣當作枕頭。無獨有偶的，第六十三回也提到寶玉有一個用芍藥花瓣裝的玉色夾紗枕頭。

芍藥與牡丹花形相似，但芍藥為草本而牡丹為木本。先秦典籍中只見芍藥，不見牡丹之名，古時稱牡丹為「木芍藥」，可見國人是先認識芍藥的。

芍藥

多年生草本，莖高可達1.5公尺；具紡錘狀塊根。葉三出或二回三出複葉，小葉長卵形至橢圓形，有時裂為2片，先端長急尖；葉全緣。花單獨頂生，下具葉狀苞片；萼3片，微帶紫紅色，花瓣8片，倒卵形或頂端裂為鈍齒狀；雄蕊多數，花藥金黃色；心皮3-5，離生。菁葖果3-5個，光滑無毛。

學名：*Paeonia lactiflora* Pallas
科別：毛茛科

【荻

以植物命名的園景區額「荻蘆夜雪」，是元春歸省時為蘆雪亭所題。蘆雪亭位於大觀園西部的河灘上，整個建築「茅簷土壁，槿籬竹牖」，推窗即可垂釣。四面都是荻草及蘆葦，所以題為「荻蘆夜雪」。

荻古名很多，有菼、薍、萑、葦、雚等名稱。古人有時將荻與蘆葦混作一物，誤以為是同物異名。荻花較稀疏，花序較零亂，所以古稱「薍」。《植物名實圖考長編》云：「荻芽似竹筍，味甘脆可食，莖脆可曲如鉤馬鞭節，花嫩時紫脆，老則白如散絲。」葉色較墨綠，葉片狹長，中肋白色，乾燥後可作薪材。農曆五月開花，花序最初是紫色，後逐漸變成白色。

採集成熟花莖（荻芒）可做成掃帚，稱

為苕帚。莖在未開花前取出可做繩索，也可製草鞋，類似芒履。莖部纖維品質佳，可用來製作紙張，也是人造纖維的原料。荻對生育地的要求不嚴格，可生長在潮濕生育地、湖岸、河堤或山坡，耐旱、耐寒、耐水濕。由於生長期不及一年，可用莖稈進行無性繁殖，也可用種子播種栽培。

荻

多年生高草本，高可達2公尺，有根狀莖。葉片線形，寬1-1.2公分。圓錐花序，主軸長不及花序的二分之一，花黃褐色或紫紅色；穗軸不斷落，小穗成對生於各節，一柄長，一柄短，含2小花，基盤有絲狀長毛。穎果紫紅色，外包有茸毛的穎片，成熟後可隨風飄落。

學名：*Triarrhena sacchariflorus*
　　　(Maxim.) Nakai
科別：禾本科

【稗

第五十六回說明，稻香村種穀類及蔬菜的圃圃之中有「稻、稗之屬」。稗為「禾中之卑者」，故字從「卑」，葉、莖、穗皆形如黍，幼苗期間和其他穀類不易區分。稗喜溫暖、潮濕的環境，適應性強，是水稻田中為害最烈的雜草，經常與水稻伴生，極難清除乾淨，即李時珍所言：「稗處處野生，最能亂苗。」

稗原產於歐洲、印度，種子常混在作物種子中，即使種子經過牲畜消化道後還是能發芽，因此可經由作物播種及堆肥而四處傳播。大觀園內，應處處長有稗。

稗並非一無是處，《農政全書》云：「稗多收，能水旱，可救儉歲。」稗的穎果果粒稍小於稻米，亦富含澱粉，「熟搗取來炊食之，不減粱米」，也可磨成細粉作麵食，穀物收成不足或凶年時，可補糧食之不足。稗米又可用來釀酒，「酒甚美釅，尤踰黍秫」，冬月可作為牲畜糧草。

稗有許多變種：無芒稗（*Echinochloa crusgalli* (L.) Beauv. var. *mitis* (Pursh) Peterm.）、西來稗（*E. crusgalli* (L.) Beauv. var. *zelayensis* (H.B.K.) Hitchc.）、旱稗（*E. crusgalli* (L.) Beauv. var. *hispidula* (Retz.) Hack.）、短芒稗（*E. crusgalli* (L.) Beauv. var. *breviseta* (Doell) Neilr.）等均統稱為稗，有時區分成旱稗和水稗兩類。芒稷（*E. colonum* (L.) Link.）也是田間耕地常見的雜草，屬於稗的一種。

稗

一年生草本，高可達120公分。葉片線形，寬0.5-1公分。圓錐花序直立或下垂，呈不規則塔形，分枝之後再有小分枝，小枝上有4-7小穗，小穗密集於穗軸一側，有硬疣毛；穎3-5脈，第一外稃有芒，芒長0.5-3公分。穎果橢圓形，長約0.3公分，黃褐色。

學名：*Echinochloa crusgalli* (L.) Beauv.
科別：禾本科

【萱草

別名有鹿蔥、忘憂草、諼草、療愁及丹棘等，如《本草綱目》說：「欲忘人之憂，則贈之以丹棘。」由於萱草「可利心志，令人好歡樂，無憂」，因此才有忘憂草一名。

萱草花色豔麗，多栽植於花壇、路邊、牆角、庭院山石間觀賞，開花時一片金黃或橘紅色，十分壯觀。唐·李咸用有詠〈萱草〉詩：「積雨莎庭小，微風蘚砌幽。莫言開太晚，猶勝菊花秋。」

古人認為萱草可以忘憂，文士常用萱草來抒發依依離情，如梁·何遜〈為衡山侯與婦書〉云：「始知萋萋萱草，忘憂之言不實。」歷朝吟頌萱草的詩作不勝枚舉，例如宋·王十朋的〈萱草〉詩：「有客看萱草，終身悔遠遊。向人空自綠，無復解忘憂。」

萱草在十六世紀才傳到歐洲，經雜交育種後，已培育出許多品種，如千葉萱草（var. *kwanso* Regel）、長筒萱草（var. *longituba* Miq.）、玫瑰紅萱草（var. *rosea* Stout）等。廣義的萱草還包括黃花菜（*H. citrina* Baroni），俗稱金針菜；小黃花菜（*H. minor* Mill.）；北黃花菜（*H. lilio-asphodelus* L.），又名黃花萱草等。

萱草

多年生草本，根狀莖短，根近肉質，中下部有紡錘狀膨大。葉基生，線形，排成二列。花莖從葉叢中央抽出，花在頂端排成聚繖花序；早上開放，晚上凋萎，沒有香味；花冠漏斗形，橘黃至橘紅色，花瓣中有褐紅色斑。蒴果鈍三稜狀橢圓形至倒卵形。種子黑色。

學名：*Hemerocallis fulva* (L.) L.
科別：百合科

可以做漪蘭操了」。

中國傳統的蘭花，即通常所說的「中國蘭」，指的是蕙蘭屬或蘭屬植物，其中有許多種類和品種是名貴花卉。在中國，蘭花已經有二千多年的栽培歷史。春秋時代的《周易》有「同心之言，其臭如蘭」一說，有香味的蘭可能是指菊科的香草澤蘭，也可能是指蘭屬植物。

唐朝以前的文獻提及的蘭，大都指「澤蘭」，宋朝以後蘭花才開始普及。寇宗奭的《本草衍義》說：「蘭葉闊且韌……四時常青，春芳者為春蘭，色深；秋芳者為秋蘭，色淡。」所說的蘭即今天所稱的蘭花。畫蘭的風氣也始自宋朝，南宋畫家鄭所南即擅長寫蘭。

蘭花莖葉姿態優美，花朵清雅芳香，譽為「香祖」及「天下第一香」。中國蘭（蕙蘭屬）經長期栽培，已發展出四季開花的種類及品種，其中最著名且栽培最廣的種類有春蘭、蕙蘭、建蘭、報歲蘭。其他同科不同屬的觀賞蘭花，還有石斛蘭（*Dendrobium* spp.）、蝴蝶蘭（*Phalaenopsis* spp.）及鶴頂蘭（*Phaius* spp.）等。

【蘭 （蘭花）

第四十四回平兒受了委屈，先是找刀子要尋死。後來被李紈拉入大觀園，寶玉便請平兒到怡紅院中。平兒化妝完畢，寶玉看了歡喜異常，又剪下房內盆栽的一枝「並蒂秋蕙」，簪在平兒鬢上，說明大觀園種蘭花。「並蒂」是說並開兩朵花，「秋蕙」是指秋天開花的蘭花，所指應為花期在秋天的建蘭。第八十六回王夫人派秋紋送黛玉和寶玉各一盆蘭花，寶玉提到黛玉「有了蘭花，就

蘭花

即蕙蘭，屬地生蘭，假鱗莖不明顯，包藏於葉基部之鞘內。葉5-8片，線形，基部呈V形，長25-80公分；邊緣通常有粗鋸齒。花莖由葉叢基部最外葉腋抽出，被多枚長鞘。花序總狀，花5-11朵或更多；花色通常為淺黃綠色，唇瓣有紫紅色斑，有香氣。蒴果狹橢圓形。

學名：*Cymbidium faberi* Rolfe
科別：蘭科

【蘭（澤蘭）

歷代典籍所稱之「蘭」，指三種植物：木蘭（*Magnolia* spp.）、蘭花（Orchid）和澤蘭，必須由文意判斷所指為何種。木蘭為木本植物，通常與船槳同時出現，如蘭槳、蘭舟等；宋朝之前的草本蘭，指的是澤蘭，如《詩經》、《楚辭》、《唐詩》所見；宋朝之後，「蘭」可能指蘭花或蘭草，兩者都被視為香草。

《紅樓夢》中各回所出現的「蘭」，有時是蘭花，有時指澤蘭。第五回寶玉神遊太虛幻境描寫仙姑的賦詞「仙袂乍飄兮，聞麝蘭之馥郁」，麝（麝香）、蘭並稱，此蘭為澤蘭。金陵十二釵的判詞之一「枉自溫柔和順，空雲似桂如蘭」，此蘭也是澤蘭。但是「桃李春風結子完，到頭誰似一盆蘭」，種

在花盆中的蘭，指的應是蘭花。

澤蘭是香草，可用以沐浴或佩帶驅邪，也和白芷、蕙草（見289頁）等《楚辭》所言之香草並提。如第十七回寶玉說明山石中的異草種類，所言茝蘭、蘭風蕙露之蘭均為澤蘭；第二十一回「蕙香蘭氣」、第五十回形容梅花之「香欺蘭蕙」句及第七十八回〈芙蓉女兒誄〉中的茝蘭、蘭芳、蘭蕙等，均指澤蘭。第一百二十回甄士隱提到賈寧二府的未來，有「榮寧兩府，將來蘭桂齊芳」句，蘭、桂（桂花）並提，此蘭也是澤蘭。

古代煮澤蘭枝葉沐浴，稱為蘭湯，有清香潔身之效。楊貴妃「蘭湯沐浴」，用的就是澤蘭。植株又可煎油，「氣香而溫」，可作敷髮美髮香料。澤蘭也是婦科要藥，可治水腫、破瘀血，古代民宅多種之。

澤蘭

多年生草本，常生長於潮濕地。莖纖細，帶紅色，高可達2公尺。葉對生，披針形，基部抱莖。葉緣有粗鋸齒，兩面無毛。初夏時節開花，花著生莖頂，頭狀花排成繖房狀；花紅紫色至粉紅色，多不全開，果為瘦果，5稜。

學名：*Eupatorium japonicum* Thunb.
科別：菊科

【茝

白芷古稱茝或芷，全株芳香，可採收莖葉煮湯沐浴；秋後地上部枯萎，採集根部入藥。白芷被視為香草始自《楚辭》諸篇章，如〈九歌・湘夫人〉之「沅有茝兮醴有

蘭」，屈原用香草白芷來比喻君子。

　　白芷也是常用的藥材，始載於《神農本草經》，列為中品。根含揮發油及多種香豆素衍生物，「味辛苦，氣溫香而輕」，入於手足陽明經，可祛風除濕、排膿、消腫、治頭痛等。作為藥用的白芷，還包括同屬的杭白芷、庫頁白芷等。

　　第十七回中，寶玉指出大觀園的香草有茝蘭、青芷，是取其象徵君子的含意。第七十八回寶玉悼念晴雯的〈芙蓉女兒誄〉句「薋葹妒其臭，茝蘭竟被芟鋤」，也是師法《楚辭》以薋（蒺藜）、葹（蒼耳）等惡草比喻小人，以茝、蘭（澤蘭）等香草象徵君子、美人。

　　白芷幼苗期青綠可愛，葉片邊緣具白色粗鋸齒。開花時由莖頂抽出花莖，高度可達2公尺以上，花白色。叢植、列植均具景觀效果，華中以北各地公園多有栽種供觀賞。

白芷

多年生草本，高可達1-2公尺；根圓錐狀，切面白色，故稱白芷；莖粗壯中空。基生葉有長柄，基部葉鞘紫色，葉片為二至三回三出式羽狀分裂，裂片邊緣有顯著膨大的囊狀鞘。複繖形花序大形；花白色。果為雙懸果（離果），橢圓形，分果側稜成翅狀。

學名：*Angelica dahurica* (Fisch. *ex* Hoffm.) Benth. *et* Hook. f.

科別：繖形科

【風連

　　寶玉引古代歌賦，說明大觀園山石栽植的植物種類，其中有丹椒（花椒）、蘼蕪（芎藭）、風連等。「風連」出自〈蜀都賦〉之「風連莚蔓於蘭皋」句，為藥草，即今之黃連。

　　《名醫別錄》說黃連：「其根株而色黃，故名。」《神農本草》列為上品，藥用

部分為乾燥的根莖。味苦而性寒，所以能「瀉心火」，治療心煩不眠、熱病煩躁，並能清熱明目、增強胃腸功能，還有涼血解毒的作用。黃連味苦，所以有「啞巴吃黃連，有口說不出」的俗諺。

黃連植株各部分也有藥效，唯所含成分稍有差異，在各地均有不同的使用目的，例如鬚根稱為「黃連鬚」，近根部的一段葉柄稱為「剪口連」，葉柄稱「千子連」，葉片則稱「黃連葉」。

黃連有許多種，常見的有三角葉黃連（*Coptis deltoidea* Cheng et Hsiao），藥材稱「雅連」；雲南黃連（*C. teetoides* C.Y. Cheng），藥材稱「雲連」，以及其他各地的特產種，例如峨嵋野連、短莖黃連等。

黃連

多年生草本，根莖黃色，常有分枝，高15-20公分。葉基生，卵狀三角形，3全裂；中間裂片具柄，羽狀深裂，邊緣具銳鋸齒；側生裂片，葉具長柄。花為三歧或多歧聚繖花序；花黃綠色，花瓣線形或線狀披針形，中央有蜜槽；雄蕊多數；心皮8-12。蓇葖果具柄。

學名：*Coptis chinensis* Franch.
科別：毛茛科

【納

在走進蘅蕪院之前，賈政一行人見一片山石上有許多異草藤蔓，甚至聞得異香，眾人都不知這些奇花異草為何物。寶玉引〈吳都賦〉的「草則藿納荳蔻，薑彙非一」句，說明這些植物的名稱和出處，可見大觀園也種有藿、納、薑彙、荳蔻等香草植物。其中「納」即艾納，解為艾納香。

艾納香又名大艾。取新鮮葉片經蒸氣蒸餾，所得結晶稱為艾納香、艾片或艾粉，為白色的半透明結晶，是世界上知名的天然左旋龍腦。而真正的龍腦香為右旋龍腦，因此國人常以艾納香充當天然冰

片。艾納香結晶除含有龍腦香外，尚有少量桉油精、左旋樟腦等，氣味清香，味辛涼。艾納香也是使用歷史悠久的藥材，《嘉祐本草》即已著錄，有去惡氣及殺蟲效果。民間燒其枝葉來薰除瘟疫，薰其枝葉浸腳可除腳氣。在台灣，婦女產後則用艾納香洗浴。

劉淵林注《異物志》云：「納，草樹也。葉如棕櫚而小，三月採其葉，細破陰乾之，味近苦而有甘。」《名醫別錄》說：「檳榔小者，南人名納子。」因此「納」有時也指檳榔。

艾納香

多年生草本至亞灌木，高可達2公尺。莖直立，粗壯，密被黃褐色短柔毛。葉寬橢圓形至長圓狀披針形，長20-25公分，先端短尖或鈍；葉柄兩側有3-5對線形附屬物。頭花形成大型圓錐花序，梗密被黃褐色柔毛；花黃色，花托蜂窩狀。

學名：*Blumea balsamifern* (L.) DC.
科別：菊科

【薑

第十七回「薑納薑蕁」的薑，指的是廉薑，並非常用中藥，不是所有醫書都載錄之。廉薑之名首見於《本草拾遺》一書：「廉薑似薑，生嶺南、劍南，人多食之。」形態似薑而根部較大。《本草綱目》說廉薑一名薑彙，薑彙解為廉薑，又稱為華山薑。

廉薑，古稱蒩、蔟蒩或作綏，潘岳〈閒居賦〉曾提及「蓼綏芬芳」。《異物志》說此物：「生砂石中，似薑，大如羸（蚌屬），氣猛近於臭。」說明廉薑味極辛辣，可以去除口臭。種子形態類似砂仁（陽春砂），中藥材常以廉薑子充當砂仁。不過兩者成分相差極大，不能混淆使用。

根莖向來供藥用，有溫中暖胃、散寒止痛的功效，可治療胃痛脹悶、噎膈吐逆、腹痛泄瀉、風濕關節冷痛。根莖可提取芳香油作調香原料，南方土著則挖取根莖，削皮後，以黑梅及鹽汁醃漬作「薑」（切成細條佐食）。或以蜜煮烏梅去渣後浸漬廉薑，顏色成黃赤色，可以儲藏多年不壞。

廉薑

多年生草本，高約可達1公尺。葉披針形至橢圓狀披針形，長20-30公分，先端漸尖或尾狀漸尖。頂生狹圓錐花序，長度10-20公分；分支短，有花2-3朵；苞片早落；花白色，有紅色小斑點，花梗極短。蒴果圓球形，大如豌豆，徑0.5-0.6公分，種子數個。

學名：*Alpinia chinensis* (Retz.) Rosc.
科別：薑科

【蕁

賈寶玉引〈吳都賦〉說蘅蕪院前山石的異草有「蘪納薑蕁」，其中蕁《爾雅》解為茪藩，茪藩即今之知母。

知母為使用普遍的藥用植物，《神農本草經》列為中品，有滋陰降火、除煩止渴、潤燥清腸之效，自古即用作解熱、止咳祛痰藥。藥用部分為乾燥根莖，含有多種解熱作用的主要成分。秋季採收，除去葉莖及鬚根曬乾者，稱為毛知母；鮮時剝去外皮再曬乾者，稱為光知母或知母肉。

《本草綱目》說本植物：「宿根之旁初生子根，狀如蚔虻之狀，故謂之蚔母。」「蚔」（音遲）即蟻卵，「虻」是一種吸血昆蟲，用以形容本植物根部像許多吸血蟲附著一般，後來訛為知母，沿用至今。

陶弘景《神農本草經集注》說知母形似菖蒲而較柔潤，「掘出隨生」，必須完全乾燥後才算真正枯萎。知母原產於極乾燥的生育地，植物體表面及葉片的表皮細胞有耐旱構造，遇到不良環境不易死亡，一旦凋萎時，恢復也較其他植物容易。農曆四月開青色花，形似韭花，八月結實。

知母

多年生草本，根莖橫走，其上殘留黃褐色葉基，其下生肉質鬚。葉基生，線形，長20-70公分，基部常擴大成鞘狀。花莖直立不分支，高可達100公分；花2-3朵一簇，排成穗狀，粉紅、淡紫至白色。蒴果長圓形，具六條縱稜。

學名：*Anemarrhena asphodeloies* Bunge
科別：百合科

【藿

蘅蕪院前山石的奇花異草有「藿納薑蕁」，其中藿即指藿香，是香草也是藥用植物。李時珍說藿香的葉子像豆葉，所以有藿香一名。

藿香作為醫藥用途，始載於宋《嘉祐本草》。一般用作清涼解熱藥，有健胃鎮嘔作用，用於治療消化不良及胃寒所引起的吐瀉、腹痛或胸悶等病症，近來更發展成為藥膳食品，採其幼嫩莖葉油炸或煮羹湯。

南朝梁·江淹〈藿香頌〉：「桂以過烈，麝以太芬。摧沮天壽，夭仰人文。誰及藿香，微馥微薰。攝靈百仞，養氣青雲。」有人據此以為藿香即蕙草，如《王氏談錄》云：「蘭蕙二草今人蓋無識者，或云藿香為蕙草。」藿香在《植物名實圖考》被列在芳草項下，類似古籍所言之薰草。

中藥所用的藿香，有時指同科的廣藿香（*Pogostemon cablin* (Blanco) Benth.），《南州異物志》所說：「藿香生海邊國，形如都梁，可著衣中。」所指應是廣藿香。廣藿香原產菲律賓、印度及馬來西亞，引進廣東後大量栽培，氣味較藿香濃郁，品質較佳。本種可提取揮發油，用作香料製造化妝品或防蟲劑。

藿香

一年或多年生草本，高可達100公分。莖直立，四稜形，略帶紅色。葉對生，橢圓形至卵形，先端銳尖，葉緣具不整齊鈍鋸齒，背面披短柔毛。輪繖花序聚成頂生的穗狀花序；花紫色或白色，下唇3裂。小堅果倒卵狀三稜形，黃色。

學名：*Agastache rugosa* (Fisch. *et* Mey) O. Ktze.
科別：唇形科

水生植物

　　水生環境對一般植物而言，是一種逆境，只有經長期演化，形態和生理都能適應此缺氧環境的少數植物能夠存活並生長良好。水生觀賞植物的選擇，是長久以來中國庭園景觀設計重要的課題。

　　大觀園有許多著名的水域，水生植物大都伴隨亭、榭、洲、渚的名稱而出現，分別指出所處地點優勢水生植物的種類。這些標誌著主要水生植物種類的建築或水域多集中在第十八回，例如迎春居住的紫菱洲，代表植物為菱；蓋在池中的藕香榭，代表植物為荷，主人惜春的別號是「藕榭」；蓼風軒是惜春住處，代表植物為紅蓼；荇葉渚的代表植物是荇菜；蘆雪亭蓋在一個傍山臨水的河灘之上，一帶幾間茅簷土壁，四面皆是蘆葦，其代表植物當然非蘆葦莫屬。此外，只有第三十七和八十回提到芡；第五十二回出現了水仙。

　　全書出現水生植物的浮水植物有芡、荷、荇菜等，均為歷代著名的水生觀賞植物和經濟植物。挺水植物有蘆葦、菖蒲（見247-248頁）、香蒲（見293-294頁）、蒲草（見163頁），是廣泛栽植的水生植物，也是歷代文學作品經常出現的植物。另外，還有沼澤植物的水仙、紅蓼。

　　利用植物四季的興榮衰敗，來反映書中人物喜怒哀樂的心情，是《紅樓夢》全書的特色。例如第七十九回，寶玉得知賈赦已將迎春許配出去，眼看娶親日近，心情無比低落。因此，他天天到紫菱洲一帶徘徊，看岸上的蓼花葦葉，情不自禁吟成一首草木都含悲的〈紫菱洲歌〉：「池塘一夜秋風冷，吹散芰荷紅玉影。蓼花菱葉不勝愁，重露繁霜壓纖梗。不聞永晝敲棋聲，燕泥點點污棋枰。古人惜別憐朋友，況我今當手足情！」

【雞頭

第三十七回襲人送給史湘雲的水果中有園內新採的雞頭，此「雞頭」是芡的果實，表示大觀園的水塘中應該種有芡、菱等可食用的水生植物。芡的幼葉皺縮成團，外形類似雞冠；或云花苞上有芒刺兼有嘴，像雞之頭部，因此芡又稱為雞頭。芡生水澤中，葉面皺而背面有刺。此刺是一種防衛構造，用以防止水中動物囓食。栽培種稱為南芡，葉表面無刺；野生種稱北芡，葉表面、背面都有刺。

原產東南亞，《周禮·周官》已記載祭祀用的食品中有芡及菱等植物，可見本植物古代即名之為芡，且栽培和使用歷史相當悠久。多生長於湖泊、池塘、河溝的淺水中，初生葉箭形，沉水中；後生葉巨大，浮於水面上。夏秋開紫色花，花莖粗長，部分伸出水面，花晝開夜合。

莖葉嫩時可採收當菜蔬食用，宋·陶弼詠〈雞頭〉詩：「三伏池塘沸，雞頭美可烹。香囊聯錦破，玉指剝珠明。」詩中的「雞頭美可烹」說的是芡的嫩葉，「玉指剝珠明」說的是種子。

芡

一年生水生草本。葉浮於水面上，革質，圓形至稍腎形，徑可達120公分，葉緣向上折，表面皺摺，背面紫色。葉柄、葉背、花梗均布滿硬刺。花表面密生鉤狀刺，紫紅色花瓣多數。漿果球形，徑3-5公分，海綿質，外有刺。黑色種子球形。

學名：*Euryale ferox* Salisb.
科別：睡蓮科

【荷

《紅樓夢》全書共有三十八回出現蓮或荷的字句。其中的第四十回，因黛玉喜歡李義山「留得殘荷聽雨聲」的詩句，寶玉下令清理水塘的工人以後不要清除荷花，留住「殘荷」供賞玩。第六十七回，正值夏末秋初，襲人要去寧府看鳳姐，經過沁芳橋畔，看到池中蓮藕新殘相間，紅綠離披。這些敘述，說明大觀園的水塘到處種有荷花。

荷花又名蓮花，古名有芙蕖、芙蓉、菡萏、水芝、水華、水芙蓉等，《詩經》時代即有記載。大觀園的荷花主要供觀賞用，但荷也是重要的水生蔬菜。其根狀莖（即蓮藕）為有名的蔬菜，中國人最早即栽培作為蔬菜用，如《周書》記載：「藪澤已竭，即蓮掘藕。」蓮藕還可製藕粉，是夏天消暑食品。賈思勰的《齊民要術》已有種蓮法，可見北魏時期蓮已是重要農作物。相信大觀園的荷花，也收成蓮藕供園內消費。

歷史上，栽培供觀賞的蓮花要晚於食用蓮。戰國時代，吳王夫差在太湖附近的靈岩山修築「玩花池」種蓮花，偕同西施賞荷，大概是栽植觀賞荷最早的記載。

荷

多年生水生草本，根狀莖肥厚，節間膨大，內有多數縱行通氣孔道。葉圓形，盾狀，直徑50-90公分，表面光滑，具白粉；葉柄中空，外面散生小刺。花梗和葉柄亦散生小刺；花芳香，花瓣粉紅、紅色或白色；雄蕊多數，花藥線形，雌花花柱短，埋在膨大的花托中。果橢圓形至卵形，果皮革質，堅硬。

學名：*Nelumbo nucifera* Gaertn.
科別：蓮科

玲瓏」。《學圃雜疏》：
「凡花重台者為貴，水仙以
單瓣者為貴。」第五十二回
寶玉在瀟湘館內所見到的水
仙盆栽就是單瓣水仙。水仙
花是春節最重要的應景冬令
花卉，花期「前接臘梅，後
接紅梅」，常用雅致的淺盆
栽植，置於几案或窗台上觀
賞；也可雜植在松竹之下或
古梅奇石之間。

　　水仙的鱗莖含有石蒜
鹼、多花水仙鹼等多種生物
鹼，有毒，僅可當外用藥。
外科用作鎮痛劑，可治療癰
腫瘡毒、百蟲咬傷。水仙品

種很多，本屬其他種類多產於歐洲中部和地
中海沿岸。觀賞水仙除了本種外，近年多引
種南歐的洋水仙（*N. pseudo-narcissus* L.），
花冠和副花冠均呈金黃色，花朵較水仙大。
其他著名的水仙還有紅口水仙、丁香水仙、
明星水仙、喇叭水仙等。

【水仙

　　第五十二回，大總管賴大奶奶送給寶琴
各兩盆水仙及臘梅，寶琴轉送一盆水仙給黛
玉，送一盆臘梅給湘雲。此水仙和臘梅，應
是賴家自行栽培或自市場選購而來的，但也
說明大觀園曾經有水仙。

　　水仙不可缺水，「其花瑩韻，其香清
幽，猶如水中仙子」，因此得名。冬天百花
凋落，水仙卻能在雪中競開，故有「雪中
花」之稱。花分為單瓣、重瓣，單瓣花外層
部為白色的花冠，中間皿狀的金黃色部分稱
副花冠，此種水仙有「金盞銀台」一名。重
瓣花的花冠中心部分，由副花冠和雄蕊分化
成瓣，形成黃白相間的多重花瓣，稱為「玉

水仙

多年生草本植物，鱗莖卵球形，外具膜
質皮。葉寬線形，粉綠色，鈍頭，全
緣。繖形花序，花4-8朵，花莖與葉等
長，花下包有佛焰苞狀總苞；花梗長短
不一，花被裂片6，先端短尖頭，白色，
芳香；中有黃色副花冠，長不及花被之
半；雄蕊6，柱頭3裂。蒴果。

學名：*Narcissus tazetta* L. var. *chinensis*
　　　Roem.
科別：石蒜科

【荇

第十七回、四十回提到的荇葉渚，是大觀園的水景之一，由沁芳溪東路水系匯集而成，以「荇葉渚」為名，當然是因為池中種植荇菜。荇菜又名菩菜、鳧葵、水葵。花黃色，日出照之如金，因此又名金蓮子；《爾雅》名之為「接餘」。處處池澤都可見到荇菜生長，外形及生態習性類似蓴菜，但葉子帶有紫赤色。

荇菜浮在水面上，莖白色，根莖長短隨水深淺而異，較少採集食用。江南人以小舟載取莖葉用來餵豬，因形似蓴菜，又稱為豬蓴。《本草綱目》說：「用苦酒浸其白莖，肥美可以案酒。」未經處理的莖不易入口，用酒浸去腥臊澀味後，方能當成進酒小菜。在兵荒馬亂或糧食歉收的年代，一般糧食不足餬口，尋常百姓只得採集荇菜食用。隱士鄉居，「唯採蓴荇根供食，以樵採自資，怡怡然恆不改其樂」。不過，明·陳繼儒的《岩棲幽事》卻說：「荇菜爛煮之，其味如蜜，名曰荇酥，郡志不載。」

荇菜夏月開花，載浮水面極為可觀。宋人梅堯臣有詠荇詩：「荇葉光於水，鉤牽入遠汀。淺黃雙蛺蝶，五色小蜻蜓。」而杜甫的「春光淡沱秦東亭，渚蒲芽白水荇青」、「水荇牽風翠帶長」（本回寶琴曾引用）及崔櫓的「荇花初沒舸行時」等，都是吟頌荇菜的名句。

荇菜

多年生水生草本，莖多分枝。上部葉對生，下部葉互生，葉片飄浮水上，近草質，圓形或卵圓形，基部心形，全緣，表面光滑，背面紫褐色；葉柄基部呈鞘狀抱莖。花簇生節上；花瓣5，金黃色，分裂至近基部，花瓣邊緣膜質近透明。蒴果橢圓形，成熟時不開裂，無柄。種子大，橢圓形。

學名：*Nymphoides peltatum* (Gmel.) O. Kuntze
科別：龍膽科

【紅蓼

又稱葒草。植株高大，疏散灑脫，莖和葉都比一般的蓼要大。夏秋之際，紅色花穗隨風搖曳，常成片生長於荒地、溪谷邊之濕地，也常常分布於池畔、水中。宋·范成大〈道見蓼花〉詩：「秋風裊裊露華鮮，去歲如今刺釣船。歙縣門西見紅蓼，此身曾在白鷗前。」描寫的就是湖岸陸地的紅蓼；而宋·梅堯臣的〈水葒〉：「灼灼有芳豔，本生江漢濱。」說的是河濱水岸的紅蓼花穗。

《廣群芳譜》說紅蓼：「身高丈餘，節生如竹，秋間爛熳可愛。」所指可愛之處即花穗。花開時，「色粉紅可觀」，唐宋詩中多稱蓼花或水葒。劉克莊的〈水葒〉：「分紅間白汀洲晚，拜雨揖風江漢秋。看誰耐得清霜去，卻恐蘆花先白頭。」紅色的紅蓼花穗與白色的蘆葦花序相映成趣。

章回小說中，有關江濱湖岸的景色描寫，也常用「紅蓼灘頭，白蘋渡口」為起首句，白蘋是指田字草（見294-295頁），也是常見的水生草類。《詩經·鄭風》提到的「山有喬松，隰有遊龍」，據《爾雅翼》說生長在水澤及濕地的遊龍應該就是葒草，也就是今天所稱的紅蓼。紅蓼除觀賞價值高，古時荒年也採食之。

紅蓼

一年生草本，莖直立粗壯，高可達2公尺，多分枝，枝上密被長柔毛。葉寬卵形至卵狀披針形，先端漸尖，基部圓或近心形，全緣但密生緣毛，兩面亦密生短柔毛；葉柄基部生膜質鞘，包住莖部，葉鞘具有長緣毛。總狀花序穗狀，花緊密；花被5深裂，淡紅色或白色。瘦果近圓形，黑褐色。

學名：*Polygonum orientale* L.
科別：蓼科

【菱

第十八回提到紫菱洲在大觀園西南部蓼漵一帶，迎春住處綴錦樓即在此處。海棠詩社成立時，迎春因號「菱洲」。紫菱洲周圍水池應該栽種很多紫菱。

菱的浮水葉具長柄，中部膨大，內有氣室，通稱「浮器」，這是菱葉及整個植物體

能浮在水面上的主要機制。此浮水葉輪生在莖節上，形成葉盤，稱「菱盤」，由40-80片葉組成；每株菱可長大小「菱盤」10多個，平貼在水面上。湖塘水面覆蓋成千上萬「菱盤」，形成奇特及壯麗的景觀。

《爾雅》稱為薢，早在三千年前中國即已開始栽培，主要生長在溫暖的長江以南。果實兩角者稱為菱，三角或四角者稱為芰。《字林》云：「楚人名薢曰芰。」所以〈離騷〉句「製芰荷以為衣兮」應該解為以菱葉及荷葉編製衣服。宋·陸游的《老學庵筆記》解「芰荷」為伎荷，認為是亭亭直立之荷，是不正確的。

菱植株蔓浮水上，葉扁而有尖，「菱盤」多呈六角形，稱為「菱花」。古人常取「菱花」六瓠之象以為鏡，特稱為菱花鏡，或直接以菱花稱之。第五十七回寶玉要紫鵑幫他留下的「那面小菱花」，就是指鏡子。

菱

根有兩種：絲狀鬚根深入水下土中，專司吸引養分；另一種葉狀根每節2條，左右對稱，上有細小分枝，內含葉綠素，可吸收水中養分並兼營光合作用。一年生浮水水生草本。葉有二型：浮水葉互生，排列在水面上呈蓮座狀，葉片圓形至三角狀菱形，表面亮綠色，上部葉緣不整齊齒牙或鋸齒，下部全緣；葉柄長5-17公分，中上部膨大。沉水葉小，狹長、無柄，早落。花小，單生於葉腋；花瓣4，白色。果三角狀菱形，有2斜舉肩角，老熟後硬殼為黑色。

學名：*Trapa bispinosa* Roxb.
科別：菱科

【蘆葦】

蘆和葦有時被視為二物，但典籍及各家本草所引藥材名稱有蘆根、葦子、葦葉等，可知蘆葦本來就是一種。古人描述蘆葦：「在處有之，生下濕陂澤之中。其狀都似竹，而葉抱莖生……根亦若竹根而節疏。」

古稱葭，如《詩經》之「彼茁者葭，壹發五豝」和「蒹葭蒼蒼，白露為霜」等，「蒹」是荻。第七十八回寶玉悼晴雯的〈芙蓉女兒誄〉句「連天衰草，豈獨蒹葭」之蒹

蘆葦是適應性極強的植物，全世界只要有水域的地方，就有本種植物生長，分布於熱帶、亞熱帶及溫帶地區。大觀園內各水塘的岸上也到處長有蘆葦，如蘆雪亭四面皆是蘆葦（第四十九回），紫菱洲也是（第七十九回）。

蘆葦

多年生高大草本，具粗壯地下根莖，稈高可達3公尺，節下通常具白粉。葉片扁平，寬線形，長15-45公分，寬1-3公分；葉鞘圓筒狀，葉舌長。圓錐花序頂生，長20-40公分，稍下垂，小穗長1.2-1.6公分，含4-7朵小花，第一小花通常為雄性；穎有3脈。

學名：*Phragmites communis* (L.) Trin.
＝*P. australis* (Cav.) Trin. *ex* Steud.
科別：禾本科

葭即指荻和蘆葦兩種植物。

　　蘆葦多呈野生狀態，一般莖稈較細，但古時北方人常在低窪水塘進行人工栽植，唐人姚合的〈種葦詩〉就有「欲種數莖葦，出門來往頻」句。人工栽植的蘆葦莖稈較粗大，採收蘆芽作菜蔬，蘆芽味甜，作蔬最美。花梗較莖稈細，花果柔軟，古人稱為葦絮，可採集編製草鞋。莖稈可編織為簾，稱為葦簿；編製墊席，則謂之蘆席。第七十七回晴雯被攆回鄉下，睡的是一領蘆席，表示家境窮困。

黛玉葬花，葬什麼花？

第二十三回，三月中旬，寶玉在沁芳閘橋桃樹底下，坐在一塊石上看《會真記》。一陣風過，吹下大片桃花，落得滿身、滿書、滿地。寶玉擔心腳會踐踏到地上的花瓣，於是兜了一堆花瓣倒在池內，正在靜靜地欣賞漂浮在水面的落花逐漸流出沁芳閘。看到黛玉肩上擔著花鋤，手裡拿著花帚走過來，寶玉原來期望黛玉共襄盛舉，把地面上的花瓣統統掃進水池中。沒想到黛玉的心性更高一層，要很慎重其事、很虔誠地把花瓣收集起來，給桃花最後的歸宿。兩人這才共同掃了花片，放入絹袋中，來到大觀園畸角上的花塚一起葬花。這就是《紅樓夢》中著名的「黛玉葬花」，所葬的花是桃花。

到了第二十七回，時序進入農曆四月二十六日，此日未時是交芒種節，眾姐妹按古俗要在園中祭餞花神，寶玉也去湊熱鬧。這日一過便是夏季，所有的春季花卉，包括桃花都已經開完。黛玉心情不好，一下就不見人影了。寶玉只得到處尋找，途中，看到地上許多鳳仙、石榴等各色落花掉滿一地，就把落花兜起來，一直奔到當日與黛玉共同葬桃花的花塚。人未到，就聽到山坡那裡傳來嗚咽之聲，一面念詞句，一面哭得好不傷心。原來是黛玉怪寶玉昨晚不開門，讓她吃了閉門羹，又值餞花之期勾起她傷春愁思，也收集一些殘花落瓣去掩埋。由於感花傷己，哭了幾聲，並念出所作的〈葬花詞〉。這次葬花，葬的是鳳仙花和石榴花。

〈葬花詞〉共五十二句，是《紅樓夢》詩詞之中相當著名的詩篇。字字句句都如泣如訴，處處暗示黛玉苦命的結局。其中一段「柳絲榆莢自芳菲，不管桃飄與李飛。桃李明年能再發，明年閨中知有誰？」用植物的四序，來自況青春易逝；藉花樹喻己，傾吐滿腔的愁緒和悲傷。柳絲指垂柳的柔弱枝條，榆莢指榆樹帶翅的果實，都是秋季落葉的樹種，冷清與蕭瑟不言可喻。桃樹、李樹都是春季開花的植物，但花期短促，代表百花凋落的暮春心境。

第一次葬花】桃花

桃的栽培歷史悠久，有3000個以上的品種，主要栽培類型有觀賞桃和食用桃兩大類。觀賞桃即碧桃，常見的變種、變型及特徵如下：白桃（f. *alba*），單瓣，花白色；白碧桃（f. *alba-plena*），複瓣或重瓣，花白色；碧桃（f. *duplex*），重瓣，花淡紅；絳桃（f. *camelliflora*），複瓣，花深紅色；紅碧桃（f. *rubra-plena*），複瓣，花紅色；緋桃（f. *magnifica*），重瓣，花鮮紅色。觀賞桃以花色豔麗為主要選育重點，大多數碧桃品種結實量都極低，有些甚至不結果；即使結果，果實都小，且大都苦澀不易入口。

92

桃花妍麗，自古即有「桃之夭夭，灼灼其華」的讚語。《肘後方》說：「服三樹桃花盡，則面色紅潤悅澤如桃花。」歐陽詢《初學記》也記載：「以桃花白雪與兒䶒面，可令面妍華光悅。」《太清草木方》則認為：「酒漬桃花，飲之除百疾，益顏色。」都說明桃花有養顏美容的效果。

寶玉和黛玉有名的葬花地點在沁芳橋附近，所立的花塚第一次葬的是桃花。桃花雖然豔麗，但花期極短，作者在此也有紅顏薄命的隱喻。

桃

落葉小喬木，樹皮紅褐色，芽密被灰色絨毛，常3芽並生，中間為葉芽，兩側為花芽。葉長圓披針形至倒卵披針形，先端漸尖，緣具粗鋸齒，基部有腺體。花單生，花梗極短，先葉開花；花瓣白色、淡紅或紅色。核果卵球形至卵狀橢圓形，果肉厚而多汁；果核兩側扁，頂端銳，表面有深溝紋及孔穴。

學名：*Prunus persica* (L.) Batsch.
科別：薔薇科

第二次葬花】鳳仙花與石榴花

《紅樓夢》有兩回提到大觀園內種有鳳仙花：第二十七回，寶玉收集園內滿地的鳳仙、石榴落花，要到「花塚」葬花；第三十五回，湘雲、平兒、香菱在山石邊採鳳仙花。

鳳仙夏初至秋末開花，紅花者可染指甲，俗稱指甲花。《燕京歲時記》云：「鳳仙花即透骨草，又名指甲草。五月花開後，閨閣兒女取而搗之，以染指甲，鮮紅透骨，經年乃消。」這種染指甲法自宋朝即已開始。第五十一回晴雯伸手給醫生診病時，手指上尚留有鳳仙花染得通紅的痕跡，可見清朝婦女尚有以鳳仙花染指甲的習慣。

鳳仙「開花頭翅羽足，俱翹然，如鳳狀」，因此又名金鳳。唐宋兩朝詩人都有吟詠鳳仙花的詩句，如唐·吳仁璧有詠〈鳳仙花〉詩，宋·歐陽修和楊萬里均有題為〈金鳳花〉的詩句，可見至少在唐宋時期已經栽培鳳仙花供觀賞。清朝趙學敏在《鳳仙譜》中記載了233個鳳仙花品種。

本種鳳仙花原產於印度，中國同屬植物則約有180種。目前廣泛栽培的品種，可能是後來培育出來的雜交種。

鳳仙花

一年生草本，莖肉質，直立粗壯，高可達90公分。葉互生，披針形，邊緣有銳鋸齒。花梗單生或數朵簇生於葉腋；花冠不規則，有白色、深紅、淡紫、橙色等；旗瓣先端凹，背面中肋有龍骨突，翼瓣有短柄，唇瓣基部延長成細管，稱花矩。蒴果紡錘形，蒴片碰觸即內捲開裂，釋出種子。種子多數，黑色。

學名：*Impatiens balsamina* Linn.
科別：鳳仙花科

石榴六月開花，是夏季之花。又稱安石榴，原產於「涂林安石國，漢張騫使西域得其種以歸」，故名安石榴，即唐詩人元稹詩句：「何年安石國，萬里貢榴花」所言，在中國的栽培歷史已超過二千年。安石國分別指今之布哈拉（安國）及塔什干（石國），但原產地在波斯（伊朗）、阿富汗等中亞地區。根據《雜療方》有關石榴的記載，在張騫出使西域前，中國極可能已有石榴栽培。

石榴品種很多，可區分為花石榴和果石榴兩大類。花石榴專供觀花兼觀果，常見的品種有月季石榴（cv. Nana）、重台石榴（cv. Pleniflora）、白石榴（cv.

Albescens）、黃石榴（cv. Flavescens）及瑪瑙石榴（cv. Legrellei）等。另一類為果石榴，以食用果實為主，花單瓣，有將近70個品種。典型的石榴花火紅絢麗，相當討喜，加上果實種子繁多，有多子多孫的隱喻，因此成為傳統婚禮上常用的重要禮品。

　　食用石榴果實碩大，果皮顏色有紅、綠、黃、紫等多種；種子種皮厚而多汁、玲瓏剔透，白色者透明如玉，紅色者鮮豔如瑪瑙，紫色者如珠玉，即所謂的「水晶為粒玉為漿」。西北地區喜用紫紅色的種子榨汁，稱之為「石榴血」，是當地的名貴飲料。

石榴

常綠灌木，樹冠多不整齊，幼枝常有四稜，枝端刺狀。葉對生或簇生，橢圓形至倒卵形。花1至數朵生於枝頂葉腋；花萼鐘形，紅色；花瓣倒卵形，通常紅色。漿果近球形，徑紅色或黃色，果皮厚，先端有宿存花萼。

學名：*Punica granatum* L.
科別：安石榴科

第三章

紅樓夢的醫藥方劑

凡病都因六淫七情而起，《紅樓夢》裡的人物
都帶了幾分病症，哪種人生什麼病，與每個人
的脾氣心性相符，而使用的醫藥方劑則虛實兼
而有之。

常用方劑的植物類藥材

　　《紅樓夢》共有「人參養榮丸」等30個中藥方劑名稱，其中24個出現在前八十回，6個出現在後四十回。充分顯示中國古代文人懂醫理的傳統，《紅樓夢》的作者更是其中翹楚。

　　全書出現的中醫處方（參見附錄二），包含常用藥方，但在小說內容中並未寫出所含的藥材種類，這類藥方最多，如「人參養榮丸」、「八珍益母丸」、寶玉的補身湯劑、巧姐的「四神散」等。第二類為中醫常用藥方，在小說中有列出藥材名稱者，如第十回秦可卿「益氣養榮補脾和肝湯」等，也有如第十二回治療賈瑞色欲攻心、下溺遺精的頑疾，只列所用藥材名稱，並無藥方。第三類是作者杜撰的藥方，如「冷香丸」；第五十七回治療寶玉「急痛迷心」的藥方「祛邪守靈丹」、「開竅通神散」應該也屬於此類。第八十回專治妒病的「療妒湯」，使用極好的秋梨一個、二錢冰糖、一錢陳皮及水三碗合煮而成，其實也不是真正的藥方。

　　小說中有列出藥材名稱的，均以專章介紹：分別有秦可卿、賈瑞、林黛玉、晴雯生病處方的各種藥材說明。作者杜撰的「冷香丸」因具文學義涵，則另作專題討論。

　　本篇所介紹的，是《紅樓夢》全書出現的中醫藥方中出現2次以上的常用藥材，如人參、何首烏、甘草、茯苓、山藥、當歸、地黃、天門冬等，都是至今中醫界仍在大量使用的藥材。另外，名稱出現在小說內容、但未指名使用人的藥材，如第二十八回寶玉在王夫人面前賣弄所知，提到的「龜大何首烏」之何首烏，也在本章敘述。

【人參

《紅樓夢》提到的醫藥中，很多方劑都有人參。「獨參湯」是以人參為主的常用中藥，自不待言。「人參養榮丸」、「八珍益母丸」等黛玉常吃的藥方，和其他多種處方都含有人參。

人參始載於《神農本草經》，列為上品。因根如人形而得名，主補五臟，安精神、定魂魄、止驚悸、除邪氣、明目益智，久服輕身延年。根狀莖（稱參蘆）、葉、花、果實、種子均可供藥用。

人參含有14種以上的有效成分，可抗疲勞，增強非特異性抵抗力，調節神經、心血管及內分泌系統，並促進新陳代謝，提高腦力、體力和免疫能力，已成為全世界應用最廣泛的補品。人參總皂苷含量會因人參部位、加工方法、參齡和栽培條件不同而有差

異。以第七十七回開給鳳姐服用的「調經養榮丸」為例，必須用上等人參，但鳳姐處只有參膏蘆鬚（蘆是人參頂端莖基部分，又稱蘆頭；鬚指人參細小的鬚根），與真正的人參不論是性味、功用、效果都不相同。

《人參讚》：「三椏五葉，背陽向陰，欲來求我，椵樹相尋。」以及所謂「春生苗，多於深山中背陰處，近椵漆下濕潤處」，說明人參通常生長在椵樹及漆樹下或腐植質充分的土壤中。由於野生人參的資源有限，許多野生人參的產地均因過度採挖而

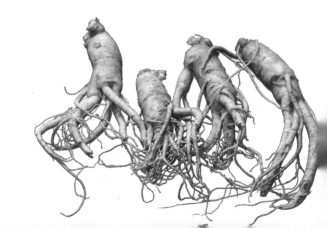

絕跡，目前世界各國大都以人工栽培生產。

　　朝鮮人參或稱高麗參，在分類上與上述人參相同。西洋參（*Panax quinquefolium* L.）別名洋參、花旗參，與人參同屬，主要產地在北美洲，質地較鬆，斷面呈淡黃白色。

人參

多年生草本植物，高40-70公分，主根紡錘形至圓柱形，肉質，頂端有根莖，下端常分枝。掌狀複葉輪生莖頂，一年生者生一片三出葉，二年生者生一片五出葉，三年生者生二片五出葉，以後每年遞增一葉；小葉多為5枚，橢圓形至長橢圓形，邊緣有鋸齒。繖形花序單一，頂生；花小，淡綠色。核果漿果狀，扁球形，熟時鮮紅色。

學名：*Panax ginseng* C. A. Mey.
科別：五加科

【何首烏

　　第二十八回寶玉在王夫人面前，提到的「龜大何首烏」，是指塊根形大如龜的何首烏藥材。塊根洗淨後切泡曬乾者為生首烏，加黑豆蒸曬成黑色者為制首烏。《本草綱目》說：「何首烏能養血益肝，固精益腎，健筋骨，烏髭髮，為滋補良藥。」相傳老人服食後鬚髮可轉黑，故名。

　　何首烏為兩性花，亦即花中同具雌雄花。古人不察，誤以為此藥有雄雌，「雌者苗色黃白，雄者赤黃色。凡修合藥，需雌雄相合，吃有驗」。古人也分塊根為兩類，說「赤者為雄，白者為雌」，其實應是不同品種、但外形相似的植物。

何首烏的塊根

　　老年人常服何首烏「雖年七十餘而輕健」，一般人服用何首烏則可益血氣，使鬚髮變黑。但何首烏也會使頭髮變白，《聞見近錄》記載北宋大臣寇準年少拜相，皇帝擔心他無法服眾，於是寇準「乃服何首烏，而食三白（三白草），鬚髮遂變」，此指頭髮變白，使外表老成許多。

何首烏的植株

【甘草

《神農本草經》列為上品，自古即用以調和眾藥，並作為解毒藥，藥用部分為主根。陶弘景稱甘草為眾藥之主，「能調和草石而解諸毒」，有補虛損、堅筋骨、去咽痛、止咳潤肺之效，久服能「輕身延年」。

中藥處方中應用最為普遍，中國早期的醫書《傷寒論》，110個處方中有74個處方用到甘草。《紅樓夢》全書提到的藥方中亦多含有甘草，例如「人參養榮丸」、「八珍益母丸」、「歸脾(肺)湯」、「菩薩散」、「黑逍遙」、「固金湯」等，均有甘草。

甘草又稱國老、蜜草、蜜甘、蕗、大苦等，不僅能解上述藥毒，更能解食物中毒。唐朝名醫甄權在《藥性論》中記載甘草能「治七十二種乳石毒，解一千二百般草木毒」。以現代醫學的觀點而言，甘草的解毒機制在於所含的甘草酸可分解成葡萄糖醛，葡萄糖醛能與毒素發生反應，進而消除有毒物質的毒性。

根莖中含有甘草甜素、甘草酸、甘草素、甘草甙等，而甘草的甜味則來自甘草甜素。很多中藥處方都會用到甘草，即所謂「藥裡甘草，到處有分」。除了當成藥材，甘草也是重要的調味劑，廣泛應用在食品、

古詩「上山採交藤」，「交藤」即何首烏，華中以北的開闊地到處可見。春季由種子萌發或宿存塊根生苗，會迅速蔓生竹木牆壁間，可覆蓋成片。夏秋開白花並結子，秋冬之際根部貯藏足夠養分後即可挖取使用。

何首烏

多年生纏繞草質藤本，地下有肥大塊根；莖有節，光滑無毛。單葉互生，長3-7公分，卵狀心形，先端漸尖，全緣；葉柄下具鞘質膜，褐棕色。圓錐花序，花小而密；花被5，白色。瘦果具三稜，黑色有光澤，包於翅狀的宿存花被內。

學名：*Polygonum multiflorum* Thunb.
科別：蓼科

香菸、醫藥、啤酒上。

　　新疆、甘肅生產的光果甘草（洋甘草，*Glycyrrhiza glabra* L.）、黃甘草（*G. kansurnsis* Chang *et* Peng）和脹果甘草（*G. inflata* Batal.）等同屬植物，根莖所含的主要成分和甘草類似，均為市面上甘草藥材的主要來源。

甘草

多年生草本，高可達1公尺，全株被白色柔毛及腺毛。主根甚長，外皮為紅棕色至暗褐色，裡面黃色。奇數羽狀複葉，互生，小葉3至8對，以6對最常見，全緣，先端急尖。總狀花序腋生，蝶形花，紫紅色或藍色。果為莢果，鐮狀，密生腺刺。種子6-8。

學名：*Glycyrrhiza uralensis* Fisch.
科別：蝶形花科

【茯苓

　　《史記》稱伏靈，又名松苓、伏菟，《神農本草經》列為上品。茯苓全株均可入藥，能養心安神、健脾除濕、利尿消腫，久服可安魂養神，早在二千多年前就被視為滋補佳品，相傳清朝慈禧太后也經常食用。《紅樓夢》的「人參養榮丸」、「益氣養榮補脾和肝湯」、「八珍益母丸」、「麥味地

黃丸」、「天王補心丹」等，都含有茯苓。

　　菌體寄生在松樹根上者稱為「茯苓」，抱松根而生者謂之「茯神」，兩者在藥效上稍有差異。此外，包在茯苓中心的松木則稱為「茯神木」，質堅實，色白。主要產地為雲南麗江流域，來自雲南的道地茯苓藥材稱為「雲苓」。古人不知茯苓為寄生菌，因此《淮南子》云：「千年之松，下有茯苓。」葛洪《抱朴子》認為是松柏脂流入地，經千歲而化為茯苓。

　　「茯苓」、「茯神」雖主要寄生於活松樹，但也可生長在檜木、冷杉、漆樹、桑葉等樹種根部。由於用途多、需求量大，古代就已進行人工培養。目前大別山區是全中國

最大的茯苓產區。

　　茯苓大者至數斤，似人形、龜形者佳。外皮呈黑褐色，接近外皮部分是淡紅色，稱為赤茯苓；中間部分是白色，稱為白茯苓，是製造茯苓霜的主要原料。第六十回、第六十一兩回所提到的茯苓霜，即新鮮茯苓去皮磨漿後曬成白粉，因色如白霜、質地細膩而得名。

茯苓

寄生於松樹根的腐生菌，鮮時質軟，乾後堅硬。菌體為球形、扁球形或不規則塊狀，大小不一，表面淡灰棕色至黑褐色。橫斷面近外皮處帶粉紅色，內部白色。子實體傘形，直徑0.1-0.2公分，生長於菌核表面成一薄層，幼時白色，老時淺褐色。菌管之孔為多角形。

學名：*Poria cocos* (Schw.) Wolf
科別：多孔菌科

【山藥

　　《紅樓夢》提到的淮山藥原名薯蕷，《神農本草經》稱為署豫，列為上品，有「補中益氣及長肌肉」之效。唐朝時因避唐代宗李豫之諱，改稱薯藥；宋時又避宋英宗趙曙之諱，改稱山藥，沿用至今。

　　山藥塊根肉多，有些品種「其大如臂」，供食用及入藥，有補脾胃、益肺腎的功效，藥用部分是塊根。第十回中的「懷山藥」是「益氣養榮補脾和肝湯」中使用的十六種藥材之一，是醫生開給秦可卿的藥方。古代以河南懷慶府（今河南省孟縣、溫縣等地）所產者最佳，特稱「懷山藥」。

　　從《神農本草經》開始就載錄有本品，說：「薯蕷味甘，溫。除寒熱邪氣，補中益氣力，長肌肉。」《名醫別錄》云：薯蕷「主頭面遊風，頭風眼眩、下氣。止腰痛，補虛勞羸瘦」等特性和療效，這些藥性都是針對秦可卿的病症。除上述的「益氣養榮補脾和肝湯」外，第二十八回的「左歸丸」、「右歸丸」、「麥味地黃丸」等，也都含有薯蕷（或稱山藥）。

　　分為野生種與栽培種兩種，野生者常稱野山藥（*Dioscorea alata* L.），今稱參薯，

山藥植株上的珠芽

栽培種稱家山藥。《本草綱目》言：「薯蕷入藥，野生者為勝，供饌則家種者為良。」山藥因栽培歷史悠久，已培育出許多不同品種，如長山藥、牛腿山藥等。

山藥的塊根富含澱粉，可直接蒸食或煮食，古時有些地方就以山藥根充當糧食。塊根中的澱粉經洗出或輾出後，可製成各種糕餅，如第十一回提到的「棗泥餡的山藥糕」。葉腋常生有球狀物，稱為零餘子或山藥子，即古籍所言「秋生實於葉間，狀如鈴」之物，這其實是一種稱為珠芽的無性芽。此珠芽皮黃肉白，可煮熟去皮食用。

山藥

多年生纏繞性草本，地下塊根長而粗壯，外皮灰褐色。莖常帶紫色，右旋。單葉，莖下部互生，中部以上對生，葉片三角形至寬圓形或戟形，變異大，葉脈7-9。花小，雌雄異株，穗狀花序。雄花序直立，聚生於葉腋內；雌花序下垂。蒴果扁圓形，表面被白粉。

學名：*Dioscorea opposita* Thunb.
　　　＝*Dioscorea japonica* Thunb.
科別：薯蕷科

【當歸

當歸作為藥材始載於《神農本草經》，列為中品，全株有濃烈香味。《本草綱目》列入香草類，為重要的補血藥，因為可「使氣血各有所歸」而得名。其藥效可調經止痛、潤燥滑腸、補五臟、生肌肉。

根的上部與莖相接之處稱為歸頭，主根稱為歸身，支根及根梢部分稱為歸尾，各有不同療效，即金元四大醫家之一的東垣老人李果所言：「頭止血而上行，身養血而中守，尾破血而下流。」當歸屬於常用中藥，《紅樓夢》的藥方中，有八個以上的處方用

到當歸。例如，第十回用來治療秦可卿怪病的「蓋氣養榮補脾和肝湯」處方中，所列的「歸身」二錢，就是當歸的主根部分；第五十一回和第五十三回大夫開給晴雯的藥方中也有當歸，作為益神養血之劑。

當成當歸藥材使用的，還有同屬的東當歸（*Angelica acutiloba* kitag.）、粗齒葉當歸（*A. grosseserrata* Maxim.）及同科的日本當歸（*Ligusticum acutilobum* S. et Z.）的根。

當歸古稱文無，因花葉似芹，又有山蘄（芹）之稱。李時珍說當歸：「為女人要藥，有思夫之意，故有當歸之名。」《古今注》又云：「古人相贈以芍藥，相招以文無。」芍藥又稱將離，所以道別時贈之以芍藥；招人聚首則贈之以當歸。

當歸

多年生草本，莖中空，高可達1公尺。根圓柱狀，有多數肉質細根，黃棕色，香氣濃郁。莖直立，綠白色或紫色，有縱深溝紋。葉二至三回羽狀分裂，葉柄基部膨大成管狀鞘，紫色或綠色；基生葉及莖下部葉，小葉片3對，莖上部葉退化成囊狀鞘和羽狀分裂之葉片。複繖形花序；花白色。果橢圓至卵形，側稜呈寬而薄的翅。

學名：*Angelica sinensis* (Oliv.) Diels.
科別：繖形科

【地黃

地黃作為藥材使用歷史悠久，《神農本草經》列為上品。藥用部分為根莖，分生、乾、熟三種。生地黃即新鮮的地黃根莖；徐徐烘焙至內部變黑者為乾地黃；加酒反覆蒸曬而成者稱熟地黃。生熟地黃的藥效不同，生地黃味甘苦、性寒，有止血及涼血功效；熟地黃味甘、性微溫，具有滋陰補腎和補血的功用。

《紅樓夢》各回提到的地黃均為藥材，而且都是使用熟地黃。第十回治療秦可卿水虧火旺徵候的「益氣養榮補脾和肝湯」，十六種藥材之中，就有熟地黃；第二十八回的「麥味地黃丸」，由麥門冬、地黃等藥材製備；第五十三回晴雯抱病為寶玉縫補雀裘時累倒了，大夫所開的益神養血之劑，有茯苓、地黃、當歸等藥材。

地黃，古稱芐或地髓，古人採嫩苗作菜。《禮記》記載祭祀時用藿（豆葉）、芐（地黃）、薇（野豌豆）調五味，煮供祭之牛、羊、豬三牲。地黃根也是古時的黃色染料，秋季取地黃和灰汁合煮生絹，用以染製衣物，即《齊民要術》：「至八月盡九月初，根成中染」之謂。因其染黃，故有「黃」之名。

地黃

多年生草本，高10-40公分，全株密被灰白色長柔毛及線毛，根肉質。葉基生，蓮座狀，在莖上則互生；葉片倒卵狀披針形至長橢圓狀，長3-10公分，尖端鈍，邊緣有不整齊鋸齒，葉面多皺。總狀花序頂生；合瓣花，花冠筒微彎曲，外紫紅色，內黃色有紫斑。蒴果卵圓形，種子多數。

學名：*Rehmannia glutinosa* Libosch.
科別：玄參科

【天門冬

原名天蘴冬，《山海經》已載錄：「條谷之山，其草多芍藥、蘴冬。」「蘴」字筆

劃繁複，不易書寫，後改成同音的「門」字，為常用中藥材。《紅樓夢》第二十八回藥方「天王補心丹」，就含有天門冬。

藥用部分為地下指狀的肥大塊根，所含主要成分是天門冬素，有養陰潤燥、清肺生津的作用。始載於《神農本草經》，說其「功同麥門冬，故曰天門冬」，「主諸暴風濕偏痺，強骨髓」。天門冬被視為神奇的仙藥，《列仙傳》說道：「赤松子食天門冬，齒落更生，細髮復出。甘始服之，在人間三百餘年。杜子微服之，御妾多子，日行三百里。」文中提到的赤松子、甘始、杜子

微都是傳說中的神仙。

陶弘景云：「門冬蒸剝去皮，食之甚甘美，止饑。」塊根能食用療饑，向來就是荒年貧窮人家的食物，《救荒本草》說「採根換水，浸去苦味，去心煮食」即可，「入蜜食」更佳。《中國花經》視天門冬與文竹（*Asparagus setaceus* (Kunth) Jessop）、武竹（*A. sprengeri* Regel）等，為同類型的藤本觀賞植物，搭棚架栽種，近代種植尤多。

天門冬

多年生攀緣草本，莖無法直立，分枝具稜或翅。塊根紡錘狀膨大，肉質。葉狀枝，扁平，通常3枚成簇，長1-3公分。葉退化成鱗片狀，基部有木質倒生刺。花通常2朵腋生，淡綠色。果球形，徑0.6至0.7公分，熟時紅色。中國各省區都產。

學名：*Asparagus cochinchinensis* (Lour.)
　　　Merr.
科別：百合科

秦可卿的藥方

　　秦可卿是金陵十二釵之一，是謎一般的小說人物。尤其她的死，是《紅樓夢》一大疑案，依脂批所言，為隱去秦氏死因，小說內容被刪去四、五頁。歷來研究其身分地位的論說很多，有認為她失德私通公公賈珍，被發覺後羞辱自盡，所謂「淫喪天香樓」也。但其喪禮卻很隆重，有如皇室人物，真正身分啟人疑竇。

　　秦氏長期倦怠、眼神發眩、月信過期，長臥在病床上。第十回醫生診斷病起「憂慮傷脾，肝木忒旺」，屬於「水虧火旺」徵候。秦氏心性高強、聰明過人，聰明太過則不如意事常有；不如意事常有，則思慮太過，於是引出此病。

　　醫生開了一帖稱為「益氣養榮補脾和肝湯」的補益方劑，所含藥材包括人參（見99-100頁）、白朮、雲苓、熟地（見105-106頁）、歸身（見104-105頁）、白芍、川芎、黃耆、香附米、醋柴胡、淮山藥（見103-104頁）、延胡索、阿膠、甘草（見101-102頁）、建蓮子、大棗等16種藥材。其中除阿膠外，均為植物藥材，阿膠是指由驢皮熬製而成的膠塊。

　　上述藥材，「雲苓」即茯苓（見102-103頁），因茯苓的主要產地在雲南的麗江流域，道地的雲南產茯苓特稱為雲苓，品質最好，藥效最顯著，中藥店最好的茯苓都稱雲苓。「歸身」即為當歸根部的中段部分；「建蓮」指福建省所產的蓮子；「醋柴胡」是用醋炮製的柴胡。中藥材很多都是生藥，必須經過特定的炮製處理才能發揮藥效，炮製分水製、火製、水烘製等多種方法。

108

【白朮

白朮是使用普遍的中藥材,《神農本草經》列為上品。梁朝陶弘景已提及有白朮、赤朮(蒼朮)之分。蒼朮(*A. lancea* (Thunb.) DC.)和白朮在分類上同屬不同種,兩者藥用部分均為根莖,蒼朮色褐,白朮色白。一般中醫認為蒼朮苦辛氣烈、白朮苦甘氣和,因此喜用白朮。第十回「益氣養榮補脾和肝湯」,使用的也是白朮。

《本草綱目》說「其葉似薊而味似薑芥」;按《說文解字》,「朮」字的篆文「像其根幹枝葉之形」,說明白朮和蒼朮之字形來源。《爾雅》說朮即山薊,因葉片外觀像薊,且生於山中,所以又名山薊。《抱朴子》稱朮為山精,認為想長生不老,要「常服山精」。

近代中醫界也分朮為兩種:一為白朮,葉大有毛,「根甜而少膏」,可作丸散用;一為赤朮(蒼朮),葉細,「根小苦而多膏」,可作煎。兩者藥效類似,但除濕解鬱、發汗驅邪用蒼朮;補中焦、益胎元、強脾胃、消濕痰益脾則用白朮。供藥材使用的白朮,宜於秋季採收,質地較佳;春季採收者根莖虛軟易腐壞,古人的解釋是秋採者「得土氣充也」。但其實,植物生長至秋季,養分在植物體累積充足,莖葉成長告一段落,藥效自然增加。春季採集嫩苗及幼莖可作菜與泡製飲料,味道香美。

白朮

多年生草本，高可達80公分，地下部有肥大根莖。葉革質，互生。莖下部葉有長柄，葉片3深裂；近莖端葉不分裂，葉基下延呈葉柄狀，葉緣有刺狀齒。頭狀花序頂生，總苞苞片7列，基部由一輪羽狀深裂的葉狀苞所包；花冠下部白色，上部紫紅色。瘦果密生柔毛，冠毛羽狀分裂。

學名：*Atractylodes macrocephala* Koidz.
科別：菊科

【黃耆

黃耆即黃芪，今日藥材大都指膜莢黃耆而言，為常用藥材，《神農本草經》列為上品，藥用部分為乾燥的根。《本草綱目》認為「耆」有年長之意，黃耆的根部中心為黃色，為補藥之長，所以稱為「黃耆」。性溫、味甘，具五大功能：補諸虛不足、益元氣、壯脾胃、去肌熱及排膿止痛、活血生血。歷代醫家視為「瘡家聖藥」，也用以治虛弱、貧血、消化不良，同時也是滋補要藥。《紅樓夢》第十回的「益氣養榮補脾和肝湯」和第八十三回的「歸脾（肺）湯」，都有用到黃耆。

藥材「黃耆」的植物有多種，其中以膜莢黃耆的產量較大，各地都有栽培。另一種常用的黃耆為內蒙黃耆（*A. mangholicus* Bunge）。有些地區常以苜蓿根假冒黃耆，但黃耆根很柔韌，皮微黃褐色，而苜蓿根堅而脆、皮稍白，兩者極易區分。同屬植物扁莖黃耆（*A. complanatus* R.Br.）、直立黃耆（*A. adsurgens* Pall.）之種子稱為沙苑子，也是重要藥材，根部也當黃耆使用。

黃耆類的植物「葉似羊齒，或如蒺藜」，到處可見，有些種類開黃色花，有些開紫色花。嫩苗以熱水燙洗多次，洗出苦味後，可當蔬菜食用。

黃耆

多年生草本，主根肥厚，高度可達1公尺，全株有長柔毛。羽狀複葉，小葉17-27片，橢圓至長圓形。總狀花序於頂部腋生，花序稀疏，花10-20朵；花黃色至淡黃色，有時稍帶淡紫紅色。莢果膜質，膨脹，下垂，具長柄，長2-3公分，被黑色短伏毛。

學名：*Astragalus membranaceus* (Fisch.) Bunge

科別：蝶形花科

【川芎】

芎藭古名很多，有江離、蘼蕪等，如《楚辭》：「扈江離與辟芷兮，紉秋蘭以為佩」及《古詩》「上山采蘼蕪，下山逢故夫」。《紅樓夢》第十七回，賈政逛蘅蕪院的超手遊廊時，同行的清客引唐朝魚玄機的〈閨怨〉，也有「蘼蕪盈手泣斜暉」句。

《博雅》云：「苗曰江離，根曰芎藭。」意思是說芎藭地上部的幼苗稱江離，枝葉稱蘼蕪，而根部才稱為芎藭。產於四川者品質最佳，因此又稱川芎，雲南亦產。第十回所說的川芎為藥材，使用的部分是每年農曆九月、十月採收的根，外觀「瘦黃黑色」。《神農本草經》說芎藭「味辛溫無毒」，「治中風入腦、頭痛寒痹，除腦中冷痛，面上游風，止瀉痢等」，但是此藥必須以他藥佐之，「單服令人暴亡」。

芎藭「葉香似芹而微窄細，又似胡荽葉而微壯」，水芹、胡荽、芎藭均為繖形科植物。芎藭全株有香味，自古即受珍視。魏武帝（曹操）經常「以蕙草為香燒之，以薇蕪藏衣中」，薇蕪即芎藭。曹操身上常佩帶芎藭來消除體臭，並作為地位身分的表徵。農曆四、五月嫩芽新出，可採食之，如宋・宋祁〈芎賛〉所云：「柔葉美根冬不殞零，採而掇之，可糝於羹。」

芎藭

宿根性多年生草本，清明前後開始由宿根長苗。莖直立，高可達50-60公分，葉為二至三回羽狀複葉，小葉3-5對，邊緣不規則羽狀全裂。香味近水芹，但葉較細，形似胡荽而稍厚硬。複繖形花序，秋日開細碎白花。離果卵形。

學名：*Ligusticum chuanxiong* Hort.

科別：繖形科

【香附米

香附子《名醫別錄》列為中品，藥用部分為乾燥的塊莖。塊莖用石碾除去毛皮者稱為「香附米」，有理氣、解鬱、調經、止痛之效，為婦科要藥。但是香附子「獨用、多用、久用，耗氣損血」，因此臨床上常會配合當歸、白芍、川芎等一起使用。香附子香氣濃郁，味微苦，含有抗菌物質，也是芳香健胃劑。

香附子又名莎草、雀頭香。《本草綱目》云：「莎葉如老韭葉而硬，光澤有劍脊稜……其根相附連續而生，可以合香，故謂之香附子。」《楚辭·離騷》：「青莎雜樹，繁草靃蘼」提到的青莎就是指莎草。歷朝詩人也常提及，如唐·溫庭筠的〈齊宮〉：「遠水斜如剪，青莎綠似裁」句，及宋·黃庭堅〈戲答晁深道乞消梅〉詩句：

「青莎徑裡香未乾，黃鳥陰中實已團」。

香附子根部多匍匐根莖，可四處蔓延，先端塊莖極易萌發新芽，主莖遭拔除後，留在土壤中的塊莖馬上又可萌出新株。塊根有貯藏養分並產生新芽的功能，不易拔除乾淨，是耕地難除的雜草，即陸游所言之「莎草鋤還出」。湖南、湖北人稱之為「回頭青」，意思是剛割完草，轉頭又已一片青綠，言其生長速度極快。

香附子

多年生草本，根莖匍匐，先端膨大呈紡錘形塊狀。莖直立，高20-80公分，綠色，三稜形，基部呈塊莖狀。葉線形，細長，深綠色。葉鞘閉合抱於莖上，鞘棕色，常裂成纖維狀。花序總狀分枝，頂生，3-10個排成繖狀，花茶褐色，下有葉狀苞片2-3枚。小堅果倒卵形，具3稜。

學名：*Cyperus rotundus* Linn.
科別：莎草科

即李時珍所謂的「根叢生如芋卵樣」。五至六月立夏，莖葉枯萎時採挖塊莖。塊莖為不規則扁球形，表面灰白色至黃褐色，有不規則皺紋；質堅而脆，斷面黃色，有蠟狀光澤，磨碎時為黃色至棕色，粉末鮮黃色，味極苦。

> **延胡索**
>
> 多年生草本，塊莖球形，莖高20公分。地上莖短且纖細，稍肉質，莖靠近地面處生一鱗片，鱗片上長葉。葉互生，二回三出全裂，第二回常分裂不完全而呈深裂，裂片披針形，全緣，先端鈍。花序穗狀，頂生或和葉對生；花瓣紫紅色，雄蕊6，花絲合成兩束，每束具3花藥；花柱短，柱頭2，小蝴蝶狀。蒴果扁柱形。
>
> 學名：*Corydalis yanhusuo* Wang
> 科別：荷包牡丹科

【延胡索

原名玄胡索，始載於宋朝的《開寶本草》，為避宋真宗諱而改為延胡索。藥用部分是乾燥塊莖，取之於延胡索或同屬植物，如山延胡索（ *C. bulbosa* DC.）、東北延胡索（ *C. arabigua* (Pallas) Cham. *et* Schlecht.）。

延胡索含有以下生物鹼：延胡索鹼、去氫延胡索鹼、原鴉片鹼、延胡索庚素等，有活血散瘀、利氣止痛的功效，專治月經不調、崩中淋露，此即《紅樓夢》中秦可卿的主要症狀。本藥材也是鎮痛劑，用於產後腹痛、頭痛、生理痛等。其中的去氫延胡索甲素對胃及十二指腸潰瘍有療效。

《嘉祐本草》描述延胡索「三月長三寸，高根叢生」，又說「根如半夏，色黃」。莖基長一球狀塊根，形態確實特殊，

【柴胡

原名茈胡，藥用部分為根，始載於《神農本草經》，列為上品。李時珍認為柴胡嫩苗可當菜吃，老則採而為柴，因此苗又名芸蒿、山菜、茹草。《夏小正月令》所說的「仲春芸始生」，芸就是柴胡。因產地不同，藥材有南柴胡、北柴胡之分，南柴胡又稱軟柴胡，品質較差。

柴胡根性微寒、味苦，是中藥中發表和裡、疏肝解鬱、升提中氣、調經的要藥。東漢名醫張仲景有大小柴胡湯治療傷寒，柴胡加龍骨湯、柴胡加芒硝湯等，都是後人治療傷寒所用。

柴胡屬植物在中國有30多種，多數可入藥，例如興安柴胡（*B. sibiricum* Vest.）、膜緣柴胡（*B. marginatum* Wall. ex DC.）、錐葉柴胡（*B. bicaule* Helm.）及黑柴胡（*B. smithii* Wolff.）等。但仍以柴胡（北柴胡）和狹葉柴胡（南柴胡，*B. scorzonerifolium* Willd.）品質最佳，藥效最好。「其苗有如韭者、竹葉者，以竹葉者為勝」，苗如韭者指狹葉柴胡，如竹葉者即柴胡。所謂「醋柴胡」者，是用醋炮製的柴胡。

柴胡

多年生草本，高可達85公分，莖叢生或單生，上部多分枝，略呈「之」字形。基生葉倒披針形至狹橢圓形，早枯；中部葉倒披針形至線狀披針形，有7-9條平行脈，背面有白粉。複繖形花序，每一花梗5-10小繖形花；花鮮黃色。離果寬橢圓形，有狹翅。

學名：*Bupleurum chinense* DC.
科別：繖形科

【白芍

芍藥最初的栽植目的不是觀賞，而是為了其藥用價值。原種芍藥以白花居多，野生者為單瓣，經數千年栽培育種，已發展出各種花色及瓣形的品種，目前中國各地可辨識的品種約有300個之多。

古人稱開白花的芍藥為白芍，近代則以除去外皮的根藥材稱為白芍，連皮原根洗乾淨的藥材則稱赤芍。白芍止痛下氣；赤芍利尿散血。第十回秦可卿的「益氣養榮補脾和肝湯」處方中有一劑白芍；第五十一回大夫開給晴雯的藥材中也有白芍，所指白芍應為除去外皮的根藥材芍藥，主要作用在補血。《神農本草經》說芍藥：「主腹痛，除血痺……止痛，利小便。」說的是白芍；《名醫別錄》說芍藥：「散惡血，去水氣，利膀胱，消癰腫」等，講的是赤芍。

植物學上所稱的白花芍藥（*P. sterniana* Fletcher）為僅產於西藏東南部的另一個芍藥種類，非一般中藥所言之白芍。

芍藥

多年生草本，莖高可達1.5公尺；具紡錘狀塊根。葉三出或二回三出複葉，小葉長卵形至橢圓形，有時裂為2片，先端長急尖；葉全緣。花單獨頂生，下具葉狀苞片；萼3片，微帶紫紅色，花瓣8片，倒卵形或頂端裂為鈍齒狀；雄蕊多數，花藥金黃色；心皮3-5，離生。菁葖果3-5個，光滑無毛。

學名：*Paeonia lactiflora* Pallas
科別：毛茛科

【大棗

大棗即紅棗，是中國栽培歷史最悠久的果樹之一，自古就當成藥物使用，《神農本草經》列為上品，主治「心腹邪氣，安中養脾及身中不足」等。因加工不同而有紅棗、黑棗之分，入藥一般以紅棗為主，可以和其他多種藥材配方，「久服輕身長年」，故在各種醫方之中，棗經常被使用。張仲景的《傷寒論》和《金匱要略》兩書之中，用棗配製的藥劑就有58方。

大棗能補氣血、安神，緩和藥物刺激。大棗合四君子湯，治少食便溏、倦怠無力；大棗合四物湯，治血虛、面黃肌瘦；合峻下藥（峻烈的瀉下藥）使用，能緩和峻下藥刺激胃腸；合發汗藥，能緩和發汗作用。近代也取用大棗，和其他食物燉煮作為進補食品，是

少數食藥兩用的植物。

紅棗作為藥材，主要是使用成熟後的乾燥果實。然而根據醫書所說，新鮮的生棗不宜多吃，「多食令人熱渴膨脹、動臟腑、損脾元，凡贏瘦者不可食」。據《本草綱目》記載，除了果實，棗及棗樹的其他部位也有藥效：棗核內的種仁，可治「腹痛邪氣」；葉煎湯洗浴可「治小兒肚熱」，「覆麻黃，能令出汗」；木心主治「中蠱腹痛、面目青黃」；根「煎湯頻浴之，治小兒赤丹」。

棗

分布乾燥地區，可生長在旱澇之地，許多生產力低的農地，棗均可生長良好。落葉小喬木或灌木，枝有長針刺。葉橢圓形至圓形，互生，有3主脈。初夏新枝開花，花小，淡黃色，雄蕊5。果卵形至長橢圓形，初黃綠色，成熟後成暗赤色或黑褐色。果肉甜美。

學名：*Ziziphus jujube* Mill.
科別：鼠李科

115

賈瑞的藥方

賈瑞是賈代儒長孫，是個「圖便宜，沒行止」之人。第十一回他在會芳園遇見鳳姐，心存不軌，所謂「見熙鳳，賈瑞起淫心」，從此掉落鳳姐所設的陷阱之中。

賈瑞色迷心竅，受到王熙鳳三番兩次戲弄。第十二回，他受騙在朔風凜凜侵肌裂骨的黑夜下空等鳳姐一夜，幾乎凍死，又被尿壺澆了一身一頭。加上色欲攻心，遭祖父責打罰跪、功課逼迫，如此內外交攻，不知不覺即病入膏肓。「腳下如綿，眼中似醋；黑夜作燒，白日常倦；下溺遺精，咳痰帶血」，不久即滿口胡語，奄奄一息。請了許多醫生，吃了肉桂、附子、鱉甲、麥冬、玉竹等藥也不見效。

《神農本草經》收載藥物365種，並以上、中、下三品分類，其中的下品藥有劇毒，是針對難治重病或疑難頑疾而下的藥物，一般不會輕易使用。上述醫生所開的藥材大都是補氣血的常用藥，肉桂香味濃烈獨特、味辛，有「溫中補陽，散寒止痛」之效，常列於治療氣血衰少時的處方。而其中的附子是含有劇毒的下品藥，足以說明賈瑞病得有多嚴重。

臘盡春回，賈瑞不但沒有好轉，病情更加嚴重，後來醫生又開了「獨參湯」的藥方，即單用一味人參。目的是治療猝然虛脫、大出血之後的虛極欲脫、脈微欲絕之症。但賈瑞淫念未解，手淫劣習不改，一方面雖有補品猛藥，一方面卻不自克制，最後還是無法挽救性命。一直到嚥氣，始終不曾醒悟。

【肉桂

肉桂古稱箘桂，《神農本草經》列為上品，說可「主治百病，養精神，和顏色，為諸藥先娉通使」。用於發汗、疏通血脈，且可宣導百藥。不同部位之主成分含量稍有不同，藥性也稍有差異。本書兩回都是以藥材出現：第十二回是用來治療賈瑞積勞腎虧的許多藥材藥方中的材料之一，第四十五回則作為養治黛玉虛弱體質的補藥。

《山海經》稱桂木，《爾雅》稱梫、木桂，植株各部分均有香味。樹皮含桂皮油，主要成分為桂皮醛，味甜微辛，自古即用為

調味料。《爾雅翼》云：「古者薑桂為燕食庶羞之品。」是上等的調味料，近代也視為高級的芳香原料，用在食品及化妝品工業上。木材亦有香味，古人取其香之象徵意義以譬喻君子，屈原《楚辭》列為香木。

肉桂的樹皮稱桂皮、枝條稱桂枝、嫩枝稱桂尖、果托稱桂盅、幼果稱桂子或桂丁，均為著名的中藥材及香料，其中以樹皮使用最為普遍。樹皮剝自近根處，厚度最大，含藥及香料成分最多，品質最佳，一般就稱為肉桂；在其他莖部剝取者，樹皮較薄，市面上稱為「桂皮」，品質次之。

肉桂

常綠香木，幼枝稍四稜形，被短絨毛。葉厚革質，長橢圓形至近披針形，長10-16公分，先端尖或短漸尖，邊緣內捲，背面淡綠色，疏被黃色短柔毛；三出脈明顯。密錐花序，腋生或近頂生；花極小，白色。果橢圓形，長約1公分，黑紫色，果托杯狀。

學名：*Cinnamomum cassia* Presl.
科別：樟科

【附子

附子即烏頭，根形如烏頭而得名，又名天雄。《博物志》說：「烏頭、天雄、附子一物，春夏秋冬採各異也。」意思是不同季節採集而有不同名稱。《本草綱目》則清楚說明：「初種為烏頭，附烏頭而生為附子，如子附母也。」剛長出的本莖稱為烏頭，後來再萌發的其他莖株稱為附子。《神農本草經》列為下品，藥用部分為乾燥的主根。

烏頭有劇毒，古人在農曆八月間採烏頭莖取汁，日曬之後敷在箭頭上射殺野禽野獸，「中人亦死」，是古代常用的箭毒；陶弘景云：「夷人五月採，煮汁塗矢，射人物十步即死。」古時也使用在對陣攻堅的箭矢上。《三國演義》刮骨療傷的故事中，關公所中的箭毒即為烏頭毒。

烏頭有兩種，一種稱為川烏頭；另一種是俗稱草烏的草烏頭（*A. kusnzoffii* Rejchb.）。藥材大都使用川烏頭。含有六種烏頭鹼，味溫辛、有劇毒，通常用來治療中風、出汗，並「除寒濕痹」。做成藥劑使用前，必先在水中浸泡數日，每日換水二至三次；然後與甘草、黑豆加水共煮，直至熟

透，內無白心為止，如此可減去毒素八成以上。《紅樓夢》中，用附子治療病情嚴重的賈瑞，但賈瑞自身淫念無法戒除，即使下此狠重藥方，還是回天乏術。

烏頭

多年生草本，高可達100公分，主根發達。莖直立，有貼伏柔毛。革質葉互生，深3裂，兩側裂片再2裂，中央裂片3淺裂，有粗齒或缺刻。下部葉有柄，上部葉近無柄。穗狀花序，軸密生貼伏柔毛；花紫藍色。蓇葖果長圓形。

學名：*Aconitum carmichaeli* Debx.
科別：毛茛科

【玉竹

　　第十二回所說的玉竹是一種嬌小的草本植物，今名葳蕤。古名很多，例如委萎、熒、地節、馬薰等，《名醫別錄》始稱為玉竹。值得注意的是，第四十八回所言之「玉竹」不是本種，而是一種竹稈有黃綠條紋的觀賞竹類。

　　玉竹作為藥材，《神農本草經》早有記載，列為上品，專門治療體虛及男女虛症，如肢體痿軟、自汗、盜汗等病。第十二回醫生開立的玉竹藥方，也是用來治療賈瑞真神

消耗太多所衍生的病症。

玉竹「莖幹強直，似竹箭桿，有節。葉狹而長，表白裡青」。明朝李時珍稱玉竹：「性柔多鬚，最難燥。其葉如竹，兩兩相值。」故稱玉竹。除了本種之外，同屬其他植物的根莖也可以當玉竹藥材使用，例如熱河黃精（*P. macropodum* Turcz.）、康定玉竹（*P. pratu* Baker）、小玉竹（*P. humile* Fisch.）等。

玉竹喜涼爽潮濕的蔭蔽環境，莖葉挺拔婉柔，黃冠筒白色下垂，成列排列，形態極為典雅，是重要的觀賞植物。一般栽種在林下石隙間或山石之下，作為地被植物或區隔綠籬，近年來多用作切花材料。

葳蕤

多年生草本，高可達60公分。地下莖淡黃白色，肉質有節，在地下橫走，密生鬚根。莖單一，向一邊傾斜。葉互生，無柄，橢圓形至狹橢圓形，全緣，表面綠色，背面粉白色，葉片略帶革質，先端鈍尖至急尖。花腋生，花被筒狀，白色至黃綠色。漿果藍黑色。

學名：*Polygonatum odoratum* (Mill.) Druse
科別：百合科

【麥冬

麥冬即麥門冬，一名沿階草，是歷代重要藥材，始載於《神農本草經》，列為上品，藥用部分為塊根。《本草綱目》說：「此草根似麥而有鬚，其葉如韭，凌冬不凋，故謂之麥虋冬。」「虋」音門，麥虋冬即麥門冬，常作為養陰、生津、潤肺、止咳藥。本書出現二回均為藥材，第十二回治療賈瑞荒淫病症，用肉桂、附子、麥冬（麥門冬）、玉竹等方，均屬補陰藥類；第二十八回黛玉常吃的「麥味地黃丸」，也是補虛中藥，以麥門冬為主要藥材。

作為麥門冬藥材使用的植物種類很多，有同科不同屬的大葉麥門冬（*Liriope spicata*

Lour.）、闊葉麥門冬（*L. platyphylla* Wang *et* Tang）、小葉麥門冬（*L. minor* (Maxim) Mak.）等，塊根均為紡錘形，表面黃白色，半透明，斷面黃白色，氣微香，有甜味。塊根和天門冬一樣可食，荒年亦用來療饑。

　　除了當藥材，所有的麥門冬類均可作為觀賞植物，栽種在庭院花圃及階沿，為極佳的耐陰及飾邊草本；也可植為室內盆栽。

麥門冬

多年生草本，匍匐莖細長，鬚根前端或中部常膨大成紡錘狀塊根。葉叢生，禾草狀，先端鈍或端尖；葉柄鞘狀，兩側有薄膜。花莖長6-15公分，花序穗狀，頂生；花淡紫色或有時白色，花被片6，不展開。漿果球形，成熟時深綠或藍黑色。

學名：*Ophiopogon japonicus* (L. f.) Ker-Gawl.

科別：百合科

黛玉的藥方

　　林黛玉自小父母雙亡，寄居賈府。她個性孤高自許、敏感多愁，富於詩人氣質。但身子虛弱，平常都會吃些藥丸補身，在賈府中是個出名的藥罐子。第二十八回寶玉、寶釵、王夫人和黛玉在聊天之中，談到林黛玉的身體概況，說她有七情內因之病，禁不住一點風寒，還提起曾經吃過和聽過的藥丸及藥材名稱，如「人參養榮丸」、「八珍益母丸」、「左歸丸」、「右歸丸」、「麥味地黃丸」、「天王補心丹」、「人形帶葉參」、「龜大何首烏」等，均為常見的中藥名，可能大部分藥方，黛玉都嘗試過。

　　第二十九回說到黛玉、寶玉兩人拌嘴，黛玉把剛才喝的藥「香薷飲」都吐了出來。「香薷飲」為中醫祛暑解表的藥劑，由香薷、白扁豆、厚朴三種藥組成。香薷有多種，包括海州香薷、香薷及同科的石香薷，任何一種都可當成香薷藥材使用；厚朴也有厚朴及凹葉厚朴兩種。夏日氣候炎熱，黛玉體質虛弱，一不小心就容易中暑。嘔吐原為中暑的症狀，雖說黛玉是因心中煩悶不快才引起嘔吐，也可能與中暑有關。

　　與黛玉藥方有關的，還有第四十五回，描述黛玉每年春分秋分後舊疾必發。今年秋季遇著賈母高興，不顧體力負荷，多遊玩了兩次，卻過勞傷了神，又咳嗽起來，而且比往常嚴重。寶釵來探望看到黛玉的藥方，覺得人參（見99-100頁）、肉桂（見117-118頁）量放得太多。根據中醫典籍，人參性味甘溫，有生津、瀉火、大補肺元氣的功用，但也有「陽越補而陰越虧」的特性，黛玉體質屢弱，不宜過服人參。寶釵所見，黛玉服用的含人參、肉桂的藥不外乎「人參養榮丸」、「八珍益母丸」、「右歸丸」、「天王補心丹」等數種。

【香薷

香薷為藥用植物,性微寒、味辛,有發汗祛暑、通利小便的功用。香薷一名始載於《名醫別錄》,另有許多別名,如香草、香菜、蜜蜂草等。

「薷」本「菜」字,植物體有濃烈香氣,葉柔,故名香菜,今稱香薷。自古即視為藥草,用以治療霍亂、腹痛、嘔逆等症。《本草綱目》說:「世醫治暑病,以香薷飲為首藥……遂病頭痛,發熱惡寒、煩躁口渴,或瀉或吐,或霍亂者,宜用。」可見香薷效用之大。第二十九回黛玉中暑,也喝香薷等植物所製成的解暑湯。

華北地區居民常在自家園圃栽植香薷,夏天採嫩葉為蔬菜,秋天採成熟植株作藥材,即「暑月作蔬生茹,十月採取乾之」。陶弘景也說:「家家有此,作菜生食。」採香薷作為蔬菜,大概也是古人的養生食療。

還有一種同科不同屬的石香薷(*Mosla chinensis* Maxim.),主要生長於石縫,「莖葉更細,而辛香彌甚,用之尤佳」,也是中藥常用的香薷,功效不輸一般香薷。海州香薷的同屬植物香薷(*E. ciliata* (Thunb.) Hyland)、密花香薷(*E. densa* Benth.),植株均含有香薷二醇及其他揮發油成分,都可當作香薷藥材使用。

海州香薷

多年生草本植物,莖直立,高30-50公分。枝四稜形,密被灰白色的捲柔毛。葉對生,披針形,先端漸尖或鈍尖,緣具疏鋸齒,偶近全緣,表面深綠色,密被長柔毛,背面淡綠色,密布腺點。輪傘花序聚成穗狀;花冠唇形,淡紅紫色;小堅果4,卵圓形,棕色。

學名:*Elsholtzia splendens* Nakai *ex* F. Maekawa
科別:唇形科

白扁豆種子含脂肪油、蛋白質、菸酸、各種維生素、生物鹼、酪氨酸酶等，味甘性溫，可消暑除濕、調脾暖胃、健脾止瀉，又能解酒毒、消除河豚毒及一切草木毒。第二十九回黛玉所喝的藥「香薷飲」，就含有白扁豆。植株其他部分亦可入藥：如花之乾末，「米飲服之」，治女子赤白帶下；葉主治「霍亂吐下不止，醋灸研服，治瘕疾」。

扁豆

一年生蔓狀藤本植物。三出複葉，葉柄長，小葉卵圓形，兩面無毛，先端漸尖，基部圓楔形。總狀花序，長10-30公分，花紫色或白色。莢果扁平，背腹縫線發達；果莢肉質肥厚，紫色花種果莢呈紫紅色；白色花種果莢淡綠色，成熟後果莢不開裂。種子扁橢圓形，白、褐或黑色。

學名：*Lablab purpureus* (L.) Sweet
科別：蝶形花科

【白扁豆

扁豆，又名藊豆，「莢形扁也」；又稱沿籬豆，「沿籬蔓延也」；也叫蛾眉豆，「象豆脊白路之形也」，後訛為峨嵋豆。原產亞洲，可能是印度。扁豆作為藥材使用，始載於《名醫別錄》，列為中品，此後醫書皆有載錄。

有紫白二品種：花紫者，莢果、葉柄、幼莖皆呈紫色或紫紅色；花白者，莢果、葉柄、幼莖皆呈淡綠色，唯種皮白色。後者稱為白扁豆，莢硬不堪食，豆子粗圓，但種子、種皮及花皆可入藥。

《本草綱目》說用藥時，「取硬殼扁豆子，連皮炒熟；亦有水浸去皮及生用者」。

【厚朴

《本草綱目》說：「其木質朴而皮厚，味辛烈而色紫赤，故有厚朴之名。」《神農本草經》列為中品，藥用部分為幹皮、枝皮或根皮，含 β-桉油醇等揮發油，有鎮靜作用；而厚朴酚則有抗菌作用，可以用來治療中風、頭痛及驅蟲。

厚朴為常用的中藥材，由於生長緩慢，原來的族群就不大，再經長期伐取，目前資源已逐漸枯竭。近年來藥材資源因為供不應求，產生了許多代用品，其中藥效和功能最

接近厚朴者，為變種的凹葉厚朴（*Magnolia officinalis* Rehd. *et* Wils. var. *biloba* Rehd. *et* Wils.），除葉先端凹下外，其餘形態特徵都和原種無大區別，中藥上也視之為正品的厚朴藥材。其他種類，如滇緬厚朴（*M. rostrata* W. W. Sm.）、山玉蘭（*M. delavayi* Franch）以及滇藏厚朴（*M. campbellii* Hook. f. *et* Thoms.）等也被用為厚朴的代用品，但醫療功效均稍次於厚朴，屬於次級品。

司馬相如〈上林賦〉曾提到漢朝上林苑的植物種類，其中有「亭奈厚朴」句，為歷代文學作品中最早的厚朴記載。

厚朴

落葉喬木，高可達15公尺。冬芽粗大，芽鱗密被淡黃褐色絨毛。葉互生，橢圓狀倒卵形，全緣，幼葉背面密生灰色毛，老葉背面有白粉。花葉同時開放，單生枝頂，白色；花梗密生絲狀白毛。聚合果長橢圓狀卵形，長9-12公分，成熟時木質。種皮紅色。

學名：*Magnolia officinalis* Rehd. *et* Wils.
科別：木蘭科

【益母草

寶玉提到黛玉可能經常服用的藥丸有「八珍益母丸」，這是中醫常用的氣血雙補中成藥，以益母草為主，加入人參等其他八種藥材煉製而成。

《詩經·王風》：「中谷有蓷」的蓷即益母草，又稱茺蔚，《神農本草經》列為上品。性微寒，味辛且苦，有活血調經、去瘀新生的功效，主治婦人閉經、經痛、月經不調、產後子宮出血等病症。「苗子入面藥，令人光澤」，專治婦女病痛，並有美容效果，因此取名益母草。含益母草鹼，有促進子宮平滑肌收縮的作用，自占即用作產後要藥。除和其他藥材搭配煎服外，還製成益母草膏、湯合劑等，應用於上述病症，還有降低膽固醇、治療心臟病等多種功效。

益母草有紫花、白花之分。紫（紅）花者，葉色較深，植株多高大莖肥；白花

者，葉色較淡，高度較小，且莖葉俱瘦。古人說：「白者能入氣分，紅者能入血分。」唯近代研究兩者成分無異，功效亦同。花白色者稱白花益母草，有時被處理為原種的變型。此外，細葉益母草（*L. sibiricus* L.）也被當成益母草使用，功效相同。

益母草

一年或二年生草本植物，高可達100公分，莖四稜，被糙伏毛。根生葉近圓形，葉緣3-9淺裂；枝中部以上葉掌狀，3淺裂；花序上的葉呈線形至線狀披針形。輪繖花序腋生；花冠紫紅，花冠筒內有毛環。小堅果熟時黑褐色，3稜形。

學名：*Leonurus japonicus* Houtt.
科別：唇形科

126

【枸杞

　　李時珍解釋枸杞的名稱，說「枸」、「杞」分別是兩種樹的名稱：具棘刺，有如枸骨葉緣有刺；莖枝柔細則像杞柳的枝條，故名「枸杞」。枸杞適應冷涼氣候，並喜砂壤沃土，故西北、華北地區的黃土高原，產量最高，品質也最好。

　　《神農本草經》列為上品。果實稱為枸杞子，有堅筋骨、補精氣、滋腎潤肺的功能；新鮮枸杞子紅潤甘美，可作鮮果食用。根皮稱為地骨皮，有消渴、退熱、補正氣等效用。苗及葉可以除煩益

智、補五勞七傷，製成飲料代茶，能止消熱煩、益陽事等。花葉根實四者並用，據說可「益精、補氣不足、悅顏色、堅筋骨」，尚有使髮鬚變黑及明目安神的作用。全株植物無一處不可用，而且「冬採根，春夏採葉，秋採莖實」，四季都能收穫。

　　同屬的其他植物，如寧夏枸杞（*Lycium barbarum* L.）、西北枸杞（*L. potaninii* Pojark.）、毛蕊枸杞（*L. dasystemum* Pojark.）等，也被當作枸杞使用。黃土高原中，又以寧夏廣泛栽植的寧夏枸杞，果實品質最優。果實成熟採下後去果梗，陰乾後曝曬至果皮乾硬、果肉柔軟即成。

枸杞

落葉灌木，高約1公尺，枝細長，有棘刺。葉互生或簇生於短枝上，卵形至卵狀披針形，全緣，長2-5公分。花常1-4朵簇生於葉腋，花梗細；花萼鐘狀，3-5裂；花冠漏斗狀，淡紫色，裂片有緣毛；雄蕊5，花絲基部密生絨毛。漿果卵狀至長橢圓卵形；紅色種子多數，腎形、黃色。

學名：*Lycium chinense* Mill.
科別：茄科

【山茱萸

稱為「茱萸」的植物有三種：一是芸香科的食茱萸（*Zanthoxylum ailanthoides* S. & Z.），二亦為芸香科的吳茱萸（*Evodia rutaecarpa* Hook. f. *et* Thoms.），三即山茱萸。三者古籍多稱「茱萸」而不分。詩文中出現最多的「茱萸」殆為食茱萸，嫩芽、葉軸呈紫紅色，有時稱為「紫萸」，古人多在重陽節佩帶枝葉以辟邪。吳茱萸和山茱萸是藥用植物，《神農本草經》均已載錄，皆列為中品。山茱萸果實成熟時紅色，詩文稱「紅萸」。

山茱萸藥用部分是乾燥的成熟果肉。《神農本草經》記述山茱萸的性味及效用：「寒熱溫中，逐寒濕痺，去三蟲，久服輕身」，用以治療陽萎遺精、腰膝痠痛、小便頻數、月經不止、自汗等病症。合其他藥材一起使用，一般以煎劑或酒浸的山茱萸酒應用。黛玉所服的處方，如「左歸丸」、「右歸丸」、「麥味地黃丸」，皆含有山茱萸。

春季開金黃色花，且先花後葉，秋季果實殷紅，是極具觀賞價值的落葉性樹種。適宜栽植在庭園中、住宅旁，以及公園之亭閣邊，叢植或列植均可。

山茱萸

落葉小喬木，高可達8公尺。葉對生，卵形至長橢圓形，長5-10公分，全緣，側脈5至7對，向內弧曲。花先葉開放，20-30朵簇生，繖形花序狀；花瓣4，黃色；雄蕊4，子房下位。核果長橢圓形，熟時深紅色。種子長橢圓形，兩端鈍圓。

學名：*Cornus officinalis* Sieb. & Zucc.
科別：山茱萸科

《本草綱目》云：「牛膝處處有之，謂之土牛膝，不堪服。」可見牛膝種類雖多，但並非皆可作「牛膝」藥材使用。作「牛膝」藥材使用的種類，除本種外，還有一種柳葉牛膝（*A. longifolia* (Makino) Makino）功效和牛膝略同。土牛膝（*A. aspera* L.）亦可當藥材使用，但性味和功效不同於上兩種。

【牛膝

陶弘景謂其莖有節，狀似牛膝而得名。春生苗、秋結食，根極長大，採用時，以長至三尺而柔潤者為佳。

常用中藥，始載於《神農本草經》，列為上品，使用部分為根，可消瘀血、消癰腫；主治痿痹、四肢拘攣、膝痛不可屈伸。近人以酒浸入藥，欲下行時生用，欲滋補時則焙用，或酒拌蒸過使用。黛玉所服的藥方「左歸丸」等有本藥材，據《神農本草經》說其滋補功效有「如牛之多力」，因此又名「百倍」，即有一百倍的功效。用藥雖說以根為主，但根據《本草綱目》，春夏時亦可採莖葉用之。

牛膝屬全世界約15種，中國產3種。

牛膝

多年生草本。莖節略膨大。葉對生，葉片橢圓至倒卵形，長5-10公分，先端銳尖，基楔形，全緣，兩面被柔毛。穗狀花序長10公分左右，花後花向下反摺。花綠色，苞片1，先端突尖成刺。華北、華中、西南各省均有分布。

學名：*Achyranthes bidentata* Bl.
科別：莧科

【菟絲

菟絲類植物是寄生草本植物，種子掉落之後，在土中生根發芽。地上部找到寄主後，植物體馬上截斷，和根部分開。借助吸器固著寄主，吸取水分、養分，因此葉退化、葉綠體消失，全株呈金黃色至紅褐色；

生長太茂盛的菟絲類植物，對寄主植物會造成危害。

黛玉所服的「左歸丸」、「右歸丸」、「金剛丸」都含有菟絲。菟絲為常用中藥，始載於《神農本草經》，列為上品。全草含澱粉酶、維生素等，有清熱、涼血、利水、解毒的功效，能治吐血、衄血、便血、血崩及相關病症。乾燥的成熟種子稱為菟絲子，有補肝腎、益精髓、明目之效，治腰膝痠痛、遺精、消渴、目暗等症。新鮮植株研汁塗面，可去面瘡粉刺、治小兒頭瘡。

全世界約170種，分布在暖溫帶，主產美洲；中國有8種。同屬其他植物大菟絲子（*Cuscuta japonica* Choisy）、南方菟絲子（*C. australis* R.Br.）、大花菟絲子（*C. reflexa* Roxb.）等，都可當菟絲藥材使用。

菟絲

一年生纏繞性寄生草本。莖纖細，絲狀，黃色，隨處以寄生根伸入寄主皮層。葉退化成鱗片，三角狀卵形。花簇生，合瓣花，花冠白色，鐘狀，雄蕊5，花絲短。蒴果近球形，徑約0.3公分。產華北、華中、東北、內蒙等地。

學名：*Cuscuta chinensis* Lam.
科別：菟絲科

晴雯的藥方

晴雯是寶玉的大丫鬟，是《紅樓夢》書中重要的人物之一，性格剛烈、心志高潔與黛玉相近。她不畏權勢、不拾人牙慧，處處顯示與其他丫鬟不同的見識和骨氣，後來遭忌被逐，抱屈夭亡。晴雯是寶玉心儀的姑娘之一，在晴雯死後特地作一篇至情文字〈芙蓉女兒誄〉祭拜。

第五十一回敘述晴雯傷風感冒，大夫開了兩副藥方。寶玉看藥方中有紫蘇、桔梗、防風、荊芥等藥材，還開了枳實、麻黃這兩種專來破氣的峻猛藥，當下指出這位大夫開錯藥。於是，另外找人再去請常來賈府的王大夫看診，這次所開的藥方上果然沒有枳實、麻黃，另外還加了當歸（見104-105頁）、陳皮、白芍（見114-115頁）等，寶玉等就用這些藥材煎給晴雯服用。

晴雯對寶玉也有特別情愫，反映在第五十二回，寶玉的雀金裘後襟燒了一個洞，擔心第二天賈母責怪。晴雯不顧還生著重病，捨命補完寶玉的雀裘，工作完已「力盡神危」。寶玉急忙請王大夫來診斷，診斷結果說晴雯是「勞了神思，且汗後失調養」，又開了一個新藥方。新藥方已減去疏散驅邪諸藥，另外添加茯苓、地黃、當歸等益神養血的藥材。

總計從第五十一到五十三回間，晴雯由傷風感冒至勞思傷神倒下，醫生開具的藥方，所有藥材都躍然書中，共有紫蘇、桔梗、防風、荊芥、枳實、麻黃、當歸（見104-105頁）、陳皮、白芍（見114-115頁）、茯苓（見102-103頁）、地黃（見105-106頁）等。

【紫蘇

　醫生開給晴雯治療感冒的處方中，有紫蘇、桔梗、防風等多種藥材。紫蘇古名茬桂，是白蘇（*Perilla frutescens* (Linn.) Britt.）的變種，古人認為：「紫者，赤也，血之色也；蘇者，舒也，氣之運也。」意思是說紫蘇味辛色赤，可以理氣行血。《宋書》記載「仁宗命翰林院定湯飲」，結果紫蘇湯被議定為第一。

　紫蘇自古即當作食品香料，用於去除魚肉腥味。取種子研汁煮粥，長期服用會「令人肥白身香」。紫蘇可以生食，也可煮水當茶飲。

　全株含揮發油，主成分有紫蘇醛、紫蘇醇、芳梓醇、薄荷腦及丁香烯等。果實及種子含有脂肪油、維生素B1。葉有發表散寒的功用，主治風寒感冒、鼻塞頭痛、咳嗽等病症。莖有理氣寬胸、解鬱安胎的功用，主治胸悶不解、胎氣不安、嘔吐等病症。種子有降氣定喘、化痰止咳功用，主治咳嗽、多痰、氣喘、胸悶等症。紫蘇的揮發油成分，也有抗菌作用，食品中加入紫蘇油，既可增加香氣，還可防止長黴。因此，民間製作醬油或醃製食品時，多會加入紫蘇。

紫蘇

一年生草本，高可達100公分，全株具香氣。莖四稜形，綠色至紫蘇色，多分枝。葉對生，卵形至寬卵形，兩面紫色或僅背面紫色，邊緣有粗圓齒；葉柄長。花序頂生或腋生，穗狀，每節花排成輪狀；花冠唇形，紅色至淡紅色。小堅果倒卵形，灰棕色。

學名：*Perilla frutescens* (Linn.) Britt.var. *arguta* (Benth.) Hand. -Mazz
科別：唇形科

131

【桔梗

《本草綱目》云：「此草之根結實而梗直。」因此稱為桔梗。藥用部分為大如手指的黃白色根，是中國古老的藥用植物，《神農本草經》即已登載，曰：「味苦無毒，主治胸痛如刀刺，腹滿腸鳴幽，驚恐悸氣。」

《神農本草經》誤將桔梗與同科的薺苨（*Adenophora trachelioides* Maxim.）視為一類，《名醫別錄》始分別為二物，並稱薺苨為甜桔梗。桔梗嫩葉味苦，古籍所說的「二、三月生苗採嫩芽、幼葉可煮食」，指的是薺苨而非桔梗。這兩種植物雖屬同科，但形態、性味、藥效均不同。薺苨根部頗肥，能解百藥及蛇蠱毒，奸商多用以假冒人參出售。

桔梗根部含多種生物鹼，有祛痰、利咽、排膿等功效，近代多用以治療咳嗽痰多、胸悶不暢、咽喉腫痛、支氣管炎、胸膜炎等病症。根莖稱為「桔梗蘆頭」，也供藥用，唯藥效和主治病症與桔梗稍有差異。

桔梗夏季開花，「三四葉攢生一處，花未開時如僧帽」，所以又名「僧冠帽」。花紫藍色，有時白色；目前已培育出花形大、花色豔麗、花期長、開花多的品種。

桔梗

多年生草本，植株具乳汁，莖高可達1公尺；根胡蘿蔔狀。葉輪生或部分互生，葉片卵形至披針形，表面綠色，背面被白粉；葉緣細鋸齒，花數朵集成假總狀花序，或單朵頂生，有時集成圓錐花序；合瓣花，花冠大，藍色或紫色，有時白色。蒴果球狀至倒卵狀。

學名：*Platycodon grandiflorus* (Jacq.)
　　　A.DC.
　　　= *Campanula grandiflorus* Jacq.
科別：桔梗科

【防風

防風之名始載於《神農本草經》，列為上品。李時珍說：「防者，禦也，其功療風最要，故名。」自古即用來治療諸風、頭痛。藥用部分為根，為常用中藥材，又名屏風草。根頭部（上方）有明顯密集的環紋，因此藥材又名「蚯蚓頭」，環紋上密布黑褐色毛狀纖維，此為殘存的葉基。

莖葉均青綠色，但葉顏色較淡。植株莖葉排列極亂，古人說其「似青蒿而短小」。幼苗之莖葉呈青紫色，「作菜茹爚熟極爽口」，有香辛味。《金鑾密記》云：「白居易在翰林，賜防風粥一甌，剔取防風得五合餘，食之，口香七日。」可見防風應該也是古代的菜蔬。

同科植物竹葉防風或稱雲防風（*Seseli delavayi* Franch.）以及川防風（*Ligusticum brachylobum* Franch.）的根，也被當成防風使用。按歷代本草書籍記述，古代所用的防風不止一種，市售防風可能有多種。唯真正的防風根形較此二者粗大，質地鬆軟，根和莖交接處有黑褐色纖維狀物。

防風

多年生草本，高可達80公分；根粗壯，淡黃棕色；莖單生，自基部分枝。根生葉叢生，有扁而長之葉柄，葉片卵形至長圓形，二回或三回羽狀分裂。莖生葉較小，頂生葉不分裂。複繖形花序，生於莖及分枝頂；花瓣倒卵形，白色。雙懸果狹圓形至橢圓形。

學名：*Saposhnikovia divaricata* (Turcz.)
    Schischk.
    ＝*Ledebouriella seseloides* Wolff.
科別：繖形科

133

似落藜而細」，初生及幼嫩枝葉香辛可食，古人採集當菜蔬，《唐本草注》列在菜部。直到明清時代才成為醫家要藥，有「名醫用之無不如神」的稱譽，可見其藥效之強。

稱為荊芥並普遍使用的植物，還有假荊芥（*Nepeta cataria* Linn.）以及其他荊芥屬植物數種，例如裂葉荊芥（*Schizonepeta multifida* (L.) Briq.）等。花穗、果穗稱為荊芥穗或芥穗，均供藥用，兩者藥效類似。

荊芥

一年生草本，莖四稜形，多分枝，被灰白色疏短柔毛，高可達1公尺。葉對生，常為指狀3裂，大小不等，先端銳尖，基部漸狹延至葉柄；葉之裂片全緣，表面暗橄欖綠色，背面灰綠色，兩面均被短柔毛，有腺點。頂生穗狀花序，花在每節輪生；花冠青紫色，長約0.5公分，雄蕊4，花藥藍色。小堅果長圓狀三稜形。

學名：*Schizonepeta tenuifolia* (Benth.) Briq.
　　　= *Nepeta tenuifolia* Benth.
科別：唇形科

【荊芥

葉淡綠黃色，秋後開小花。葉片香氣似紫蘇，因此又有假蘇、薑芥之名。假蘇之名始載於《神農本草經》，列為中品，藥用部分為乾燥帶花穗的地上部分。全株植物及花穗均為常用的中藥，有解熱、解疼作用，用於治療風寒感冒、頭痛、咽喉腫痛、崩漏、疔瘡、疥癬、濕疹、皮膚搔癢等症狀。

荊芥原為野生草類，處處有之，成語「棄之如草芥」即言明其分布之普遍。「葉

【枳實

枸橘古名枳，《禮記》有「橘逾淮為枳」之說，意思是南方的柑橘移種到北方後，果實變小而成為枸橘。其實，柑橘和枸橘是完全不同的樹種。

枸橘果實味酸苦，不能生食，僅能入藥，古來即當作藥用植物栽培。幼果採下風乾後，稱為「枳實」；將近成熟的乾果則稱為「枳殼」，有破氣、行痰、消積的功用，

孕婦及氣虛的人忌用。本回，第一位大夫開給晴雯的藥方中包括枳實與麻黃，由於晴雯的病症屬氣虛之列，故不宜服用。

　　枸橘耐寒，華中、華北地區常取作砧木，嫁接柑橘類。全株有長刺，古人常密植成圍籬，避免動物入侵住宅或田園，謂之「鐵籬笆」。所謂「枳殼」的中藥材，除枸橘外，尚取下列植物的成熟果實烘乾或陰乾為藥：酸橙（*Citrus aurantium* L.）、枸櫞（*C. medica* L.）、玳玳花（*C. aurantium* L. var. *amara* Engl.）等。這些植物的成分和枸橘接近，藥效相同。本回所說的「枳實」，也可能指上述植物的果實。

枸橘

落葉小喬木，高1-5公尺，枝綠色，有縱稜，多刺，刺長達4公分。葉通常3出葉，葉柄有狹長翼葉，長2-5公分，葉緣有細鈍裂齒或全緣。花單生或成對腋生，先葉開放；花瓣白色，匙形，雄蕊通常20枚，花絲不等長。果近球形或有時梨形，果頂微凹，有環圈，果皮暗黃色，粗糙；果肉含黏液，味酸且苦。

學名：*Poncirus trifoliata* (L.) Raf.
科別：芸香科

【麻黃

麻黃自古即為重要的藥用植物，《神農本草經》已有載錄，東漢張仲景的《傷寒論》也視為治病要方。據李時珍所言，麻黃一名是因藥材「味麻色黃」而得名。植物體富含麻黃鹼、偽麻黃鹼以及其他相關的生物鹼，能「開通毛竅，使邪汗出」，為中藥主要的發汗劑。但「用之得當，一汗而癒；用之不當，則汗多亡陽，亦召禍於頃刻」，因此當寶玉看到醫生開給晴雯的處方中有麻黃一藥時，反應才會那麼激烈，可見作者曹雪芹也懂得醫理。

麻黃是中國著名的特產藥材，質量均佳，居世界第一位。麻黃類植物有多種，中國境內有12種之多。生物鹼含量較高可作為藥材的種類，還有木賊麻黃（*Ephedra equisetina* Bunge）、中麻黃（*E. intermedia* Schrenk *et* Mey.）、矮麻黃（*E. gerardiana* Wall.）等，在中藥界都視為麻黃使用，藥理、藥效亦相差不大。

麻黃

草本狀灌木，高約40公分，木質莖常成匍匐狀。小枝縱槽紋不明顯，綠色，具節。葉退化成膜質，在節上對生，先端急尖。雌雄異株；雄毬花多成複穗狀；雌毬花單生，有梗。種子通常2，包於宿存苞片內，黑紅色至灰褐色，三角狀卵形至寬卵圓形，表面有細紋。宿存苞片肉質、肥厚，紅色，呈漿果狀。

學名：*Ephedra sinica* Stapf.
科別：麻黃科

【陳皮

陳皮是指成熟橘子的乾燥外果皮，因入藥以陳久者為佳，所以稱為陳皮。青皮則為橘未成熟果實的綠色乾燥果皮，兩者均為常用中藥。橘皮含有橙皮苷、檸檬酸及還原糖，有開胃理氣、止渴潤肺的功效，用於治胸膈結氣、嘔逆、消渴等症。

橘在《神農本草經》列為上品，橘皮氣薄味厚，能散能瀉，能溫能補能和，為脾肺二經氣分藥，可化痰治嗽、順氣理中。

多種橘類成熟果實的外層果皮，都是製作陳皮的材料，包括橘（*Citrus reticulata* Blanco）、朱橘（*C. erythrosa* Tanaka）、溫州蜜橘（*C. unshiu* Marcor.）、甜橘（*C. ponki* Tanaka）等。上述橘類有時也處理為橘的變種，如朱橘（*C. reticulata* Blanco var. erythrosa* Tanaka）。橘類一般在十月採收，剝下橘皮切成三或四塊，曬乾即成；還有一種剝去內層橘白的橘皮，稱為橘紅。

福橘

常綠小喬木，樹冠常呈扁圓狀，高約3公尺。單生複葉，翼葉不明顯，葉片菱狀長橢圓形，長5-8公分，寬3-4公分，兩端漸尖；葉緣常有淺鋸齒。花單生或簇生；花瓣5，白色。柑果扁圓形，果皮容易剝離，橙紅色；中心柱空虛，瓢囊10瓣左右，汁少，甜而帶酸。

學名：*Citrus tangerina* Hort. *et* Tanaka
科別：芸香科

137

海上仙方，寶釵的冷香丸

薛寶釵是「金陵十二釵」之一，是個不多話、行事端莊自重、恪守中國傳統禮教的姑娘。唯城府很深，為人處事面面俱到、藏愚守拙，很得長輩疼愛。全書敘述寶釵的回數和事蹟很多，「冷香丸」是其中之一。

第七回提到薛寶釵患有一種病，病因是「從娘胎裡帶來的一股熱毒」，症狀是經常會「喘嗽」。曹雪芹為寶釵開具一帖治療藥方，藥名為「冷香丸」。小說稱此藥由一個禿頭和尚所擬，說是「海上仙方兒」。藥方規定要取春天的白牡丹花蕊、夏天的白荷花、秋天的白芙蓉和冬天的白梅花，還要配合十二節氣取用不同東西調合，包括「雨水」當天的天落水、「白露」當天的露水、「霜降」當天的霜、「小雪」當日的雪，四樣水調和後做成龍眼大小的丸子，埋在梨花樹下。發病時，用黃蘗煎湯服下。

「冷香丸」的配方未見載於醫書。此藥方係作者以小說手法擬定，要用春、夏、秋、冬不同季節開的花，一年四季的雨、露、霜、雪製造。還特別提到製成藥丸以後要埋在梨花樹底下，因為梨花也是白色的，和上述的四種白花相對應。

此「冷香丸」不但可以治療寶釵的怪病，還會讓服用者身體產生異香。第八回說寶玉挨著寶釵坐著，聞到一陣陣從未聞過的香氣。忙追問寶釵薰什麼香，寶釵想了想，

記起早上吃了「冷香丸」，才有此異香。

總之，製作和服用「冷香丸」有關的植物共有6種，即白牡丹、白荷花、白芙蓉、白梅花、梨花及黃蘗。

配方1】春天的白牡丹

牡丹開花期四至五月，屬於春季開花植物，是中國特產的名花，花大色豔、花姿美，號稱「國色天香」、「花中之王」。自古即廣泛栽培，被視為幸福、美好、繁榮昌盛的象徵。野生種牡丹花白色者不少，但栽培牡丹則以紅紫色、紅色花品種較多。

牡丹最早是藥用植物，《神農本草經》列為中品。藥用部分主要是根皮，有清熱涼血、活血化瘀的功效。花瓣含黃芪苷，性平、味苦淡、無毒，用以治婦女月經不調、經行腹痛。歷代醫書並未說明白色花的

138

牡丹藥材，和其他花色的牡丹效能上有何不同，「冷香丸」強調用白牡丹花，應屬文學手法而非真正的醫藥。

配方2】夏天的白荷花

　　經過長期栽培，荷的品種已很複雜，中國境內至少已有300多個品種。花期六到八月，屬於夏季花卉，花色有紅、粉紅、白、淡綠、黃、複色、間色之分；花型有單瓣、複瓣、重瓣、重台及千瓣等，花瓣數十至二千枚以上；花徑最大可達30公分，最小僅6公分，可謂千變萬化。

　　荷花的藥材主要指果實，即俗稱的蓮子；其他部分如蓮蓬、蓮花，也取用作藥。取花為藥材，包括花蕾及雄蕊：花蕾為未開放的花，醫藥上稱蓮花，用來活血止血、去濕清風，治鐵損嘔血、天泡濕瘡；雄蕊稱蓮鬚，治夢遺滑泄、吐衄瀉痢。白荷花比較稀

少，但效能應該無太大差別。

配方3】秋天的白芙蓉

　　芙蓉原是荷的古名，詩詞中有時泛指長在水中的荷花和生育在旱地上的本種植物。後人為了易於區別，特稱陸地上的芙蓉為木芙蓉或山芙蓉。木芙蓉在秋天降霜以後才盛開，多數植物遇霜凋萎，只有木芙蓉凌寒拒霜，所以又名「拒霜」。花期可以一直延續到仲冬，真是「露涼風冷見溫柔，誰挽春還九月秋」。

　　木芙蓉的花有單瓣、複瓣之別，大部分木芙蓉初開時，花冠白色或淡粉紅色，數日後才變成深紅色。有些品種清晨開白花，中午變桃色，傍晚卻呈深紅色，所謂「曉妝如玉暮如霞」，就像喝了酒的姑娘臉上由白泛紅，因此有「三醉芙蓉」之稱。

　　葉、花、根都是藥材。以花為藥材，

十月採初開放的花曬乾後備用，有清熱涼血、消腫解毒的效果，用於治療癰腫、疔瘡、燙傷、吐血、崩漏、白帶等。莖皮纖維潔白柔韌，耐水濕，可供紡織、製繩索之用。《天工開物》說四川所產的薛濤箋，即用木芙蓉樹皮加芙蓉花料製成。古時在西南等偏遠地區，會揉木芙蓉樹皮漚麻作線，織成夏天穿用的網衣。

配方4】冬天的白梅花

梅花依栽培用途，可區分成果梅、花梅及花果兼用梅等類型，各類型之中又有許多不同品種。果梅有鹽梅、青梅、杏梅等；花果兼用梅則有紅梅、鴛鴦梅等；花梅有朱砂、白梅、綠萼梅等品種。花期十二月至二月，視地區不同而有差異，均為冬季開花，而且是花先葉而開。

用藥以白梅花為主，紅梅花較少使用。每年一月至二月間採收含苞待放的花蕾，內含許多黃色絲狀的雄蕊和一枚雌蕊，曬乾後備用。製成的藥有舒胃、化痰等效用，主治梅核氣、肝胃氣痛、食欲不振、胸悶不舒、頭暈等病症。

梅在宋朝之前，以取用果實為主，如《周禮》所載：「饋食之籩，其實干橑。」橑即梅實的古稱。《詩經》：「摽有梅，其

在《紅樓夢》第五十三回，賈珍就用這句話來比喻外表看起來很光采，內裡卻有很多難言之隱，也說明賈府的現況只是外表光鮮，實際上家運財勢已開始走下坡了。

春季採樹皮曬乾入藥，始載於《神農本草經》，列為上品。性味苦寒，可降火，為健胃藥，也可外用為眼科及皮膚藥。黃蘗材質亦佳，邊材淡黃色、心材黃褐色，有光澤，易割裂刨削，加工性質良好。藥用或染色用的黃蘗，除本種外，產於各地的相　近種均可代用，如華中及西南的黃皮樹（*Phellodendron chinense* Sch.），以及四川的峨嵋黃皮樹（*P. chinense* Sehneid var. *omeiense* Huang）等。

實七兮」及「鳲鳩在桑，其子在梅」等，所言都是梅實。自唐朝起，觀賞用的梅花栽培逐漸盛行，詠梅花詩開始普遍，至宋大盛，文人雅士、皇家貴族都愛賞梅。

用法】黃蘗煎湯服下

寶釵所服的「冷香丸」，不但配方奇特，製作過程也不平凡，還必須用黃蘗煎湯服下，黃蘗在第七回是當作清熱解毒的藥方使用。

黃蘗一作黃柏，內皮厚而軟，含有小蘗鹼、黃蘗鹼等生物鹼；又含黃蘗酮、檸檬苦素等苦味質。黃蘗樹皮色黃而味苦，可煎之作黃色染料。古人為避免蠹蟲蛀書，書寫時會使用黃蘗汁所浸染成的黃紙，而使用黃紙的書則稱為「黃卷」。

歇後語「黃柏木作磬槌子——外頭體面裡頭苦」，就用了黃蘗味極苦的特性。

黃蘗

落葉喬木，樹皮二層，外層木栓質，內皮黃色；嫩枝被灰白色柔毛。羽狀複葉，小葉7-13片，長5-12公分，先端常漸尖，邊緣有整齊細鈍齒及緣毛。圓錐花序頂生，花小。漿果狀核果近圓形，成熟時黑色，香氣特殊。

學名：*Phellodendron amurense* Rupr.
科別：芸香科

第四章

用具用材類植物

看看奢華可比皇室的賈府，用的是哪些高檔家具
器用？除了紫檀架、楠木圈椅，連一雙筷子、一
只杯盞都大有來頭。

賈府家具類相關植物

所謂家具就是日常生活起居幾乎每日使用，通常放置於客廳、臥室或廚房的物品，包括《紅樓夢》各回出現的桌（案）、椅（凳）、屏風、筷（箸）、床、櫃等。

由榮國府、大觀園各庭院樓閣內的家具類型，以及家具的材料可知，賈府內的陳設可謂極盡奢華。一開始是第三回藉由黛玉初到榮國府，看到正中穿堂放著一個紫檀架子的大理石屏風，接著見到府內又有一名為「榮禧堂」的正房，放置有「大紫檀雕螭案」、十六張「楠木圈椅」等器物，門上掛一副「烏木刻的對聯（聯牌）」。第四十回說到鳳姐陪劉姥姥造訪探春的住房「秋爽齋」，房內的擺設豪華，家具也是名貴的「花梨大理石大案」和「紫檀架」。到第四十一回，怡紅院臥房內有雕空紫檀板壁，和花梨圓炕桌等（六十三回）。另外，第四十回描述劉姥姥逛遊大觀園，賈母請吃飯，飯桌上有一雙「烏木三鑲銀箸」。

以上所提的紫檀、楠木、花梨木、烏木，都是貴重的家具用材樹種。紫檀、花梨木及烏木（黑檀）僅產於華南及南洋，清初，此三種樹種的木材大概都從南洋進口。所製家具都是高級品，其中紫檀家具更帶有穩重大方的氣質。這些名貴的家具顯示，賈家在興盛時期所過的生活，與皇室不相上下。

在第三十三回寶玉挨賈政一陣毒打後，鳳姐吩咐丫頭們抬出「藤屜子春凳」，讓寶玉俯臥在上面，抬回怡紅院療治。此處所說的「藤屜子春凳」，是一種座面較廣的坐凳，座面為黃藤編製而成，有彈性，擺在臥室內可坐臥兩用，一般只有富貴人家使用。

賈府的竹製家具也不少，如藕香榭的竹橋竹案、蘆雪亭的竹製窗戶，凹晶溪館的竹欄，及賈母所坐的竹椅轎子等。

【紫檀

《紅樓夢》各回提到的紫檀大都是指各類家具,如第三回置於榮國府穿堂的「紫檀架子大理石的大插屏」及「蝠紋樣的紫檀木大型條案」、第四十回探春房裡的紫檀架、第四十一回劉姥姥酒醉亂撞大觀園所看到的「雕空紫檀板壁」,及第五十三回賈母房內「紫檀雕嵌的大紗透繡花草詩字的纓絡」等,均為賈府內精細名貴的陳設。另外,第九十二回馮紫英對賈政介紹舶來品「紫檀雕刻的二十四扇格子」,也是官宦之家才用得起的木製器具。

《群芳譜》云:「檀,善木也,其字從亶。」亶即善之意。檀有白檀、黃檀、黑檀、紫檀等多種,均為名貴木材。紫檀質地堅硬、比重大,木材是紅棕色至紫黑色,有些種類黝黑如漆,色澤質地厚重堅實,供製名貴家具之用。賈家所用的紫檀家具,應屬進口紫檀木製成。

紫檀類植物有十餘種,多生於熱帶,且在雨量豐沛、但有明顯乾濕季的南亞地區生長較好。常見者包括菲律賓紫檀（*P. vidalianus* Rolfe.）、紫檀（*P. santalinus* Linn. f.）等,均為世界主要紫檀樹種。由於紫檀類樹種均樹冠開展、枝葉濃密,在熱帶及亞熱帶地區廣泛栽種為行道樹及庭園樹。

印度紫檀

落葉大喬木,高可達40公尺,直徑達1.5公尺。奇數羽狀複葉,小葉7-9,長圓形,先端漸尖。圓錐花序頂生或腋生;花冠黃色,花瓣邊緣皺摺,具長爪。莢果圓形,扁平,具寬環翅,果連翅寬徑可達5公分;種子1-2。

學名:*Pterocarpus indicus* Willd.
科別:蝶形花科

【楠木】

楠木為江南四大名木之一，木材質地堅硬、芳香而有美麗光澤，加工後不翹不裂，耐濕且耐腐，歷代都視為珍貴的建築及高級家具用材。王侯宅第、豪門貴族家中，多用楠木作棟樑及家具。第三回的楠木，和紫檀、烏木並提，都是高級用材，顯示賈家的高貴氣勢。第四十回賈母宴請劉姥姥，吃飯時用的也是楠木桌子。

楠木又寫作枏木、柟木，包括雅楠屬（*Phoebe*）、楨楠屬（*Machilus*）等許多樹幹高大端直的種類，四川、雲南、廣西、湖北等地均有產。對中原而言，這些地區屬於南方，故名「楠」，南方之木也。有些種類為大喬木，如滇楠（*Phoebe nanmu* (Oliv.) Gamble）、紫楠（*Ph. Sheareri* (Hemsl.) Gamble）、山楠（*Ph. chinensis* Chum）、竹葉楠（*Ph. faberi* (Hemsl.) Chun）等，均被譽為「大木」，材質優良。

楠木類木材細緻，紋理光滑，易加工且經久耐用，常取用製作家具、木箱、雕刻，也用以製造高級棺木及造船。香楠木微紫而帶清香，紋理美麗，是極名貴的楠木。唐朝用楠木來修築河岸，許多唐城遺址之宮河駁岸均有楠木遺跡。歷代宮殿遺跡之大木許多是楠木，北京長陵的祾恩殿內尚有保存良好的渾圓楠木大柱。

楨楠

常綠大喬木，樹幹通直，常長成巨木。歷代宮殿建築中所用的樑柱，大概全是或大部分用的是本種。葉革質，橢圓至倒披針形，先端漸尖。花序圓錐狀；花黃綠色。果橢圓形，果梗紅褐色。

學名：*Phoebe zhennan* S. Lee *et* F. N. Wei
科別：樟科

一般而言，烏木是黑色木材的總稱，並不單指某一材種。台灣及南海地區所產之毛柿（*Diospyros diocolor* Willd.），心材烏黑、材質堅實，埋在地中數年色澤更黑、質地更硬，稱為「陰沉木」，是製作高級家具的特殊用材，極為名貴，亦稱黑檀或台灣黑檀。另外，一種產自雲南西雙版納的黑黃檀（*Dalbergia fusca* Pierre），木材紋理交錯，具黑色的瑰麗花紋，硬度和比重都非常大，入水即沉，心材紫黑色，也被稱為黑檀。

【烏木

烏木又名烏櫎木、烏文木、翳木，今稱黑檀。十年生的木材會出現黑色的心材，紋理細緻，質地堅硬，烏黑如墨，所謂「其木堅實如鐵，光澤如漆」。世以為珍木，是上等工藝及家具用材種，清代已大量引進烏木製品。賈家用烏木刻製對聯（第三回），使用鑲銀的烏木筷（第四十回），均顯示其帝王般的生活氣派，點襯出《紅樓夢》前四十回賈家的榮華富貴。

由於烏木產量少，就連賈府這種「王公貴府」也只能使用烏木製作聯牌或烏木筷子這種用材量不大的製品。一般烏木家具，桌面板心常用花梨木等其他木料製作，周圍才以烏木攢框，桌腳也以其他樹種製作。

黑檀

常綠喬木，具有板根，樹幹樹皮呈黑色。葉為橢圓形，略光滑，先端銳至圓鈍，互生。花數朵簇生在枝條上，開深黃色花；多數花為雄花或兩性花；雄花4數，雄蕊16；雌花及兩性花3-4數。果為球狀，成熟時黃色。

學名：*Diospyros ebenum* Koenig
科別：柿樹科

【竹

竹自古即用來製作兵器、樂器、禮器、食具、盛具、工具、衣具等器物，《紅樓夢》亦多竹製器物的描寫，如第四十一回的竹根套杯，和第六十三回的竹雕籤筒等；也有房舍竹牆、竹橋等土木建築的敘述，如第

一回葫蘆廟的竹籬木壁，第三十八回的竹橋等。此外，也有用竹稈製作桌（案）、椅（凳）、床、櫃、簞等家具的情節。

上述供製家具、器物、建築的竹稈，必須具備以下條件：材料的力學性質要強、質地堅硬、彈性佳、耐腐朽等。毛竹的材質最好，幹形通直、稈材堅硬，彈性又好，向來就是建築及製作家具的優良材料。《紅樓夢》各回中未指名竹種的竹製器物，很多應為毛竹，包括第四十一回、七十五回賈母乘坐的竹椅轎子，及第三十八回藕香榭的竹橋、竹案等。

稈可作建築、竹器、竹編、家具的竹種，除毛竹之外，其他可能的竹類為慈竹（Neosinocalamus affinis (Rendle) Keng f.）、撐篙竹（Bambusa pervariabilis McClure）、桂竹、剛竹（Phyllostachys bambusoides Sieb. & Zucc.）等。

毛竹

地下莖單軸散生；幼稈密被細柔毛及厚白粉，節環下也有毛，竹莖（稈）一側凹下，高8-15公尺，徑6-15公分。筍籜黃褐色至紫褐色，有黑褐色斑點，籜上密生棕色刺毛；籜葉長三角形至披針形。葉片小，披針形，長4-11公分，葉耳不明顯。

學名：*Phyllostachys pubescens* Mazel. *ex* H. de Lehaic

科別：禾本科

【金絲藤】

第十七回賈政問起新建院亭裝設完成的程度，賈璉據實回答，提到已備下「金絲藤紅漆竹簾一百掛」。此金絲藤應指纖維堅韌的一種藤類，而不是像紫藤一類的木質藤本。「金」指其色澤為金黃色或黃褐色，「絲」言其細，在所有可製作家具的藤類

中，只有黃藤具有這兩種特徵。黃藤成熟的莖稈，乾時外部為金黃色，可以劈成極細的藤篾。

黃藤只產於熱帶及亞熱帶地區，莖蜿蜒攀爬於樹冠之間，長可達數十公尺。莖砍下後，必須剝開多刺的葉鞘，加以煙薰火烤，使表面光滑，尚有熱度時易於整形，可製成各種藤製家具。大的莖幹可為器具骨架，輕細者可劈成細篾，編織籃網、斗笠、藤席等物。藤材乾後極輕，耐腐朽；藤皮（篾）堅韌耐用，可製作上等器具。唯藤材生長慢，產量不大。

黃藤莖頂的嫩芽可供食用，味道略苦。秋冬掘取的根部，稱為黃藤根，有清血涼血、降血壓的效果。

黃藤

莖幼時直立，後呈攀緣木質藤本。葉鞘布滿長短不一的銳刺，包圍並保護幼年莖部。葉羽狀全裂，長可達2-3公尺；葉軸先端延生成具爪狀刺的長軸，藉以攀鉤他物上升至林冠。肉穗花序短，總苞2至數枝，長可達30公分以上。雄花序花密集，雄花長圓狀卵形；雌花序之小穗軸4-7朵花。果球形，密被黃褐具光澤的鱗片。

學名：*Daemonorops margaritae* (Hance) Becc.
科別：棕櫚科

【花梨木

花櫚木是一種紅豆樹，又稱櫚木，木材稱為花梨或花櫚；但一般都將同屬植物或木材外觀和性質類似的種類稱為花櫚。《本草拾遺》云：「櫚木，出安南及南海，人作床几，似紫檀而色赤。」《本草綱目》則說：「櫚木，木性堅，紫紅色，亦有花紋者，謂之花櫚木，可作器皿扇骨諸物。」

邊材淡紅褐色，心材新鮮時黃色，後變為橘紅色，經久成深栗褐色。生長極緩，結構細，質地堅重。木材也可削成薄片製成鑲板，以為家具美術用材。木材組織有不同色調及排列，形成別致的花紋，特別是在斜鋸下，紋理更加可觀，是上等家具、工藝雕刻及特種裝飾的用材，價格高昂。探春房中的一張花梨大理石大案（第四十回）、寶玉房中的花梨圓炕桌（第六十三回和第八十一回）都是此類高級家具。第九十二回馮紫英用來裝鮫綃帳的木製盒子也是花梨木所製，

可以顯示出所裝物品的貴重。

　　同屬植物紅豆樹（*Ormosia hosiei* Hemsl. *et* Wils.）之木材，堅硬有光澤、花紋美觀，也稱為花梨。木材業者有時也會將降香黃檀（*Dalbergia odorifera* T. Chen）、紫檀等數種的木材當成花梨木販售。

花櫚木

常綠喬木，小枝密被灰黃色絨毛。奇數羽狀複葉，小葉5-9，長圓形至長圓狀卵形，先端急尖，基部圓至寬楔形，表面無毛，背面密被灰黃色柔毛。圓錐花序：花冠黃白或淡綠色，邊緣帶淡紫色。莢果長圓形，扁平，厚革質，乾時紫黑色，頂端喙狀。種子2-7，紅色。

學名：*Ormosia henryi* Prain
科別：蝶形花科

【漆

　　最普遍的漆器是以漆液作為塗料，直接塗抹在器物上。七千年前的浙江河姆渡遺址，出土古物就有木胎漆碗；而根據各地發掘的漢墓遺跡，也可知漢代已經有各種精美的漆器了。這類漆器都是用漆液在木胎反覆塗抹而成，《紅樓夢》第六回盛放食品的「大漆捧盒」，及第十六回的紅漆、黑漆竹簾等，就是直接塗漆的用具、家具。

　　《紅樓夢》中有三回的內容提到傳統的工藝「雕漆」。「雕漆」是一種先在木胎或銅胎塗抹朱漆，或雜以其他色漆，塗數十至百遍達一定厚度，趁漆膜未乾透，雕出山水人物花鳥的紋樣，再烘乾磨光的技藝。雕

漆家具、用品有第四十回的「雕漆几」、第四十一回的「海棠花式雕漆填金雲龍獻壽小茶盤」，和第五十三回的「雕漆椅」。

　　另外一種工藝叫「填漆」，分為鏤嵌、磨顯兩種。鏤嵌填漆是在漆面上刻花紋，再在刻痕內填上色漆；磨顯填漆是先以五彩濃稠漆堆成花色，再磨平成畫的漆器工藝。如第六回鳳姐坐在房中接見劉姥姥，平兒在炕沿邊捧著一個「填漆茶盤」。還有兩回提到「洋漆」，即第三回的「梅花式洋漆小几」，和第五十三回的「洋漆描金小几」。洋漆為日本漆，上述的「洋漆小几」是用日本發展出來的獨特漆藝塗製而成。

　　漆液的採製法，一直應用到現代。首先，每年夏至到霜降之前割開樹皮，用竹管承接樹液。剛割出的漆液乳白色，有臭氣，接觸空氣後變成黑褐色，此為生漆；用以塗抹器物，會形成具光澤的黑色。生漆經熬煉加工後就是熟漆，可漆成紅色、紫紅色。中果皮含漆脂（即漆蠟），用以製造肥皂、漆仁油。

漆樹

落葉喬木，高可達20公尺。老樹皮不規則縱裂，富含乳汁，汁液即生漆原料。羽狀複葉互生，小葉9-15，全緣，背面有黃褐色柔毛。腋生圓錐花序，花小，黃綠色。核果扁圓形，徑0.6-0.8公分，棕黃色，表面有光澤，中果皮蠟質，內果皮堅硬。

學名：*Toxicodendron vernicifluum*
　　　(Stokes) F.A. Barkley
科別：漆樹科

賈府器用類相關植物

　　所謂器用物件是指形體較小的飲具、食具、盛具、工具及其他用具等，也包括房屋棟樑之外、形體較輕的器材物料，大都由植物材料製成。《紅樓夢》的器用植物主要出現在第四十一回、第四十八回。

　　飲具方面有茶杯和酒杯，第四十一回提到寶玉、黛玉和寶釵在妙玉房中品茶。泡茶用的水是妙玉五年前收存的「梅花上的雪」，並用「九曲十環，一百二十節」的竹根所雕製的一只茶杯請寶玉喝茶。同一回中，劉姥姥在大觀園作客，喝酒所用的是一組木製的黃楊根套杯（一共十個，用整塊黃楊樹根刳製，由小到大成套，謂之「套杯」），大的足似個小盆子，小的也有平常酒杯的兩倍大。第四十八回，賈赦從石頭獃子手中掠奪二十幾把有古人寫畫真跡的古扇，這些扇子全是以湘妃、棕竹、麋鹿、玉竹等材料製成。

　　此外，第六十七回薛寶釵的兄長薛蟠做買賣回來，從蘇州帶回來了兩個大棕箱。此棕箱產於江南，內用木板製作，外面包以棕櫚的網狀葉鞘，一般只在江南使用。第七十回黛玉派紫鵑送來臨摹書法用的「油竹紙」，此「油竹紙」產於江南，用竹稈纖維製成，稱為竹紙，專門用於書寫，經過桐油處理則成為油竹紙，更利於臨摹寫字。許多更小的物件，如竹子根挖的香盒（第二十七回）、竹剪刀（第四十四回）、晴雯補雀金裘用的竹弓（第五十二回）等，都算是器用物件。

【蓮草

第十八回皇妃賈元春歸省，登船遊覽大觀園水岸景致，在岸邊尚無花葉的柳杏樹上，貼滿各色的綢綾紙絹及蓮草所做的假花。「蓮草」此處指蓮草植物的白色髓心，質地鬆軟具彈性，易於下刀，可塑性大，可以製成各種童玩、花草藝術品，即《酉陽雜俎》所言用以製作飾物的「通脫木」。蓮草「白瓢中藏，脫木得之，故名通脫」，《爾雅》稱為離南、活脫，《山海經》名寇脫。

通常在秋季伐取二至三年生的莖幹，截斷後，趁鮮用木棍頂出莖髓。莖髓用為利尿劑，並有清熱解毒、消腫通乳等功效。莖髓加工製成的方形薄片，稱為方蓮草；加工修切下來的細條，稱為絲蓮草，均屬蓮草藥材；「花上粉主治蟲瘡及痔瘡」，方法是取花粉敷納瘡中。

二次世界大戰期間，蓮草成為重要的戰略物資。蓮草輕軟具彈性的特質，可以墊襯保護運送的玻璃及其他易碎或忌碰撞的儀器、武器等，當時台灣許多地方大量栽種蓮草，生產達到最高峰。

蓮草

灌木狀，通常單幹，高可達3公尺；莖髓大，白色柔軟，紙質。葉大，集生於莖頂，徑50-70公分，基部心形，掌狀5-11裂，淺裂至中裂，背面密布星狀絨毛。葉柄長30-50公分。繖形花序頂生，排成大形圓錐花序；花白色。果球形，熟時紫黑色。

學名：*Tetrapanax papyriferus* (Hook.) K. Koch.

科別：五加科

生潦倒之狀。

另外一類是大觀園內富有詩意的古樸建築，如第四十九回提到蘆雪亭一帶有幾間「茅簷土壁」的房子，寶玉和眾姐妹下雪天在這裡飲酒賦詩。稻香村也有數間排列整齊的茅屋。

除了上述用途，白茅初萌之筍稱為「茅針」，可生食或作菜餚。古人也用白茅作「縮酒」之物，即在祭祀時倒酒在綑束的茅草上以示虔敬，男巫招神亦用茅草。在地下橫走的根莖含多量纖維，常用來製作繩索。此外，白茅也是重要的藥用植物，使用部位是「茅根」。「茅根」其實是地下莖，又稱根狀莖，為中藥上的清涼劑及利尿劑。

白茅

多年生草本，具長的地下根莖，稈直立，粗壯，高度可達90公分。葉片線形至披針狀線形，質地堅韌，不易腐朽。圓錐花序呈圓柱形，長10-20公分，分枝短，緊貼中軸；小穗圓柱形，成對，密集排列。果序被白色柔毛。

學名：*Imperata cylindrical* (L.) Beauv.
科別：禾本科

【茅

《紅樓夢》多處提到茅屋，一類是大觀園之外，偏僻地區的鄉下茅草屋，如第十五回送秦可卿靈柩往鐵檻寺途中，鳳姐等人在農莊內休息更衣的茅屋。古時一般民俗或貧苦人家居住的屋舍，常用白茅覆頂，以竹為籬或夯土為壁，稱作茅屋，今日亞洲許多國家的偏遠鄉村仍可見到類似建築。此外，在離屋不遠處，以茅草和竹稈搭蓋的廁所稱為茅廁或茅坑，第四十一回和第九十四回均有提到。

有時會以茅屋或用茅草搭建的房子，表示簡陋或貧窮之意，如開卷處曹雪芹以「蓬牖茅椽，繩床瓦灶」表示自己一事無成、半

【蒲葵

王夫人坐在涼榻上，手中搖著芭蕉扇子，問襲人前日挨打的寶玉狀況，愛子之情溢於言表。這裡所說的「芭蕉扇子」是指做成芭蕉葉狀的扇子，應該是用蒲葵葉子做成。清·顧祿的〈桐橋倚棹錄〉云：「葵扇俗呼芭蕉扇……乃葵葉，非蕉葉也。」芭蕉

太軟，乾後即皺縮，不可能製扇。

《南方草木狀》言：「蒲葵似棕櫚而柔薄，可以為扇笠。」製扇時取整片蒲葵葉，削去葉柄邊緣之刺，並依葉形剪成圓形、橢圓形或卵形，留下葉柄為手把，即成蒲葵扇。葵扇唐朝即已風行，李商隱詩句：「何人畫破蒲葵扇，記看南塘移樹時」即為明證。葵扇的扇面呈圓形，別稱「團扇」。

蒲葵喜高溫多濕的熱帶氣候，又能耐攝氏零度左右的低溫，在華南許多地區生長良好。喜好陽光也能耐陰，因此既可作為行道樹，也能栽植在中庭內；可列植，也可叢植。另外，蒲葵抗風力強又抗鹽害，能在沿海地區生長。

蒲葵

常綠高大喬木狀，高可達10公尺；幹有環紋和縱裂紋。葉簇生幹頂，葉大、扇形，質厚，有摺疊，裂片60-70；裂片先端二裂且下垂；葉柄中段以下之邊緣具刺。肉穗花序腋生；花小、黃綠色，花瓣革質；雄蕊6；子房3室。核果橢圓形，成熟後紫黑色。

學名：*Livistona chinensis* (Jacq.) R. Br.
科別：棕櫚科

【黃楊

黃楊木理細膩堅緻，最適合雕刻或製作各種器具，古人多用以作梳子及刻印，今人也用來製作手杖及從事藝術雕刻。《酉陽雜

尚有雀舌黃楊（*B. bondinieri* Levl.）、華南黃楊（*B. harlandii* Hance）、皺葉黃楊（*B. rugulosa* Hatusima）等，均為耐旱、耐瘠、樹形美觀的樹種。

黃楊

常綠灌木至小喬木，小枝四稜形。葉革質，闊橢圓形至長圓形，長1.5-3公分，先端圓或鈍，常有凹口，葉面光亮，側脈明顯。花序腋生，頭狀，花密集；花單性，雌雄同株。雄花約10朵，雄蕊4；雌花子房3室，花柱3。蒴果近球形，徑0.6-0.8公分。

學名：*Buxus sinica* (Rehd. *et* Wils.) Cheng

科別：黃楊科

祖》云：「世重黃楊，以其無火也。用水試之，沉則無火。凡取此木，必以陰晦，夜無一星，伐之則不裂。」賦予黃楊木神祕的色彩，台灣也以黃楊木雕刻的神像最為珍貴。

156

巨大的黃楊木不易取得，而紋理美觀的黃楊根材更是鳳毛麟角。盤曲錯節、紋理天成的根部用來製作木杯最為合適，第四十一回賈府出示的黃楊木套杯，只有富貴人家才用得起。黃楊「枝葉攢簇上聳，葉似初生槐芽而青濃」，四季不凋，古來即栽種為庭園樹。宋蘇軾詩：「園中草木春無數，唯有黃楊厄閏年。」古人以黃楊遇到閏年會產生頂枯情形來借喻際遇困厄、時運不好。

黃楊變種中，有一種葉小反捲的珍珠黃楊或稱小葉黃楊（*Buxus sinica* (Rehd. *et* Wils.) Cheng var. *parvifolia* M. Cheng），葉面凸起，入秋葉具紅暈，形態優美，常被栽作盆栽欣賞。重要的種類，

【黃松

葉細柔，排成二列，呈羽毛狀，形似雞毛，因此稱為雞毛松；心材黃色，又名黃松。枝葉密生，枝條自然平展，樹形呈傘狀圓錐形，極具觀賞價值，除生產木材之外，尚可種植為觀賞用，耐陰性強。

木材紋理均勻、結構緻密，有光澤且易加工，是建築及家具的優良木材，也常製成各種細木工器具。菲律賓用來製造廚

具、茶具及雕刻；泰國則用來製造家具及櫥櫃，這些製品在清代可能有進口，可在街市購得。

由於木材比重大，製品沉重，和黃楊木類似，因此第四十一回劉姥姥所稱之黃松應該就是本種。另一種俗稱的黃松，為黑松（*Pinus thunbergii* Parl.）和馬尾松（見41頁）的天然雜交種，葉黃綠色。但此類松木比重較小，雖為良好建材，但木質部中含油脂且易裂，不會製成茶杯使用。本植物呈點狀分布，數量相當稀少，屬於保育類植物。由於分類地位特殊、形態奇特，目前在全世界熱帶植物園均有引種栽培。

雞毛松

常綠喬木，樹幹通直。葉有兩型，老枝及果枝之葉鱗片狀；幼枝及萌蘗上的葉線狀，柔軟，排成兩列，葉長0.6-1.2公

分。雄花穗狀，生於小枝先端；雌花單生或成對生於小枝頂。種子為卵圓形，具肉質種托。

學名：*Podocarpus imbricatus* Bl.
科別：羅漢松科

【棕竹

棕竹莖稈外形似細竹而實心，又名筋頭竹、觀音棕竹。稈莖細而堅韌，不易腐朽，抗彎強度大，用於製作手杖、傘柄及扇骨。第四十八回石頭獃子所擁有的多把名貴舊扇子，有些就是棕竹稈莖製成的。

蘇東坡〈跋桃竹杖引後〉：「桃竹，葉如棕，身如竹，密節而實中。」所言之桃竹可能就是指棕竹，並描述其莖「犀理瘦骨，蓋天成拄杖也」。可見古人早已利用棕竹製作手杖。杜甫的〈桃竹杖引贈章留後〉：「江心磻石生桃竹，蒼波噴浸尺度足。斬根削皮如紫玉，江妃水仙惜不得。」他的手杖就是用棕竹的地下走莖製成的。

棕竹極耐陰，莖稈在基部合生成叢，葉形美觀，可製作盆景養在室內，也可栽植在其他樹蔭下、窗外、路旁、花壇周圍及廊隅，叢植、列植均宜，為常見的室內外觀賞植物，中國古老建築庭園內多有栽種。葉上有金黃色條斑的變種稱斑葉棕竹（*Rhapis excelsa* (Thunb.) Henry *ex* Rehd. cv. Variegata），是名貴的栽培品種。同屬之其他植物形態類似、有時也稱為棕竹的種類還有矮棕竹（*R. humilis* Blume）、細棕竹（*R. gracilis* Burret），兩者植株較矮小。

棕竹

叢生灌木狀，高可達3公尺；莖圓柱形有節，常包以黑色網狀粗糙的葉鞘。葉掌狀深裂，裂片4-10，先端截狀，又淺裂成小裂片，邊緣及脈上具銳利鋸齒。花序生於葉間，長約30公分，基部有一佛焰苞。果球狀倒卵形。

學名：*Rhapis excelsa* (Thunb.) Henry *ex* Rehd.

科別：棕櫚科

【玉竹

　　有些竹類的竹稈上有深淺顏色的條紋縱向排列，有的條紋寬如彩帶，有的窄如彩線，有的兼具寬細兩種條紋。條紋顏色有綠有黃，有些品種的竹稈為綠色，上面分布黃色條紋，稱為黃金間碧玉竹、玉鑲金竹、綠皮黃筋竹；有些竹稈呈金黃色，長著綠色條紋，如碧玉間黃金竹、金鑲玉竹、黃皮綠筋竹等。這些竹類除觀賞外，竹稈均可製造各類器具。

　　具有條紋的竹種不少，散生竹類和叢生竹類都有。上述的黃金間碧玉竹和碧玉間黃金竹等，是剛竹（*Phyllostachys viridis* (Young) McClure）的栽培品種；玉鑲金竹和金鑲玉竹，是黃槽竹（*P. aureosulcata* McClure）的栽培品種。所謂的「玉竹」指的是金黃色竹稈上生有碧綠條紋的竹類，包括金鑲玉竹、碧玉間黃金竹等。此外，金竹（*P. sulphurea* (Carr.) A. *et* C. Riv.）、雲和哺雞竹（*P. yunhoensis* Chen *et* Yao）也具有相同的特性。

　　《紅樓夢》所言之「玉竹」應為小型

（稈細）的竹類，上述各竹類都有可能。叢生竹類之中最普遍的簕竹屬（*Bambusa* spp.）也有黃綠間隔條紋的觀賞竹類，如撐篙竹、桂綠竹等。不過叢生竹多生長在華南，在冬季會下大雪的地區不容易見到。

黃金間碧玉竹

稈高可達8公尺，直徑1-3公分，節間長10-20公分。稈黃，節間溝槽綠色；或有時綠色條紋出現在槽外，幼稈有白粉。籜耳長卵形，上有長毛；籜葉矛頭狀至狹三角形。籜與稈環同高，淡橄欖色並間有淡綠色至乳白色之縱條紋，葉片表面無毛，背面基部微有柔毛。

學名：*Phyllostachys aureosulcata* McClure f. *spectabilis* Chut *et* Chao
科別：禾本科

【棕櫚

古稱栟櫚或椶櫚，《漢賦》中的〈南都賦〉及〈吳都賦〉都有提到。《山海經‧西山經》云：「石脆之山，其木多椶枬。」椶枬也是棕櫚。葉鞘的網狀纖維包裹在樹幹上，必須人工剝除取下，以製作繩索、蓑衣、刷子及掃帚等，近代則充作沙發的填充料。纖維質地堅韌，不易腐朽，所製器物都能經久耐用，即古人所言：「皮作繩，入土千歲不爛」之意。第四十八回薛蟠從江南帶回來的兩個大棕箱，外殼材料即為棕皮纖維。

棕櫚幼嫩未開的花苞（佛焰苞）形狀似魚，剖開可以見到許多白色的粒狀幼花，形如魚子，稱為棕魚或棕筍，可供食用，「蜀人以饌佛，僧人甚貴之」。在農曆二月間花苞尚幼嫩之時，剖取蒸食最佳，「蜜煮酢浸，可致千里外」。若過了此時期，花苞因天氣漸暖而加速發育，味道即變為苦澀。

古代棕櫚棕皮的使用相當廣泛，《說文》還提到「園林中，多剝椶皮以覆屋」，風吹雨打，也不易損壞。唐朝華南地區的少數民族，如《唐書‧南蠻》所說的「雖大屋，亦覆以栟櫚」，用的是棕皮和棕葉。寺觀道士的打扮是「躡蒲履，手執栟櫚皮塵尾」，連手上拂塵用的塵尾也是棕皮所製。

棕櫚

喬木狀，樹幹層層包裹網狀葉鞘。葉片近圓形，深裂成30-50片具皺褶的裂片，裂片長60-70公分。雌雄異株，花序粗壯，多分枝，從葉腋生出；雄花序長約40公分，雄花無梗，2-3朵聚生，黃綠色；雌花序長80-90公分，2-3朵聚生，花淡綠色。果闊腎形，直徑約1公分，熟時淡藍色，有白粉。

學名：*Trachycarpus fortunei* (Hook.) H. Wendl.
科別：棕櫚科

【佛手

佛手柑為香櫞的變種，兩者的形態、器官、葉形極難區別。果實圓形、橢圓形，先端不開裂的是香櫞；果實末端指狀條裂的是佛手柑。此外，果實指狀裂挺直或開展的，稱為開佛手；閉合如拳的，稱為閉佛手或合拳、假佛手。

佛手柑果實外皮如橘柚，皺而有光澤，未成熟時綠色，成熟時金黃色。食之味道不佳，但是香氣襲人，「雖形乾而香不歇」，是古代大戶人家經常使用的屋內「芳香劑」；有時也置於几案上玩賞。第四十和四十一回提到劉姥姥帶來的板兒，看到探春房中紫檀架上的大盤盛放著數十個嬌黃的佛手，想要拿來吃。丫鬟們攔阻他，說那是「吃不得的」，因為是放在房中去黴味、聞香氣用的。第七十二回所說的「臘油凍的佛手」，是用一種產自福建和浙江、半透明具油脂感的石塊，雕製成佛手柑形狀的成品。因為這種石塊稀少，所以十分名貴。

果皮（皮瓤）有理氣止嘔及健脾進食的功效，可化痰止咳，治心下氣痛。佛手柑入藥多用果瓤，《圖經本草》早有記載。花也可供藥用，味苦香酸平，有平肝理氣、開鬱和胃的作用。果實蒸餾取得的液體稱為佛手露，專作內服藥，有舒肝、

解鬱、疏氣、開胃進食的功效。根也可當藥材使用。

佛手柑為熱帶及亞熱帶植物，生長時須陽光充足，土壤宜排水佳。在溫帶地區，因冬季耐寒力差，必須栽植在溫室內越冬。佛手柑通常無種子，而且用種子繁殖時，各種性狀不易維持，因此多用嫁接、扦插、空中壓條等繁殖法。

佛手柑

常綠灌木或小喬木，莖枝多刺，嫩枝、芽、花蕾均呈暗紫紅色。大部分葉為單葉，葉橢圓形至卵狀橢圓形，革質，先端圓或鈍，葉緣有淺鈍鋸齒。花序總狀；花兩性，花瓣5片，白色略帶紫色。果實下半部裂成手指狀，果皮粗厚而有肋紋，外皮金黃色。通常無種子。

學名：*Citrus medica* L. var. *sarcodactylis* (Noot.) Swingle

科別：芸香科

【匏瓜

瓠瓜（匏瓜）即葫蘆，果實嫩時可食用，切成長條曬乾後，稱葫蘆條兒，是北方常見的乾菜。果實葫蘆形且中凹的品種，一般不採食，大都用來觀賞或製作藝品之用。成熟後的葫蘆果實，果皮變硬，可作為水瓢或盛酒器，即俗稱的「瓢」。古代先民也以嫩苗、嫩葉作菜。

《紅樓夢》各回中的葫蘆或瓠瓜，有食用的瓠子，也有可製成瓢的長頸葫蘆或大葫蘆。第四十一回妙玉請寶釵喝茶的茶杯上鑴有「㼇瓟斝」三個隸字，《紅樓夢大辭典》

解「㼇」為小葫蘆，「瓟」為葫蘆，「斝」則為古代酒器。用酒器形狀的模子套在小葫蘆上，使葫蘆按酒器形狀成長，成形的葫蘆成熟後風乾作飲器，稱為「㼇瓟斝」。

瓠瓜原產於赤道非洲南部低地，史前時代已傳入中國，浙江省餘姚的河姆渡遺址有瓠瓜子出土。新石器時代也有許多葫蘆形狀陶器，可知七千多年前中國已有瓠瓜。經長期栽培，已培育出不同品種。依果實形狀，可區分以下五個變種：（一）瓠子（*Lagenaria siceraria* (Molina) Standley var. *clavata* Makino）：果實呈長圓筒形，嫩果供食用；果皮綠白色，果肉白色。（二）長頸葫蘆（var. *cougourda* Makino）：果實圓柱形，下方圓大，近果柄處細長；嫩果供食用，老則可製瓢。（三）大葫蘆（var.

depressa Makino）：果實扁圓形，嫩果供食用，老熟可作器具。（四）細腰葫蘆（var. gourda Makino）：果實下方圓大，近柄部較小，中間緊縊，主要作器具。（五）觀賞腰葫蘆（var. microcarpa Makino）：果實形狀同細腰葫蘆而小，長約10公分，主要供觀賞用。

瓠瓜

一年生草質藤本，藉捲鬚攀緣他物而上，莖可伸長達4公尺以上。單葉互生，葉片大，心狀卵形，淺裂，葉緣有尖齒；葉柄長，先端有兩腺體。莖與葉均密布腺毛。花單生，雌雄異花同株；花白色，萼片和花瓣各5片；雄花雄蕊3；子房下位。果稱為瓠果，有各種形狀。

學名：*Lagenaria siceraria* (Molina) Standley
科別：瓜科

162

【柳

柳樹類（*Salix* spp.）植物材質輕軟、紋理順直，可供建築、家具之用。第十四回秦可卿的五七之日，和尚來做超度亡靈的法事，鳳姐來到靈前，有人端來一張大圈椅，鳳姐看了，放聲大哭。此「圈椅」是一種大型的椅子，稱為太師椅，又稱栲栳圈椅。栲栳原指柳條所編的置物器，圈椅上面曲成半圓形的扶手，形如栲栳，由木條折彎而成。

小枝柔軟細長，謂之柳條，可編製各種生活用具及精美的工藝品。如第二十七回農曆四月二十六日，屬二十四節氣中的芒種日，舊日習俗認為此日眾花皆謝，所有的花神退位，必須要餞行。大觀園中的眾女子，一大早起來擺設各種禮物祭餞花神，每一棵樹頭、每一枝花上都繫上花飾，其中的一種飾物就是用花瓣柳枝編成的轎馬。第五十九回鶯兒在柳葉渚，也使用嫩柳條編製花籃。

分布區域較廣、枝條可用來編製筐籃器物的其他樹種有：旱柳（*Salix matsudana* Koidz.）、朝鮮柳（*S. koreensis* Anderss.）、皂柳（*S. wallichiana* Anderss.）、杞柳（*S. integra* Thunb.）、筐柳（*S. linearistipularis* (Franch.) Hao）、簸箕柳（*S. suchowensis* Cheng）等。

垂柳

落葉喬木，小枝細長下垂，褐色或帶紫色，光滑。葉線狀披針形至披針形，先端長漸尖，基部楔形，邊緣有細鋸齒。雄花序葇荑狀，苞片邊緣有纖毛。雌花序長2公分左右，柱頭2-4裂。雌花、雄花均無花瓣。蒴果2瓣裂，種子多數而細小，自珠柄生有白色柳絮。

學名：*Salix babylonica* L.
科別：楊柳科

【蒲草

蒲草又名藨草，有時又名龍鬚草、石龍蒭，莖稈富含纖維，質地強韌，自古就用來編製草席，或充當細繩綑綁物品，也供製各種器具、工藝品。

《紅樓夢》出現藨草相關的回數及內容：一處是李紈出的燈謎（第五十回）；一處是寶玉祭拜晴雯的〈芙蓉女兒誄〉的文句。真正提到蒲草的，僅第四十一回黛玉作客坐在妙玉的蒲團上；第七十六回中秋夜妙玉住處的小丫頭打盹坐的蒲團。兩回所言之蒲團，應是同一物。蒲團是蒲草或香蒲葉製成的圓形坐墊，是古時常見的坐具。

古籍、詩文中簡稱「蒲」的植物有多種，必須視其前後文含意而決定種類所屬。除了蒲草外，常見的還有兩種：一為香蒲（*Typha latifolia* L.）；

一為菖蒲（*Acorus calamus* L.）。三者唯一的共同點是：同生長在淺水區的沼澤植物。第七十八回的〈芙蓉女兒誄〉：「搴煙蘿而為步障，列蒼蒲而森行伍」，「蒼蒲」可解為香蒲，也可解為菖蒲，但前後詩句多處提到《楚辭》的香草、香木，如蘭、蕙、杜、桂等，解為菖蒲比較符合作者原意。

蒲草（藨草）

多年生直立沼生草本，高可達90公分。稈三稜柱形。葉鞘膜質，僅最上部1枚具葉片，長1.5-5.5公分。聚繖花序葉片線形，長1.5-6公分。聚繖花序，具苞片1，三稜形；小穗卵形或橢圓形，長0.6-1.2公分，有多數花，鱗片為棕色或紫褐色。小堅果倒卵形，長0.2-0.3公分，平滑。除廣東、海南，全中國各省區均產之。

學名：*Schoenoplectus triqueter* (L.) Palla
科別：莎草科

秦可卿的棺木及葬禮

婚喪喜慶是古今中國人最重視的禮儀，喪禮尤其隆重，特別是古代。自天子以下，至於平民百姓，人死後哀喪的禮節、服飾、喪服的等級，都有嚴格的規定。秦可卿遽然病故，公公賈珍執意要以最高級的棺木入殮，對於一般富貴人家使用的杉木板不中意。剛巧薛蟠來弔唁，提起他們木店裡有一副極昂貴的棺木。此棺木來自鐵網山，原是忠義親王要的，後來親王出事，且因價格太貴，沒有人買得起，一直塵封在店中不曾使用。此棺木「幫底」（檔木）厚達八寸，紋若檳榔，味如檀麝，以手叩之，聲如玉石。

「味如檀麝」之檀，指的是檀香；麝為麝香，為鹿科動物雄麝香囊中的分泌物，亦有奇香。另外，此木以手叩之，有玉石的回聲，表示該木材質地沉重。有檳榔花紋、特異香味，且質地深重的木材，推測應為樟科的楠木類。

秦可卿的病故和葬禮是在第十三回和十四回，送殯葬禮極盡奢華，堂客有十多頂大轎、三十四頂小轎，連家下大小轎子車輛，不下百十餘乘。各色執事百要浩浩蕩蕩，接連擺了三四里遠。路上彩棚高搭，設席張筵，均是親友於靈柩經過時設供奠祭的擺設。第一棚是東平郡王府的祭，第二棚是南安郡王的祭，第三棚是西寧郡王的祭，第四棚是北靜郡王的祭。此彩棚指的是喪

棚，為舉行喪祭而搭蓋的棚子，一般以蘆葦稈編製成的蘆席做成「舍宇牌坊」之形。第六十三回熱衷煉丹術、服丹砂的賈敬去世，也有喪葬禮儀的記載，唯較簡略。

用粗麻做成麻帶，稱為「苴絰」；用枲麻做成冠帶，稱「冠繩纓」；用菅草稈編製草鞋，謂之「菅履」，這些都是喪家必須製備穿戴的服裝規定。穿的粗草鞋（疏屨），有時可用蔗草和蒯草（*Scirpus cyperinus* (Vahl) Suringar.）製作。

棺木用材選擇1】杉木

杉木四時不凋，臨冬更茂，伐而復生，剪而又茂，不榮不枯，因此古人譽為「木中之高士」。樹幹端直，大者數圍，木材紋理條直，入土不腐，不生白蟻，做棺木最好。官宦人家都喜用杉木棺，兩漢馬王堆出土的漢代女屍，棺材就是杉木做的。秦可卿遽逝，賈珍為表達對媳婦的心意，要用比杉木高級、價格更高的棺木材料。即使賈政建議殮以上等杉木即可，賈珍還是不聽，最後選用了楠木棺。

杉木一般在溫暖濕潤的氣候下生長迅速，二十年生林木即可成材，是裸子植物（針葉樹種）中生長最快速者。砍伐後可由根株萌發新株，不用重新播種造林，是中國南方重要的造林樹種。分布廣，培育歷史悠

久，已發展出許多栽培種，例如灰葉杉木
（*Cunninghamia lanceolata* (Lamb.) Hook. cv.
Glauca）、軟葉杉木（*C. lanceolata* (Lamb.)
Hook. cv. Mollifolia）等。

中國的用材樹種有「北松南杉」之
說，北方多松（油松、白皮松等），南方則
處處種杉。杉木木材通直而白，無邊材、心
材之分，結構細緻，輕軟不裂，易於加工，
有香氣且能耐久，自古即為宮殿廟宇的棟樑
之材，也是江南製造家具、舟船、橋樑及民
家建屋的材料。

杉木

常綠大喬木，樹幹直立，高達30-40公
尺。葉長披針形，先端尖銳，邊緣有鋸
齒，背有兩條白色氣孔帶，在枝條上呈
螺旋狀排列，在枝兩側扭成二列。雄花

毬簇生枝頂；雌花毬通常單生，有時簇
生，苞鱗大。毬果近球形至卵圓形，每
個果鱗有種子3。種子具環翅。

學名：*Cunninghamia lanceolata*
　　　(Lamb.) Hook.
科別：杉科

棺木用材選擇2】楠木

古代對喪葬的禮儀有嚴格規定，依
《禮記·喪大記》，棺木外的套棺謂之
「椁」。「椁」的材料也有限制，即「君松
椁，大夫柏椁，士雜木椁」，意思是君王用
松樹（*Pinus* spp.），大夫用柏（*Juniperus*
spp.或*Thuja* spp.），士則無嚴格規定，至於
一般百姓則視本身的經濟情況購置適當的棺
木材料。

楠木類樹幹通直、木材細緻、紋理光
滑，易加工且經久耐用，製品不易變形和乾

裂,栽植利用歷史悠久。常取用製作家具、木箱、雕刻,許多寺廟、廳堂建築,選用楠木作樑柱及裝潢材料,可經久不腐;也用以造船及製造高級棺木,第十三回,賈珍為媳婦秦可卿所選的棺木就是楠木。

雅楠(楠)屬(*Phoebe*)、槙楠(潤楠)屬(*Machilus*)等的多數樹種均產長江流域以南,對中原而言是南方之木,故名「楠」。這兩屬樹幹高大端直的大喬木樹種,被譽為「大木」,材質優良,均適合製作棺木。其中的槙楠分布極廣,北可達山東一帶,是最耐寒的楠木類植物。文獻所言之楠木,大抵指本種。

槙楠

常綠大喬木,樹幹通直,常長成巨木。歷代宮殿建築中所用的樑柱,大概全是或大部分用的是本種。葉革質,橢圓至倒披針形,先端漸尖。花序圓錐狀;花黃綠色。果橢圓形,果梗紅褐色。

學名:*Phoebe zhennan* S. Lee & F. N.
　　　Wei
科別:樟科

棺木紋理似檳榔

檳榔原產馬來半島,大概在漢代以前就引入中國,司馬相如〈上林賦〉的「仁頻并閭」句之「仁頻」即檳榔。外果皮肉質,中果皮纖維質,內果皮堅硬,有褐紅色斑紋;種子卵形,堅硬。最初以藥材進口,藥

用部分包括：乾燥的果皮稱「大腹皮」，治脘腹痞脹、腳氣、水腫；種子稱「檳榔子」，有驅蟲、抗菌、抗病毒的作用，用來治療蟲積、食滯、脘腹脹痛、瀉痢後重、腳氣、水腫等病症。

乾燥種子呈圓錐形至扁圓球形，表面淡黃棕色或黃棕色、粗糙、有網狀凹紋，質堅硬，縱切面和橫切面均呈現棕色、白色相間花紋。第十三回形容那口極昂貴的棺木，謂「紋若檳榔」，指的是棺木板的切片紋理就像檳榔種子切面的花紋，也就是說木材表面有檳榔種子的茶褐色外胚乳折合層及乳白色內胚乳交錯而成的美麗紋路。

未成熟的果實是中南半島、太平洋群島和其他熱帶地區的嗜好品。加蔞葉和石灰咀嚼後呈紅褐色，也作為興奮劑和麻醉藥。獸醫使用成熟種子為驅腸蟲劑，可驅殺蛔蟲及條蟲等；也用在人體作為驅條蟲劑。

檳榔

喬木狀，單幹挺直，高可達20公尺。羽狀複葉聚生於幹頂，具長而闊之葉鞘，葉鞘緊包幹頂，葉落時縱裂，並在幹上留下環形遺痕。肉穗花序外被黃綠色佛焰苞，花單性，黃白色，芳香。堅果長橢圓形至橢圓形，成熟時橙黃色；中果皮厚，富含纖維質，有種子1。

學名：*Areca catechu* L.
科別：棕櫚科

喪葬禮俗1】葦席用的蘆葦

蘆葦對氣候、土壤要求不嚴，適應性強，也耐鹽鹼，全世界幾乎都有分布。一般多生長在沼澤地或水塘中，為多年生草本纖維植物，被人類利用的歷史也很長遠。根狀莖入藥，有利尿解毒之效；稈用來製席，稱葦席或蘆席；近代則是造紙工業原料。

自古以來，葦席或蘆席在生活上廣為利用，是尋常百姓或貧苦人家的坐臥用品，

168

也廣泛用於喪禮中。喪禮進行時，《周官‧春官宗伯第三》有規定：「凡喪事，設葦席。右素几，其柏席用萑。」即喪祭時要鋪設蘆葦編的席子，而柏席（神明坐的席位），則用荻草（*Triarrhena sacchariflora* (Maxim.) Nakai）稈製作。

　　至於喪禮祭祀，《儀禮‧士虞禮第十四》也說明：設素几、葦席於堂上西牆下；祭祀的黍、稷下面要用葦席墊托，以表示崇敬。《禮記‧喪大記》則規定：「小殮」在臥室內舉行，「大殮」在堂上東階處舉行。但不管小殮、大殮，死者床上所墊的席子都要依身分而使用不同的材料編製，即「君以簟席，大夫以蒲席，士以葦席」。葦席或蘆席的重要性，可見一斑。

蘆葦

多年生高大草本，具粗壯地下根莖，稈高可達3公尺，節下常有白粉。葉片扁平，寬線形，長15-45公分，寬1-3公分；葉鞘圓筒狀，葉舌長。圓錐花序頂生，長20-40公分；小穗長1.2-1.6公分，含4-7朵小花，第一小花通常為雄性；穎有3脈。

學名：*Phragmites communis* Trin.
　　　= *P. australis* (Cav.) Trin. *ex* Steud.
科別：禾本科

喪葬禮俗2】喪服用的大麻

　　大麻原稱「麻」，古籍所言之「麻」如果沒有特別註明，指的大都是大麻。以後其他麻逐漸出現，為了便於區別，唐代後才改稱大麻。

根據考古資料，中國栽培大麻起碼有五千年歷史。新石器時代的遺址發掘到很多紡織和縫紉麻，以及陶器上麻織物的印紋。秦漢以後，歷代都有大面積的栽植，主要是以麻纖維製成布衣，供平常百姓穿用。直到宋元之際，許多大麻產區才被棉花取代。

取韌皮纖維製作夏衣外，大麻亦供為喪服。自《周禮》以下，歷代喪家多穿戴麻製衣物或佩戴麻布，才合乎禮制。《紅樓夢》第十四回秦可卿喪禮，雖然沒有明寫有麻製喪服，但按禮制一定會有。第一百一十一回賈母死了，賈政以下「衰麻哭泣」。「衰麻」即指麻製喪服。

《儀禮·喪服第十一》規定，用粗麻布做成的喪服，上身曰「衰」，下身曰「裳」。除了衰、裳，也要用粗麻布做成麻帶，謂「苴絰」；再用黑麻編成「絞帶」。所做的喪服依輩分、關係親疏，有不縫邊和縫邊的做法，即「不緝」或「緝」之謂也。喪禮中，繫在頭上麻帶的長短、佩戴方式都有嚴格的定則。

大麻

一年生草本植物，高可達3公尺，莖灰綠色，表面有縱溝。葉片互生，下部葉有時對生，掌狀複葉，小葉3-10，披針形至線狀披針形，邊緣有粗鋸齒；葉柄長短不一。雌雄異株；雄花黃綠色，排成圓錐花序；雌花綠色，簇生於葉腋，每花外被一卵形苞片，宿存；雌蕊1，花柱2。瘦果扁卵形。

學名：*Cannabis sativa* Linn.
科別：大麻科

第五章

衣飾妝扮類相關植物

植物可吃可穿可用，還可抹妝撲粉澤悅於人。
蜜合色棉襖、蔥黃綾棉裙、沙棠屐、金藤笠、
木樨清露、玫瑰清露、茉莉粉、薔薇硝，巧扮
起《紅樓夢》的各色人物。

衣著相關植物

戴在頭上防曬防雨雪的笠帽、穿在身上禦寒的衣裳、穿在腳上的鞋屐等，是本篇的內容重點，主要是寶玉的衣物，還有表彰寶釵簡樸的妝扮，以及貫穿整部《紅樓夢》開卷和結局和尚的代表穿著。

全書的衣具主要出現在第四十九回，臘冬的下雪日，李紈商議邀請眾姐妹到蘆雪亭「擁爐做詩」。寶玉披著玉針蓑，戴著金藤笠，腳上穿著沙棠屐，匆匆赴會。「玉針蓑」是古代避雨避雪的織物，玉針即蓑草，又名龍鬚草，是編製蓑衣最常用的材料。「金藤笠」是用黃藤（見148-149頁）細篾製成的笠帽，黃藤外皮乾後呈金黃色，故稱「金藤」。「沙棠屐」是一種底下有兩橫齒的木製拖鞋，可行走在軟泥或雪地上。沙棠是一種傳說中的樹種，可能是薔薇科海棠類（*Malus* spp.）植物，或是沙果（亦稱林檎）；果實可食，木材可製木屐及舟船。

下雨天穿的雨具，稍有不同。第四十五回說到雨天寶玉穿著蓑衣、頭戴大箬笠，腳下蹬著一雙棠木屐來瀟湘館看黛玉；第五十回則戴著蓑笠去妙玉住處取紅梅。

第八回寶玉聽說寶釵生病，特意到梨香院探病，這是兩人第一次見面，他看到寶釵的妝扮，穿著蜜合色棉襖和蔥黃綾棉裙，「一色半新不舊，看來不覺奢華」，盡顯寶釵樸素個性。第二十二回寶釵十五歲及笄之年的生日，賈母為她在院內擺酒席、搭戲台慶賀。在一齣「魯智深醉鬧五台山」的戲中，寶釵特別說明戲中的詞句給寶玉聽。其中的「那裡討，烟蓑雨笠卷單行？一任俺，芒鞋破缽隨緣化」句，用芒鞋說明魯智深的和尚身分，也透露寶玉未來的結局。第二十五回也有穿著芒鞋的癩和尚情節。芒鞋是芒草莖稈所製的鞋，又稱草鞋，為貧困者或僧道人士所穿。

【棉

中國古代衣著的纖維原料大都來自蠶絲、葛藤、大麻、苧麻，棉花僅在雲南、廣西及新疆等少數民族活動的地區小面積栽種，文獻上謂之橦花、吉貝、梧桐木等。一直到宋末元初，黃河流域才普遍栽植，而衣物原料也由棉花逐漸取代了其他傳統材料。元、明、清各朝均提倡種棉，還設官徵稅。清代穿棉製衣服已經很普遍，屬於平民百姓的衣料，第八回寶玉眼中見到的棉襖、棉裙，代表寶釵樸實無華的一面。

棉有草棉、陸地棉、亞洲棉及海島棉四個栽培種。草棉（*Gossypium herbaceum* L.）原產非洲南部，又稱非洲棉，一年生，植株矮小，產量低、纖維短，品質亦差。陸地棉原產墨西哥南部及加勒比海諸島，又稱高原棉，產量高、纖維長，適合紡織工業需要。亞洲棉（*G. arboreum* L.）原產印度，產量不高、纖維短，但粗而強力大、彈性好。海島棉（*G. barbadense* L.）原產中南美洲和加勒比海群島，多年生，產量不高、纖維細長。其中栽培最廣的是陸地棉，產量占全世界總棉產量的百分之九十。

棉在中國分南北兩路傳入。北路由阿拉伯經伊朗、巴基斯坦進入新疆，再傳到西北一帶，傳入的是草棉；南路由印度經緬甸、泰國、越南，進入西南、兩廣和福建，傳入的是亞洲棉。一直到1865年才開始從美國引進陸地棉，由於品質好且產量高，陸地棉遂取代其他種類，獲得全面發展。

173

陸地棉

一年生草本，高可達1.5公尺，小枝疏被長毛。葉闊卵形，常3淺裂，稀5裂。花單生於葉腋；小苞片3，基部心形，邊緣7-9齒；花瓣白色或淡黃，後變淡紅或紫色。蒴果卵圓形，具喙，3-4室。種子具白色長棉毛，以及灰白色不易剝離的短棉毛。

學名：*Gossypium hirsutum* Linn.
科別：錦葵科

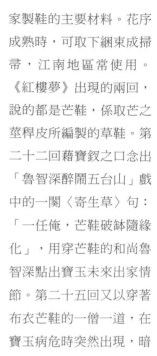

家製鞋的主要材料。花序成熟時，可取下綑束成掃帚，江南地區常使用。《紅樓夢》出現的兩回，說的都是芒鞋，係取芒之莖稈皮所編製的草鞋。第二十二回藉寶釵之口念出「魯智深醉鬧五台山」戲中的一闋〈寄生草〉句：「一任俺，芒鞋破缽隨緣化」，用穿芒鞋的和尚魯智深點出寶玉未來出家情節。第二十五回又以穿著布衣芒鞋的一僧一道，在寶玉病危時突然出現，暗示寶玉未來會截斷一切塵緣。

芒的莖稈氣味甘平無毒，鄉間常取用為藥材，與葛根共煮，可治療人畜受到虎狼咬傷之症；芒花主治產婦血滿腹脹及惡露不盡；乾燥枝葉是生火材料。葉長如茅，葉緣有銳利鋸齒，莖稈是農村製作籬笆的材料。

【芒草

《爾雅》稱芒為杜榮，大江南北，到處可見，常成叢生長在荒野的開闊地。由於種子基部有毛，隨風飄散後極易在不同生育地適生，有時也成群生長在石縫或屋瓦上、耕地中，成為不易砍除的雜草。夏初花將開放時，取其莖稈，剝取外皮製作繩索，並可編製草鞋及其他編物。

「六、七月生穗如荻」，植株及葉片都類似荻，唯葉片較寬，花序分枝較荻花密且多。所編製的物件並不耐久，可是因取材方便，成為農村人

芒

多年生高大草本，有根莖橫生，上有鱗片被覆；稈直立粗壯，高可達2公尺，具白色質軟之髓。葉片線形，邊緣具銳利小鋸齒。圓錐花序生於稈頂，花序初開時紅褐色，成熟時為黃白色；小穗基盤具白色或黃褐色絲狀毛，穎和外稃外有長毛。

學名：*Miscanthus sinensis* Anderss.
科別：禾本科

槲樹

第四十二回劉姥姥要離開了，鳳姐的陪嫁丫鬟平兒拿出一堆東西要送給劉姥姥，其中包括兩個繭紬，平兒還說：「做襖兒、裙子都好。」繭紬就是用柞蠶絲織成的綢子，也稱為「繭綢」，色澤亮麗。

中國的蠶絲業中，為世人所熟知的是家蠶（或稱桑蠶）。其實抽絲織布的蠶繭來源中，還有許多不以桑葉為食料的野生蠶，統稱為野蠶或山蠶，柞蠶就是其中一種。晉人郭義恭所寫的《廣志》提到：「有柞蠶食柞葉，可以作棉。」由此可知，中國人利用柞蠶絲至少已經有二千多年了。所製衣物冬暖夏涼，四季皆宜，輕軟耐穿，有「色不加

染，黯而有章，浣濯雖敝不易色」的優點，經過十年以上仍不變色，是古代相當高級的衣料。

柞蠶原是生活在槲樹（又名柞樹）上的野生昆蟲，除了柞樹葉外，也以同屬的其他種植物葉為食，如蒙古櫟（*Quercus mongolia Fisch. & Turcz.*）、麻櫟（*Q. acutissima Carruth.*）等。蒙古櫟和真正的槲樹葉形類似，兩者常混淆不清。

柞蠶繭很大，古籍所載之「繭大如雞卵」，指的就是柞蠶繭。由於織綢技術不斷改進，繭綢的品質越來越好，清朝文獻《鹽鐵論》記載：「絲業薈萃之區，機戶如林，商賈駢比，繭綢之名，溢於四遠。」甚至遠銷歐美、日本等海外地區。

槲樹

落葉喬木,小枝粗壯。葉倒卵形至長倒卵形,先端鈍,基部窄楔形,邊緣波狀裂至粗齒狀,背面密被星狀絨毛。雄花序為下垂荑黃花序,長約4公分;雌花序直立。殼斗杯形,鱗片革質,長約1公分,紅棕色。堅果卵形。

學名:*Quercus dentata* Thunb.
科別:殼斗科

【蓑草

蓑草的葉片纖細如針,因此一名「玉針草」,也稱龍鬚草或白玉草;因為羊喜食之,又稱「羊草」。用蓑草可以編成抵禦雨雪的蓑衣蓑笠,一直是農民及漁夫的雨具,

如唐·劉禹錫〈插田歌〉:「農婦白紵裙,農父綠蓑衣」及柳宗元〈江雪〉:「孤舟蓑笠翁,獨釣寒江雪」等。第四十五回,雨滴竹梢的黃昏,寶玉頭上戴著大箬笠、身上披著蓑衣來看黛玉,黛玉就笑他穿得像漁翁。第五十回,寶玉被眾姐妹派到妙玉的櫳翠庵採紅梅,當時下著雪,寶玉也是戴著蓑笠來回的。

北洋軍閥時代,袁世凱為了表示樸實和文雅,在回籍養病期間,故意穿著蓑衣悠遊於林泉之間,自稱「洹上釣叟」。

蓑草叢生,葉細長而狹,質地堅勁、纖維豐富,是優良的纖維植物。除了可製作蓑衣、蓑笠外,也可用來編製草鞋或製成繩索,近代則用為人造棉及造紙。

由於植株不甚耐寒，秦嶺以北逐漸稀少。不過，華南地區及台灣早期的蓑衣，用的卻是棕櫚（見159-160頁）葉柄基部的暗棕色網狀葉鞘。此葉鞘富含強韌的纖維，所製成的蓑衣比真正蓑草之蓑衣來得耐用，此種蓑衣為棕褐色，非詩文所說的「綠蓑衣」。

蓑草

多年生草本植物，高可達80公分，全株平滑無毛，稈一側具縱溝，具3-5節，在上部分枝。基生的葉鞘密被白色絨毛，形成粗厚基節。葉片狹線形，捲摺呈細針狀。織狀花序軸節間易折斷，密被黃褐色絨毛；小穗長0.4-0.6公分，基盤具乳黃色絲狀柔毛。

學名：*Eulaliopsis binata* (Retz.) C.E. Hubb.
科別：禾本科

【箬竹】

箬竹亦作篛竹，為長江流域特產。根與莖類似小竹，但葉形大，質厚而柔韌，用箬竹葉及竹篾製成之笠帽，謂之箬笠，有避雨防曬的功用。製作時先用較強韌的竹篾製成笠帽形狀，用以強固上層的箬竹葉；鋪上數層葉片後，以針線固定即成箬笠。與箬笠有關的詩句及圖畫，代表著恬靜與悠閒。唐張志和的〈漁歌子〉：「青箬笠，綠蓑衣，斜風細雨不須歸」的箬笠是新的，因為顏色還是青綠色。《紅樓夢》也有箬笠，在第四十五回，寫著某日下著雨的黃昏，寶玉頭上戴著大箬笠，身上披著蓑衣，腳上一雙棠木屐，特意去看黛玉的情節。

箬竹屬植物，中國境內有17種，均為細小竹類，地下莖橫走地中而具有多節。葉較其他竹類寬而長，革質或紙質，大都適合製作箬笠。除箬竹（又稱米箬竹）外，尚有美麗箬竹（*I. decorus* Dai）、泡箬竹（*I. lacunosus* Wen）、闊葉箬竹（*I. latifolius* (Keng) McClure）等多種。其中分布較廣泛的箬竹、闊葉箬竹等應為歷朝詩文提及的「箬笠」之製作材料。

箬竹類的稈勻細雅致，也常用來製作筆管、煙筒等藝術品。葉長而寬，善避水濕，乾後有香氣，除製作斗笠外，還可用來包裹食物，有些地區就習慣用箬竹葉來包粽子。

178

箬竹

叢生之小灌木狀，高可達1.5公尺，地下莖複軸型；稈之節間約25公分，直徑0.5公分。籜鞘長於節間，上部寬鬆抱稈，下部緊密，密被紫褐色刺毛；籜葉窄披針形。小枝具2-4葉，葉鞘緊密抱莖。葉寬披形至長圓狀披針形，長20-45公分，寬4-10公分，背面灰綠色，密被貼伏狀短柔毛。

學名：*Indocalamus tessellatus* (Munro) Keng f.
科別：禾本科

【 沙棠

第四十回賈母遊荇葉渚所坐的船稱為棠木舫，第四十五回及第四十九回寶玉腳上所穿的木屐稱為棠木屐或沙棠屐，均用沙棠木材製作。至於沙棠究竟為何種植物，文獻均語焉不詳，且所載之處多屬誌怪典籍，如

《山海經‧西山經》說：「昆侖之丘，有木焉，其狀如棠，黃花赤實，其味如李而無核，名曰沙棠。」這是沙棠的最早描述。《呂氏春秋》有「果之美者，沙棠之實」句，兩者均言明沙棠為果樹。《述異記》云：「漢成帝嘗與趙飛燕遊太液池，以沙棠木為舟。其木出崑崙山，人食其實，入水不溺。」所述充滿神奇色彩，沙棠木可以製舟，可見應為大樹。

《廣群芳譜》將沙棠列在棠梨（*Pyrus*

betuleafolia Bge.）下之附錄敘述，可見兩者形態有相似之處。而林檎又名沙果，幼果黃綠色，成熟果實紅色，極可能是傳說中的沙棠。林檎為小型蘋果，原產於中國的華北、西北地區，自古即廣為栽培，品種與類型極多。果味甘而微酸，可生食。

　　沙棠可能也指其他的海棠屬植物，如楸子（*Malus prunifolia* (Willd.) Borkh.），果實較小，成熟時也是紅色；或山楂海棠（*M. komarovii* (Sarg.) Rehd.）。

林檎

落葉喬木，春季生葉。葉卵形至橢圓形，先端急尖或漸尖，基部圓形，邊緣有銳鋸齒，背面密被短柔毛。繖房花序，花4-7朵集生於小枝頂端；花瓣白色而有紅暈，略帶紫色。果卵形或近球形，未熟時黃色，成熟時鮮紅色。

學名：*Malus asiatica* Nakai
科別：薔薇科

香精、清露及香粉

　　香料、香精植物經蒸餾、萃取化學成分後，再加上粉或其他材料製成香精、清露、香粉等製品使用，最後的成品已失去原來的形貌。本章的香料、香精製品，包括食品、護膚品、藥物等不同應用方式。

　　可當食品用的香料香精植物有玫瑰、桂花等，如第三十四回寶玉挨賈政毒打後躺在床上休養，想喝酸梅湯，家人只讓他吃「糖醃的玫瑰滷子」。王夫人差彩雲取兩個瓶子，一為「木樨清露」，一為「玫瑰清露」，要襲人取了泡給寶玉喝。此處所說的「玫瑰滷子」是清朝江南著名甜食，用鹽醃酸梅加乾玫瑰花，再拌上糖醃製而成。至於「木樨清露」與「玫瑰清露」，既是藥物也是香料，一碗水裡只要倒入這些清露一小匙，就香得不得了。木樨即桂花，兩種清露都是用花朵蒸餾製成的香液。第六十回提到芳官受柳家之託，向寶玉要些「玫瑰露」給柳家十六歲的女兒柳五兒吃。此玫瑰露應即「玫瑰清露」，由玫瑰花提煉而成，顏色深紅，必須兌開水稀釋後喝下。

　　護膚品的香料香精植物有茉莉、紫茉莉、玫瑰等，如第六十回賈環看到芳官手裡拿的薔薇硝，也想要一些。芳官要應付賈環隨便給了一包茉莉粉，引來趙姨娘興師問罪，和芳官、葵官、藕官、荳官大打出手。第四十四回平兒在怡紅院中，寶玉在妝台前找到紫茉莉花種子粉、玫瑰膏一般的胭脂，讓平兒補妝。

　　用來作藥物的香料植物為薔薇，第五十九回寫到湘雲面部罹患杏斑癬，覺得兩腮發癢，向寶釵要些薔薇硝擦拭。杏斑癬又叫桃花癬，一般在春季發作。傳統中藥有將薔薇的根洗淨曬乾，搗碎後敷治瘡癬疥癬者。因此，「薔薇硝」可能是由薔薇根或薔薇花加銀硝配製而成。

【玉簪

第四十四回平兒受了委屈,被李紈拉入大觀園,寶玉便請平兒到怡紅院。平兒梳洗後找不到粉補妝,寶玉在妝台前找到一個裝有各種香粉的宣窯磁盒,取出一根「玉簪花棒兒」給平兒化妝。「玉簪花棒兒」,是指用紫茉莉種子製成的粉棒,形狀及顏色像玉簪花未開的花苞。

李時珍說玉簪花:「本小末大,未開時正如白玉搔頭簪形。」花開時微微綻開,微香釋出、潔白如玉,因此有玉簪之名。神話故事「瑤池會」提到玉簪花的由來,說王母娘娘在自家瑤池宴客,眾仙女雲集歡宴,幾巡玉液瓊漿後,眾仙女皆飄然入醉,雲髮散亂,玉簪掉落而化為玉簪花,即宋朝黃庭堅詩云:「宴罷瑤池阿母家,嫩瓊飛上紫雲車。玉簪落地無人拾,化作江南第一花。」

玉簪又名白萼、季女、白鶴仙、內消花、間道花、玉春棒等,六、七月開花,花瓣朝放夜合,開花時芳香襲人。《長物志》建議栽植時:「宜牆邊連種一帶,花時一望成雪。」

紫萼是玉簪的同屬植物,又名紫玉簪(*H. ventricosa* (Salisb.) Stearn.),二者外觀相似,但紫萼的植株及葉形都較小,且先玉簪一個月開花,花帶紫色或近白色,無香味。

玉簪

多年生草本,根狀莖粗厚。葉卵狀心形至卵圓形,長15-20公分,先端漸尖,基部心形,具6-10對明顯側脈;葉柄長20-40公分。花莖從葉中央抽出,高可達80公分,花序總狀;白色花單生或2-3朵簇生,芳香。蒴果圓柱狀,具3稜。

學名:*Hosta plantaginea* (Lam.) Aschers.
科別:百合科

【紫茉莉

紫茉莉花的白色種子可研磨成粉，加上香料，製成女人上妝的香粉，撲在臉上容易勻淨，不像其他香粉那麼「青重澀滯」，且能潤澤肌膚，是品質較好且價格較貴的香粉。怡紅院寶玉的住處，襲人等丫頭的梳妝台上放置有一盒撲面用的紫茉莉粉，寶玉取來給平兒使用。

《廣群芳譜》說：「紫茉莉，草本，春間下子，早開午收，一名胭脂花，可以點唇，子有白粉可傅面。」種子內含有大量澱粉，又含有脂肪酸、亞麻酸、亞油酸、油酸、槲皮素等。《本草綱目拾遺》還說紫茉莉種子「取其粉可去面上斑痣粉刺」，可作為敷面美容的材料。

紫茉莉有紡錘形的大型塊根，味道微甘類似山藥，表面棕黑色，裡面白色，有利尿、瀉熱及活血散瘀的功能。葉片含葫蘆巴鹼，可治癰癤、疥癬等症，也是常用的民間草藥。

本種植物有紫紅、粉紅、白色、黃色、具斑點或條紋等多種花色，主要栽植供觀賞用。花期為初夏至秋季，白花者，花香尤濃烈。由於「花見日即斂，日入後復開」，日人稱為夕顏，台灣鄉間稱為煮飯花。

紫茉莉

一年生草本，高可達1公尺。根粗壯，貯藏根倒圓錐形，黑色或黑褐色。莖直立，多分枝。葉為卵形至卵狀三角形，長3-12公分，先端漸尖，基部楔形，全緣。花常數朵簇生枝端，花被有多種顏色，花暮開朝合。黑色瘦果球形，表面有皺紋。

學名：*Mirabilis jalapa* L.
科別：紫茉莉科

【茉莉

茉莉花原產印度、波斯等地，譯音有沒利、抹利、末麗、抹厲等多種，如宋·王十朋的詩：「沒利名佳花亦佳，遠從佛國到中華。」《丹鉛錄》云：「晉書都人簪奈花，即今茉莉。」古代婦女常簪茉莉花或以線穿花佩戴。晉朝稽含所著的《南方草木狀》已登錄末利一名。一般認為茉莉花大概在漢時經西域傳入中國，但東南沿海各省所栽種的茉莉，更有可能是由海路引進。

茉莉花多潔白、清香郁郁，有單瓣和重瓣品種之分。在華南地區，茉莉為眾花之冠，謂「能掩眾花也，至暮尤香」。南宋周密的《乾淳歲時記》，描寫朝廷避暑納涼的盛景說：「置茉莉、素馨、劍蘭等南花數百盆於廣庭，鼓以風輪，清芬滿殿。」可見茉莉花香也有消暑功能。

茉莉的鮮花含有揮發油，可提煉茉莉花油來製作香精、香皂和化妝品，即《本草綱目》所說：「蒸油取液，作面脂頭澤，長髮潤燥香肌。」茉莉花瓣也是中藥材，首載於《本草綱目》，有「和中下氣，辟穢濁」的功用，常用來治療下痢腹痛，也可以當作洗眼藥，或治療結膜炎、瘡毒及消疽瘤。第六十回提到的茉莉粉是用茉莉花或茉莉子研磨成細粉末，塗抹於臉上妝飾。

茉莉

常綠半直立攀緣灌木，疏被柔毛。葉對
生，紙質，圓形至卵狀橢圓形，兩端圓
或鈍，側脈4-6對。聚繖花序頂生，花
通常3朵，有時單朵或多至5朵；花冠白
色且芳香，花冠裂片先端圓或鈍。果球
形，徑約1公分，紫黑色。

學名：*Jasminum sambac* (L.) Ait.
科別：木犀科

【薔薇

　　薔薇屬植物大都花香宜人，可提煉芳
香油，即《本草綱目》所載：「南番有薔薇
露，云是此花露水，香馥異常。」《紅樓夢
大辭典》言及第五十九、六十回提到的「薔
薇硝」，可能就是用薔薇的芳香花露加銀硝

製成，外用可治療杏斑癬皮膚病。《神農本
草經》稱薔薇為「營實薔蘼」，列為上品。
《本草綱目拾遺》謂「採花蒸粉，可辟汗、
去皰黑」，為利尿瀉下劑；又說「薔薇露」
能「療心疾、澤肌潤體、去髮脂膩、散胸膈
鬱氣」。近代則用花露治口瘡及消渴。可知
「薔薇露」古今均兼作醫藥及護膚使用。

　　古人採薔薇花「蒸取其液」，稱為「薔
薇水」。「薔薇水」是中國古人接觸最早的
香水，已經不是當醫藥使用。唐代已開始用
薔薇製作香露，稱「薔薇露」；《本草備
要》稱「薔薇花露」，已兼作藥劑及香精、
香料。《群芳譜》云：「薔薇露出大食、占
城、爪哇、回回國，今人多取其花浸水以代
露。」還有一種御酒稱「薔薇露」，也是用
薔薇鮮花釀造的。

在中醫裡，薔薇的葉、花、枝、根等不同的植物部分都是藥材。薔薇葉「搗爛外敷，生肌收口」；薔薇花「消暑、和胃、止血」；薔薇枝治「婦人禿髮」；薔薇根「清熱利濕、祛風、活血」等。（另見58-59頁）

薔薇

攀緣灌木，小枝皮刺短而稍彎。羽狀複葉，先端急尖，邊緣有銳鋸齒；托葉篦齒狀，大部分貼生葉柄。花排成圓錐花序，花多朵；花徑1.5-2公分，花瓣先端微凹。果近球形，紅褐色或紫褐色，光滑無毛。本種變異極大，有許多變種及園藝栽培種。

學名：*Rosa multiflora* Thunb.
科別：薔薇科

【木樨

木樨就是桂花，木樨清露是桂花蒸餾所得的香液，「清露」是指未加入調色劑的蒸餾原液，清亮透明。南懷仁《西方要記》：「凡為香，以其花草作之，如薔薇、木樨、茉莉、梅、蓮之屬。諸香與味，用其水，皆勝其物。」說明香花的蒸餾香液，比原來新鮮或未加工之前更為清香濃郁。「木樨清露」、「玫瑰清露」都是清代宮廷的貢品，應該都是舶來品。

自古以來桂花就是廣泛栽植的香花植物，花含芳香物質，如 γ–癸酸內脂、α–紫羅蘭酮、β–紫羅蘭酮、芳樟醇、壬醛、β–水芹烯等。栽種於庭園屋宇，花開時芳氣襲人，即「叢桂開時，真稱香窟」之謂。

桂花原是庭園觀賞植物，為中國傳統十大名花之一，但植株各部分也用作藥材或食品。花採收陰乾，有化痰、散瘀功能，用於治療痰飲喘咳、牙痛、口臭；「花落時，取以當食品」；木樨清露或桂花露本身，可用於疏肝理氣、醒脾開胃；桂花樹子治心痛、胃氣痛；根用來治療風濕麻木、筋骨疼痛。（另見21-22頁）

桂花

常綠灌木或喬木，小枝黃褐色，無毛。葉對生，葉片革質，橢圓形至橢圓狀披針形，先端漸尖，全緣或上半部具細鋸齒，側脈6-8對。聚繖花序簇生於葉腋，花梗細弱，合瓣花，花極芳香；花冠小，黃白色、淡黃、黃色或橘紅；雄蕊2，花絲極短。果橢圓形，長1-1.5公分，熟時紫黑色。

學名：*Osmanthus fragrans* (Thunb.)
　　　Lour.
科別：木犀科

【玫瑰】

《群芳譜》說玫瑰花「嬌豔芳馥，有香有色，堪入茶、入酒、入蜜」，可製玫瑰酒、玫瑰露。清人顧仲《養小錄》也說：「凡諸花及諸葉香者，俱可蒸露。入湯代茶，種種益人。入酒增味，調汁製餌，無所不宜。」《紅樓夢》有多回提到玫瑰露，也有以玫瑰花製作糕點者，如第三十四回、四十四回的玫瑰滷子、玫瑰膏子等；第三十四回寶玉挨打後，喝「玫瑰清露」，用以疏理「肝氣受抑，胸懷鬱結」。「玫瑰清露」是指玫瑰花蒸餾所得的香液。

玫瑰香氣濃郁，鮮花含有香茅醇、橙花醇、丁香油酚、苯乙醇等，其中的香茅醇含百分之六十以上，是主要的香氣來源。宋代宮廷中栽有玫瑰，宮女採製成香囊，香氣裊裊不絕，故玫瑰又名徘徊花。第六十三回提到大觀園內以玫瑰花瓣作枕頭，取其花瓣的香味。工業上，提取花之精油製造香水，或

186

用為造酒原料。

　　玫瑰乾燥的花苞或初開的花，也當作藥材使用，能理氣、解鬱、和血、行血、散瘀，治肝胃氣癰，作為婦女月經過多的收斂劑。現代醫學也證明玫瑰花有止痢功效，為大腸的收斂藥。（另見62頁）

玫瑰

直立灌木，高可達2公尺；枝幹密生皮刺和刺毛。奇數羽狀複葉，小葉5-9，橢圓形至橢圓狀倒卵形，邊緣有鈍鋸齒，質厚，表面光亮，但多皺，表面蒼白色，有柔毛及腺體。花單生或3-6朵聚生，花梗有絨毛和腺體；花紫紅色至白色，芳香，徑6-8公分。果扁球形，徑2-2.5公分，成熟時紅色。

學名：*Rosa rugosa* Thunb.
科別：薔薇科

惜春的繪圖染料

賈家四姑娘惜春精通繪畫,第四十二回賈母要她將大觀園全景畫下。大觀園極大、景物又多,整整花了一年興建,包括園林山水、亭台樓閣、人物事故等寫實畫作,全數畫下起碼也得花個兩年時間。

惜春手邊現有的繪圖顏料,只有赭石、廣花、藤黃、胭脂四種。後來聽從寶釵的意見,開單子再購買了箭頭硃、石青、石黃、石綠、鉛粉、管黃、蛤粉等多種原料。上述繪圖顏料多數為礦物原料,其中只有廣花、藤黃、胭脂由植物材料研製而成。廣花即花青,從蓼藍或馬藍、木藍等植物加工而成;藤黃是黃色染料,由藤黃樹皮之汁煉製而成。胭脂是紅色染料名,從紅藍花或稱紅花的花瓣製成。

另外,惜春開出所要的工具與顏料,其中繪圖筆的種類與數量不少,還包括了柳條二十支。柳條即柳木炭,用清明節前的枝條燒製而成,可繪圖於紙上或絹布,並可隨意擦拭,因此畫家常用來起稿。購物單上的繪圖材料,最奇特的是二兩生薑和半斤的醬,連林黛玉都提出質疑。原來生薑和醬要預先塗抹在碟子底部烤過,才能防止後來烤製顏料時碟子因高溫炸裂。

《紅樓夢》全書提到繪圖顏料,主要是在第四十二回,另外只有第三十八回出現的丹青及第七十八回所言的靛青而已。

藍色染料】廣花

廣花是惜春所用的一種繪圖材料,又稱廣青、花青、靛花等,是以蓼藍或馬藍（*Strobilanthes cusia.* (Nees). Kuntze）、木藍（*Indigofera tinctoric* L.）等植物製成。第七十八回所言之靛青,也是一樣。

在合成染料發明之前,古代所用的染料均屬天然染料,而且多數是植物染料,供絲、麻、棉布染色之用。蓼藍就是重要的古老染料作物,《夏小正》有「啟濯蓼藍」句,可見栽培歷史至少已有三千六百年之久。東漢趙歧的《藍賦序》:「人皆以種藍染紺為業,藍田彌望,黍稷不植。」有田地不種五穀,卻種植蓼藍,可見當時已有大規模的商業生產。蓼藍主要用於染衣,有時也用為繪畫的原色。蓼藍葉所含的靛玉紅、靛藍,即為藍色染料的主要成分。

蓼藍在農曆三、四月生苗,五、六月開花結穗,作為染料者要在植株抽出花梗時採收。首先浸水發酵,再加石灰攪拌後,沉澱物即藍澱（靛青）,所以蓼藍也稱為澱。

蓼藍也是重要的藥用植物,可製青黛,有清熱、解毒功能,可用以治療發熱、發斑、咽痛、腫毒、瘡癤等。自《本草經》起,各代本草均有載錄,《本草綱目》還說蓼藍久服後,還能「頭不白,輕身」。此外,蓼藍葉汁也可用來解「朱砂、砒石毒」。蓼藍苗葉味道辛辣,不堪入食。

188

蓼藍

一年生草本，高可達30公分。莖直立，
有分枝，葉互生，橢圓形至卵圓形，先
端鈍，基部楔形，全緣，墨綠色，乾後
為暗藍色；葉柄基有膜狀抱莖葉鞘，鞘
邊緣有長毛。穗狀花序，長4-8公分；
花被5深裂，白至粉紅色。瘦果卵形，
有3稜，褐色有光澤。

學名：*Polygonum tinctorium* L.
科別：蓼科

黃色染料】藤黃

藤黃是泰國和柬埔寨人主要的顏料來
源，可製造書寫用的金黃色顏料。中國人於
十三世紀以文字記載下來，始為世人所知，
作為黃色染料和醫療用途。藥材呈紅黃色或
橙棕色，外被綠色粉霜，有縱條紋；氣味酸
澀有毒，舐之麻人，因此沒有使用在食品染
色方面。

樹皮以刀劃開，會流出橡膠狀的黃色
樹脂，乾硬後收集，即稱為「藤黃」，供繪
畫顏料之用。一般採收藤黃會選在開花前，
在離地約3公尺處，將莖幹的皮作螺旋狀割
傷，下部傷口插一竹筒來收集流出的樹脂，
加熱蒸乾後再用刀刮下。郭義恭《廣志》
云：「樹名海藤，花有蕊，散落石上，彼人
收之，謂之沙黃。」樹汁名為臘黃或銅黃，
銅其實是藤的訛音。

同屬的另一種藤黃（*G. morella* Desr.）
產於印度西部，也是當地製作顏料的材料。
西元1641年引入歐洲，採收其樹脂製造清潔
劑，由於含有毒素，後來逐漸禁用。

藤黃

常綠中喬木,高可達15公尺。葉薄革質,對生,披針形,長10-25公分,全緣,先端鈍。花單性;花綠白色,萼與花瓣均4片。雌雄同株或異株,雄花2-3朵簇生,花絲短,雄蕊多數集合成球狀肉質體;雌花單生,基部合生成環狀,柱頭為盾形。漿果球形。

學名:*Garcinia hanburyi* Hook. f.
科別:藤黃科

紅色染料】紅花

胭脂在《紅樓夢》中有四種意義:一是胭脂膏子,即婦女塗抹面頰或嘴唇的紅色顏料;二是指紅花植物;三是表示紅色;四指美女。第二十三回金釧挑逗寶玉,要寶玉吃她嘴上的胭脂;第六十七回薛蟠送寶釵和媽媽的禮物中有個胭脂,指的是胭脂膏子;第四十四回寶玉對平兒說道:「那市賣的胭脂都不乾淨,顏色也薄。這是上好的胭脂擰出汁子來,淘澄淨了渣滓,配了花露蒸疊成的。」前面的胭脂是胭脂膏子,後面的胭脂是紅花。

其餘各回提到的胭脂大都指顏色而言,如第五十回晴雯兩頰凍得胭脂一般,以

及第六十三回芳官喝酒喝得兩腮如「胭脂」一般。而第七十八回寶玉〈姽嫿詞〉句:「馬踐胭脂骨髓香」之胭脂,指的是林四娘等眾姬妾,在此意為美女。

紅花原名紅藍花,漢朝張騫得種子於西域,轉種於中土。其名始載於宋朝的《開寶本草》,蘇頌《圖經本草》謂:「其花紅色,葉頗似藍,故有藍名。」《中華古今注》云:「燕脂起自紂,以紅藍花汁凝作脂。產於燕地,故名燕脂。」

過去紅花主要作藥用,兼作天然色素顏料。五、六月花瓣由黃變紅時採收,花冠中含有紅花黃色素及紅花草。紅花草水解後成葡萄糖和紅花素,是紅色顏料的主要成分。除作胭脂膏子外,也是重要的食品著色劑,第六十二回提到的「胭脂鵝脯」可能就是用紅花著色。

第十九回看到寶玉經常「偷著吃人嘴上的胭脂」,襲人心中很不高興,用將被贖出等騙詞要寶玉改掉此一「愛紅」毛病。在

瀟湘館，黛玉也看到寶玉左邊腮上偷吃胭脂膏子的痕跡。此胭脂或胭脂膏子，由紅藍花（胭脂花）用蜜熬成，不但可塗抹嘴唇，也可以嚥食，所以寶玉才常常偷胭脂吃。吃胭脂也是親吻姑娘櫻唇的暗示，寶玉喜愛女性，最愛紅色，偷吃胭脂正合乎其心性。

紅花

一年或二年生草本，高可達90公分。葉卵形至卵狀披針形，長4-12公分，邊緣具不規則鋸齒，齒端有銳刺，幾無柄。頭狀花序頂生，總苞多層，邊緣具長銳刺；全為管狀花，花冠初時黃色，漸變為橘紅色。瘦果白色，倒卵形。

學名：*Carthamus tinctorius* L.
科別：菊科

紅色染料】茜草

第二十三回寶玉〈秋夜即事〉詩提到的「茜紗」是茜草根染色的紗布，此處指紅色窗紗；第五十八回的回目及第七十九回也有提到。第七十回黛玉〈桃花行〉句「茜裙偷傍桃花立」，則用紅色裙子來襯托粉紅色的桃花。

茜草的根含有紅紫素和紫色的茜素，早在秦漢時代就作為織物的紅色染料。皇帝公侯的冠袍、后妃的繡衣香裳都用茜草根染色。長沙馬王堆出土的葬品中就有茜草印染的絲綢，當

時是十分名貴的紅色染料。但自合成染料出現後，茜草即遭淘汰了。

茜草古稱蒨，茜字從「西」，因西方分布較多。茜草作為藥材使用，始載於《神農本草經》，列為上品，歷代醫藥典籍多有記載。根木質部呈磚紅色，供作通經、淨血、解熱和強壯藥。古代用茜草與地黃熬膏，可使頭髮變黑，也用以治療皮膚病。因為藥效好、用途多、香氣特殊、味微甜清涼，自古即有「嘉草」別稱。由於少有人工栽培，中藥材多採自野生植株。

茜草

多年生草質藤本，莖上有倒生小刺，根紫紅色或橙紅色。葉紙質，4片輪生，卵形至卵狀披針形，先端漸尖，基部圓形或心形，表面粗糙，葉面葉脈有倒生刺，脈3或5條；葉柄長，有倒生小刺。複聚繖花序，花小，黃白色。漿果近球形，徑0.5-0.6公分，黑熟。

學名：*Rubia cordifolia* L.
科別：茜草科

第六章

茶點與果品類

大觀園中眾家姐妹個個是水蔥似的人兒，平日喜歡品茗淺酌、吟詩作賦，案几上總少不了幾樣點心零嘴，也透露出康熙年間王公貴族的家居生活細節。

案几上的零嘴與點心

　　《紅樓夢》依故事情節所需，敘述賈府內眾人喝茶、喝酒、聊天時所吃的零食，充分記錄清康熙年間王公貴族的家居生活細節，也可以一窺當時上層社會的消費水準，以及農業生產的梗概。

　　首先是茶果。第八回寶玉和黛玉到梨香院來聊天，薛姨媽擺了幾樣細巧茶果，留他們喝茶、吃果子。「茶果」是喝茶時所吃的果實，包括栗子（板栗）、胡桃、菱角等乾果類，及其他精緻的點心茶食。此外，招待來客、生日宴會、老友相聚都要喝酒，吟詩作對也必須飲酒助興。而所有的喝酒場合必然準備有配酒點心，例如第五十回眾人在蘆雪亭，一面作詩玩樂，一面喝著酒，配酒的點心就有大芋頭及硃橘、黃橙、橄欖等物。芋頭吃的部分是球莖，一般在秋季收成，球莖極耐儲藏，可留到冬季食用。硃橘即朱橘，與黃柑一樣是冬令水果。橄欖一般不生食，必先做成蜜餞或醃製後食用，因此四時均可供應。其中的朱橘與黃柑屬水果類。

　　第八回寶玉和黛玉在梨香院作客，黛玉嗑著瓜子。此瓜子，是指炒熟的西瓜子或南瓜子，此種西瓜和南瓜是特別為採收種子而非食用果實的品種，種子特別大。第十九回，襲人在自己的家用松子瓤款待寶玉。瓜子跟松子瓤，都是聊天吃的零嘴。第十一回秦可卿久病臥床，不思飲食，賈母送來「棗泥餡的山藥糕」，秦可卿吃了兩塊。棗泥餡用的是大棗（即紅棗），是果實也是補品，主治心腹邪氣，可以「養脾氣，平胃氣」；山藥即薯蕷，有「補虛贏、益氣力、強陰」等功用。由紅棗和山藥製成的糕點，對血氣雙虧的秦可卿來說是有益的。

　　飯後當然也要來一些點心，如第四十一回賈母作東請客，擺出許多劉姥姥不曾見過的菜餚，飯後點心有藕粉桂花糖糕（用蓮藕粉、桂花、糯米粉加糖製成）、松瓤鵝油捲（以海松子製成）。第六十二回寶玉、寶琴生日宴會，柳家的遣人送到怡紅院的點心，有蝦丸雞皮湯、酒釀清蒸鴨子、胭脂鵝脯、奶油松瓤捲酥以及一大碗熱騰騰、碧瑩瑩的綠畦香稻粳米飯。奶油松瓤捲酥是一種用海松的松子作餡、奶油和麵製成的點心。

　　喝茶、喝酒、聊天時，經常吃的就是乾果，比如第十九回寶玉幫襲人所剝的風乾栗子。此「風乾栗子」簡稱「風栗」，係用竹籃或布袋懸掛於通風處，栗子不易蛀壞且易乾。栗殼逐漸乾後，內膜可輕易剝除，而種仁亦逐漸甜軟可食。寶玉在瀟湘館同黛玉聊天，瞎掰一群耗子精的故事，說山下廟裡有紅棗、栗子、落花生、菱角、香芋五樣果品。這些乾果，都是當時非正餐時常吃的食物。

【芋

芋頭，古名蹲鴟、芋魁、芋奶、芋芳，一般在秋天收成，可供給冬季糧食，本身又耐儲藏，可供應春夏之用。《唐本草》說芋有「六種，有青芋、紫芋、真芋、白芋、連禪芋、野芋」，這些都是《紅夢樓》當時可以見到的品種。眾姐妹下雪天在蘆雪亭所吃的點心中，有一樣就是芋頭。

原始種為水生，至今已有二千多年的栽培歷史，經長期培育而有水芋、旱芋和兼水旱芋等栽培類型。一般食用部分是地下球莖，可以煮粥、飯、糕、羹，無所不宜。球莖巨大者古名「芋魁」，即《爾雅翼》所言：「芋之大者，前漢謂之芋魁，後漢書謂之芋渠。」宋朝朱熹的〈芋魁〉詩及陸游的「美啜芋魁羹」，所吟詠的就是大芋。

球莖用芋按母芋、子芋的大小及子芋著生的習性，又可區分成多種類型：母芋巨大的魁芋類型、子芋多的多子芋類型，以及球莖叢生且母芋、子芋區分不明顯的多頭芋頭類型等。塊莖含蛋白質、澱粉、脂類及多種維生素。除食用塊莖外，另外還有一類專食葉柄的品種，葉柄無澀味，可烹調作菜蔬，自古即有記載。

芋

莖縮短成地下球莖，圓形、橢圓形至卵圓形，球莖上有節並覆有棕色鱗片。葉互生，葉片盾狀卵形至略箭形，先端漸尖。葉片與葉柄交接處之葉面常有暗紫色斑。葉柄肉質，長而肥厚，有綠、紅、紫或黑紫色，下部膨大成鞘，柄內有大量氣腔。佛焰花序，多不結子。

學名：*Colocasia esculenta* (L.) Schott
科別：天南星科

【栗子

栗子為板栗的堅果，是常見的茶點或零食。第三十七回提到的「栗粉糕」是秋令食品，將新採的栗子去殼切片曬乾後磨成細粉，加糖及桂花蒸製而成。

距今九千年前的河南裴李崗遺址及七千年前的浙江河姆渡、西安半坡村遺址，都留

有板栗堅果，可能為當時主要的糧食之一。堅果富含澱粉、蛋白質及脂肪，味道香甜。一方面又可入藥，性鹹溫無毒，常吃栗子有益氣補血及補腎厚腸的功效。板栗木材堅硬耐磨、紋理通直，又耐水蝕，可供建築、造船及製作農具、家具之用。

　　板栗堅果極大，是同類植物之中果仁最大者，自古即為重要的糧食植物。杜甫寄居蜀地時，有時生活困頓而必須採板栗供給三餐，如詩句「歲拾橡栗隨狙公」所云。

板栗

落葉性喬木，樹皮深縱裂。葉橢圓形至橢圓狀披針形，長10-20公分，邊緣有鋸齒，齒尖芒狀，背面披灰白色星狀絨毛，側脈10-18對，直達齒尖。直立莖黃花序；雄花1-3朵簇生於花序軸上；雌花2-3朵生於花序基部。殼斗球形，外披針狀長刺，4瓣開裂。每殼斗有堅果2-3個。

學名：*Castanea mollissima* Bl.
科別：殼斗科

196

【胡桃

　　胡桃又名核桃、羌桃，原產於新疆及亞洲西南部，漢朝時引進中國。晉代張華的《博物志》說：「張騫使西域還，得胡桃種，故以胡羌為名。」引進中國後，即成為中國珍貴的果品，《西京雜記》就提到漢朝的上林苑中種有胡桃。

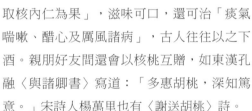

　　核桃屬乾果，「九月熟時，漚爛皮肉，取核內仁為果」，滋味可口，還可治「痰氣喘嗽、醋心及厲風諸病」，古人往往以之下酒。親朋好友間還會以核桃互贈，如東漢孔融〈與諸卿書〉寫道：「多惠胡桃，深知篤意。」宋詩人楊萬里也有〈謝送胡桃〉詩。

　　種核堅硬，上有皺紋，內有核仁兩瓣，中隔黃膜，外形圓球狀。《紅樓夢》中以核桃的形狀及大小來形容器物，如第八回用來形容寶玉束髮冠上的絳絨簪纓；第三十六回薛姨媽用「倒了核桃車子」來比喻鳳姐嘴巴伶俐，說話有條理；第四十五回則用來形容寶玉金錶的大小。

　　核桃心材紫褐色、邊材紅褐色，堅韌有光澤，供製槍托等軍械品及貴重家具。南北朝時即用核桃種仁榨油，以調製繪畫原料。果仁、外果皮（稱為青龍衣）、果殼的種隔（稱為分心木）及樹葉都供作藥用。

核桃

落葉喬木，高可達30公尺。奇數羽狀複
葉，小葉5-9，橢圓形至橢圓狀卵形，先
端鈍圓或微尖，全緣，背面脈腋簇生褐
色毛。花單性，雌雄同株，雄花為葇荑
花序；雌花1-3集生枝端，總苞被白色腺
毛。核果球形，綠色，幼時被柔毛。果
核堅硬，有淺刻紋。

學名：*Juglans regia* L.
科別：胡桃科

【菱

　　菱角嫩時可剝而生食，老則蒸煮食，滋
味甘美。種子取出剁碎，可煮粥或當飯食，
也可製成各種糕點。第三十九回提到的菱粉
糕，就是用菱肉曬乾製作的南方點心。菱角
也是古代祭祀不可缺少的食物，《周禮·天
官》記載的供品就有菱、芡、棗及肉乾。

　　《紅樓夢》一書共有14回提到「菱」，
其中3回說的是鏡子，古代稱鏡子為「菱
花」；有3回是詩句的引述；有3回是論述、
鬥草。真正寫到實物菱或菱角的有5回，包
括：第十八回的紫菱洲、第四十回的「殘
菱」；第三十七回、六十四回的果，還有第
三十九回的點心「菱粉糕」。

　　菱為水生植物，性味甘涼，有清熱解
暑、健脾胃、補氣血的功效。古人相信女孩
多吃菱角可永保健康美麗，又可長壽。採老
菱角磨製成「菱粉」，潔白細膩的菱粉一般
用於烹調中作糊、作羹或勾芡，主要產地在
江、浙兩省。江南人多用菱粉製作糕點。

　　菱在中國境內約有15種之多，果實均富
含澱粉。栽培菱分為三大類：其一，四角菱
（*Trapa quadrispinosa* Roxb.），果具四角，
有多個品種，其中水紅菱果皮紅色、實大味
甜，適合生食；餛飩菱果皮綠色皮薄、種子
糯質，宜於熟食；吳江小白菱莖蔓堅韌，抗
風浪力強，果皮白綠，種子富含澱粉。其
二，兩角菱（*T. bispinosa* Roxb.），果具兩

角，果皮厚，本種最普遍，宜熟食，也有許多品種。其三，圓角菱又稱無角菱（*T. natans* L. var. *inermis* Mao），果角退化，只留痕跡，果實白綠且大。

菱

一年生浮水水生草本。葉有二型：浮水葉互生，排列在水面上呈蓮座狀，葉片圓形至三角狀菱形，表面亮綠色，上部葉緣不整齊齒牙或鋸齒，下部全緣；葉柄長5-17公分，中上部膨大。沉水葉小，早落。花小，單生於葉腋；花瓣4，白色。果三角狀菱形，有2斜舉肩角。

學名：*Trapa bispinosa* Roxb.
科別：菱科

【棗

棗別稱大棗或紅棗，古又稱木蜜，是原產中國乾燥地區的果樹，也是栽培歷史最悠久的果樹之一。

第十一回賈母送點心「棗泥餡的山藥糕」給秦可卿吃，中國糕餅喜歡使用棗泥

餡，如棗泥月餅。第十九回寶玉胡謅的耗子精故事中，紅棗是五種小耗子所說的果品之一，其餘四種為栗子、落花生、菱角、香芋。第三十九回劉姥姥帶到榮國府的農產品中，有棗、倭瓜及野菜，「棗」在此應該是鮮果。第五十二回提到寶玉喝建蓮紅棗湯，在此紅棗被當成補品使用。第五十四回除夕夜放煙火、砲竹之後，鳳姐為賈母及太太們準備了「棗兒熬的米粥」當作宵夜，棗在此亦為滋補品。

中國在三千多年前就已經從酸棗林中選育不少品種，《爾雅》記載了11個品種，元代柳貫的《打棗譜》則有72個品種。到了現代，記錄的品種已達700個之多。棗果味甘甜，食之可口，營養價值很高，是重要的水果種類之一。（另見第115頁）

棗

分布乾燥地區，可生長在旱澇之地，許多生產力低的農地，棗均可生長良好。落葉小喬木或灌木，枝有長針刺。葉橢圓形至圓形，互生，有3主脈。初夏新枝開花，花小、淡黃色，雄蕊5。果卵形至長橢圓形，初黃綠色，成熟後成暗赤色或黑褐色。果肉甜美。

學名：*Zizyphus jujuba* Mill.
科別：鼠李科

【松瓤

海松又名朝鮮松、紅松，書中提到的松瓤就是海松的種子，既美味又可「澤膚榮毛」。第十九回寶玉突然造訪襲人家，招待

的果品中就有松瓤。松子也可製作各種點心食品，如第四十一回賈母遊大觀園，吃的點心中就有松瓤鵝油捲；第六十二回寶玉在怡紅院中所吃的點心有奶油松瓤捲酥；第七十六回有內府製作的瓜仁油松瓤月餅，用瓜子仁、松子仁等為餡心。

可食松子種類中，以產於「新羅者，肉甚香美」，指的就是朝鮮半島分布甚多的海松。松子仁顏色黃白，味似栗，含脂肪及蛋白質，香美可口。

歷代詩詞所提到的松子，大部分都指海松或華山松（*Pinus armandi* Franch.）而言，如杜甫的「風落收松子」、薛能的「坐石落松子」，以及宋朝林逋的「雨敲松子落琴床」等。海松也是優良用材，邊材淡黃白色、心材淡黃褐色至淡褐紅色，質輕軟、紋理直，耐腐性強，加工容易。

海松

常綠喬木，高可達50公尺；樹皮灰褐色，內皮紅褐色；冬芽淡紅褐色。針葉五針一束，粗硬，深綠色，6-12公分，腹面有藍灰色氣孔帶。雄球花橢圓形圓柱狀，紅黃色，密集於新枝下部；雌球花綠褐色，單生或數個集生於新枝近頂端。毬果圓錐狀卵圓形至卵狀圓形。種子大，著生於種鱗下部的凹槽中，倒卵狀三角形，微扁。

學名：*Pinus koraiensis* Sieb. *et* Zucc.
科別：松科

【落花生

　　落花生起源於玻利維亞的安地斯山麓，發現新大陸之後，由西班牙和葡萄牙人傳播到歐洲、非洲，再傳到亞洲。簡稱花生，又名萬壽果、番豆，中國古籍記載最早種植花生的是廣東及福建等地。

　　《花鏡》說花生「花落於地，根即生實」，按科學觀察，根當然不會長果實，其實是花落之後子房伸入土中結實。實驗證明，只要有適當的水分及遮光處理，花生也能在地面上結果。花生果實在土中才能成熟，是植物適應自然界的結果：花生仁營養豐富，植株沒有可用來抵抗昆蟲和其他動物的有毒物質，種子成熟前必須伸入土中逃避動物覓食，以確保族群繁衍。

　　花生種子的脂肪和蛋白質含量高，並含有多種維生素、油酸、硬脂酸、蛋白氨基酸等，營養豐富且味香口感好，是重要的糧油作物。目前已培育出許多品種，以莢果果形而言，就有普通形、葫蘆形、蜂腰形、繭形、曲棍形、串珠形等多種。

落花生

一年生草本植物，莖多分枝。偶數羽狀複葉，小葉2對，長橢圓形至倒卵形，長2-5公分，先端圓或微凹，具疏長毛。花單生或數朵一起簇生於葉腋；花冠蝶形，黃色。花受精之後子房柄伸長，而將子房推入土中。莢果為長圓形，長1.5-5公分，外具有凸起網紋，種子間隘縮，在土中成熟。種子1-3個，淡紅色。

學名：*Arachis hypogaea* L.
科別：蝶形花科

【香芋

　　第十九回寶玉用耗子精故事中的果品「香芋」來調侃黛玉。「香芋」即黃獨，塊根常呈芋狀球形，皮黃肉白，煮熟後有香味，故名香芋。

　　有些文獻，以山藥一類的植物為芋類，例如《齊民要術》引《風土記》記載，說：「博士芋，蔓生，根如鵝鴨卵。」植株蔓生的芋類應為薯蕷類植物，包括山藥及黃獨。《齊民要術》則將薯蕷、慈菇、荸薺等都當成芋類，這些植物都會形成球狀塊莖。至於今日俗稱的芋頭則屬天南星科，古稱芋魁。

　　黃獨的塊莖作為藥用，始載於《圖經本草》。切面黃白色、粉質，散布許多橙黃色斑點，稱「黃藥子」，有解毒消腫、化痰散結、涼血止咳的功效，用於治療甲狀腺功能亢進、甲狀腺腫大、咳嗽氣喘、咳血、吐血、產後流血過多等。本植物的珠芽直徑約

2公分，稱為「零餘子」，可用來治療百日咳、咳嗽和頭痛等。

黃獨

草質纏繞性藤本，塊莖球形至梨形，表面棕黑色，密生細長鬚根。莖右旋，無毛。單葉互生，寬心形至心狀卵形，先端尾狀漸尖，基部心形。葉腋內有球形或卵圓形的珠芽。花單性，雌雄異株；雄花序下垂，穗狀，雄花單生，花被片紫色；雌花序比雄花序稍長。蒴果三稜狀長圓形，成熟時黃褐色，表面密生紫色小斑點。

學名：*Dioscorea bulbifera* L.
科別：薯蕷科

【榛瓢

榛是重要的乾果類植物，果仁肥白而圓，味道近似栗子，故稱「榛栗」。古籍中常與板栗並提，兩者均為古代的糧食植物。第五十三回烏進孝所交的年租年禮中有榛瓢二口袋，第六十二回黛玉在寶玉的壽宴上拈

了一個榛瓢吃，都是指北方著名的山果——榛子仁。

　　根據陝西半坡村遺址所發現的榛果殼推測，榛在中國的利用歷史應該已超過六千年。黃河流域和江淮流域至今仍分布許多野生榛樹，而果園栽培者反而為數甚少。榛樹類植物均為喜好陽光的不耐蔭樹種，耐乾旱瘠薄，常成片生長於荒坡，因此古今皆用「榛」來形容荒涼之地。例如，第五回寶玉神遊太虛幻境，突然來到一個荊榛遍地的所在，就是用長滿黃荊和榛樹來比喻該地之荒僻。第七十八回寶玉的〈芙蓉女兒誄〉，也以「荊棘蓬榛」來形容野草雜木蔓生的荒地；其中棘為酸棗、蓬為飛蓬，都是瘠薄乾旱地區常見的植物。

　　榛樹的枝條可編筐籃，材質堅韌細密，可製手杖、傘柄及精細木器。枝莖比重較高、耐燃燒，古人也用來燒火照明，即所謂「枝莖可以為燭」。

　　另有三種榛樹的堅果也採集供食用，即華榛（*Corylus chinensis* Fr.）、毛榛（*C.*

mandshurica Maxim.）、藏榛（*C. tibetica* Batal.）。分布最廣、產量最多者是被稱為平榛的本種，為市場上榛子的主要來源。

平榛

落葉小喬木，萌芽性強，常數幹叢生，呈灌木狀。葉倒卵狀長圓形至寬卵形，先端平截下凹，具三角形尖頭；側膜5-7對；葉緣具不規則重鋸齒；葉柄被細絨毛。雄花序2-7排成總狀，腋生。果單生或2-6簇生，堅果成熟時，由大小苞片發育而成的果苞所包被。堅果近球形，密被細絨毛，稍扁。

學名：*Corylus heterophylla* Fisch.
科別：榛木科

【榧子

第二十六回寶玉走到湘簾窗前，將臉貼在紗窗上往裡頭看，聽到黛玉長歎了一聲，念著《西廂記‧崔鶯鶯夜聽琴》：「每日家情思睡昏昏」句，此句原是描寫崔鶯鶯思念張生的煩悶心情，無意中道出黛玉心緒。看到寶玉進門，黛玉不覺紅了臉，假裝睡著。寶玉搖醒她，追問她剛才說什麼，黛玉否認。寶玉對著黛玉捻手彈了一下發出聲響，說：「給你個榧子吃呢！我都聽見了。」吃榧子咬破硬殼，種皮會發出聲響，所以用「榧子」來表達寶玉興奮捉弄的表情。

作為果樹栽培的榧屬植物，世界上僅有香榧一種。種子炒熟可食，為著名乾果。種仁具有特殊香味，宋代列為朝廷貢品，烘炒後可製成美味又具有藥效的椒鹽香榧、糖球香榧、香榧酥等，是餽贈送禮的珍果。種仁也可煮成羹，滋味甜美；同甘蔗一起食用，蔗渣會變軟。

香榧果多採自野生植株，自宋朝起始有人工栽植，北宋梅堯臣的詩句：「榧樹移皆

活，風霜不變青」可為明證。經多年栽植培育後，已發展出芝麻榧、米榧、丁香榧等20多個品種類型。

《爾雅翼》稱這種植物為柀，古人形容榧樹「葉似杉，冬月開黃圓花，結實大小如棗，其核長如橄欖」。《本草綱目》說香榧：「其木名文木，斐然章采，故謂之榧。」除紋理美麗之外，榧木通直、心材黃色，還具有結構細、有彈性、有香氣、不易翹曲開裂、耐水濕等優點，成為造船、建築、家具良材。樹姿雄偉挺拔，凌冬不凋，四季常青，已逐漸成為庭院觀賞樹種。

香榧

常綠喬木，高可達20公尺。葉線形，排成二列，長1.5-2.5公分，先端銳尖，有刺狀短尖。表面淡綠色，光澤，背面淡綠色，有二條氣孔帶。雌雄異株；雄毬花單出於葉腋，長圓形；雌毬花成對著生於葉腋。種子卵圓形至長圓形，長約3公分，先端有小尖頭，為淡紫紅色肉質假種皮所包。

學名：*Torreya grandis* Fort. ex Lindl.
科別：紅豆杉科

【雞頭

《呂氏春秋·恃君篇》說「夏日則食菱芡」，菱與芡在同一季節成熟，兩植物經常並提，比如第八十回香菱對金桂說：菱角、雞頭（芡的果實）、葦葉、蘆根均有香味的一段話，以及韓愈詩句：「潤蔬煮蒿芹，水果剝菱芡。」

果實圓球形至長圓形，頂端有宿存突出的花萼，形似雞頭。嫩果果柄較硬，成熟時果柄、果殼變軟，內含種子150-200粒。種子圓球形，外被薄膜狀假種皮，種殼厚而硬，嫩時橘紅色，質鬆易碎；成熟時棕紅至黑褐色，堅硬難破。

宋朝陶弼詠〈雞頭〉詩：「三伏池塘沸，雞頭美可烹。香囊聯錦破，玉指剝珠明。」前句說的是芡的嫩葉，後句說的是果實。果實為刺球，內含種子數十顆，稱為芡米，江浙一帶稱「雞頭米」，可作菜及湯料，也可磨粉作餅。李時珍說糧食歉收時，可以提供嫩莖葉及種實食用，所以植物名之為「芡」。新採的種子可煮食；而乾種仁、莖及根可入藥，味甘氣溫，有健脾功效，可治思慮過度勞傷心腎。（另見第85頁）

芡

一年生水生草本。葉浮於水面上，革質，圓形至稍腎形，徑可達120公分，葉緣向上折，表面皺折，背面紫色。葉柄、葉背、花梗均布滿硬刺。花表面密生鉤狀刺，紫紅色花瓣多數。漿果球形，徑3-5公分，海綿質，外有刺。黑色種子球形。

學名：*Euryale ferox* Salisb.
科別：睡蓮科

時令水果類

　　本篇所說的水果定義：可生食、鮮食，不經任何加工處理的植物果實；屬肉果類，富含維他命C，水分多有甜味、易於入口；果實剝皮、連皮或切開即可食用。

　　《紅樓夢》全書提到最多種水果的，是第五十三回。年關將近，為賈府經營田莊的莊頭烏進孝，送來佃戶的地租收成，有山產、牲畜、家禽、魚、人參及穀物類，其中水果有榛、松、桃、杏。其次是第五十回，眾人在蘆雪亭一面作詩玩樂，一面喝著酒，點心有大芋頭及硃橘、黃橙、橄欖等。

　　第三十七回還提到賈府常吃的一些鮮果。首先是荔枝，晴雯特地找到一個可配合「鮮荔枝」顏色的碟子，裝好後送去給探春。北方吃新鮮荔枝不易，既然用碟子裝新鮮荔枝，大觀園故事中的背景應該是在南方（華中）。

　　七月是瓜果收穫之節，舊時人家於食瓜之前要先薦祭先祖，稱之為「瓜祭」或「秋祭」，取《禮記》「春秋薦其時食」之意。第六十四回，寶玉又往瀟湘館來看黛玉，看到黛玉在私室裡用瓜果祭奠祖先，正是所謂的秋祭或瓜祭。

　　總計本篇要介紹的水果如下：桂圓（龍眼）、桃、李、西瓜、甜瓜、柚、黃橙、硃橘（朱橘）、荔枝及梨（白梨）。

【桂圓

龍眼又名圓眼，植株似荔枝，大都在荔枝果實收成後才成熟上市，遂有「荔枝奴」一名。有些品種成熟較遲，在桂花飄香季節上市，所以又有「桂圓」之名。歷史上曾經是名貴果品，作為貢品及御賜品，如《東觀漢記》所載：「單于來朝，賜橙橘、龍眼、荔枝。」

李時珍認為：「食品以荔枝為貴，而資益則以龍眼為良，茲荔枝性熱，而龍眼性和也。」由於龍眼味甘氣溫，有益神補血健脾、安智養氣的功效，古今均作為補品。第五回、第六回寶玉在秦可卿房中依著警幻密授的「雲雨之事」，在夢中與可卿做起「兒女之事」，醒來後，眾人獻上桂圓湯讓寶玉喝。「桂圓」即龍眼，能補心益智、養心安神，中醫用來治療失眠之症。寶玉在睡夢中消耗了一些「真元」，喝桂圓湯自然有養身補神的作用。

龍眼適應亞熱帶丘陵、紅壤土，具有耐瘠、耐旱特性，是華南丘陵地及山區最重要的果樹。在長期的馴化栽培過程，已培育出不同的品種和類型，有供鮮食的品種、專製龍眼乾的品種及適合罐藏的品種。

除果實可以生食及製龍眼乾外，木材紋理細緻，堅固耐久，可製作家具、船舶、雕刻品，屬上等木材。台灣早年取枝燒炭，是燃燒值高、品質佳的木炭材料。木材及根可以提製染料染魚網，經久耐用。果核含澱粉甚多，可以製漿或釀酒。龍眼花多蜜，是很好的蜜源植物。

龍眼

常綠喬木，樹皮上有縱向裂紋。偶數羽狀複葉，小葉3-6對，對生或互生，長橢圓形，薄革質，葉脈明顯；全緣。聚繖花序，花小且多；花瓣黃白色，微香；單性花為多，少數兩性花。果核果狀，扁圓至圓球形，果皮黃褐色，假種皮乳白或淡白色，清甜。

學名：*Dimocarpus longana* Lour.
　　　＝*Euphoria longana* (Lour.) Steud.
科別：無患子科

205

【桃

西漢時，桃沿絲綢之路，由甘肅、新疆經中亞傳入波斯，再經地中海傳入歐洲，十六世紀傳入美洲，目前桃的栽培已遍及世界各地。桃的品種極多，以花而言，有紅、紫、白各色，也有單瓣、重瓣之分；以果實顏色而言，有紅桃、緋桃、胭脂桃、碧桃、緗桃、白桃、烏桃、金桃、銀桃；若以果形來區分，有綿桃、油桃、方桃、扁桃、偏核桃；以成熟季節而言，有早桃、冬桃、秋桃、霜桃之別。第五十三回除夕前夕，烏孝進所收地租的農產品中有桃，此桃應為冬桃品種。

桃花妍麗，自古即有「桃之夭夭，灼灼其華」讚語。古人認為善用桃花可以養顏美容，如《肘後方》說：「服三樹桃花盡，則面色紅潤悅澤如桃花。」歐陽詢《初學記》提到北齊崔氏用桃花與白雪給女兒洗臉，可令「面妍華光悅」；還有《太清草木方》也說：「酒漬桃花，飲之除百疾，益顏色。」

道家認為桃木是仙木，可以辟邪鎮煞，如《典術》所云：「桃乃西方之木，五木之精，仙木也。味辛氣惡，故能厭伏邪氣、制百鬼。」古人在門戶上也會用桃符、桃板來辟邪驅鬼。《紅樓夢》第五十三回說到除夕兩府換門神、對聯，門上的桃符也重新油漆了一遍，可見賈府也用桃符辟邪。桃木做劍則能斬妖伏魔，大觀園鬧鬼，道士所用的驅邪道具裡就有「桃木打妖鞭」（見第一百零二回）。（另見92-93頁）

桃

落葉喬木，樹皮紅褐色，芽密被灰色絨毛，常3芽並生，中間為葉芽，兩側為花芽。葉長圓披針形至倒卵披針形，先端漸尖，緣具細鋸齒，基部有腺體。花單生，花梗極短，先葉開花；花瓣白色、淡紅或紅色。核果卵球形至卵狀橢圓形，果肉厚而多汁；果核兩側扁，頂端銳，表面有深溝紋及孔穴。

學名：*Prunus persica* (L.) Batsch.
科別：薔薇科

【李

《紅樓夢》共有4回提到李，均出自詩詞，包括：第五回李紈的判詞「桃李春風結子完」；第二十七回黛玉〈葬花詞〉：「不管桃飄與李飛」；第三十八回史湘雲〈供菊〉詩句：「春風桃李未淹留」；以及第七十八回寶玉〈姽嫿詞〉：「穠桃豔李臨疆場」。雖然全書並無李樹的直接記載，但大觀園中有桃樹，推測也應栽有李樹，因為自古桃李不分家，栽桃自必種李。

李樹原產中國，是中國最早栽培的一種果樹，栽培歷史超過三千年。花小而繁，二月開放，先花後葉。自《詩經》之「華如桃李」以下，歷代詠李詩很多，如唐·白居易的〈嘉慶李〉、宋·王十明的〈詠李〉詩，還有晉·張華的詩句：「朱李生東苑，甘瓜出西郊」、宋·謝朓的詩句「夏李沉朱實」等，但多為頌果，少見詠花。

李樹在中國各地均有栽培，作果樹栽培者，除中國李外，還有歐洲李（*P. domestica* L.）、美洲李（*P. americana* March.）和加拿大李（*P. nigra* Ait.）。各地李樹的栽培歷史均很悠久，各種李都培育出許多品種，單是中國就有800多個品種，歐洲李也有900多個品種，都是重要果樹。

李

落葉喬木，高可達10公尺。葉倒卵形至橢圓倒卵形，長5-10公分，先端漸尖，基部楔形，邊緣具圓鈍重鋸齒；葉柄長1-1.5公分。花常三朵簇生；花瓣白色，雄蕊多枚，心皮單一。核果卵圓形至近心形，徑3-5公分，先端常尖，基部凹陷，表面有凹槽，具光澤，外披蠟粉。果皮有綠色、黃色、淺紅、深紅等。

學名：*Prunus salicina* Lindl.
科別：薔薇科

【西瓜

第二十六回薛蟠生日，古董行的好友程日興送來大西瓜。可見西瓜在當時還不是十分普遍，可當名貴禮品餽贈。吃西瓜在賈府也是大事，一共出現3回：第三十六回王夫人在屋裡招待薛姨媽等人吃西瓜；第七十五回和第七十六回則是在中秋節吃西瓜及月餅，顯示只有請客和大節日才能吃到西瓜。中秋節黛玉和湘雲的聯句有：「爭餅嘲黃髮，分瓜笑綠媛」句，黃髮指老年人，綠媛指年輕姑娘，所言之瓜，應是西瓜，因為「凡中秋供月，西瓜必參差切之」。

至於第八回黛玉所嗑的「瓜子」和第六十四回寶玉房裡眾丫頭在抓子兒賭輸贏的「西瓜子兒」，則可能是南瓜子，或特別品種的西瓜種子。

西瓜原產於非洲熱帶地區，四千年前埃及已有栽培，大概在五代時傳入中國。首先在西部地區種植，所以稱作「西瓜」。西瓜喜生長在炎熱、日照較多，且雨量稀少、排水良好的土壤，以西北地區所生產的西瓜品質最好。

陶弘景說：「永嘉有寒瓜甚大，可藏至春者，即此也。蓋五代之先，瓜種以入浙東，但無西瓜之名，未遍中國耳。」因此，西瓜又名寒瓜，如元・方夔的詩句：「恨無纖手削駝峰，醉嚼寒瓜一百箇。」至宋朝時已稱西瓜，范成大有詩云：「碧蔓凌霜臥軟沙，年來處處食西瓜。」

西瓜品種甚多，果皮顏色或青或綠或白，形狀或長或圓或大或小，其瓤則有白色、黃色或紅色。

西瓜

一年生草質藤本，莖被長柔毛；捲鬚有2叉。葉片白綠色，深3裂，裂片又羽狀至二回羽淺裂或深裂，兩面均有短柔毛；葉柄被有長柔毛。花雌雄同株，雌雄花均單生；花冠淡黃色。果實大型，球形至橢圓形，果皮表面光滑，顏色因品種而異。種子卵形。

學名：*Citrullus lanatus* (Thunb.)
　　　Mansfeld
科別：瓜科

甜瓜

一年生草本，莖圓形有稜，被短刺毛，分枝性強。葉近圓形或腎形，全緣或5裂，葉緣波狀或鋸齒狀。花腋生，雄花單生或簇生，雄蕊花藥5；雌花和兩性花多單生；花冠黃色，子房下位。果皮有白、綠、黃、褐色或附有各色條紋或斑點，果肉有香氣。

學名：*Cucumis melo* L.
科別：瓜科

【甜瓜

全書有十一回提到瓜，只有一回指名是「甜瓜」，即第一百零九回賈母送一塊「形似甜瓜」的漢玉給寶玉。其餘各回所言之瓜，雖未指明是哪種瓜，但多是可當水果食用，或當零食或宴會點心的瓜果。只有第四十九回的「野雞瓜薤」，指的是江南的一種醃漬小菜，是清宮的冬令御食，所言之瓜應為蔬菜用瓜類，可能是黃瓜（見224-225頁）或越瓜（甜瓜的變種var. *conomon*）。

中國古代稱甜瓜為「瓜」，如《夏小正》之「五月乃瓜」，及《詩經》：「中田有廬，疆場有瓜。」甜瓜主要當水果食用。根據研究，甜瓜應起源自熱帶非洲的幾內亞，經古埃及傳入中國和印度。在中亞演化成厚皮甜瓜，傳入印度的甜瓜則分化成薄皮甜瓜。厚皮甜瓜包括網紋甜瓜（哈密瓜）、硬皮甜瓜等；薄皮甜瓜果面光滑，皮薄，有普通甜瓜、東方甜瓜、香瓜等品種。

甜瓜蒂內含有甜瓜素，味道甚苦，自古即為藥材，《神農本草經》列為上品，性寒而有小毒，有吐風熱痰涎、除頭目濕氣的療效，也是催吐藥。

【柚

第四十一回劉姥姥的外孫板兒，從巧姐處得到一顆柚子，當球踢著玩去了。所玩的柚子可能是大觀園內尚未成熟而提早落果的柚子。

柚是熱帶、亞熱帶亞洲的果品，品種繁多，著名的沙田柚果形大，頂部有印環圈，梨形至倒卵形，果皮黃色，瓤淡黃白色。文旦柚原產福建漳州，果扁圓形，中等大小，基部稍尖圓，頂部突出，果皮黃色，瓤瓣淡黃白色；其他尚有晚白柚、金蘭柚、麻豆文旦等多種。中國栽培時期甚早，夏書《禹貢》即有記載，而《呂氏春秋》中也說長江流域栽植柚，為當時重要的貢品。成書於明朝的《廣志》，則有「成都有柚大如斗」的記載。

柚子的風味獨特，營養價值高，古名又稱為文旦、欒、拋、條等；果實小者，稱為蜜筒，果實大者稱朱欒或香欒。《本草綱目》說：「柚色油然，故名柚。」古人以柚、佑同音，有佑我子孫之意，因此喜歡種柚與食柚。

柚

常綠喬木。葉質厚，色濃綠，闊卵形至橢圓形，具翼葉，先端鈍或圓，有時短尖，基部圓。總狀花序，有時腋生單花；花苞淡紫紅色，花瓣白色，有濃烈香味；雄蕊25-35，花柱粗長，柱頭明顯。果圓球形、扁圓形、梨形；果皮海綿質，甚厚，白色至紅色。

學名：*Citrus grandis* (L.) Osbeck
科別：芸香科

【黃橙

《群芳譜》說橙：「晚熟耐久，經霜始熟。」冬季能吃到的柑橘類，應即耐貯藏的黃橙。黃橙汁多味甜，風味獨特，因此又稱甜橙，外皮顏色多為黃色，又有金橙、黃柑等不同名稱。

古代所提到的橙，通常包括酸橙（*Citrus aurantium* L.）和甜橙在內，酸橙味極酸，一般只作砧木及藥用。橙在古代也有不同的稱法，漢朝廣東進貢的「御桔」，實際上就是橙；唐朝杜甫所言之「香桔」也是橙。早在西漢時代就有橙的記載，葡萄牙人大概在十五世紀時將甜橙引入歐洲，又從歐洲引種至美洲，從此甜橙逐漸在歐美各國擴大栽

植。因此，世界各國所栽培的各種橙類品種均源自中國。

橙和橘的區別在於橙多為圓球形，大而堅實，橙皮堅密很難剝離，果有中心柱。橘為扁圓形，體質鬆軟，橘皮易剝，果內中心空。甜橙的品種很多，知名的有柳橙、香水橙、新會甜橙、臍橙等，全世界的優良品種已達400個以上。在所有的柑橘類生產中，甜橙所占的比例最大，全球甜橙產量占柑橘總量的三分之二以上。

甜橙

常綠喬木，枝近於無刺。葉片卵形至卵狀橢圓形，長6-10公分，翼葉狹長。總狀花序，花少數，有時腋生單花；花白色，有時背帶紫紅色，花瓣5，花萼3-5淺裂，雄蕊20-25枚。果圓球形，有時扁圓形或橢圓形，橙黃色至橙紅色，瓢囊9-12瓣；果心充實。

學名：*Citrus sinensis* (L.) Osb.
科別：芸香科

橘

常綠小喬木，分枝多，刺較少。單生複葉，翼葉通常狹窄，葉片披針形至闊卵形，大小變異大，先端常有凹缺；葉緣常有鈍齒。花單生或2-3朵簇生；花瓣5，白色。柑果扁圓形至近球形，容易剝離，果皮為淡黃色、橙黃色、朱紅色或深紅色；中心柱大而空，瓢囊7-14瓣。

學名：*Citrus reticulata* Blanco
科別：芸香科

【硃橘

硃橘即朱橘。柑橘類中果皮極易剝離者稱為橘，原產於中國，在華南山區仍有許多野生類型，是柑橘類中最早進行人工栽培的一種，至少已經有四千年以上的栽培利用歷史。《禹貢》、《爾雅》、《楚辭》等典籍著作中均有橘的描述。

橘果皮橙黃至橙紅，果肉柔軟多汁，甜中帶微酸，是世界著名的水果。橘類之中又可分成酸橘和甜橘兩類，統稱為柑橘類。酸橘果小味酸不堪食用，甜橘果較大而甜分高，一般食用果品即屬於本類。

甜橘類栽培廣，品種也多，包括黃橘類、朱橘類、紅橘類等。《紅樓夢》第五十回寶玉及眾姐妹下雪天在蘆雪亭吟詩所吃的果品點心，就有朱橘一項。朱橘果皮朱紅至橙紅色，果較小，葉短而寬，屬耐寒品種，主要產地在長江中下游。而一般的橘類並不耐寒，只能在長江以南栽培。

經過長期栽培，已選育出很多類型及品種，著名的有桶柑、椪柑、福橘（紅柑），其次為南豐蜜橘、溫州蜜橘等，有些是世界知名品種；有些則是局部的地方品種。有些耐寒品種已經栽植到秦嶺南緣及淮河流域了。

【荔枝

荔枝是華南、華中地區的重要水果，果實成熟時為暗紅色。小說詩文中常以熟悉的植物來形容物體的顏色，成熟荔枝的顏色就是其一。例如第五十二回寶玉身上所穿的「哆囉呢的天馬箭袖褂子」，不直言顏色是暗紅色，而是以「荔色」來形容。

《紅樓夢》中還有多回提到荔枝，例如第三十七回探春邀請寶玉參加「海棠詩社」的書簡上，提到寶玉曾贈以「鮮荔並真卿墨跡」；第八十二回和第八十三回寶釵送給黛玉、寶玉、賈母的荔枝，則是用蜜醃製的蜜餞荔枝。

荔枝木性畏寒，受凍即枯萎，不能在北方生長，產地原只限於廣東、福建及四川。唐詩人白居易吃過荔枝後，贊道：「嚼疑天

上味，嗅異世間香。」歷代以來，均視為珍果。不過荔枝保鮮不易、不耐儲藏，就如白居易所說的：「若離本枝，一日而色變，二日而香變，三日而味變，四五日外，色香味盡去矣。」唐玄宗的愛妃楊貴妃嗜吃荔枝，當時必須遠從千里外的產地，用專用驛馬日夜兼程送達長安，以便保持荔枝的色香味。每年荔枝成熟時，為了能夠盡速將新鮮荔枝送往長安，經常有「人馬俱斃」的情形，杜牧〈過華清宮〉一詩就曾記述其事：「長安回望繡成堆，山頂千門次第開。一騎紅塵妃子笑，無人知是荔枝來。」

第二十二回元宵節賈府上下，包括遠在王宮的元妃均參與燈謎大會。賈母的燈謎「猴子身輕站樹梢」，謎底是荔枝，即取立枝（站立枝頭）的諧音。

荔枝

常綠喬木。葉為偶數羽狀複葉，薄革質，卵狀披針形至長圓狀披針形，全緣，表面深綠色，光亮；背面灰綠色，側脈纖細。頂生團傘花序，多分枝；花小，有碟形花盤，無花瓣。核果卵圓形至近球形，成熟時外殼暗紅色，滿布龜甲狀裂紋及凸花。

學名：*Litchi chinensis* Sonn.
科別：無患子科

【梨】

除了梨香院，大觀園也多處種有梨樹，寶玉和眾姐妹的詩詞之中常以梨花入詩。如第二十三回寶玉的〈冬夜即事〉詩句：「松影一庭惟見鶴，梨花滿地不聞鶯」、七十回薛寶琴的令詞：「三春事業付東風，明月梨花一夢」等。

梨也是賈府內常吃的水果，第二十八回寶玉行酒令之前，先「拈起一片梨」吃；第八十回的「療妒湯」藥方，是每日吃一顆梨，雖然是玩笑話，也說明賈府內經常有新鮮的梨可吃。梨是水果也是保健食品，第九十八回黛玉病危時，紫鵑也用梨汁餵食。

梨是世界上主要的果樹，各大洲均有分布，在中國至少已經有三千年的栽培歷史，品種繁多。全世界已知的品種約有7000個以上，中國也有3500多個品種。而中國主要的栽培種類至少也有5種以上，包括白梨、沙梨（*Pyrus pyrifolia* (Burm. f.) Nikai）、秋子梨（*P. ussuriensis* Maxim.）、新疆梨（*P. sinkiangensis* Yu）等原產梨類，近年也大量栽培西洋梨（*P. communis* L.）。（另見33頁）

白梨

落葉喬木，嫩枝密被柔毛，小枝紫褐色。葉卵形至橢圓狀卵形，先端短漸尖至長尾尖，基部圓形至寬楔形，葉緣有尖銳鋸齒，齒尖有長刺芒，微向內彎，嫩葉棕紅色，兩面均有絨毛。繖形穗狀花序，花7-10朵；花瓣白色；花藥淺紫紅色。果實卵形或近球形。

學名：*Pyrus bretschneideri* Rehd.
科別：薔薇科

211

嗜食檳榔的公子哥兒

賈璉素聞尤氏姐妹之名，因賈敬停靈在家，有機會每日與尤二姐、尤三姐相見，不禁動了垂涎之心。第六十四回寫道賈璉常藉著替賈珍料理家務，不時來到寧府中勾搭尤二姐。一日，見房中只有尤二姐，賈璉不住地用眼睛瞟著尤二姐。尤二姐低著頭，只含笑不理。賈璉不敢造次，只有藉故說自己的檳榔荷包忘了帶，想利用尤二姐手中的檳榔荷包調情，專挑尤二姐吃剩下的半塊檳榔，放在口中吃，顯然有輕薄之意。

第八十回以後也有檳榔的情節，包括第八十二回襲人拿著針線幫寶玉繡檳榔包；二是第一百十七回，由於父親病危，賈璉在王夫人面前眼圈一紅，急忙拉下腰裡拴檳榔荷包的小絹子擦眼淚。

依上述三回情節，寧國府和榮國府的公子、姑娘都有人吃檳榔，明寫的就有賈璉、賈寶玉、尤二姐三人。由此可見，當時的北京或其他大城市，不只是公子哥兒嗜食檳榔，連婦道人家（特別是風情萬種的風塵女）也有吃檳榔的習慣。

康熙、雍正年間，在北京吃檳榔和抽菸一樣常見。嘉慶、道光年間的梁紹壬在《兩般秋雨盦隨筆》中記載：「（檳榔）粵人以蠣房灰染紅，包扶留藤葉……京師人亦嗜此品，雜砂仁、豆蔻貯荷包中，竟日細嚼。」印證檳榔、砂仁、豆蔻，在當時的北京，不單豪門貴族、官宦人家愛吃，各行各業的百姓也都人嘴一口。第六十三回賈蓉調戲尤二姐，去搶尤二姐的砂仁吃。這個砂仁應該也與吃檳榔有關。

帶著檳榔荷包的貴公子

未成熟的檳榔果實稱為「束兒檳榔」或「棗兒檳」，東南亞、非洲、太平洋熱帶地區居民都喜歡嚼食檳榔，凡招待賓客必先贈送此果。李時珍云：「賓與郎皆貴客之稱……交廣人凡貴勝族客必先呈此果。檳榔一名或源自於此。」

嶺南人嗜食檳榔，被貶謫至此的蘇軾也學會了吃檳榔，還說檳榔「滋味絕媚嫵」。至清朝時，不只南方居民嗜吃檳榔，嚼檳榔的風氣也在北方各大城市的不同階層中流行。《紅樓夢》中的公子哥兒大都有吃檳榔的習慣，如第一百十七回寫到賈璉用拴檳榔荷包的小絹子擦眼淚；第八十二回襲人幫寶玉縫製檳榔荷包；第六十四回賈璉調戲尤二姐，鬧著要吃尤二姐的檳榔。可見當時嚼食檳榔的風氣之盛。

咀嚼時剖開未成熟果，伴以加上石灰的蒟醬葉子或嫩花序、莖的切片等，咀嚼後檳榔中的單寧酸和石灰作用而成紅色。吃檳榔的效果和喝酒一樣，適量的咀嚼有興奮神經的效果，但有時也會微醉臉紅，即蘇東坡

食檳榔詩中所說的「紅潮登頰醉檳榔」。《本草備要》說檳榔:「醒能使醉,醉能使醒;饑能使飽,飽能使饑。」這種效果是因為含有生物鹼的關係。

　　檳榔種子含多種生物鹼,主要成分為油狀檳榔鹼,有驅蟲、消積、行氣、利尿等功效,可治療食滯、腹脹痛、痢疾及線蟲、蛔蟲、血吸蟲等感染諸症。此外,檳榔種子還含有檳榔次鹼和一種紅色素檳榔紅,單寧酸含量約占百分之十五。中藥材「大腹皮」就是指檳榔的乾燥果皮,有下氣寬中、行氣利水的功效。(另見166-167頁)

檳榔

喬木狀,單幹挺直,高可達20公尺。羽狀複葉聚生於幹頂,具長而闊之葉鞘,葉鞘緊包幹頂,葉落時縱裂,並在幹上留下環形遺痕。肉穗花序外被黃綠色佛焰苞,花單性,黃白色,芳香。堅果長橢圓形至橢圓形,成熟時橙黃色;中果皮厚,富含纖維質,有種子1。

學名:*Areca catechu* L.
科別:棕櫚科

檳榔的佐食】扶留

　　第十七回提到的「扶留」即今之蒟醬,又名浮留藤、扶留藤、蔞藤、荖藤。賈府大觀園為了迎接賈妃(元春)歸省而進行整建。元春能文,所以園中布置,除了奇麗壯偉以合乎皇室派頭,還要蘊含文學雅興。第十七回藉寶玉之口說出園中植物的義涵及典故,扶留出自〈吳都賦〉:「東風扶留,布濩皋澤。」劉淵林注云:「扶留,藤也。

緣木而生，味辛可食。食檳榔者斷破之，長寸許，以合石賁灰，與檳榔並咀之。」石賁灰為牡蠣殼燒成的灰，等同今人吃檳榔所使用的石灰。扶留、檳榔和石灰共食，可知扶留即蒟醬。

大觀園栽種蒟醬，主要是為了營造園中的文學氣氛，而蒟醬光亮深綠的葉片也甚具觀賞效果。加上賈府一些紈絝子弟也有嚼食檳榔的習慣，想吃檳榔時，隨時可以就地取材。

蒟醬葉可蒸餾出「蔞油」，有驅風、興奮的功效，臨床上作為收斂藥；《本草綱目》說蒟醬葉可健胃、止瀉及祛痰。蒟醬葉與檳榔、石灰一起咀嚼，可振奮迷走神經，使唾腺分泌亢進。

蒟醬原產南方，在印度、馬來西亞、菲律賓等地，蒟醬葉是家庭常備藥，許多偏方都會用到蒟醬。

蒟醬

常綠攀緣藤本植物，莖節上常生根，藉以攀爬他物；近木質。葉互生，大而厚，卵狀長圓形，長10-15公分；穗狀花序肉質而下垂；花單性，無花被；子房嵌生於肉質花序軸的凹陷處，與之合生。漿果肉質，綠黃色，互相連合成一長柱肉質果穗。

學名：*Piper betle* L.
科別：胡椒科

除去滿嘴檳榔味的砂仁

第六十三回，賈蓉調戲尤二姐，和她搶砂仁吃。尤二姐嚼了一嘴砂仁渣子，吐了賈蓉一臉。當時大戶人家隨身攜帶的荷包大概都裝有砂仁，以備不時取出嚼用。

砂仁就是陽春砂的種子，多角形、灰白色，有奇特的香氣，用作辛香調味品，也作藥用。清·屈大均《廣東新語》云：「曰縮砂者，言其殼；曰蔤者，言其仁。曰縮砂蔤者，言其鮮者；曰砂仁者，言其乾者也。」新鮮種子稱為縮砂密，乾者稱為砂仁，一般在中秋節前後採收。

砂仁作為藥材始載於《開寶本草》，種子含大量的揮發性油，油的成分主要是龍腦、右旋樟腦、乙酸龍腦脂、芳樟醇等，味辛而香，有溫脾、健胃、行氣調中與安胎止嘔的功效。牙齒疼痛，宜常嚼之。將種子含在口中，可以消除口臭及提神。

原產中亞細亞、波斯一帶，明清時代由南洋進口。植株形似白荳蔻，苗莖則似高良薑。夏秋間開白花，排成穗狀花序，有芳香，具觀賞價值。除了陽春砂之外，縮砂（*Amomum xanthioides* Wall.）和海南砂（*A. longiligulare* Wu）等植物的種子，也當成砂仁使用。

陽春砂

多年生常綠大草本，高1.5 2.5公尺，具直立莖和匍匐莖。葉互生，排成二列，葉片披針形，表面無毛，背面被微毛。花莖由根莖上抽出，穗狀花序花苞呈球形；花白色，唇瓣倒卵形，中部有淡黃色及紅色斑點。蒴果近球形，不開裂，具軟刺，成熟時棕紅色。種子為不規則多面體，熟時黑褐色，有光澤。

學名：*Amomum villosum* Lour.
科別：薑科

215

第七章

飲食菜蔬類

豪門大家的賈府吃食當然不同尋常百姓，連丫鬟
都吃得講究。劉姥姥進大觀園不僅開了眼界，也
飽了口福，品嘗了平生難得一見的佳餚。

大觀園的飲宴食材

　　飲宴菜蔬主要是指賈府正餐菜餚的植物類食材，集中出現在第四十一回賈母作東請吃飯，刻意讓劉姥姥開眼界的一桌菜餚，以及第七十五回在賈母處吃飯，房裡預備的幾色菜，與各房帶來孝敬賈母的兩大捧盒菜。

　　寶玉原就是賈府的生活重心，集府內上下寵愛於一身，第三十五回挨打後養病在房中，更是愛憐聚集。王夫人問寶玉想吃什麼，寶玉要的是上次元春歸省時曾上桌的一道湯菜，原是備膳用的皇上食方。先用四副銀製湯模子，將麵團軋製出豆子大小的菊花、梅花、蓮蓬及菱角等形狀，再以上湯燒製而成，最後還要放些新荷，「借點荷蓮的清香」，因此稱為蓮葉羹。賈母聽說寶貝孫兒想吃，連聲叫人做去。鳳姐趁機要廚房多殺幾隻雞，另外添加許多東西，做十碗湯，要賈母、王夫人等順便打打牙祭。

　　第四十一回賈母作東請客，擺出許多劉姥姥不曾見過的菜餚、點心，如名貴的「茄鯗」，書中說是用茄子、香菇、新筍、蘑菇、五香豆腐乾及各種乾果加雞湯熬製，淋上香油（芝麻油）的下酒菜。還有各色的「小麵果子」，是指製成蓮花、月季、菊花、牡丹等各種花形的油炸麵食。

　　第七十五回王夫人、尤氏在賈母處吃飯，有自己房裡預備的幾色菜，也有各房按舊規矩孝敬的兩大捧盒菜。王夫人送的是「椒油蓴虀醬」，椒油即花椒油，用花椒種子熱油炒炸而成；蓴虀即切細的蓴菜末，加上花椒油、醬、醋、香料等煎成醬，即成「椒油蓴虀醬」，是江南風味的素菜。另外還有一碗外頭老爺送的「雞髓筍」，把雞骨敲碎熬湯，加入尖筍調味而成，也是江南菜。

【茄子

《紅樓夢》第四十二回平兒要劉姥姥送一些鄉下常吃的乾菜到大觀園，讓吃慣山珍海味的賈府上下換換口味，平兒所提到的有扁豆、灰條菜、茄子乾等。第四十一回賈母宴請劉姥姥時有一道用普通茄子做成的高級料理「茄鯗」，讓劉姥姥大開眼界。

茄子起源於東南亞熱帶地區，印度可能是最早馴化茄子的國家。中國栽培茄子的歷史也很悠久，晉人稽含（西元262-306年）的《南方草本狀》已記載華南有茄樹，這是中國最早的茄子紀錄。

茄子品種繁多，可區分成以下三個變種。圓茄（Solanum melongena L. var. esculentum Bailey），植株高大、果實大、圓球形至橢圓球形，以華北地區栽培最多；長茄（S. melongena L. var. serpentinum Bailey），植株中等，果實細長棒狀，長達30公分以上，華南地區栽培最多；矮茄（S.

melongena L. var. depressum Bailey），植株矮小，果實亦小、卵形或長卵形，由於品質劣，僅有少量栽植。

茄子果實含有少量特殊苦味的物質，這種白色結晶有降低膽固醇及增強肝臟生理功能的效果，「熟者食之，厚腸胃」。自古以來，茄子就是常見的菜蔬，一般所見的茄子以紫色者居多，謂之紫茄。果皮白色者，古人謂之銀茄，宋人黃庭堅有〈謝楊履道送銀茄四首〉，其中一首說到「君家水茄白銀色，殊勝壩裡紫彭亨」。也有一種果實卵圓形、果皮白色的品種。

219

茄

單葉互生，葉片卵圓形至長卵圓形，紫色或綠色。花單生或簇生；花冠紫色，瓣、萼各5-6片，萼片基部合生成筒狀；雄蕊5，黃色，著生於花冠筒內側；雌蕊1，有長柱花和短柱花之分。漿果卵圓、圓至長筒形，皮色有黑紫、紫、紫紅、綠、綠白或白等色。

學名：Solanum melongena L.
科別：茄科

【香菇

香菇古又稱香菌或香蕈，寄生於殼斗科樹種的樹幹上，即《本草綱目》所說：「香蕈生深山爛楓木上。」明人潘之恆《廣菌譜》記載：「香蕈生桐、柳、枳椇木上，紫色者名香蕈。字從草從覃。覃，延也，蕈味雋永有覃延之意。」

香菇營養豐富，味道鮮美，自古即採

集為菜餚。唯野生者數量稀少，古時價格昂貴，一般人買不起，成為官宦富貴人家席上珍品。香菇的人工栽培始於中國，元朝王禎《農書》即詳細記載香菇的栽種法，可能是全世界最早的香菇栽培文獻，相同的栽種法一直沿用至近代。

香菇有降低血清脂質的作用，《本草求真》說香菇為「食中佳品，凡菇稟土熱毒，唯香蕈味甘性平，大能益胃助食，及理小便不禁。」香菇依菌蓋大小可分為大型種（10公分以上）、中型種（6-10公分）及小型種（6公分以下）；而品質可依菌蓋厚實程度、蓋上花紋（龜裂成菊花瓣者最佳）等判別。另外菌褶乳白色或淡黃色、香氣濃郁者，為香菇上品。

香菇

菌蓋半肉質，徑可達10公分，扁半球形，表面黃褐色至黑褐色，有不規則裂紋，下面有許多分叉的菌褶。菌肉厚，白色，菌褶亦白色，彎生，孢子無色，表面光滑。菌柄彎生，白色，長3-5公分，徑0.5-0.8公分。蓋展開後，在柄上留下毛狀痕跡。菌環以下常常覆有鱗片。

學名：*Lentinus edodes* (Berk.) Sing
科別：口蘑科

【筍

專門收成竹筍的竹類種類不多，而且每個地區使用的筍用竹種或品種不盡相同，也有大量栽培進行商品生產的種類。除麻竹

外,筍用竹種還有毛竹(見147-148頁)、甜竹(*Phyllostachys flexuosa* A. & C. Riv.)、方竹(*Chimonobambusa quadrangularis* (Fenzi) Makino)等。

第五十八回說寶玉病了數日,吃的都是清淡飯菜,一時小丫頭捧來飯菜盒,盒中有一碗「火腿鮮筍湯」,晴雯忙端了放在寶玉面前。此「火腿鮮筍湯」是用豬腿肉熏製而成的火腿與春筍一起合煮,是富貴人家的高級食品。

大多數的竹種在四月份出筍,如淡竹、紫竹、剛竹、石竹;有些種類出筍較早,如毛竹三月就開始萌筍;有些種類較晚,在夏初的五、六月才出筍,如桂竹;方竹類出筍最晚,約在秋末冬初。毛竹的筍萌動期較長,初冬筍體膨大,筍籜密被金色絨毛,稱為冬筍。冬季氣溫降低,竹筍生長幾乎停止,等翌年春季氣溫上升後,竹筍才會繼續生長出土,此稱之為春筍。毛竹是唯一生產冬筍和春筍的竹種。

麻竹

稈高可達20公尺,徑可達20公分,是江南地區主要的筍用竹。籜寬大、革質,表面密布褐色刺毛,籜葉卵狀披針形,反轉。葉片長橢圓狀披針形,長15-35公分,寬4-7公分,基部圓,先端急尖。筍期7-10月。產浙江及華南、西南諸省。

學名:*Dendrocalamus latiflorus* Munro
科別:禾本科

【蘑菇

賈母宴請劉姥姥的「茄鯗」佳餚,所用的配料就有蘑菇。蘑菇又名麻菇、蘑菰、蘑菰菌、肉蕈,各地均有栽培,以河北張家口所產者最佳,稱為口蘑。《廣菌譜》記載蘑菇的人工栽培法:「埋桑、楮諸木於土中,澆以米泔,待菰生而採之。長二三寸,本小末大,白色柔軟,其中空虛,狀如未開玉簪花。」味道和外形類似雞足,俗稱為「雞足蘑菇」。唐朝韋莊詩句「幾處籬懸白菌肥」,白菌可能即為蘑菇。

蘑菇含有多種氨基酸、核苷酸、維生素B_1、維生素B_2、蛋白質和脂肪等,營養好又美味可口;也是重要的中藥材,色白性寒,能理氣化痰,對腸胃有益,還能降低血壓,

現代醫學也證明蘑菇有抑制腫瘤細胞活性的作用。

供食用的同屬植物洋蘑菇（*A. bisporus* (Lange) Sing.），即俗稱的白蘑菇或雙孢蘑菇，在各地大量栽培，目前市場所見多為洋蘑菇，和草菇、香菇同為世界產量最多的菇類。洋蘑菇已發展出不同品種，依菌蓋顏色可區分為白色種、奶油色種和棕色種，其中以白色種栽培最廣泛。

蘑菇

菌蓋扁球形至平展，徑4-13公分，光滑，不黏，白色或近白色。菌肉厚，白色；柄圓柱形，內部鬆軟，長3-9公分，徑0.8-1.5公分。菌環以下部分有絲狀絨毛或毛狀鱗片。菌環生柄中部，白色，膜質。菌褶中部寬，近白色，後變為粉紅色至黑褐色。孢子橢圓形，深紫褐色。

學名：*Agaricus campestris* L. ex Fr.
科別：蘑菇科

【椒

秋季結實，果實紅色，味辛香，自古即為主要的調味品。第七十五回中秋節前夕，王夫人孝敬賈母愛吃的一道菜「椒油蓴虀醬」，是蓴菜切細後加花椒油、醬、醋等煎拌而成的江南風味菜，是全書中唯一以食品出現的花椒。

第十七回寶玉陪賈政及食客逛大觀園所引〈蜀都賦〉中的異草，提到的丹椒（即花椒）是植物名稱。其餘各回所言之椒，則與賈妃（元春）或后妃住處有關。椒房原指漢朝皇后所居之宮殿，後代用以統稱后妃住處或后妃代稱，據唐·顏師古注：「椒房，殿名，皇后所居也。以椒和泥塗壁，取其溫而芳也。」第十六回的椒房指入宮為妃的元春，第十九、八十六及九十五回等則以椒房代表元春住處，或眷屬和親戚。第五十回眾姑娘在蘆雪亭爭聯即景詩，寶琴的「光奪窗前鏡」句後，黛玉所聯之「香黏壁上椒」句，亦與椒房有關。

花椒有異香並有辛麻味，是調味料，也是祥瑞之物，古人常隨身攜帶花椒盒，用以驅疫辟邪，也可開胃、治小病。花椒也具療

效，果皮稱為「椒紅」，有健胃、暖身及驅除蛔蟲的效果；種子名「椒目」，有利尿、治療浮腫腹水的作用。

花椒

落葉之蔓性小喬木或灌木，莖幹上常有大刺，全株有香氣。奇數羽狀複葉互生，葉柄兩側常有一對基部極寬的皮刺，小葉5-11，卵形至卵狀橢圓形，葉緣齒縫處有粗大透明線點。花小，呈眾繖形狀之圓錐花序。蓇葖果，熟時紅色或紫紅色，果皮上有瘤狀腺體。

學名：*Zanthoxylum bungeanum* Maxim.
科別：芸香科

【蓴

蓴菜古名茆，《詩經·魯頌》：「思樂泮水，薄采其茆」就已提到。蓴菜枝椏如珊瑚而細，食用部分為嫩芽梢和初生葉，此幼嫩組織表面均有透明膠質，味道香美滑柔，

採蓴菜作羹，自古就是一道名菜。

食蓴以春季為佳，植株最為肥嫩滑美；夏季次之，尚有嫩株可採；至秋季以後則植株大都堅硬不可食。第七十五回王夫人和尤氏在賈母處吃飯，賈母因年紀大了，只挑了一道椒油蓴虀醬。此道菜餚是以蓴菜嫩芽為主要材料的江南菜。

《晉書·文苑傳》記載官任大司馬的張翰馬，在秋季風時起，忽然懷念起家鄉的蓴羹鱸魚膾，於是辭官返鄉而引為千古美談。《晉書·陸機傳》也說陸機在洛陽拜謁侍中王濟，王濟指著羊酪問他：「卿吳中何以敵此？」答曰：「千里蓴羹，末下鹽豉。」可見蓴羹是蘇杭名菜，至今仍馳名各地。蓴菜主要產區為浙江的杭州西湖及江蘇太湖的東山附近，其中又以西湖蓴菜品質最佳。

蓴菜

多年生水生草本，具根狀莖及匍匐枝，莖細長多分枝，並有發達的通氣組織，包在膠質鞘內。葉片橢圓狀矩圓形，盾狀，全緣，背面藍綠色。花單生，暗紫色；雄蕊12-18；心皮6-18，離生，生於小型花托上。堅果圓卵形，草質。

學名：*Brasenia schreberi* J. F. Gmel.
科別：睡蓮科

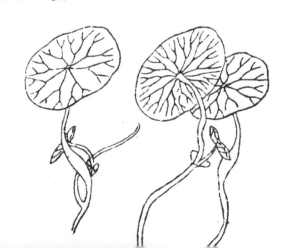

【芝麻

又名胡麻、脂麻、油麻，古名有巨勝、藤弘等。可能原產非洲，據宋朝沈括的《夢溪筆談》記載：「張騫始自大宛得油麻之種。亦謂之麻，故以胡麻別之。」大宛的胡麻可能是由印度和巴基斯坦引入。

芝麻是重要的油料植物，種子富含脂肪、蛋白質，用於榨油以及製作食品、香料、醫藥等。第四十一回及第四十五回、第八十七回提到的香油或麻油，就是以芝麻種子榨成，又稱胡麻油，以其香冠諸油而稱香油。第四十五回則用「陳穀子爛芝麻」，表示糊塗忘了正事。

胡麻子富含蛋白質及鈣、鐵等礦物質，所含的維他命E可預防高血壓，香油含亞麻酸，能控制血中的膽固醇。國人一向視胡麻為補品，可以預防白髮及補給母乳，婦女坐月子期間多以胡麻油烹煮食品進補。胡麻也是傳統藥物，《本草經》說胡麻：「益氣力、長肌肉、填髓腦，久服輕身不老。」芝麻也曾作為糧食作物栽培，唐宋詩詞曾經提及以胡麻作飯，例如王維詩句「御羹和石髓，香飯進胡麻」、「松下飯胡麻」等。

芝麻

一年生草本，莖直立，高可達150公分；莖四方形，表面有縱溝。葉對生或互生，葉形上下不同：下部葉近長橢圓形，上部葉披針形。葉全緣，或有波狀鋸齒。花著生在葉腋；合瓣花，花冠唇形，下部筒狀，花白色，有時帶紫紅或黃色。每節生花3朵，僅中間一朵結果。蒴果成熟後，爆裂彈出種子。種子圓形至橢圓形，黑色、白色或褐色。

學名：*Sesamum indicum* L.
科別：胡麻科

【黃瓜

黃瓜初期青白色，果皮遍生白短刺，質脆嫩多汁，至老則變為黃色，故名黃瓜。《神農本草經》說張騫出使西域時得到種子，因此又名胡瓜。黃瓜味清涼，解煩止渴，可生食也可醃漬或煮食。例如，第六十回芳官轉告廚房中的柳家媳婦說：「寶二爺晚飯素菜要一樣涼涼酸酸的東西，不要攔上香油弄膩了。」可能就是一道「糖醋黃瓜」

225

的涼拌菜。

北方天冷，古代早已發明利用溫室栽培黃瓜的方法，如《學圃餘疏》言：「王瓜（黃瓜）出燕京者最佳。其地人種之火室中，逼生花葉，二月初即結小實，中官取以上供。」難怪唐詩中會出現「二月中旬進瓜」的詩句。

印度於三千年前開始栽培黃瓜，隨著各民族的遷移和往來，黃瓜由原產地向東傳播到中國的南部、東南及日本等地；向西經亞洲西南部進入南歐及北非各地，後又傳至歐洲各地及美洲。

由於廣泛栽培、歷史悠久，品種很多，包括果大、圓筒形且皮色淺的南亞型；果實較小，熟果黃褐色有網紋的華南型；果棍棒狀，熟果黃白色無網紋的華北型；果實中等、圓筒形，熟果淺黃色至黃褐色的歐美型；植株矮小，多花多果的小型黃瓜等。各類型又包含了許多不同品種。

黃瓜

一年生草質藤本，莖無限生長，分枝多，表面有四至五稜，表皮有刺毛。葉互生，深綠色，五角掌狀，被茸毛。雌雄異花同株；雄花簇生，萼冠均鐘狀5裂，花冠黃色，3雄蕊；雌花單生，子房下位，3室，花柱短。果皮具瘤刺。種子披針形，扁平，黃白色。

學名：*Cucumis sativus* L.
科別：瓜科

【薑

第三十回用吃生薑的辣味來形容臉紅；第三十八回賈母等人在藕香榭賞桂食蟹時，以醋及生薑來調味；第四十二回王太醫為大姐兒開的藥丸，囑咐要用薑湯研開吃下，此時的薑作為藥材使用。

第五十二回提到寶玉早晨醒來所吃的「法製紫薑」，是道地的醃製嫩薑，即《植物名實圖考長編》所言：「秋社前新芽頓長，分採之，即紫薑。芽色微紫，故名。最宜糟食，亦可代蔬。」以酒漬物曰糟，最宜「糟食」意為紫薑用酒醃製後味道好。

紫薑是保健食品，可治療飲酒過多、嘔逆噁心及不欲飲食等症狀。薑原產於華南地區，自古即廣為栽培，湖北戰國墓葬、湖南長沙馬王堆漢墓均掘出有薑塊之陪葬物，可見至少在春秋戰國時代，華中地區已經栽植薑了。薑可生吃、熟食、浸漬，是調味料也是藥材，可治療消化系統、循環系統及呼吸系統疾病，並有抗菌及抗原蟲作用，自《神農本草經》起已大量使用。

薑
多年生草本，高50-100公分，根狀莖肥厚，黃色塊狀具芳香及辛辣味。葉互

生，排成二列，葉有葉片及長葉鞘，葉片披針形，長15-30公分。花莖由根莖抽出，穗狀花序；花冠黃綠色，唇瓣有紫色條紋及淡黃色斑點。蒴果3瓣裂；種子黑色。薑開花結果的單株極少。

學名：*Zingiber officinale* Rosc.
科別：薑科

【韭

元妃賈元春歸省，命眾姐妹兄弟賦詩以誌盛，黛玉幫寶玉完成描寫瀚葛山莊景色的〈杏簾在望〉一詩，其中詩句有「一畦春韭綠，十里稻花香」。元妃看畢大喜，表示此詩描繪貼切，並將瀚葛山莊改名為「稻香村」。可見大觀園的稻香村種有韭菜。

韭菜分藥力強，一年中可以採收多次，早就栽培為蔬菜，《詩經》、《山海經》已

226

有記載。又名起陽草、懶人菜、草鐘乳等，長葉青脆，小花成叢，莖葉名「韭」，花名「韭青」。春夏秋採割嫩葉供蔬食，而古人認為吃韭菜有季節性，所謂「春食香，夏食臭，五月食韭損人」；也不可多吃，多食會「昏神暗目」。

韭菜分蘗的新鱗莖長在老鱗莖上，新根逐年向上抬高，收割後要立即在原植株下方加蓋一層肥沃土壤或有機肥料，謂之「壅土培養」，新根才容易發生，否則植株易衰老。秋冬進行遮光軟化栽培，嫩葉成淺黃色，稱為「韭黃」，自古即為名貴蔬菜。

韭也是藥用植物，新鮮植物味辛，可散痰散血；煮熟後味甘，可補中補骨、除熱下氣。種子黑色細小，農曆十一月間成熟，味甘溫，可暖腰膝，治夢遺、尿血及婦女白帶等症。

韭

多年生草本，具根狀莖，鱗莖簇生，植株高20-40公分。葉基生，線形，長10-25公分，扁平，平滑，先端銳尖，具有強烈辛辣味。秋季開花，花莖高可達50公分，總苞2裂，宿存，繖形花序；花朵白色，花被6片，有綠色或黃綠色的中脈。果為蒴果，果瓣倒心形。種子黑色。

學名：*Allium tuberosum* Rottl. *ex* Spreng.
科別：百合科

劉姥姥的野菜和丫鬟的食品

在清代，貴族和一般的平民百姓生活水準差距很大，從平日三餐的菜餚種類就看得出來。藉由劉姥姥的造訪，賈府餐飲料理的材料、所使用的餐具，都顯示賈家貴族的生活氣勢。反之，藉由劉姥姥贈獻的鄉野農產品，和丫頭下人的食品，也能了解當時平民百姓的飲食消費內容。這部分的內容，表現在第三十九回、第四十二回和第六十一回。

第三十九回劉姥姥帶著板兒首度造訪賈府，還帶了一些鄉下農產品，包括新鮮的紅棗（見198頁）、倭瓜（南瓜）及野菜。其中的野菜未必真的是野生之菜，而是指一些大戶人家不常吃、栽培較少，農村貧苦人家卻常採食的蔬菜，例如蕨、綠葵、薺菜、野豌豆、諸葛菜等，均是鄉野民眾喜歡採食的菜蔬。第四十二回臨別，在贈送衣物、食品、銀錢時，平兒吩咐劉姥姥，年下帶來一些曬乾的灰條菜、豇豆、扁豆、茄子（見219頁）、葫蘆條（見161-162頁）。這些都是百姓栽種最多、平日賴以維生的蔬菜，或分布普遍的野菜，味道並不十分可口，卻是賈府比較少吃的食材。

第六十一回柳家的數落丫頭們，說她們平常吃得太好，提起賈府丫鬟常吃的飯菜種類有細米白飯、肥雞、大鴨子、雞蛋、豆腐、麵筋、蘆蒿炒肉、醬蘿蔔炸兒、油鹽炒枸杞芽等。其中蘆蒿炒肉的「蘆蒿」應即蔞蒿，蔞蒿的嫩莖及春苗味香且脆，炒食最佳，自古以來即供為菜蔬，是有名的野菜。油鹽炒枸杞芽，用的是枸杞的嫩葉及嫩莖，也是古來的一道名菜。

【倭瓜

　　倭瓜一作窩瓜，是北方名稱，南人名之為飯瓜或南瓜。《紅樓夢》中倭瓜出現了兩次，兩次都和劉姥姥有關：第三十九回劉姥姥帶給賈府的農產品中有紅棗、倭瓜及其他野菜；第四十回及第四十一回餐會的行酒令中，劉姥姥所說的酒令有「花兒落了結個大倭瓜」句。

　　南瓜，原產中南美洲。根據考古資料，在引入舊世界以前，在原產地已經有很長的栽培歷史。引入中土後，首先在華南栽種，因為「種出自南方」，與當時廣為栽種的黃瓜、甜瓜、瓠瓜等有別，於是稱為「南瓜」；又因源自外國，又有番瓜、番南瓜、飯瓜、窩瓜等稱呼。

　　依照南瓜果型，可區分為兩大類。一為圓南瓜，果實扁圓形或圓形，果皮有許多縱溝或瘤狀突起，包括磨磐南瓜、柿餅南瓜等許多不同品種。另一類為長南瓜，果實長，頭部膨大。所有南瓜皆不可生食，煮熟後「味如麵而膩」。另外，南瓜各部分均可作藥材：南瓜子可驅蟲；南瓜葉治痢疾、疳積；南瓜根退乳汁、治淋病、黃疸；南瓜藤清肺和胃；南瓜蒂治癰瘍、疔瘡等。

南瓜

莖蔓生，5稜，有溝；捲鬚3-4分叉。葉掌狀5裂，缺刻淺，葉脈分枝處可見到明顯白斑，被剛毛。花單性，雌雄同株異花。花黃色；雌花萼筒狀，萼片常呈葉狀；雄花萼筒下多緊縊，花冠多翻捲呈鐘狀。果實有多種形狀，果皮平滑或有瘤狀突起，白色種子近橢圓形。

學名：*Cucurbita moschata* Duch.
科別：瓜科

【灰條菜

藜又名灰藋、灰滌菜，俗訛為灰條菜。莖葉上有灰白色粉，植株呈灰綠色，因此北方人又稱為灰灰菜，古人經常採食。

《本草綱目》說：「灰藋處處原野有之。四月生苗，莖有紫紅線稜。葉尖有刻，面青背白，莖心、嫩葉、背面皆有白灰。為蔬亦佳。」《救荒本草》也記載此菜有二種，一種葉大而赤，一種葉小而青。本種為世界廣布種，大陸各地均產之，因此形態變異極大。由於生長快速，經常形成大面積群落，有時會入侵農地而被視為雜草。

採集供菜蔬的部分為幼苗或嫩莖葉，沸水汆燙後，再用清水浸泡半日，即可炒食。陰乾後即成灰條菜，可長期貯存，華北地區因冬季苦寒，不易採食新鮮蔬菜，冬季來臨前會將灰條菜等蔬菜醃製成乾備用。

秋冬之際結實，果實集生成簇；種子細小，蒸過後曝曬，種子即從胞果中破裂而出，磨成粉可製糕餅或粉食，為歷代重要的救荒植物。現代人較少取食藜葉，而是用來餵食牲畜。全草可入藥，能止瀉痢及止癢。

藜在《詩經》中稱為「萊」，〈小雅〉篇中有「南山有臺，北山有萊」句。古代常和米漿製成羹進食，如晉·陶潛詩：「敝襟不掩肘，藜羹常乏斟。」陶潛是生活樸實的名士，所言之藜羹當為一般百姓常吃的菜餚。詩詞中，藜、藿（豆葉）常並提，如杜甫詩：「試問甘藜藿，未肯羨輕肥。」

藜

一年生草本，分枝多，莖直立，具稜及綠色條紋。葉互生，具長柄，菱狀卵形至長橢圓狀三角形，邊緣具不規則之鈍鋸齒，背面常覆有白粉。圓錐花序，花序有白粉；花小，黃綠色，花被片5。果為胞果，扁球形，包於宿存花被內，果皮薄。

學名：*Chenopodium album* L.
科別：藜科

【扁豆

扁豆雖非中國原產，但大概在漢晉之時就傳入，南朝時陶弘景《名醫別錄》有記載，明朝徐光啟的《農牧全書》已詳細說明扁豆的栽種方法，可見在中國栽培的時間已有二千年歷史。

又名雀豆、稨豆或峨嵋豆，因果莢扁形而得名，為常見的食用蔬菜，食用部分為嫩莢或成熟豆粒。烹調前先用冷水浸泡或用沸水稍燙再炒食，也可製成乾煮食，即第四十二回平兒要劉姥姥帶到大觀園的扁豆乾。製法是取帶子的嫩莢，撕去背邊老筋皮，沸水燙過後曬乾收貯，要吃時先用清水浸潤，再加熱調味。

嫩苗葉亦可食，《救荒本草》稱之為「眉兒豆苗」。扁豆不擇土宜，栽植容易，各地都有栽培，且常逸出栽種場圃，攀附在附近牆垣籬落，也能在地面匍匐蔓生。荒年時，除採嫩葉煠食，亦採嫩豆莢煮食。紫白二個品種都可入饌，本種在中國南方栽培較多，台灣到處可見，食用品種以紫紅色種較為普遍。由於豆莢、豆粒含有微量毒蛋白、凝集素、皂素，烹調前宜用冷水浸泡或沸水燙過，再炒食比較安全。

扁豆

一年生蔓狀藤本植物。三出複葉，葉柄長，小葉卵圓形，兩面無毛，先端漸尖，基部圓楔形。總狀花序，長10-30公分，花紫色或白色。莢果扁平，背腹縫線發達；果莢肉質肥厚，紫色花種果莢呈紫紅色；白色花種果莢淡綠色，成熟後果莢不開裂。種子扁橢圓形，白、褐或黑色。

學名：*Lablab purpuveus* (L.) Sweet
科別：蝶形花科

【豇豆

豇豆一名長豆，在新石器時代已有栽培，是中國境內重要的菜用豆類，有飯豇豆與菜豇豆之別。飯豇豆豆角細長挺直，角皮光滑，食用的是豆實；因豆皮白，可與米同煮，質粉香軟，故稱飯豆。菜豇豆的豆角比飯豇豆長，有的甚至可長達60公分以上，角皮光滑，可連皮作菜。第四十二回平兒要劉姥姥準備的豇豆乾，是採收嫩豇豆莢後用沸水燙過，再曬乾收貯，應為菜豇豆。

菜豇豆又稱長豇豆，分類上被處理為飯豇豆（即俗稱的豇豆）的亞種，學名為*V. unguicullata* (Linn.) Walp. supsp. *sesquipedalis* (Linn.) Verdc.。菜豇豆除莢果長之外，種子為長腎形，莢果自幼即下垂。還有一亞種，豆莢長僅8-12公分，種子近腎形，莢果嫩時直立，其後才下垂，稱為短豇豆，學名是*V. unguicullata* (Linn.) Walp. supsp. *cylidrica* (Linn.) Verdc.。

豇豆的起源有多種說法，或說源自熱帶非洲，經埃及與其他阿拉伯國家傳至亞洲。但西元601年出版的《廣韻》已有豇豆記載，其後宋朝的《圖經本草》、《本草綱目》也都有登錄，加上中國境內原有16種豇豆屬於野生植物，因此中國極可能也是豇豆的原產地之一。

成熟的種子可製作豆沙和糕點；莖葉營養豐富，蛋白質含量高，纖維容易消化，是供應家畜食用的優良飼料。豇豆枝葉繁茂，也是優良的綠肥作物。

豇豆

一年生纏繞性草本。三出複葉互生，小葉卵狀菱形，長5-15公分。花2-6朵聚生於花序頂端，花梗常有肉質蜜腺；花冠黃白色而略帶青紫色，長約2公分。莢果下垂，線形，長8-80公分。種子為長橢圓形至圓柱形，黃白、暗紅或其他顏色。

學名：*Vigna unguiculata* (Linn.) Walp.
　　　＝*Vigna sinensis* (L.) Savi.
科別：蝶形花科

【蘿蔔

蘿蔔古稱蘆萉、萊菔、蘆菔；有時也稱為土酥，因蘿蔔塊根長在土中，潔白如酥而得名。例如，杜甫詩句：「長安冬菹酸且綠，金城土酥淨如練」，以及宋‧楊萬里詩：「金城土酥玉雪容」。

蘿蔔的塊根粗壯、脆嫩多汁，皮色有白、綠、紅、紫等，肉色有白、淡綠、鮮紅、紫紅等。生蘿蔔多少含有辛辣味，但脆甜多汁的品種可代水果。含有豐富的碳水化合物、各種無機鹽類、維生素C、核黃素、少量芥辣油和澱粉酶，能幫助肉類和澱粉分解，便於消化吸收。古人多勸人食蘿蔔根葉，特別是冬天吃蘿蔔，可以養生。《紅樓夢》第六十一回經由柳家的口中得知，丫鬟們平常也吃一種小蘿蔔製作的醬菜：「醬蘿蔔炸兒」。

蘿蔔最早是用作藥材，有「下氣消穀、去痰癖、止咳嗽」的效能，和豬羊肉、鯽魚一同煮食，有補益身心之效；又能解酒醉、治暈船、解煤氣中毒等病症。後來才當作蔬菜，根與葉均可食用。《群芳譜》已經將蘿蔔列入蔬譜中，說蘿蔔的根葉「可生可熟、可菹可齏、可醬可豉、可醋可糖、可臘可飯，乃蔬菜中之最有益者」。

蘿蔔

一年或二年生草本，塊根肥大。根生葉叢生，呈琴形羽狀分裂，長達30公分，裂片不整齊。花莖粗壯，具縱紋及稜溝，總狀花序生於枝端；花白色、粉紅色至淡紫色，瓣4片，萼4片，雄蕊6。圓柱形長角果，在種子間向內縮隘，含種子1-6粒，成熟後不開裂，頂端具喙。

學名：*Raphanus sativus* L.
科別：十字花科

菜，滋味均佳。宋人黃庭堅詩句「蔞蒿芽甜草頭辣」及元人耶律楚材的「細煎蔞蒿點韭黃」，說的都是蔞蒿嫩苗。

植物體性溫味苦，也是一種中藥材，有去瘀生肌的功效，專治跌打損傷、月經不調、吐血及崩漏症。葉可搗碎外敷，治療刀傷、狗咬傷等。《本草綱目》說蔞蒿「利腸開胃，殺河豚毒」，古代常取蔞蒿與河豚共食，即蘇東坡名句：「蔞蒿滿地蘆芽短，正是河豚欲上時」所言。

蔞蒿

多年生草本，莖直立，高可達150公分，紫紅色。下部葉在花期枯萎；中部葉密集，羽狀深裂，長10-18公分，裂片1-2對，葉表面無毛，葉背披白色絨毛；上部葉三裂或不裂，線形，全緣。頭狀花序多數，密集成狹長的複總狀花序；花黃色。瘦果細小，具冠毛，成熟時隨風飛散。

學名：*Artemisia selengensis* Turcz.
科別：菊科

【蘆蒿

賈府丫鬟吃的「蘆蒿炒肉」，蘆蒿應該指蔞蒿。蔞蒿「葉似艾，白色」，可生長在旱地及潮濕水澤邊，黃河流域及華北地區下濕處尤多，如西安城郊的灞水河岸有成片蔞蒿生長。生長在潮濕地者莖嫩根肥，每年春季發苗。

根莖肥大白脆，富含澱粉，新鮮根莖醋醃可以作蔬，古代列為「嘉蔬」。蔞蒿嫩莖鹽醃曬乾後味甚美，可長期儲藏，用來炒豬肉或雞肉，是一道可口下飯的菜餚。第六十一回提到晴雯要吃的「蒿子稈」，指的應該就是此物。

嫩苗以沸水煮過，以清水或礬水、石灰水浸泡，去除苦味，蘸醬、炒食或醃製成鹹

【枸杞

枸杞的春生苗，葉如石榴葉而軟薄堪食，俗呼為甜菜，又稱為地仙苗，即楊萬里〈嘗枸杞〉詩：「芥花菘薺餞春忙，夜吠仙苗喜晚嘗」所說的仙苗。四月至七月間採集枸杞嫩葉或芽，洗淨後搓軟，可當蔬菜食用。蘇東坡詩句「新芽摘杞叢」，所摘的枸杞芽就是當菜蔬食用。古代，枸杞芽是宮中后妃常吃的名貴菜餚，大觀園內的姑娘們也

吃，即第六十一回大廚柳家媳婦提到的「油鹽炒枸杞芽」。

　　枸杞葉含甜菜鹼、芸香苷、維生素C、硫氨素抑制物等化學成分，中醫認為有補虛益精、清熱、止渴、祛風明目的效果。因此，多吃枸杞葉能治虛勞發熱、煩渴、崩漏帶下、熱毒瘡腫。《滇南本草》說「枸杞尖作菜，同雞蛋炒食」，可治年少婦人白帶。可見以枸杞葉、苗、嫩芽（枸杞尖）作菜餚，自有其保健養身作用。根皮曰地骨皮，果實云枸杞子，皆為常用的中藥材，《神農本草經》都列為上品。

　　枸杞主產華北、西北一帶，除本種枸杞外，同屬的寧夏枸杞（*L. barbarum* L.）、西北枸杞（*L. potaninii* Pojank）、土庫曼枸杞（*L. turcomanicum* Turcz.）等的葉、果及根皮，都視為枸杞藥材。（另見第126頁）

枸杞

落葉灌木，高約1公尺，枝細長，有棘刺。葉互生或簇生於短枝上，卵形至卵狀披針形，全緣，長2-5公分。花常1-4朵簇生於葉腋，花梗細；花萼鐘狀，3-5裂；花冠漏斗狀，淡紫色，裂片有緣毛；雄蕊5，花絲基部密生絨毛。漿果卵狀至長橢圓卵形，紅色種子多數，腎形，黃色。

學名：*Lycium chinense* Mill.
科別：茄科

紅樓夢的穀類

古代的穀類除禾本科的稻、麥等穀物外，還包括一些充當主食的豆類，如大豆。《紅樓夢》共出現有稻、黍、麥、粱、薏苡、綠豆等五穀，其中稻、黍、麥、粱、薏苡屬禾本科穀類；而綠豆則是蝶形花科，即俗稱豆科的穀類。全書稻出現回數最多，共有18回；粱（小米）次之，有8回；其餘的黍、麥、薏苡、綠豆各出現一回。

在小說內容中，上述五穀有實際出現者，也有引述詩文或詞語典故時提到者。實際出現的穀類中，同樣以稻的比率最高，18回中有15回描述各種粳米粥、稻田或稻米。此外，實際提到實物的穀類還有：第三十八回吃完螃蟹後，眾人用來淨手的綠豆麵子；第五十三回烏進孝進獻的田租農產品「雜色粱穀」，及第五十四回元宵節消夜、用薏苡仁煮成的主食「鴨子肉粥」。這些穀類的烹煮方法和使用方式，也顯示賈府過的是達官貴人的生活。

粱（小米）在小說內容中，大都以詩詞典故的方式出現。在有粱或禾的8回中有5回是「膏粱」，其餘兩回分別是寶玉和李紈的詩句，只有一回是實物。其餘的有第三十八回寶玉菊花詩提到的「禾黍」；第七十八回寶玉〈姽嫿詞〉提到的「麥」。

從上述穀類在小說的出現頻率、實物利用的描寫、特殊品種的數量，可以看出小說作者最熟悉、也是食用最多的，應該就是稻米。各回描述的稻品種有：粳米類的碧粳米、御用胭脂米、粉粳等；糯米類的江米、碧糯、白糯等。稻米品類之多、描繪那麼詳盡，可以說歷代章回小說中無出其右者。

【稻

　　中國的栽培稻應該起源自華南熱帶地區的野生稻，目前仍分布在西江流域、雲南南部以及台灣的多年生野生稻（*Oryza rufipogon* Griff.），咸信是栽培稻的祖先。

　　《紅樓夢》全書提到的稻米品種很多，均屬於粳稻或糯稻，有些還是稀有的品種。如第五十四回元宵節的主食之一「棗兒熬的粳米粥」，這是準備給太太們吃齋用的，用紅棗和高級粳米熬煮成甜粥。第八回提到的碧粳米，原產於京師附近的玉田縣，米粒色白微帶綠色，烹煮時有香味，清朝時係貢品，只有王公貴族才可享用；第六十二回寶玉、寶琴生日宴，柳家的送來的「綠畦香稻

粳米飯」也是用碧粳米烹煮的。第四十二回有一種米粒微紅的御田胭脂粳米，同樣也是珍貴的貢品。御田胭脂粳米煮後色紅如胭脂，是康熙皇帝在豐澤園御田布種的良種稻米，康熙所寫的《御制文集》有詳細敘述；第七十五回賈母愛吃的紅稻米粥就是由這種稻米熬煮而成。

　　第五十三回烏進孝收田租進獻的物品中，提到的稻米種類更多，有胭脂米、碧糯、白糯、粉粳等。所謂的碧糯，是米色呈淡綠的一個糯米品種，屬少見良種；白糯的米粒為乳白色，是當時的常見良種；粉粳則是米粒色白如粉的粳稻品種。另外，第八十七回煮給黛玉吃的江米粥，用的是糯米，江北人稱糯米為江米。

稻

一年生叢生草本，稈直立。葉片扁平，披針形至線狀披針形。圓錐花序疏散，直立或點垂；小穗橢圓形，黃褐色；不孕小花的外稃近等長。結實小穗外稃背上被剛毛。穎果橢圓形，兩側稍平。全世界熱帶、亞熱帶及部分溫帶地區均有栽培，為世界三大糧食作物之一。

學名：*Oryza sativa* L.
科別：禾本科

【綠豆

綠豆以其種子皮色綠而得名，種子供食用及藥用，花及芽可解酒毒，果莢可治赤痢。種皮名「綠豆衣」，作為藥材始載於《本草綱目》，有解熱毒、退目翳的功能；種皮連豆用，可以解「金石砒霜草木一切諸毒」，作藥則以圓小者為佳。

綠豆等豆科植物的根有根瘤菌共生，可以固定空氣中的氮素，轉為可溶性氮肥，有改良土壤的作用，自古即作為綠肥，普遍用於農耕。

綠豆營養豐富，含有大量蛋白質及各種礦物質、維生素，是重要的食用豆類。綠豆湯是夏季消暑甜品，磨粉可製成粉絲（冬粉）；第三十八回眾姐妹和寶玉在藕香榭吟詩吃蟹時，用「菊花葉兒、桂花蕊薰的綠豆麵子」洗去手中油腥，綠豆麵子也是綠豆磨成的粉。

常見的豆芽菜就是綠豆芽，種子在無光無土和適當的濕度條件下可長出芽菜，食用部分主要是胚軸。

綠豆

一年生直立草本，高約50公分，莖被褐色長硬毛。三出複葉，小葉卵形，先端漸尖，兩面被疏長毛。總狀花序腋生；旗瓣黃綠色，翼瓣黃色，龍骨瓣綠色而帶有粉紅。莢果線狀圓柱形，被淡褐色長硬毛，種子淡綠至黃褐色。

學名：*Vigna radiatus* (Linn.) Wilczek
　　　 = *Phaseolus radiatus* L.
科別：蝶形花科

【黍】

第三十八回寶玉等人吟完菊花詩，餘興未盡，吃完螃蟹後，又作起「詠蟹詩」，分別由寶玉、黛玉和寶釵各作一首。其中寶釵的詩，末句為「於今落釜成何益，月浦空餘禾黍香」，意思是說螃蟹平日橫行霸道，如今落在釜中成為佳餚，只留下飄著香味的禾和黍。眾人看畢，都說本詩小題寓大義，成了「食螃蟹絕唱」。

黍和粟都是古老的糧食作物，也是穀類中抗旱耐瘠的植物。大地灣遺址、李家村遺址出土的文物中，有栽培黍的遺跡，可見在距今七千多年前，黍已是重要的植物，後來成為華北地區的主要糧食作物。

黍和稻一樣，有粳糯兩類。粳類米粒較不黏，古稱稷、穄、糜等名，「炊飯疏爽香美」，可用來祭祀，多吃宜脾利胃，並可涼血解暑。糯類米粒較黏，古稱黍、秬、秠等，可和菜作羹、釀酒及蒸煮為糕糜。端午節以菰葉裹米為粽，所裹之米原是黍米，因此當時的粽子稱為「角黍」。一直到春秋時

代，黍仍舊是黃河流域最主要的糧食作物，唐朝之後黍的地位才開始下降，栽植面積越來越少，逐漸被麥類所取代。

黍

一年生草本，高50-120公分，多分枝。葉片披針狀線形，長10-30公分，寬1-1.5公分，疏生長柔毛，邊緣粗糙。圓錐花序開展或緊密，成熟後下垂，有時直立，長20-30公分，分枝細弱；小穗卵狀橢圓形。穎果圓形至橢圓形，約長0.3公分，有各種顏色。

學名：*Panicum miliaceum* L.
科別：禾本科

【麥

麥在古代文獻中原無大小之分，由於大麥的栽培歷史較久，古籍中提到的麥可能都指大麥；小麥是外來種，後來因栽培面積日廣，超過大麥，唐朝以後的文獻多以「麥」代表小麥。《紅樓夢》第七十八回〈姽嫿詞〉詩句之「麥」，當然是指小麥而言。

小麥屬中有20多種植物，其中栽培最廣的糧食植物就是小麥，又稱普通小麥。小麥是人類主要的糧食，占全世界穀物產量的四分之一以上。冬小麥秋季播種，經冬季低溫春化作用才能開花結果，於次年夏季收成；春小麥春季播種，所需的春化作用溫度較高，於當年夏、秋季收穫。全球冬麥栽種面積較廣，占四分之三；春麥大都分布在緯度較高地區，面積較小，僅占四分之一。

中國栽培小麥的歷史至少有三千多年，

安徽省釣魚台發掘的新石器時代遺址中已有炭化小麥種子；殷墟出土的甲骨文中也有「告麥」的記載。《詩經·周頌》：「貽我來牟」的「來」即為小麥，當時已普遍分布於黃河中下游地區，其後逐漸擴展到長江流域及以南區域。根據《天工開物》所載，明朝時小麥已經普及全國，成為中國主要的糧食作物。

小麥

一年生或越年生草本，稈直立，叢生，高可達1公尺。葉鞘包莖。葉片長披針形，葉舌膜質。穗狀花序直立，每一小穗含3-9小花；穎卵圓形，具3-7脈；外稃長圓狀披針形，有些品種頂端無芒，有些品種具長芒。穎果卵圓形或長圓形。

學名：*Triticum aestivum* (L.) Thell
科別：禾本科

【粱

古人經常「膏粱」並提，用以形容奢侈或生活優越的人或事，例如「膏粱輕薄」仕宦之流、「膏粱錦繡」之生活等。其中「膏」指的是肉類、油脂，「粱」即小米或上等穀類。

粱又作粟，今稱小米，北方則通稱谷

子。甲骨文中稱為禾，經書上則常稱為粱。一般認為本作物起源於中國北方或東亞，是古代華北地區（特別是黃河流域）的主要穀類。最新的考古資料顯示，河南裴李崗遺址和陝西半坡村遺址都有小米的米粒出土，顯示小米栽培至少已有七千年至八千年歷史。經長期栽培，已有許多變異和品種，包括古書常提到的粟、穄等。目前在中國至少有15000多個品種，粗略可分成粱和粟兩大類。《本草綱目》說：「穗大而毛長，粒粗者為粱；穗小而毛短，粒細者為粟。」更通俗來說，米粒不黏者為粟，較黏者為粱。

小米生長季節短，對水分的需求低，因此極耐乾旱環境，適合在黃土高原及其他乾燥氣候下種植。穀粒收成容易、耐儲存，自古即為重要的糧食作物。米粒不黏的粟作為主食物，用於炊飯；米粒較黏的粱則用於釀酒，祭祀亦充作貢品祭物。古代以粟代稱財富，俸祿（薪水）常用粟，因此「伯夷義不食周粟」，意即不服周朝的公職，不領周朝的俸祿。

小米

一年生草本，高可達90公分，莖基可生出許多分蘖，每一莖節長出一片葉。葉長披針形，長可達40公分，表面粗糙。花序頂生呈柱狀之圓錐形，穗長10-30公分，徑1-5公分。穎果密生在縮短之花軸上，籽粒很小且數量極多。

學名：*Setaria miliacem* L.
  = *Panicum miliaceum* L.
科別：禾本科

【薏苡】

薏苡初夏結實，中秋採實，果實形如珠子而稍長。果外層堅硬、有色彩、具光澤的部分是硬化的總苞，必須碾去硬殼，去果皮及種皮才得種仁，種仁就是薏苡仁或稱薏米、苡米。米白色如糯米，也有粳糯之別，可作粥飯及磨麵食，亦可同米釀酒。所煮出來的飯，味極甘美，常吃可「強健耐饑」。

唐宋以前的本草書將薏苡列為草部，但自明代的《本草綱目》起，絕大多數的醫書、農書都改列在穀部或穀譜，如《植物名實圖考》、《三農記》等，認定其作為穀物收成供糧食用的功能。

薏苡除了具食用價值之外，藥用價值也深受重視，《神農本草經》已載錄，並列為上品，主治筋急拘攣不可屈伸、風濕痹，久服輕身益氣。

近代取薏苡穎果當主食或藥材使用，有健脾益胃、清腸胃、利小便之效。著名的滋

補藥膳「四神湯」，主要以薏苡仁、山藥、芡實、蓮子四種藥材，加上當歸藥酒燉煮豬肚或豬小腸而成，有利濕、健脾胃、固腎補肺、養心安神等功能，並能增強免疫力。現在台灣所賣的四神湯，為節省成本，多半全用薏仁來代替其他三種藥材。

薏苡

一至多年生高大草本，高可達1.5公尺。葉片寬線形至線狀披針形，長10-40公分，寬2-4公分。花序總狀，由上部葉鞘內伸出，長3-8公分，總苞念珠狀。穎果圓球形，包在骨質總苞內，成熟時光亮，呈白色、灰色、藍紫色或紫黑色，徑0.6-0.8公分。

學名：*Coix laeryma-jobi* L.
科別：禾本科

第八章

節慶應景植物

端午、中秋這種大節慶，從賈府過節的氣派，不僅反映了當時社會的風俗習慣，也給了書中那些水靈靈的主角一個附庸風雅吟詩作對子的機會。

端午的應時植物

　　有關端午節的記事，都在第三十一回。農曆五月五日為端陽，賈府依照舊俗，插菖蒲及艾草枝葉於門楣上以辟邪，稱之為「蒲艾簪門」；又用艾草或綾羅布帛剪成虎形，貼於小兒臂上或縫綴於衣袖上，用以避惡消災，此謂「虎符繫臂」。此習俗起源甚早，南朝的《荊楚歲時記》就說：「五月五日……採艾以為人，懸門戶上，以禳毒氣。」宋末元初的《歲時廣記》也說：「端午以艾為虎形，至有如黑豆大者；或剪彩為小虎，黏艾葉以戴之。」

　　在台灣及其他華南地區，則是將艾、榕、菖蒲紮成一束，然後插或懸在門上。菖蒲葉形狀細尖像劍，又稱蒲劍，象徵祛除不祥的寶劍，插在門口可辟邪除煞。

　　此外，《紅樓夢》還描寫慶賀端午節的許多有關儀式和活動，包括飲雄黃酒、菖蒲酒、艾葉酒，以及吃粽子、賞石榴花（見94-95頁）等。家家戶戶鋪陳桃、柳、葵花、蒲葉、艾草、粽子、酒食等在門前，供養來客，稱之為「賞午」。根據記載，端午節還有戴香包的習慣。香包又叫香袋、香囊、荷包等，有用五色絲線纏成的，有用碎布縫成的，內有白芷、川芎、芩草、排草、山奈、甘松等芳香植物製成的香料，佩戴在胸前。

　　古人認為端午是毒日、惡日，因此才會有種種求平安、禳解災異的習俗。其實，這是因為夏季天氣燥熱，容易生病，瘟疫也易流行，加上蛇蟲繁殖易咬傷人，所以才產生端午的種種習俗，像雄黃酒灑牆壁門窗或飲蒲酒一類的民俗，都是有益於健康的衛生活動。

246

【蒲

「蒲艾簪門」用的是菖蒲。菖蒲又名水菖蒲，全株具特殊香味。生在水邊，地下有淡紅色根莖，葉子像劍，肉穗花序。根莖可做香料，也可入藥，自古即作為藥材。

菖蒲葉片一如劍刃，古人相信有辟邪去毒功能，端午節門前掛菖蒲的習俗一直沿用到今天。此外，《荊楚歲時記》也說：「以菖蒲或鏤或屑，以泛酒。」用菖蒲浸泡的蒲酒味道芳香爽口，後來又在酒中加入雄黃、硃砂等，即明‧謝肇淛《五雜組》所說：「飲菖蒲酒也……而又以雄黃入酒飲之。」古代還視菖蒲為祭祀用品，《周禮‧天官》說「朝事之豆，其實昌本麋臡」，昌本是將菖蒲的根（莖）切成四寸大小後醃製，用以祭神。

《神農本草經》列為上品，宋‧陸游的〈菖蒲〉詩也說：「菖蒲古上藥，結根已千年。」植物體含芳香揮發油及菖蒲苦素等成分，可治療癲狂、風寒濕痹等症，並可用作驅風劑。陸游詩又說久服菖蒲，會有「陽狂華陰市，顏朱髮如漆；歲久功當成，壽與天地畢」的神奇效果。藥用及祭祀用的菖蒲根莖，以「一寸九節」者最佳，即所謂「菖蒲九節，仙家所珍」。《南方草木狀》還說秦漢時期有千歲翁之稱的安期生成仙，是服食菖蒲的緣故。

除〈離騷〉外，歷代文人詠誦菖蒲的文句很多，大都與菖蒲的神奇傳說和辟邪作用有關，如唐朝張籍的〈寄菖蒲〉一詩：「石上生菖蒲，一寸十二節。仙人勸我食，令我頭青面如雪。」

古今作菖蒲使用的植物除了本種之外，尚有石菖蒲（*Acorus gramineus* Soland）、錢蒲（*A. tartarinowii* Shott.），這兩種植物的香氣更為濃郁，揮發油成分更多。

菖蒲

多年生澤生草本，高可達150公分，根莖粗壯。葉劍形，長50-120公分，寬0.6-1.5公分，基部葉鞘套折，有膜質邊緣，中肋在葉兩面明顯凸起，葉二列式排列。花莖基生，佛焰苞葉狀；肉穗狀花序圓柱形，長約7公分；花密生。漿果密集排列，熟時紅色。

學名：*Acorus calamus* L.
科別：天南星科

248

【艾

《荊楚歲時記》：「採艾以為人，懸門戶上，以禳毒氣。」這是由於艾是重要的藥用植物，可製成艾絨（艾葉曬乾搗碎去渣、焙燥製成絨狀）用來灸穴治病，又可用於驅蟲。艾草除扎成人形外，也可扎作虎形，稱為艾虎，或是剪彩為虎再黏貼艾葉，佩戴於髮際身旁，以辟邪驅瘴。

除了第三十一回端午節掛在門楣上辟邪用的艾草外，第七十八回寶玉哭頌紀念晴雯的〈芙蓉女兒誄〉祭文中，也用「楸榆颯颯，蓬艾蕭蕭」來形容淒涼心境。

《詩經》、《楚辭》及歷朝的文學作品提到艾草者很多，如《詩經·王風》之「彼采艾兮，一日不見，如三歲兮」；《楚辭·離騷》之「扈服艾以盈腰兮，謂幽蘭其不可佩」，以及魏晉南北朝孔璠之〈艾贊〉：「藹藹靈艾，蔚彼脩阪，混區群卉，理深用遠」等。

艾是分布普遍、使用廣泛的藥草，《名醫別錄》列為中品，還說「艾草生田野，三月三日採」。此時所採的艾葉是嫩芽嫩葉，

除供藥材使用之外，也可當菜蔬食用。台灣民間在清明前後，還保留採艾草嫩葉製作粿糕的習俗。而歷代各種醫書則說「凡用艾葉，需用陳久者」，即所謂「七年之病，求三年之艾」的道理。因此藥用艾草，宜取老葉，且以農曆五月五日採收者為佳。此時艾含艾油最多，所以功效最好。同屬植物野艾（*A. indica* Willd.），也稱五月艾，形態和成分都與艾草相差不多，台灣所用的艾草多半指野艾而言。

艾

多年生草本，高可達100公分，莖有明顯條紋，嫩枝被白色短棉毛。單葉，互生，表面暗綠色，密布小腺點，背面灰綠色，密被白色毛絨。莖中下部葉卵狀三角形，羽狀深裂，中裂片又常3裂；莖頂部葉全緣或3裂。頭狀花序排列成複總狀：總苞片4-5層，密被灰白色絲狀絨毛；筒狀花帶紅色。蒴果長圓形。

學名：*Artemisia argyi* L'evl. *et* Vant.
科別：菊科

中秋的應時植物

描述賈府中秋節習俗及活動的情節有兩回。首先是第七十五回中秋節前夕的寧國府，由賈珍邀一群鬥雞走狗、問柳評花的紈絝子弟，預備西瓜、月餅、豬羊及一桌菜蔬果品，命人吹紫竹簫、唱曲，在寧國府的叢綠堂中開懷作樂賞月。紫竹簫是用成熟的紫竹稈製成的，是製簫最好的材料。

其次是第七十五回末、第七十六回，描寫的是榮國府大觀園內的中秋夜，由賈母帶領眾人，前往嘉蔭堂的月台上焚香秉燭，亦陳設著瓜果、月餅。喝完茶後，賈母命往凸碧山莊的山脊上賞月，同時進行擊鼓傳桂花的遊戲，飲酒、賦詩，品味等級完全不同於寧府中秋前夕的活動。賈母看見月至中天，說：「如此好月，不可不聞笛。」命人傳笛助興。眾人一面賞桂花，一面入席品酒，聆聽悠揚笛聲。直到四更天，眾姐妹熬不過都先睡了，賈母才在王夫人敦促下回房休息。

大夥兒散後，黛玉和湘雲從凸碧山莊往凹晶館走去。下山坡後，池沿上一帶有竹欄相接。兩人就在捲篷底下欣賞湖水明月，找到兩個湘妃竹墩坐下。只見天上一輪明月，池中一個月影，上下爭輝，兩人如置身於晶宮鮫室之內。聽到遠處悠揚笛聲，兩人於是詩興大發，吟了五言聯句，其中有「階露團朝菌，庭煙斂夕楣」句。朝菌所指有二說：一為香菇（見219-220頁）之蕈類，早上太陽一照即凋萎；一說即木槿（見47頁），是一種朝開暮落的觀花灌木。楣指合歡（見37-38頁），羽狀複葉，白日開而傍晚合起。

【紫竹】

又稱黑竹、烏竹。新生竹稈呈綠色，成長後顏色漸次加深，成熟枝條及莖稈均呈黑色或紫黑色；筍味稍苦澀，可食。《竹譜詳錄》說：「紫竹出江浙、兩淮，今處處有之。又淡竹，苦竹，或大或小，但色有淺深，通名紫竹。有初綠而漸紫者，有笋出即紫者，共謂之紫竹。」可見通稱為紫竹的種類有數種。其中栽植最廣、樹姿最美且最受歡迎的還是本種。

紫竹多栽植在庭園內、山石間及牆垣下供賞玩，歷來文人雅士甚喜栽種在房宅周圍欣賞。也可栽植在草皮上或盆缽中，置於門口或廊下。

紫竹稈壁薄而性堅韌，外觀雅致，小型稈可供製簫笛、煙管、手杖、傘柄、傘骨以及工藝品；第七十五回中秋節前夕，賈珍等喝酒作樂，命人取紫竹簫吹奏，此簫即紫竹所製。浙江、福建、江蘇、安徽及江西等地產本竹極多，竹製工藝品馳名海內外，浙江溫州雨傘、杭州油紙傘等都是用紫竹製作。由竹材編製成的團扇、折扇也取用紫竹、斑竹、淡竹等。大型稈則供作几案、書架、椅凳等家具，精巧耐用。

紫竹

散生竹類，稈高4-8公尺，直徑1-4公分，幼時綠色，逐漸出現紫斑，最後全變為紫黑色，稈生枝條一側有凹槽。籜紅褐色，上無斑點，或僅具細小深褐色斑點；籜葉三角狀披針形，綠色，脈紫色。末端小枝具2或3葉，葉片質薄。極少開花。

學名：*Phyllostachys nigra* (Lodd. *ex* Lindl.) Munro

科別：禾本科

【菊】

不管是賈敬的寧國府或賈政的榮國府都種有菊花。第十一回鳳姐去探視秦可卿的病，見榮府內滿園的菊花盛開。第三十七、三十八、三十九回描寫榮府內的菊花，眾姐妹以菊花為題，吟詩作對。

菊花原產於中國，剛開始只有黃色花，《禮記·月令》中有「季秋之月，鞠有黃華」的記載，鞠即菊，黃華即黃花，所說應為尚未選育的野菊花。早期種菊是為了藥用，《本草經》說：「菊花久服利血氣、輕身，耐老延年。」後來陸續出現許多品種，第一部有關菊花的專書是十二世紀問世的《菊譜》，作者劉蒙記錄了35個品種。至今，可鑑識的菊花品種已達3000多種，花色除黃色、大紅色、白色，還有紫、粉紅、淡綠等種；還有小型花（花徑小於6公分）、大型花品種，以及單瓣、半重瓣、托桂瓣等不同花形之分。以大觀園來說，所種的菊花除了黃色花，還有許多顏色，如第四十八回賈母「揀了一朵大紅的菊花簪在鬢上」，室內花瓶則插滿「水晶球般的白菊」。

古代，菊花只在秋季開花，且花期不長。秋天一過，菊花就難得一見，即唐·元稹所言：「不是花中偏愛菊，此花開盡更無花。」但在現代栽培技術下，菊花已是四季常開的花卉了。

菊

多年生草本，高可達150公分，莖直立，基部常木質化，上部多分枝。葉互生，卵形至卵狀披針形，邊緣有粗大鋸齒，或深裂成羽狀，背面有白色毛茸。頭花頂生或腋生；舌狀花，雌性，黃色、白色或淡紅色；管狀花兩性，黃色，基部常有膜質鱗片。瘦果無冠毛。

學名：*Chrysanthemum morifolium* Ramat.
科別：菊科

【桂花

桂花與果實均被視為美好、吉祥的象徵，如桂子蘭孫、天降靈實等句。由吳剛伐桂的神話而衍生出桂宮、桂魄等代表月亮的別稱，後世還稱進士及第與金榜題名為「蟾宮折桂」。

大觀園中當然也種有桂花，第三十七回寶玉見園裡桂花開，折了兩枝才開的新鮮花枝，拿了一對花瓶，親自灌水插好，送一瓶給賈母，一瓶給王夫人。賈母看了，喜歡得不得了，逢人便說。

桂花樹的栽培歷史已超過二千五百年，是中國名貴的花木，栽植主要目的是賞花及享受桂花的香味。漢朝上林苑內也種有桂花，漢中聖水寺內仍矗立一株漢桂，直徑2.32公尺，應該是目前為止，世界最大的桂樹紀錄。

桂花的原生地多岩石，又名岩桂或巖桂，有四個主要的品種。葉較小，花香清淡且花色橙紅者稱為丹桂；葉較大，花色金黃，香氣濃郁者稱為金桂；花色銀白或淡黃白色，花香醇厚且在夏秋之間開花者稱為銀桂；花色黃白，花期長，幾乎全年開花，但花少香氣淡的品種，則稱為四季桂。多數桂花可在春夏兩季開花，只有四季桂可在秋季盛開。賈母等人在大觀園中秋賞月所聞的桂花香，應是四季桂或銀桂。

桂花枝葉繁茂，終年常綠，開花時香飄數里。除觀賞外，桂花經鹽漬或糖漬後，還可做成食品及香料，供製蜜餞、糕點，也可熏製花茶。由萃取桂花而成的桂花露，是疏肝理氣、醒脾開胃的上等飲料。

桂花

常綠灌木或喬木，小枝黃褐色，無毛。葉對生，葉片草質，橢圓形至橢圓狀披針形，先端漸尖，全緣或上半部具細鋸齒，側脈6-8對。聚繖花序簇生於葉腋，花梗細弱，合瓣花，花極芳香；花冠小、黃白色、淡黃、黃色或橘紅；雄蕊2，花絲極短。果橢圓形，長1-1.5公分，熟時紫黑色。

學名：*Osmanthus fragrans* (Thunb.) Lour.

科別：木犀科

第九章

佛教與香料植物

《紅樓夢》中與佛教信仰、拜佛儀式、佛教傳說相關的植物一共有四種。此外，生活中處處要用的香料及香品，包括祭祀用香和宗教用香，也一併在此章討論。

佛教相關植物

　　《紅樓夢》中與佛教信仰、拜佛儀式、佛教傳說相關的植物，一共出現4回，包括：太虛幻境的婆娑、京城的貝葉遺文、惠能的菩提樹偈語，以及賈母生日的揀佛豆等。

　　首先是第五回，寶玉階同秦可卿遊太虛幻境，觀看十二個仙女演《紅樓夢曲》，其中一曲〈虛花悟〉有「聞說道，西方寶樹喚婆娑，上結著長生果」句，婆娑今名婆羅雙，是傳說中佛祖圓寂日枯萎之樹。第十七回借林之孝之口說明妙玉乃蘇州人氏，因自幼多病而帶髮修行。聽說京城有觀音遺跡及貝葉遺文，所以隨師父來京，住在西門外的牟尼院。

　　第二十二回「聽曲文寶玉悟禪機」，寶釵十五歲及笄之年的生日，賈母為她在院內擺酒席搭戲台慶賀。在一齣「魯智深醉鬧五臺山」的戲中，寶釵特別說明戲中的詞句給寶玉聽。其中的「那裡討，煙簑雨笠卷單行？一任俺，芒鞋破缽隨緣化」句，說的雖是魯智深的和尚身分，也透露寶玉未來的結局。芒鞋是芒草（見174頁）莖稈所製的鞋，又稱草鞋，為貧困者所穿。寶釵引上座神秀偈句：「身是菩提樹，心如明鏡台」和惠能的偈語：「菩提本無樹，明鏡亦非台」，來開導寶玉。菩提樹在此是宗教用語，也是一種樹木名稱。

　　第七十一回賈母八旬大壽，族中子姪輩恭行拜禮，然後又抬了許多雀籠，在院中放生。賈母也讓賈家姑娘和寶玉等疼愛的子孫輩揀佛豆，眾人先洗手點香，捧上一升豆子，先念了佛偈，然後再一個一個地揀進籮筐內。揀佛豆是古時的祝壽儀式，一面念佛一面揀豆，所揀集的豆有黃豆、赤小豆等。最後把揀好的佛豆煮熟，撒些鹽巴佐味，在街口分送行人，據信如此可以積壽，稱為結壽緣。

【婆娑

　　《紅樓夢曲》以〈虛花悟〉來描寫後來剃度出家的惜春：「聞說道，西方寶樹喚婆娑，上結著長生果。」婆娑即今日所稱的婆羅雙。

　　婆羅雙在印度地區常形成純林，傳說釋迦牟尼佛在拘尸那揭羅城外的婆羅雙樹下寂滅，進入永生不死之境。該處本有兩兩成雙的波羅雙樹八株，佛祖圓寂之日，天地樹木同悲，每一對中各有一樹枯萎。許多佛經中均有本樹種的記載，所說的沙羅、薩羅、蘇連，指的都是婆羅雙。

　　龍腦香科植物為典型的熱帶林樹種，植株高大，多數種類分布在亞洲地區，只有少部分產於非洲的熱帶雨林。其中許多是南洋的用材樹種，並輸出到世界各國，木材常含有樹脂。婆羅雙為龍腦香科的成員，邊材白色、心材褐色至深褐色，可製作器具、車輛、橋樑等。果實堅硬，外包以宿存硬化的翅狀花萼，有時雖採集供藥用，但非果樹；〈虛花悟〉誤將婆娑與長生果合為一處。

婆羅雙

分布於印度的東北部，中國大陸僅產於西藏東南部。大喬木，枝、芽、嫩葉密被淺黃色絨毛和星狀毛。葉互生，革質，橢圓至倒卵狀橢圓形，長4-12公分，羽狀脈明顯；托葉大，鐮狀，早落。團繖花序；花瓣淡黃色。果翅3長2短，翅長30-60公分。

學名：*Shorea robusta* Gaertn.
科別：龍腦香科

257

【貝葉

　　貝葉是指印度貝葉棕（或稱貝多羅樹）的葉子，為單幹型棕櫚科植物，又稱貝多、畢缽羅樹、阿輸陀樹等。貝葉棕的葉子表面光滑，質地堅韌，曬乾壓平之後，可以用鐵筆刻寫佛經，再用繩子穿串成冊，稱為「貝葉經」，後成為佛經的代稱。

　　一至十世紀，印度僧人曾攜帶大量寫有經、律、論三藏的貝葉經，到中亞、新疆、西藏等地宣揚佛教。中國僧人也不斷前往印度取經（貝葉經），並引進貝葉棕。唐・張喬〈興善寺貝多樹〉詩：「還應毫末長，始見拂丹霄。得子從西國，成陰見昔朝。」即為例證。

　　貝葉棕隨著小乘佛教傳入中國，最初是作為一種宗教信仰植物而栽培，但仍具經濟價值。由於樹形美觀，可作為行道樹及庭園樹栽植，雲南西雙版納、廣東、福建各地均有零星分布。花序含有糖分，可製酒或醋；幼果（種仁）及樹幹髓心可食。

貝葉棕

植株粗壯高大，喬木狀，高度可達15公尺，直徑可達20公分，桿上具緊密之環狀葉痕。葉大型，扇形，深裂成80-100裂片，裂片劍形，先端2淺裂；葉柄粗壯，邊緣具短齒。花序大型，圓錐狀，直立，序軸上由多數佛焰苞所包被；花小，兩性，乳白色，有臭味。果實球形，乾時果皮有龜裂紋。

學名：*Corypha umbraculifera* L.
科別：棕櫚科

【 菩提樹

第二十二回提到的菩提樹，與以下的禪宗故事有關。五祖欲求法嗣，令諸僧各出一偈。上座神秀道：「身是菩提樹，心如明鏡台。時時勤拂拭，莫使有塵埃。」惠能在廚房舂米，聽到這偈說美則美矣，了則未了，隨即自念一偈曰：「菩提本無樹，明鏡亦非台。本來無一物，何處惹塵埃？」五祖便將衣鉢傳給了惠能。

菩提樹一般指桑科之喬木，生長於溫度較高的地區；另外，華中、華北等較冷涼地帶也有稱田麻科的糠椴（*Tilia mandshurica* Rupr. & Maxim.）為菩提樹者。《南越筆記》所記載的「菩提樹子可做念珠」，所指應為椴樹或杜英屬（*Elaeocarpus* spp.）植物，因為菩提樹的隱頭果乾後易碎，不適合用來串成念珠。

菩提為梵文「Bodhi」的音譯,有明辨善惡、覺悟真理之意。相傳釋迦牟尼在菩提樹下參悟,得證成佛,菩提樹遂成了佛教的聖樹。《西域記》說釋迦牟尼成佛處,稱為「菩提場」或「菩提伽耶」,其上的畢缽羅樹,因名之為菩提樹。

菩提樹為熱帶樹種,原產於印度,晉唐時傳入中國後,大都栽植於華南地區。由於栽培容易,各地常見。台灣也有大量栽植,作為行道樹及庭園樹。成熟葉片浸水數日或以酒精煮之,去除葉肉細胞,留下之葉脈細脈交織宛如紡紗,可繪製佛像。《通志》云:「葉浸以寒泉,歷四旬,浣去渣滓,唯餘細筋如絲,可做燈帷笠帽。」

菩提樹

常綠大喬木,高可達20公尺。葉互生,革質,三角形卵圓狀,先端急尖並延長成尾狀,全緣,表面暗綠色,有光澤,網狀脈細小而明顯。隱頭花序單生或成對腋生,近球形;雄花、蟲癭花、雌花生於同一花序托中,雄花生於近口處。果為隱花果。

學名:*Ficus religiosa* L.
科別:桑科

【豆】

豆類種類很多,《紅樓夢》各回並未言明所提豆類的確切種類。但自古以來,產量最多、栽植最普遍,且視之為穀類者,則非大豆莫屬。第六回、第十六回所言的「芥豆之微」、「芥豆之事」及第五十四回「逬豆之急」的豆,均可解為大豆。第十九回「米豆成倉」、第二十四回「三升米二升豆子」,米和豆並提,應為大豆。

大豆原產於中國,古稱菽,與黍、稷、麥、稻在《周禮》中合稱為「五穀」,是重要的經濟作物,長期以來就是中國北方重要的糧食來源。大豆營養價值高,可補充動物性蛋白質之不足。製成的食品種類繁多,包括豆腐、豆腐乳、豆腐乾、腐竹、豆漿、醬油等。大豆含油量高,也是近代最優質的食用油原料。

大豆的品種類型繁多,依種皮顏色可分成黃豆、黑豆、青豆等;依栽植季節有春大豆、夏大豆、秋大豆、冬大豆之分。秦漢以前,大豆主要分布地區為黃河流域一帶。約在漢朝以後才隨大量移民進入東北,再由東北傳入朝鮮、日本。

黃豆(大豆)

一年生直立草本,莖粗壯,密被褐色長硬毛。三出葉,頂生小葉菱狀圓形,兩面均被毛。總狀花序短,腋生;花冠小,白色或淡紫色,花瓣具爪。莢果為長圓形,鐮刀狀,密被花色長硬毛。種子2-5個,近球形至卵圓形。

學名:*Glycine max* (L.) Merr.
科別:蝶形花科

香料植物

漢代以前所用的香料，主要是普遍生長全國各地的澤蘭（見78頁）、蕙（見289-290頁）、菖蒲（見247-248頁）、黃花蒿、艾（見248-249頁）等香草植物，少有加工製品。當時的士大夫及百姓都有隨身佩戴香草、香囊的習慣。香料是直接佩戴使用，而祭祀時則焚燒之。

南北朝以後，佛教傳入中國並持續發展，對西域、南海各國貿易發達。從此自國外大量傳入異國香料，如檀香、沉香、蘇合香、沒藥、丁香、乳香、安息香、龍腦香等。南北朝的梁朝（西元502–557年），已開始出現描寫檀香、沉香、蘇合香等香料的詩文可為佐證，例如江淹〈休上人怨別〉的「悵望陽雲臺，膏爐絕沉燎」句。到了《全唐詩》時，已出現沉香、檀香、龍腦香、降真香、蘇合香等五種傳自外國的香料名稱。

自此，古人的生活處處離不開香料、香品，並可區分成：日常生活用香、祭祀用香和宗教用香。日常生活用香有香身、薰香、辟穢、祛蟲、醫療養身、消毒、防治疾病、驅除蟲蛇、清新空氣等作用。其中的薰香，包括薰衣薰被、居室薰香、宴飲薰香等。《紅樓夢》的日常生活用香還有食品香料，第二十六回薛蟠的生日宴，古董行的程日興送來「靈柏香燻的暹羅豬」。靈柏香是一種香料，專門用來燻製肉品，是把枯柏枝及甘蔗皮挫碎點燃煙燻，肉品滋味特別。

祭祀用香則以燔燒柴木、燃香蒿、燒燎祭品、供鬱金酒、供穀物方式為之，在秦漢以前就行之久遠。祭祀鬼神時使用薰香，是因為古人相信要跟神明、祖先「接上線」，靠的就是薰香。第四十三回寶玉祭弔金釧時，用了「檀、芸、降」三種香，這三種名貴的香料，分別是檀香（又稱白檀）、芸香與降真香。

綜合《紅樓夢》出現的香料，前八十回共有靈苓香（有些版本作鶺鴒香，但不合理）、龍腦香、檀香、芸香、降真香、沉香、靈柏香等至少7種；後四十回則有藏香、安息（見263-264頁）、瓣香3種。

【靈苓香

亦即靈陵香，又稱為靈香草，全株乾後香氣濃郁，古代常用來製作薰香，為佛教常用的香料，如《金光明最勝王經》卷六〈四天王護國品〉所說：「應取諸香，所謂安息、旃檀、龍腦、蘇合、多揭羅、薰陸，皆須等分和合一處。手執香爐，燒香供養。」多揭羅即靈陵香。

古時民間婦女常以乾燥植株浸油梳髮，作為頭髮清香劑；或置於箱櫃中薰香衣物，香氣經久不散，有殺蟲、除蟲效果。全草富含六氫金合歡酉先丙酮香精油，可提煉香精，用於加工菸草及化妝品的香料。靈陵香

也是藥用植物，有「去風寒、行氣止痛」等功效。第十五回提到的「靈苓香念珠」，王公貴族常佩戴在手腕上，用以辟穢驅邪及裝飾。此念珠用乾燥的靈陵香草磨成粉末，或用萃取的香精油和泥、陶土做成念珠狀，再經風乾變硬串成。

北靜王初次和寶玉見面，解下聖上所賜靈苓香念珠一串給寶玉，作為敬賀之禮。靈苓香念珠有些版本作「鶺鴒香念珠」，但更多早期的手抄本作「蕶苓香」（甲戌本、庚辰本、己卯本）。按「鶺鴒」為水棲鳥類，軀體無法提取香料，仍以「蕶苓香」或「靈苓香」較為合理。靈苓香念珠是一種用香料、香木製成的念珠，又稱香串，每串十八枚珠子，夏日戴之以辟穢。大概是以零苓香泥捏成小豆狀，以玻璃珠或其他香木做成的珠子間隔排列，用彩絲貫串而成。

靈陵香

多年生草本，莖有狹翅狀稜，老莖匍地生根，當年生莖近直立，高10-30公分。葉互生，膜狀紙質，闊卵形至橢圓形，先端漸尖，基部下延，全緣或淺波狀緣，葉柄有狹翅。初夏開花，黃色，有長梗，單生上部葉腋。蒴果近球形，灰白色。

學名：*Lysimachia foenumgraecum* Hance
科別：報春花科

【龍腦香

龍腦是芳香、清涼的滋補劑，為通氣、去暑的貴重芳香藥料，常與麝香共用，在富貴官宦之家常用作薰香或芳香劑。第十八回元妃歸省進入行宮，只見「鼎飄麝腦之香，屏列雉尾之扇」，焚香鼎內所燃的就是麝香和龍腦香。

「龍腦」是龍腦香樹幹部及根部已乾的樹脂，一般以「龍腦香」稱之，俗稱「冰片」或「梅片」。第四十五回寶釵派人送燕窩給黛玉時，還附送「潔粉梅片雪花洋糖」，「梅片」指的是梅花形結晶的龍腦香，這裡製成冰糖狀，味香且清涼，有止痛、消炎效果。

「冰片」為龍腦香樹的樹脂結晶，外形如冰之晶瑩，是無色透明的枝狀結晶體，極易昇華。由於色白如冰，呈透明或半透明

狀，質地鬆脆，有強烈香氣，故名冰片。由於產量少，一向為名貴藥材。這些藥材價格高，普通人買不起，卻是餽送富貴人家的好禮物。賈芸深知鳳姐喜愛奉承排場，找機會獻上所買得的冰片、麝香，終於謀到賈府內種樹的差役。

龍腦香又名羅香、婆律香，主產地在南洋的婆羅洲及蘇門答臘一帶，樹幹巨大，但因木材密度高，加工不易，且木材纖維短，紙漿性質差，製紙成本高，一般不作建築及工業用材使用。樹幹縫隙或樹洞內會產生樹脂結晶，即上述的龍腦香，商品價值遠高於木材。從殖民地時代開始，當時由荷蘭人經營的東印度公司就大量採收龍腦香遠銷中國及日本。龍腦香內含的樟腦成分和樟樹差不多，可當成樟腦使用，也用以治療咳嗽、頭痛、胃痛以及泌尿系統的疾病。

龍腦香

常綠高大喬木，高可達60公尺，樹幹直立圓滿，枝下高可達40公尺（以下無枝條），樹徑可達2公尺，基部具有大板根，板根高5公尺。葉互生，闊卵形，長4-6公分，先端有長尾尖，光滑。花白色，有芳香。果實的宿存萼5片，翅狀，長4-6公分，內含種子1。

學名：*Dryobalanops sumatrensis*
　　　　(Gmelin) Kosterm.
　　　＝*Dryobalanops aromatica* Gaertn f.
科別：龍腦香科

【檀香

檀香又名白檀或旃檀，木材具芳香氣味，用以製造薰香，或直接將根株木材切成細片燃燒，薰香祀神或驅除疫癘。第十三回形容秦可卿的棺木「味若檀麝」，木材含有檀香、麝香的特殊香味；第四十三回寶玉出北門，原想用檀香、芸香、降真香來祭拜跳井而死的金釧。

檀香木材也可製造工藝品及扇骨，如第五十回寶釵所寫的燈謎：「鏤檀鍥梓一層層，豈係良工堆砌成？」第七十八回寶玉懷裡的小護身佛，也是用檀木雕成。

木材初時白色，在空氣中顏色會逐漸加深至淡黃色或黃色，香氣濃郁，蒸餾木材可得檀香油。其中主要成分為油狀物質白檀精，是製造各種香料或肥皂的主要原料，印度香水Abir即由檀香油製成。

印度是檀香的主要生產地，早年夏威夷群島中心的歐胡島（Oahu）也盛產檀香。根據當地文獻記載，十七至十九世紀該島所生產的檀香木，百分之八十都銷往中國廣東，也因此中國人就稱輸出檀香木的海港所在地Honolulu為檀香山。

266

檀香
常綠半寄生植物，種子發芽至幼苗期必須寄生在其他樹木根上，成年後才脫離自立，長成常綠喬木或灌木。葉對生，長卵圓形，先端尖，葉柄細長。圓錐花序頂生或腋生；花瓣退化成蜜腺，花莖幼時為黃色，後變為血紅色。核果球形，熟時紫黑色。
學名：*Santalum album* L.
科別：檀香科

【芸香

芸香今名芸香草，又名香葉辣薄荷草，莖葉含辣薄荷酮、香葉醇、乙酸香葉酯，全株香味濃烈。《禮記・月令》所說的「芸，香草也」，就是今之芸香草，類似目前廣

泛在熱帶地區栽培的香料油植物檸檬香茅（*Cymbopogon citratus* (DC.) Stapf），兩者為同屬植物。第四十三回寶玉悼祭金釧，想用「檀、芸、降」三香來祭拜，芸是指用芸香草調製出來的高級香料，點燃後香氣濃郁，滿室生香。

古人為防止書遭蟲蛀，會在書頁中夾芸香草葉片，葉中所含的芳香油成分有驅蟲效果。如《夢溪筆談》所言：「藏書辟蠹用芸」，「秋後葉間微白如粉污，辟蠹殊驗」；宋朝筆記小說《聞見後錄》也說：「芸草古人用以藏書，置書帙中即無蠹。」因此，古時稱藏書之處（圖書館）為「芸閣」，即宋人王禹偁的〈送李著作〉詩句

錐花序狹窄，長15–30公分；雄蕊3，花藥紫堇色。穎果長橢圓狀披針形。

學名：*Cymbopogon distans* (Nees) A. Camus

科別：禾本科

【降眞香

降眞香又名雞骨香，木材有濃烈香氣，根部心材名「降香」。中醫說此香能降諸眞氣，所以稱為降眞香。古籍也說焚此香「氣勁而遠，可以降神」，故名降眞。根部掘起之後，削去樹皮及邊材，使用部分為心材，呈暗紅色，質硬而重，入水下沉。削成木片不易折斷，木質部內含黑色的樹脂狀物質，此即為降眞香香氣的主要來源，點燃時香氣濃郁。木片磨成細粉，加其他香料、膠料，可製成線香，民間多用以供神。

降眞香心材的主要成分，是揮發油及黃酮體化合物。性溫，有行氣活血、止痛及止血的功能，常用來治療脘腹疼痛、外傷出

267

所說：「芸閣新銜捧詔歸，歷陽湖畔拜庭闈。」採芸香草放置臥席、座席下，能驅除蚤、蝨等惡蟲。

另外，芸香科也有一種稱為芸香（*Ruta graveolens* L.）的植物，原產於歐洲東南部和地中海地區的乾燥岩石區，可能在明末引進中國。這種芸香為雙子葉草本植物，下部為木質，全株均有香味，可製線香或焚點薰衣，直至清朝之後，各地始有大量栽植。

芸香草

多年生草本，稈直立叢生，帶紫色，高可達1公尺，全株具香味。葉舌長0.2–0.3公分，葉狹線形，長10–30公分，寬0.2–0.5公分，扁平或折疊，粉白色。圓

降香黃檀的舌狀莢果

降香黃檀

高可達15公尺之喬木；樹皮褐色至淡褐色，粗糙，有縱裂紋。羽狀復葉長15–25公分，小葉4–5對，長4–7公分，寬2–3.5公分，卵形至橢圓形。圓錐花序腋生；開乳白色或淡黃色花。莢果舌狀長圓形，長5–8公分，寬1.5–1.8公分，有種子1–2粒。

學名：*Delbergia odorifera* T. Chen
科別：蝶形花科

【沉香

沉香始載於《名醫別錄》，列為上品，主治風水毒腫、去惡氣、男子精冷等症。自古即用作利氣及消炎藥，後來逐漸用為薰香及禮神的香料。由於木材密度高，置水中即沉，因此得名。

沉香樹幹受到曲黴菌感染而產生防禦性樹脂，木材顏色會由淡轉濃，木材比重因樹脂的累積而加重。採製時先在樹幹距地面1.5至2公尺處砍上數刀或鑽孔，傷口經黴菌感染，數年後（一般要十至二十年）可將變色的木質部削下，即得沉香。削過的新傷口附近仍會分泌樹脂，可繼續割取；也可在枯死的樹幹內取得沉香。

沉香表面黃棕色或灰黑色，密布棕黑色含樹脂的細縱紋，有時可見黑棕色樹脂斑痕。此部分質堅硬而重，富含樹脂，氣味香而持久，燃燒時會產生濃煙，香氣濃烈，其中又以色黑、能沉水者為佳。

《南越筆記》云：「伽楠木與沉香同類，而分陰陽。」沉香味苦而性利，香味內

血等。古人所言的降真香，可能也包括《群芳譜》及《南方草木狀》所提到的藤本植物「紫藤香」；近代也用芸香科的降真香（*Acronychia pedunculata* (L.) Miq.）的根部心材製造佛香。

降真香有多種，「生南海及大秦國」，說明此類植物以中南半島為主要產地。降香黃檀產於海南島，木材品質優良，邊材淡黃色，心材紅褐色至深紅褐色，質堅重，可製作高級家具及雕刻；蒸餾液稱為降香油。

藏，燃燒才會發出強烈香味；而伽楠則味辛而氣甜，香味可自然散發出來，且持久不減。其實，伽楠香係沉香加工雕琢後，所留下最黑、最堅重且剔透的木段，即上等沉香。沉香、伽楠香木均有強烈的香味，放於屋內可滿室生香。由於進口沉香供應量不足，目前多由產自兩廣的同屬植物白木香或稱土沉香（*A. sinensis* (Lour.) Gilg.）取代。

第十八回賈妃歸省，焚香拜佛之後，王妃命取賜物，按例行賞，給賈母的是金銀如意一柄、沉香拐杖一根及伽楠念珠一串等。沉香拐杖由沉香木所製，伽楠念珠由極品沉香木所製，均為昂貴木材，所賜之物極符合賈母身分。第七十一回八月初三，是賈母八旬大慶，元春送來金壽星、沉香木做的拐杖、伽楠珠、福壽香、金錠、銀錠、彩緞、玉杯等，均為極名貴的賀禮。

沉香

常綠喬木，有時具板根，樹皮近平滑。葉互生，薄革質，披針形至倒卵形，先端銳尖或急尖，表面光亮，背面淡綠色，小脈纖細，12-16對，近平行。腋生繖形花序；花約10朵，無花瓣，萼筒白色至黃色。蒴果梨形，密被紅色毛；種子單一。

學名：*Aquilaria malaccensis* Lam.
科別：瑞香科

第十章

詩詞典故植物

《紅樓夢》一書引用了很多古典詩詞與成語典
故，更多的是書中主角自作的詩詞曲，包括宴會
行酒令等，所言植物種類繁多，最能看出作者在
植物學上的豐富學養。

成語典故植物

　　《紅樓夢》善用成語及典故之處，可謂俯拾皆是，其中和植物有關的成語、典故亦復不少。成語方面，如第九回上學前，寶玉特地來黛玉房中作辭，黛玉正在窗下對鏡理妝，聽寶玉說要上學去，故意對寶玉說這一去可是要「蟾宮折桂」了。此處「蟾宮折桂」意為考試及第，傳說月宮中有桂樹，即唐朝段成式《酉陽雜俎》所說：「舊言月中有桂，有蟾蜍。」後人以「蟾宮」言月宮，「折桂」謂及第。其他也創作許多後世耳熟能詳的植物成語，如影射罵人的「指桑罵槐」就出自第十六回。

　　典故方面，如第十一回寧府花園內梅花盛開，尤氏治酒邀請賈母、邢夫人、王夫人等過來賞花，寶玉也一起過來。宴後，寶玉一時倦怠，秦氏安排到她的臥房中睡覺。秦氏臥房中掛有唐伯虎的「海棠春睡圖」，案上的盤子內裝有木瓜。自古即以海棠借喻女人，「海棠春睡」的暗喻引人遐思；而據傳「安祿山擲過，傷了太真乳的木瓜」，「擲」、「指」同音，「瓜」、「爪」同形，意即安祿山用手指抓傷楊貴妃胸部，均暗指秦可卿室內裝飾的曖昧。

　　另外，第六十五回賈璉用「玫瑰花兒可愛，刺多扎手」來說明尤三姐的慓悍；賈璉的心腹小廝興兒也用「玫瑰花兒」描述探春，說她：「又紅又香，無人不愛，只是有刺扎手。」直到現在，華人世界仍舊使用「玫瑰」去形容外表美麗、但行事強勢的女子。

　　本章所要介紹的成語典故植物，是本書其他各章未曾描寫過或代表義涵不同的植物，除了上述的木瓜，還包括第一回「茅椽蓬牖」的蓬、「芹意」的水芹、「麻屣鶉衣」的大麻或苧麻，以及第四回的葫蘆、第五回「蒲柳之質」的蒲柳等。其他與成語典故相關的植物，則分見於本書其他各章之描述：如第六回「芥豆之微」的豆（見260頁）、第九回「蟾宮折桂」的桂（見21-22頁）、第三十七回「蕉葉覆鹿」的芭蕉（見32-33頁）、第四十二回「蘭言」和第四十五回「金蘭契」的蘭（見23-24頁、77-78頁）、第七十七回「蒹葭倚玉」的荻（見74-75頁）與蘆葦（見90-91頁）等。

【蓬

《爾雅疏》說蓬是蒿的一種，枝葉散亂無章，為「草之不理者」。蓬隨風搖動而無所定，應不是指特定種類，即所謂的「種類非一」之意，飛蓬僅為其中一種。

飛蓬及其他蓬類，大都地上部生育繁盛，枝冠疏錯交雜，即《說苑》所說：「惡於根本，而美於枝葉。」秋風一起或北風吹襲，常連根拔起，在原野翻滾轉動，「團團在地，遇風即轉」，因稱轉蓬。以轉蓬入詩的極多，如曹植〈雜詩〉：「轉蓬離本根，飄搖隨長風。何意回飆舉，吹我入雲中。」

晉·司馬彪的〈雜詩〉也有「秋蓬獨何辜，飄飄隨風轉」句。

飛蓬隨風拔地而起，乘風之勢而「行千里」，《宋書·禮志》云：「上古聖人見轉蓬，始為輪。」意思是說，古人見滾動的飛蓬枝葉才發明了車輪，即「見飛蓬轉而知為車」之意。

蓬既為雜亂之草，《詩經·衛風》遂用飛蓬來形容未梳理的頭髮，即「首如飛蓬」。古人也用蓬表示雜亂之意，用「蓬戶甕牖」（用蓬枝葉編製門戶，用破瓦罐來充當窗戶）比喻一貧如洗。《楚辭》則認為蓬草是惡草，代表小人。

飛蓬

二年生草本，莖單生，上部有分枝，高可達60公分，枝條密被硬長毛及短毛。基部葉密集，倒披針形。上及中部葉披針形，先端急尖，無柄。全部葉兩面均被硬長毛。頭狀花序下部常具腺毛，排成疏而寬之圓錐花序；總苞3層，線狀披針形；舌狀花淡紅紫色。

學名：*Erigeron acer* L.
科別：菊科

【芹

第一回甄士隱對賈雨村說：「邀兄到敝齋一飲，不知可納芹意否？」句中的「芹意」是用來表達微薄的情意，有時也用芹惠、芹獻、芹敬等同義詞，典出《列子》。原來是說有喜食胡豆、卷耳及水芹的農人，以為別人和自己的口味一樣，特別敬獻水芹等取悅鄉豪，沒想到鄉豪吃了之後的反應是「蜇於口，慘於腹」，根本不合胃口。後人遂用「芹惠」、「芹意」一語作為送禮或請客的謙詞。

第十七回賈寶玉在陪同賈政及眾清客逛大觀園所念的詩句：「新漲綠添浣葛處，好雲香護採芹人。」「採芹人」意為求取功名的讀書人。典出《詩經》的〈魯頌·泮水〉篇：「思樂泮水，薄采其芹。」泮水是古代貴族學校的代稱，採芹在此比喻讀書出仕為官。

水芹各處濕地均有生長，「其氣芬芳」，自古即取為蔬菜食用或作為香辛材料使用。從《詩經》開始，歷代文獻都有記載，如《四時寶鏡》記載東晉李鄂在立春之日，以蘆菔（蘿蔔）、水芹來招待客人。宋·陸游的詩句「盤蔬臨水采芹芽」，也以水芹為菜餚。但古籍也說「芹」有水芹及旱芹之分，旱芹可能是分布普遍的同科植物山芹菜（*Sanicula chinensis* Bunge）或鴨兒芹（*Cryptotaenia japonica* Hassk.）等。

水芹

分布範圍廣，全中國各省區均產，日本、朝鮮半島及中南半島與台灣全島亦可見。生長在潮濕生育地及水岸、溝邊，屬於多年生草本。一至二回羽狀分裂，嫩莖葉可以食用。複繖形花序，大多在夏季開花，花白色。

學名：*Oenanthe javanica* (Blume) DC.

科別：繖形科

【麻（大麻）

麻有多種，栽培較多且使用較廣的是大麻跟苧麻兩種。麻是中國古代的纖維作物，以麻類的樹皮纖維紡紗、製衣物、搓繩索等，各地普遍栽植。

第一回甄士隱遇到的跛足道人，一身打扮是「麻屨鶉衣」，用以形容該道人穿著麻鞋及破舊衣服。第六回、第廿五回及第一百一十二回均有「亂麻」之辭，形容事多而雜亂。第九十五回提到的「宣麻」，為任免將相大臣之意（唐宋皇帝拜相命將時，會用黃、白麻紙寫詔書公布於朝，謂之宣麻）。

大麻栽培作

為纖維作物，至少已有五千多年的歷史。古人以麻布織品製成布衣，供平常百姓穿用，後來就以「布衣」稱一般百姓，直至今日仍用麻布裁製夏衣。雄株莖較細長，纖維產量多，品質較佳，用來製作織物。雌株莖粗壯，纖維品質比較差，多用於製作繩索。

大麻

一年生草本植物，高可達3公尺，莖灰綠色，表面有縱溝。葉片互生，下部葉有時對生，掌狀複葉，小葉3-10，披針形至線狀披針形，邊緣有粗鋸齒；葉柄長短不一。雌雄異株；雄花黃綠色，排成圓錐花序；雌花綠色，簇生於葉腋，每花外被一卵形苞片，宿存；雌蕊1，花柱2。瘦果扁卵形。

學名：*Cannabis sativa* Linn.
科別：大麻科

275

【麻 (苧麻)

麻屜鶉衣的「麻」也可能指苧麻，原產於華南、華中的熱帶或亞熱帶地區。苧麻可以績紵，所以稱為苧（紵）麻，也是重要的紡織纖維作物。栽培歷史悠久，五千年前浙江省吳興新石器時代遺址已發現用苧麻織成的平紋細布。《詩經·陳風》中有「東門之池，可以漚紵」句，漚紵即洗麻，說明春秋戰國時代華北地區已有苧麻栽培。

苧麻纖維長、強度大、吸濕及散熱快，適合織成夏季布料。夏秋之間，剝取莖的皮部浸水漂洗後可得纖維。收穫時貼著地面割取地上莖部，留下的根部能迅速萌發新株叢。華中及華北一年割取三次，華南地區則一年收穫四、五次。

276

除纖維外，苧麻的根莖葉都各有利用價值。苧麻的儲藏根常膨大成蘿蔔狀，含大量澱粉，可當釀酒原料，亦為藥用植物，《神農本草經》列為下品。苧麻葉可作糯米糕點佐料，並可製成苧麻茶或充當動物飼料。麻莖製成的纖維板，是建築和家具的材料。

苧麻

多年生宿根性草本，莖直立叢生，高可達2公尺，成熟時皮層木栓化，韌皮纖維豐富，莖內部空心。葉互生，卵圓形至近圓形，邊緣有鋸齒，黃綠色或綠色，背面有銀白色氈毛。雌雄同株異花，團繖花序著生葉腋；雄花序在莖的中下部，雌花序在上部；花小，黃綠色。瘦果扁球形至卵形。

學名：*Boehmeria nivea* (L.) Gaud.
科別：蕁麻科

【葫蘆

第四回敘述賈雨村受了官職，到任之後，審判一件倚財仗勢打人致死的案子，並由衙署的差役（門子）引出當年賈雨村貧賤時期葫蘆廟中的舊事，由此提到當時官場的陋習，即所謂的「護官符」情事。

本回回目「葫蘆僧判斷葫蘆案」係雙關語，指出賈雨村的差役原為葫蘆廟裡的一個小沙彌，賈雨村聽信葫蘆僧之語判案，有糊塗之意。正如甲戌本脂批所言：「起用葫蘆字樣，收用葫蘆字樣，蓋云一部書皆係葫蘆提之意也，此亦係寓意處。」宋、元民間原有「葫蘆提」俗語，意為糊里糊塗，直至今

即指葫蘆瓜,有甜、苦兩種,苦瓠子食之有苦味,故以苦瓠子比喻苦命之人。

瓠瓜

一年生草質藤本,藉著捲鬚攀緣他物而上,莖可伸長達4公尺以上。單葉互生,葉片大,心狀卵形,淺裂,葉緣有尖齒;葉柄長,先端有2腺體。莖與葉均密布腺毛。花單生,雌雄異花同株;花白色,萼片和花瓣各5片;雄花雄蕊3;子房下位。果稱為瓠果,有各種形狀。

學名:*Lagenaria siceraria* (Molina)
　　　Standley
科別:瓜科

日仍有以「不知葫蘆裡賣什麼藥」來表示對事物不清楚之意。

　　第四十三回則提到九月初二是鳳姐生日,賈母邀集王夫人、邢夫人、薛姨媽、尤氏、李紈及一些管事的媳婦,出錢集資為鳳姐慶生。賈母出二十兩,太太奶奶依次十數兩不等,連各丫頭也有出二兩或一兩的。鳳姐提醒賈母,還有二位姨奶奶未算計在內。尤氏悄悄地罵鳳姐:「我把妳這沒足夠的小蹄子兒,這麼些婆婆嬸嬸湊銀子給妳做生日,妳還不夠?又拉上兩個苦瓠子!」瓠子

【 **藜**

　　寶玉在秦可卿的房內看到一幅「燃藜圖」,當下心中便有些不快;又看到畫上的一副對聯,寫的是「世事洞明皆學問,人情練達即文章」,不管房間有多華麗,就吵著要出去。

　　「燃藜圖」,說的是漢代劉向勤學的故事。劉向在天祿閣校書,有黃衣老人手持青藜杖叩門而入,吹杖頭出火幫他照明,傳授「五行洪範」之文,後來劉向果然成為大學者。於是後人以「燃藜」比喻勤學苦讀,配合上述對聯,有「學問」與「文章」之意。寶玉整天遊蕩,最不喜歡的就是有關讀書求功名的故事。

　　「燃藜圖」中的藜,就是杖藜。杖藜植株可高達2至3公尺,是同屬植物中最高大者。分布範圍極廣,荒廢地上成片生長,由

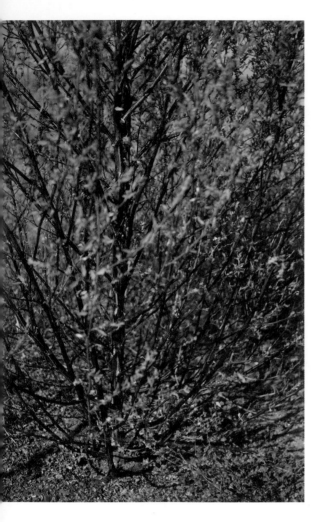

杖藜

一年生大型草本。莖直立粗壯，幼時頂
端嫩葉呈現紫紅色。葉菱形至卵形，先
端鈍，邊緣有不整齊之淺波狀鈍鋸齒。
頂生大型圓錐花序；花被裂片5，綠色至
暗紫紅色。胞果凸鏡形，果皮膜質。嫩
苗可作蔬菜，種子可食。

學名：*Chenopodium giganteum* D.Don
科別：藜科

【木瓜

　　古名楙，又名楺楂。郭璞《爾雅》注說
本植物：「木實如小瓜，酢而可食。」即果
實類似小甜瓜之意。國人利用木瓜的歷史久
遠，二千五百多年前的《詩經·衛風》就有
「投我以木瓜，報之以瓊琚」的記載，已是
當時日常所見的樹種。

　　木瓜的花果俱香，每年三、四月開花，
盛開時花枝柔弱、花朵微紅，溫潤可愛，可
惜花期不長。果實如小瓜，似梨而稍長，皮
光色黃、香而甘酸不澀，食之益人；一般都
不生食，蜜漬或醋浸方可食用。果實乾後，
仍長期散發香氣。秦可卿臥房香案上擺著一
盤木瓜，目的是取其香味；黛玉房內平常不
點香，也是擺置新鮮木瓜來保持室內清香。

　　春天時節先葉開花，花色有深紅、淺
紅、純白或紅白相間者，極為繽紛豔麗，常
栽植在庭院中觀花。木瓜除去種子煮至爛
熟，和蜜搗成泥狀，再與薑煎湯，可以治療
濕痺腳氣、霍亂大吐大下，也可強筋骨、消
食止水，冬季飲之尤佳。

　　另有一種貼梗海棠（*Ch. speciosa* (Sweet)

於取得容易，古人採其木質化的老莖充當手
杖，謂之「藜杖」。藜杖或杖藜經常出現在
詩詞及章回小說中，如杜甫〈冬至〉詩句：
「杖藜雪後臨丹壑，鳴玉朝來散紫宸。」由
於持杖者多為老人，詩人有時會倚老賣老，
以「杖藜」自稱，如杜甫的〈白帝城最高
樓〉詩句：「杖藜歎世者誰子？泣血迸空回
白頭。」後來也用杖藜或青藜直稱拐杖，如
明·沈周的〈溪亭小景〉：「此段風光小韋
杜，可能無我一青藜？」

Nakai），又名皺皮木瓜，果實外形、滋味和藥效都和木瓜類似，花色豔麗，亦栽培供觀賞。古人所言之木瓜，可能也指此種。

木瓜

落葉小喬木，樹皮呈片狀剝落。葉橢圓狀卵形至橢圓狀長圓形，先端急尖，緣具苞狀鋸齒。幼時葉背密被黃白色絨毛，復脫落。花單生葉腋，花梗粗；花瓣倒卵形，淡粉紅色；雄蕊多數；花柱3-5，被柔毛；子房下位。梨果長橢圓形，暗黃色，木質，有芳香。

學名：*Chaenomeles sinensis* (Thouin) Koehne
科別：薔薇科

【蒲柳

蒲柳即旱柳。第五回「太虛幻境」中演奏的《紅樓夢曲》，其中一曲〈喜冤家〉，說迎春原是公府千金，弱質如蒲柳；第八十六回黛玉自怨：「想我年紀尚小，便像三秋蒲柳。」蒲柳在早秋就落葉，古人常用來比喻早衰體質。黛玉體弱，「嬌襲一身之病」，遂以三秋蒲柳自況。「蒲柳之姿」一詞最早出自《晉書・顧悅之傳》，說顧悅之頭髮早白，自言：「松柏之姿，經霜尤茂；蒲柳常質，望秋先零。」

旱柳枝條勁韌，北方民族或華北居民常砍取製作箭身；較大的枝條可以燒炭。常栽植在住宅旁，也常種植在河岸，供作固沙及水土保持之用。

蒲柳除旱柳外，尚有水楊一說。晉・崔豹的《古今注》提到：「水楊即蒲柳，亦曰蒲楊。」水楊同屬柳類，今名細柱柳或銀柳（*Salix gracilistyla* Miq.），分布在東北及華北溪流沿岸，枝條供作編織。

旱柳

性耐旱耐濕，易栽植，各地都有大面積造林。落葉性，可長成喬木，樹皮灰黑色，小枝黃色，後變褐色。葉披針形，表面綠色有光澤，背面蒼白色或白色，細腺鋸齒緣。雌雄異株，雄花序圓柱形，長1-1.5公分，雄蕊2；雌花序長2公分。蒴果2瓣開裂。

學名：*Salix matsudana* Koidz.
科別：楊柳科

【芥

第六回用「芥豆之微，小小一個人家」提起劉姥姥進大觀園的事，芥指芥菜或荊芥，前者為普遍可見的蔬菜，後者為常見的雜草，均喻其賤；豆指各種常見的豆類種子，如綠豆、赤小豆、大豆等，喻其小。第十六回也用「芥豆之事」來比喻雞毛蒜皮的小事。

芥菜，又名辣菜或臘菜，氣味辛辣，在中國的栽培歷史悠久。《禮記·內則》已提到芥末醬（芥醬），用芥菜辛辣的莖部製醬佐餐；東漢出版的《四民月令》也有種芥和收芥子的記載。西安半坡村遺址所出土的菜子，有人推論可能就是芥菜子，距今已有六、七千年。

芥菜易種，四時可收：冬季收成者謂臘菜，春秋收成者謂春菜，夏季收成者謂夏菜，到處有種。《廣群芳譜》列出清朝出現的許多品種，有青芥、紫芥、白芥、南芥、旋芥、馬芥、花芥、石芥、皺葉芥等。芥菜和蔓菁為同屬植物，外形和花色都極相似，難怪《嶺表錄異》會說：「北人將蔓菁子就彼（廣州）種者，出土即變為芥。」所言當然無稽，但蔓菁移植到南方，不結塊根，形態看起來確實就像芥菜。

芥菜

一年至二年生草本，有時具刺毛，常帶粉霜。葉基生，寬卵形至倒卵形，通常不分裂，邊緣具不整齊大鋸齒，葉柄有小裂片；中上部葉互生，葉狹小，線狀披針形。總狀花序，花後延長，高可達1公尺以上；花淡黃色，瓣4，萼4，雄蕊6。果為長角果，長3-5公分。種子球形，紫褐色。

學名：*Brassica juncea* (L.) Czern. *et* Coss.
科別：十字花科

詩詞歌賦所引的植物

　　《紅樓夢》一書所引的古典詩詞，提到了很多植物名稱，如第十七回寶玉陪同賈政、眾清客巡視園區所引述的〈吳都賦〉、〈蜀都賦〉、《詩經》、《楚辭》章句，僅是〈吳都賦〉：「綸組紫絳，食葛香茅」句，就有綸、組、紫絳、葛（見57頁）、茅（見154頁）等植物名稱，說明大觀園植物種類之豐富。

　　尤有甚者，是書中主角的自作詩詞曲，包括宴會行令等，所言之植物種類更多，如第二十八回寶玉參加馮紫英家的聚會。喝酒時大家行酒令，規定酒令中要說到悲愁苦樂四字，還要註明這四個字的緣故；然後唱一首曲子，最終以古詩舊對或成語收尾。先由寶玉起頭，唱了一首〈紅豆詞〉，最後吃一片梨，末尾引了宋人秦觀的「雨打梨花深閉門」詞句收尾。眾人依次說出酒令，提出的酒令均極符合各人特質，分別提到了紅豆、柳、蓴菜、茅、荳蔻、桃、桂花等多種植物。還有第六十三回寶玉生日的「怡紅夜宴」，大伙吃喝玩鬧之際，抽花名行令，由晴雯拿了一個竹雕的籤筒出來，裡面裝著象牙花名籤子，籤上有花名、四字題詞和一句唐詩，花名包括牡丹、杏花、梅、海棠、荼蘼花、蒂花（荷）、芙蓉花、桃花等。

　　第五十一回薛寶琴還做了一首〈青塚懷古〉，吟詠王昭君遠嫁荒涼寒外的悲怨故事，詩中的黑水在今內蒙古呼和浩特市南郊。此詩譏諷漢朝和親政策：「漢家制度誠堪歎，樗櫟應慚萬古羞。」樗指臭椿，櫟指麻櫟類植物，兩種在古代都被視為不能成材的植物，此處用以罵漢元帝無用，貽笑千古。

　　《紅樓夢》一書詩詞歌賦所引用的植物，許多在本書其他篇章均已介紹過，本章所錄者為以下18種，包括綸（海藻）、組（海帶）、水松、紫菜、蕢（蒺藜）、浮萍、紅豆、荳蔻、蕙（羅勒）、棘（酸棗）、蘩（白蒿）、白楊、葹（蒼耳）、蒲（香蒲）、苹或白萍（田字草）、蘊藻（菹藻）、樗（臭椿）、櫟（麻櫟）。

282

色，質地極脆易斷。

海藻的古名不一，《爾雅》稱「薅」，《爾雅郭注》名「海蘿」，《名醫別錄》謂「藻」，均指產於海水中的藻類，應為一類多種之植物。

海蒿子

多年生，藻體褐色，乾後變黑，高度達50公分。主枝自主幹兩側羽狀生出，幼時著生許多刺狀突起。初生葉披針形至倒披針形，長5-7公分，邊緣有疏鋸齒；次生葉線形或羽狀分裂。側枝自次生葉腋間生出，長出絲狀小枝。葉腋間生有球形至橢圓形的氣囊和生殖托。

學名：*Sargassum pallidum* (Turn.) C. Ag.
科別：馬尾藻科

【綸

寶玉引〈吳都賦〉：「綸組紫絳，食葛香茅」，來說明大觀園內的異草。綸、組、紫、絳均為海中草類，有解綸組為海帶、紫絳為紫菜者，但也有認為綸、組、紫、絳分別代表四種不同植物：綸為海藻、組為海帶、紫為紫菜、絳為絳草。這些植物既然均生長於海中，則寶玉所提絕非指大觀園所植者，可能僅僅是賣弄才學，或是指黏附在山石上面的乾燥植物體。

海藻作為藥材始載於《神農本草經》，列為中品，性寒味鹹，有清熱、化痰功效，可治療疝氣、腳氣水腫等症，對缺碘引起的病症（如甲狀腺腫）有療效。除本種海蒿子外，同屬的羊栖菜（*Sargassum fusiforme* (Harv.) Setch.）、馬尾藻（*S. enerve* C. Ag.）及三角藻（*S. tortile* C. Ag.）等，在藥材方面均以海藻稱之。海藻類乾後均為黑褐色至黑

【組

第十七回寶玉提到的「綸組紫絳」，其中的組可解為海帶，古人以海帶外形類似綬帶，因此稱為「組」。

海帶始載於《嘉祐本草》，視為藥草，《名醫別錄》列為中品。當時所說的海帶，係指《本草拾遺》眼子菜科的大葉藻（*Zostera marina* L.）等植物而言。後來《植物名實圖考》所稱的海帶才是現時食用的海帶，有人又以昆布稱之。但其實，今人所稱的昆布指的是另一種植物，又名鵝掌菜（*Ecklonia kurome* Okam.），屬翅藻科，葉片兩側分枝或複羽狀分枝，葉片中央部分稍厚，所謂「昆布生南海，葉如手，大似藻葦，紫赤色」，與海帶明顯不同。

海帶味鹹，有腥味，現代大量栽培及生產的海帶主要做為食用或做藻膠素、碘、木蜜醇的原料；部分亦作藥材使用，功能為消痰軟堅、行水，可用來治療甲狀腺腫，暫時抑制甲狀腺亢進的新陳代謝率。海帶中所含的海帶氨酸具有降血壓的作用，可治療動脈硬化諸症，是心臟病患者的利尿劑。

海帶

一或二年生大形褐藻，藻體褐色，革質。植物體可區分為固著器、柄部和葉片三部分。固著器為假根所組成，叉狀分枝；柄部粗短；葉片狹長，全緣，有波狀折皺。孢子囊群通常生於一年生海帶葉片下部，為近圓形的斑疤。喜較寒涼之深海底，常叢生在潮線以下的岩礁上，近來多用人工繁殖。

學名：*Laminaria japonica* Aresch.
科別：海帶科

【水松

寶玉引〈吳都賦〉的「石帆水松，東風扶留」，說明異草中有石帆、水松、扶留等植物。石帆屬於珊瑚類，而水松為附生在海洋岩石上的藻類。

水松始載於南北朝陶弘景的《本草經集注》，植物體分枝狀如松葉，「豐茸可食」，濱海居民常採集供蔬菜食用，指的是刺松藻或同屬其他植物。裸子植物中，也有一種今名稱為水松（*Glyptostrobus pensilis* Koch.）的落葉喬木，但不是〈吳都賦〉所說的水松。

廣東地區民眾常採刺松藻類煮成清涼飲料，植物體也含有多種揮發性物質及強烈抑菌作用的丙烯酸。據《本草拾遺》記載，刺松藻可治療水腫及催生；日本人用為驅蛔蟲藥劑。

本類植物鮮少出現在文獻中，僅《本草經集注》、《證類本草》等書籍提及。《本草綱目》雖有引用，但著墨不多，可見並非普遍使用、也非重要的藥材。

刺松藻

生長在中及低潮帶的岩石上，常集生成大群落。藻體墨綠色，海綿質，富汁液，高10-30公分。固著器盤形或皮殼狀。植物體由基部向上分枝，枝圓柱狀，徑0.2-0.5公分，枝端圓鈍。整個藻體為分枝很多、管狀無隔膜的多核單細胞構成。髓部為無色絲狀體。植株有葉綠體。

學名：*Codium fragile* (Sur.) Hariot
科別：松藻科

【紫絳

藻類不具有真正的根莖葉，但都有葉綠素A，能行光合作用，有綠藻、褐藻、紅藻等類別。紅藻個體顏色變化極大，有玫瑰色、紅色、紫色、藍色、棕色、黑色等不同顏色。紫菜為紅藻類，分類上屬於紅藻門下的髮菜科，為一種常見的經濟藻類。

平時食用的紫菜湯，原料即紫菜的葉狀配子體。紫菜「生南海中，附石。正青色，取而乾之則紫色」，盛產期間，常見婦女於潮間上部的岩石上採集。《紅樓夢》第十七回寶玉引〈吳都賦〉，說大觀園的諸草中有「綸組紫絳」，「紫絳」即為紫菜。《魏王花木志》也提到：「吳郡邊海諸山，悉生紫菜。」當時吳國海域確實產紫菜，但大觀園中不可能栽種紫菜。

紫菜營養豐富，含蛋白質、脂肪、碳水化合物、粗纖維，以及鈣、磷、鐵、碘等礦物元素及胡蘿蔔素、硫胺素、核黃素、尼克酸、抗壞血酸等，不但是可口的食品，也是

藥材，主要功用為化痰軟堅、清熱利尿，用來治療腳氣、水腫、淋病及瘰癧。但不可多食，《食療本草》說「多食脹人」；《本草拾遺》也說：「多食令人腹痛、發氣，吐白沫。」因為多吃紫菜而引發的腹痛脹氣，喝下少許熱醋就可解之。

常見的其他紫菜種類，還包括長葉紫菜（*P. dentate* Kjellm.）、皺葉紫菜（*P. crispate* Kjellm.）和圓紫菜（*P. suborbiculata* Kjellm.）等，均可食用或做藥用。

紫菜

扁平葉狀體藻類，基部有盤狀固著器。葉狀體廣披針形至橢圓形，膜質，邊緣波狀，幼時淺粉紅色，漸變為深紫色，衰老時呈較淡的淺紫黃色。雌雄同株，異形世代交替；膜狀葉為配子體，精子和雌配子結合，發育為絲狀的孢子體。

學名：*Porphyra tenera* Kjellm.
科別：髮菜科

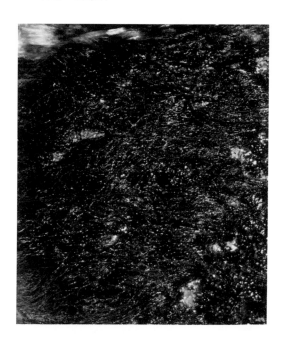

【蒺

蒺藜，《詩經》稱茨，如〈鄘風〉之「牆有茨，不可埽也」及〈小雅〉之「楚楚者茨」；《楚辭》稱蒺，如〈離騷〉：「蒺菉施以盈室兮，判獨離而不服。」李時珍解釋蒺藜一名，認為蒺是疾之意、藜是利之意，因為果實具刺銳利、傷人甚疾而得名。

蒺藜多生道旁及牆頭，莖葉四布，開黃色花，全株長滿具刺的果實。古代一般百姓多裸足赤腳，常遭蒺藜刺傷，蒺藜因此成為多數人憎惡和畏懼的雜草。《楚辭》中將本種及菉（藎草）、葹（蒼耳）三者歸為惡草，用來比喻小人、惡人或不祥的事物。第七十八回寶玉為晴雯寫的〈芙蓉女兒誄〉中有「蒺葹妒其臭，茝蘭竟被芟除」句，含意相同。

軍陣模仿蒺藜果實，製作有刺鐵球，謂之鐵蒺藜。隋煬帝征遼時曾用之；三國諸葛亮病逝於五丈原時，長史楊儀怕魏軍突襲，也曾經布置鐵蒺藜來禦敵。

蒺藜是古老的藥用植物，《神農本草經》列為上品，藥用部分是果實。果實成熟後採收、曬乾，碾掉果實上的刺，炒至刺角焦黃發脆，有疏肝散風、明目行血的功效，可治療諸瘡風癢腫痛，並有催乳及通經之效。另有一種同屬植物大花蒺藜（*T. cistoides* L.）為多年生草本，花遠比蒺藜大，也稱作蒺藜，果實也供藥用，成分和效用都跟蒺藜相似。

蒺藜

一年生平臥草本。偶數羽狀複葉，小葉對生，3-8對，矩圓形或歪斜長圓形；被覆柔毛，全緣。黃色花單生於葉腋；萼片5，宿存；花瓣5；雄蕊10，基部有花盤；子房5心皮，柱頭5裂。果由不開裂之果瓣組成，果瓣5，上有銳刺及小瘤。

學名：*Tribulus terrestris* L.
科別：蒺藜科

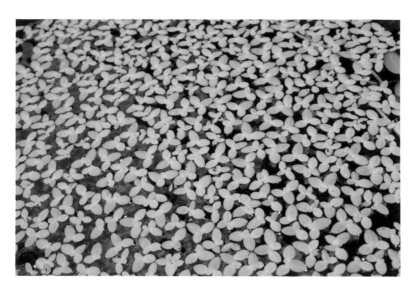

【浮萍

　　第九回賈政回家，正與清客們閒聊，寶玉進來請安，說要上學去。賈政不假辭色地對寶玉冷嘲熱諷：「你要再提上學兩個字，連我也羞死了！依我的話，你竟玩你的去是正經。」遂責問陪讀的李貴，寶玉究竟念了什麼書。李貴嚇得跪在地上，用一知半解的常識回答，說什麼「呦呦鹿鳴，荷葉浮萍」，引得全體大笑。此句原是《詩經·小雅》篇中的「呦呦鹿鳴，食野之苹」句，李貴學舌而鬧出笑話。

　　古人認為浮萍乃「楊花入水所化」，楊花其實就是柳絮，也稱柳花，是柳樹種子所附的長白毛。柳子春天成熟，從開裂的蒴果隨風散逸各處，也會在水面上漂浮。浮萍「處處有之，季春始生」，於是被誤以為「楊花」變成浮萍。元詩人宋無有〈萍〉詩一首：「風波常不定，浪跡在天涯。莫怨生輕薄，前身是柳花。」宋代詩人林景熙的詩句也說：「柳花滾雪春冥冥，溪風一夜吹為萍。」都和「楊花浮萍」的傳說有關。

　　浮萍通常以葉狀體之側邊生無性芽來進行無性繁殖；此外，浮萍也是被子植物，會開花結實，種子極小，可在泥中或水岸越冬。等春初氣溫回暖，種子可發芽長出新植物體，同時又以無性繁殖方式迅速增加個體數，所謂「一夕生九子」，形容浮萍可在短期間內增殖，覆蓋整個水面。

　　浮萍一般指青萍，是浮萍類中分布最廣泛、族群最大的種類。在水域中常見的浮萍類，尚有紫萍（*Spirodela polyrrhiza* (L.) Scheid.），葉狀體倒卵形，背面紫紅色，絲狀根5-11條；無根萍（*Wolffia arrhiza* (L.) Wimm.），植物體微小如砂，無根。

浮萍

飄浮小草本，根1條，纖細，著生於葉狀體背面中部。葉狀體對生，形狀為倒卵形、橢圓形或近圓形，長0.2-0.6公分，全緣，表面綠色，背面綠白色至淺黃綠色。花單性，雌雄同株，生於葉狀邊緣之佛焰苞內，雌花1朵，雄花2朵。胞果近陀螺形，種子通常1個。

學名：*Lemna minor* L.
科別：浮萍科

【紅豆

　　自唐·王維的〈相思〉詩句：「紅豆生南國，春來發幾枝」以來，「紅豆」在歷代詩詞文句中就代表了相思及愛情。但「紅豆」究竟為何種植物，則一直有爭論。

　　《廣群芳譜》和《植物名實圖考》認為相思子即紅豆。相思子，又名雞母珠（*Abrus precatorius* Linn.），是豆科一年生的草質藤本植物，僅分布於熱帶地區，種子細小、長圓形，部分黑色部分紅色。但《古今詩話》說：「相思子圓而紅。昔有人歿於邊，其妻思之，哭於樹下而卒，因以名之。」說明相思子是大樹，與上述的雞母珠明顯不合。另一種說法是孔雀豆，又名海紅豆（*Adenanthera pavonina* Linn.），常被種為庭園樹及行道樹，種子鮮紅色、有光澤、心形，民間名之為「相思豆」。但本種原產於華南、西南地區及亞洲、非洲熱帶地區，恐怕也不是王維及其他詩人所言的紅豆。

　　紅豆樹類（*Ormosia* spp.）分布華中、華南，共有20多種，多數種類的種子鮮紅色，且分布範圍較大，應即歷代詩人所言之「紅豆」。第二十八回寶玉參加薛蟠等人的酒局，行酒令時所唱的〈紅豆詞〉有：「滴不盡相思血淚拋紅豆，開不完春柳春花滿畫樓。」其中的「紅豆」指的也應該是有相思、愁緒義涵的紅豆樹種子。

紅豆樹

常綠喬木，高可達10公尺。羽狀複葉，小葉7-9，長卵形至倒披針形，長5-12公分，先端急尖，基部楔形或鈍。圓錐花序頂生或腋生；花冠白色或淡紅色。莢果木質，扁平，橢圓形，先端喙狀。種子1-5個，鮮紅色有光澤，近圓形。

學名：*Ormosia hosiei* Hemsl. *et* Wils.
科別：蝶形花科

【荳蔻

　　唐詩人杜牧的〈贈別〉詩：「娉娉嫋嫋十三餘，荳蔻梢頭二月初。」以荳蔻比喻十三、十四歲少女，後人就以荳蔻形容少女的美貌與嬌柔。

　　初春荳蔻含苞未放之花，稱為「含胎花」，形如初懷孕的少婦，以及花中兩瓣相連（即每蕊心有兩瓣相併），均為詩人用來比喻懷春少女的原因。第二十八回在馮紫英家酒席上，雲兒行酒令所唱的曲兒有「荳蔻花開三月三，一個蟲兒往裡鑽」句，此荳蔻指的是紅荳蔻，亦含有少女之意。第十七回寶玉為「蘅芷清芬」匾額所做的對聯「吟成荳蔻詩猶豔，睡足荼蘼夢亦香」，荳蔻在此則是指香草而非少女。

荳蔲有紅荳蔲、白荳蔲、草荳蔲等多個品種。白荳蔲（*Amomum kravanh* Pierre *ex* Gagnep）原產柬埔寨、泰國；草荳蔲（*Alpinia katsumadai* Hay.）產於兩廣及海南，均用來做香料及藥材。紅荳蔲是較常見的荳蔲，果實成熟時棗紅色，果實、根莖可供藥用。

紅荳蔲

多年生高草本植物，高可達2公尺，根莖塊狀。葉片長圓形至披針形，先端短尖或者漸尖。圓錐花序頂生，花多而密；花綠白色，萼筒狀，宿存；花冠唇瓣，白色而有紅線條。果為長圓形，成熟時棕色至棗紅色，種子3-6個。

學名：*Alpinia galanga* (L.) Willd.
科別：薑科

【蕙

　　《紅樓夢》各回所提到的「蕙」有兩種，一種是當作香花栽植的蕙蘭類（見23-24頁），一種則是做為香草的蕙草（羅勒）。第十七回蘅蕪院的匾詞「蘭風蕙露」、第二十一回四兒的原名「蕙香」及寶玉所說的「蕙香蘭氣」、第五十回描寫紅梅「香欺蘭蕙」及第七十八回悼晴雯之〈芙蓉女兒誄〉的「生儕蘭蕙」句，均是蕙與澤蘭並提，可見兩者都是香草，即「蕙」為蕙草。

　　蕙或蕙草究竟為何物，歷來皆無明確解答，即《植物名實圖考》所說：「詩書家多用蕙，而竟不知是何草。」蕙，又名薰草，《山海經》說：「浮山有草，麻葉而方莖，赤華而黑實，臭（嗅）如蘼蕪，名曰薰草。」《廣雅》卻說「蕙草綠葉紫花」。不管是薰草或蕙草，花為赤色或紫色，以《證類本草》及《植物名實圖考》所述性狀及附圖來看，均類似今天的羅勒或九層塔。

古時以香草祭祀也有等級之分，天子用鬱金，諸侯用薰草或蕙草，而大夫則用澤蘭和白芷。

羅勒

一年生草本，高可達80公分，莖四稜形，中部以下莖枝木質化；全株具芳香。葉卵形至卵圓狀橢圓形，邊緣具不規則齒牙或近全緣。輪繖花序組成頂生之總狀花序，花梗在結果時下彎；花冠淡紫色或上唇白色，下唇紫紅色。小堅果為宿存花萼所包，種子黑褐色。

學名：*Ocimum basilicum* L.
科別：唇形科

【棘

《詩經》所言之棘，如〈曹風〉：「鳴鳩在桑，其子在棘」及〈小雅〉：「湛湛露斯，在彼杞棘」，均指酸棗。《紅樓夢》第七十八回〈芙蓉女兒誄〉：「荊棘蓬榛，蔓延戶牖」之「棘」，同樣也是指酸棗。

棘原意為小棗，「田野間多有之，叢高三、二尺。花葉莖實，俱似棗也」。酸棗形態類似紅棗，葉、果實、樹形都比紅棗小，在植物分類上，被處理為紅棗的變種。

古代人家會在居家周圍栽植有刺灌木，一則明示活動疆域，一則防止獸類入侵，最常用的樹種就是酸棗。酸棗多生長於乾燥荒涼的山石之上，或崩塌的黃土懸崖之中，如《山海經》所云：「北嶽之山，多枳棘剛木。」枳是指枸橘，也是多刺灌木。後世常以「枳棘」代表有刺灌木或無用之物，如劉

向〈九歎〉：「折芳枝與瓊華兮，樹枳棘與薪柴。」

古人又以體小叢生的有刺灌木為棘，因此說：「棘多生崖塹之上，久不樵則成幹，人方呼為酸棗。」認為棘即酸棗未長大時的枝上刺，長成大樹之後，刺比較少，此時稱之為酸棗。可見棘與酸棗本一物也。果實極酸，種子稱為酸棗仁，《神農本草經》列為上品，自古用為安眠藥。

酸棗

落葉灌木，枝條具托葉刺，長刺2-3公分，短刺下彎。葉互生，卵形至卵狀橢圓形，基生三出脈；邊緣具圓齒狀鋸齒。花單生或2-5個密集成腋生聚繖花序；花黃綠色，兩性，具有厚之肉質花盤。核果球形，短橢圓形或卵形，紫紅或紫褐色，果肉薄，味酸。

學名：*Ziziphus jujuba* Mill. var. *spinosa* (Bunge) Hu *ex* H.F. Chow
科別：鼠李科

【蘩】

第七十八回寶玉在祭晴雯時心裡想著：「古人有云：潢污行潦，苹蘩蘊藻之賤，可以羞王公，薦鬼神。」以上引自《左傳》，其中的「蘩」，《爾雅》解為白蒿。白蒿全株有香味，常用以祭祀，除左傳外，《詩經集傳》也說：「公侯夫人執蘩菜以助祭。」

白蒿春初比其他草類更早萌發，「似青蒿而葉粗，上有白毛錯澀。從初生至枯，白於眾蒿」，因此得名。古人於春初採集白蒿為菜蔬，可生食也可蒸食。

古時養蠶，稍有不慎，蠶就會受到真菌或其他微生物感染而死亡，特別是在微生物大量繁衍並四處傳播的夏季。此時，古人會採集植物體能散發香氣（揮發油）的植物來殺死微生物，保持養蠶室的清潔，而白蒿就是其一。《詩經》的〈豳風·七月〉篇有「采蘩祁祁」句，在農曆七月大熱天採集白蒿，就是為了要消毒蠶室，即「蘩所以生蠶」之意。

白蒿

一年至二年生草本，高可達150公分，枝條被灰色柔毛。下部及中部葉有長柄，葉片為寬卵形，二至三回羽狀深裂，基部有假托葉。上部葉線形，淺裂或不裂。頭狀花序排成圓錐花序，總苞半球形，苞片4-5層；花黃色；瘦果長0.1公分，無冠毛。

學名：*Artemisia sieversiana* Ehrhart ex Willd.

科別：菊科

族多用松柏，尋常百姓則選擇易種且生長快速的白楊。葉遇風則簌簌有聲，形成古詩「白楊多悲風，蕭蕭愁殺人」的情境。

楊全世界有100餘種，中國產62種。楊和柳形態、習性都有相類之處，種子都有長毛，都稱飛絮，《虞衡志》云：「江東人通稱楊柳。」但楊樹葉寬大，柳樹葉細長，極易區別。白楊是中國境內分布最普遍的楊樹之一，芽及嫩葉被覆白毛絨，成熟葉似梨葉而厚大，葉背滿布白絨。

白楊

目前大陸各地大量造林，作為造木林、防護林、行道樹和庭園樹等。樹幹通直高大，樹皮灰白色，菱形皮孔散生。嫩枝、幼葉背面布滿白絨毛。長枝的葉革質，三角卵形，邊緣有齒牙，葉背密生灰毛；短枝的葉較小，卵狀或三角形卵狀。雌雄異株。蒴果圓錐形至扁卵形。

學名：*Populus tomentosa* Carr.
科別：楊柳科

【白楊

枯楊或白楊常栽植在墳地，有時還做為墳墓的代稱，如白居易詩句：「聞道咸陽墳上樹，已抽三丈白楊枝。」說的就是墳上的白楊樹。《紅樓夢》第一回所言之枯楊、第五回寶玉遊太虛所聽之惜春判詞〈虛花悟〉的「白楊村裡，人嗚咽」句，以及第五十二回所說的大楊村，都和墳墓有關或代指墳墓而言。但第四十一回劉姥姥提到的楊木，則指木料。

白楊適應性強，性耐旱，樹幹高大通直、材質細緻，北方自古即栽培為用材，和槐木、榆木、旱柳合稱「四木」。傳統上會在先人墓陵栽植「墓木」以示誌念，其中貴

【菻

第七十八回寶玉為晴雯寫的〈芙蓉女兒誄〉有「薋菻妒其臭，茞蘭竟被芟除」句，「菻」即今之蒼耳，又名葈耳、卷耳，《神農本草經》列為中品，藥用部分為果實。炒熱搗去刺，或酒拌蒸過，主治風毒、狂犬咬等；市面上的蒼耳膏煎劑，則可治療慢性關節炎和梅毒性神經痛。

嫩苗幼葉煮水浸泡後可食用，《本草圖

蒼耳的適應性強，種子多，果實外總苞的鉤刺可黏附在動物皮毛及羽毛上以傳播種子，現已成為世界各地妨害原生生態系及侵害耕地的雜草。

蒼耳

一年生草本，莖直立，近根部紫色。葉互生，三角形，3-5淺裂，邊緣有不規則鋸齒，葉基心形。春夏之交於葉腋及莖頂生頭狀花序；花單性，同株；雄花序球狀，總苞小，一列，花管狀；雌花序綠色，卵形，苞片2-3列，外面有鉤刺，無花冠。瘦果倒卵形，包於有鉤刺的總苞內，頂端有喙。

學名：*Xanthium sibiricum* Patrin.
科別：菊科

經》說蒼耳「處處有之，葉青白似胡荽，白花細莖」，可以煮食，但「滑而少味」。李白〈尋魯城北范居士失道落蒼耳中，見范置酒摘蒼耳作〉詩句有「忽憶范野人，閒園養幽姿」及「酒客愛秋蔬，山盤薦霜梨」句，表示蒼耳是野居隱士的下酒菜。杜甫在兵荒馬亂時所寫的〈驅豎子摘蒼耳詩〉也說：「蓬蒡獨不焦，野蔬暗泉石。卷耳況療風，童兒且時摘。」

蒼耳的花、葉、根、實都可食用，果實去皮後可磨粉製麵，是古代的救荒食品，又可治頭風寒痛。無怪乎元代詩人成廷珪〈寄周平叔先生就求蒼耳子〉詩會說：「五月採來蒼耳子，幾時分送白頭人。」蒼耳子已成為餽贈親友的物品了。

【蒲

第七十八回〈芙蓉女兒誄〉：「搴煙蘿而為步幛，列蒼蒲而森行伍。」所言之「蒼蒲」，可解為菖蒲（見247-248頁）或香蒲。

晉‧陶弘景云：「人家所用席，皆是莞草；而薦多用蒲。」意思是睡臥用的席子，材料是用質地較細的莞草（席草、蒲草或薦草）編製，而坐墊則用粗厚的香蒲葉編成。第四十一回提到的蒲團是一種圓形的坐墊，為宗教用物，南方大都用蒲草編成，也可能用香蒲葉製成。

春初長幼筍、生嫩葉，未出水時紅白色，香蒲嫩筍可食，《周禮》就曾提到可採幼筍為菜蔬。《齊民要術》也說：「蒲始生，取其中心入地者，蔤大如匕柄，正白，

生噉之，甘脆。又煮以苦酒浸之，如食筍法，大美。」

　　成熟葉可供織席，自古即視為經濟植物。《詩經・陳風》：「彼澤之陂，有蒲有荷」的蒲即香蒲。夏季抽花於叢葉之中，圓柱狀的花序俗稱為「蒲槌」。開花時，其細如金粉的「花中蕊屑」（花粉）是重要的中藥材「蒲黃」。果實成熟時，散如棉絮，收集果絮可以製成坐褥及被褥，而且「甚溫燠，木棉不及也」。蒲有時也指蒲草，即產於華南地區的蘺草（見163頁），是製造草席、草帽的原料。

香蒲

多年生水生草本，高可達2公尺；根狀莖乳白色。葉片線形，光滑，上部扁平，下部腹面微凹，切面為海綿狀。花單性，雌雄同株，花序穗狀，雄花序生於上部，雌花序生於下部，雌雄花序緊密連接不分離。子房基部具白色絲狀毛。

學名：*Typha orientalis* Presl.
科別：香蒲科

【苹（白萍）

　　第七十八回提到的「苹蘩蘊藻」之「苹」，及第一百零八回的詩句「白萍吟盡楚江秋」之「白萍」，所言均為白蘋。白蘋「四葉合成，中折十字」，即今之田字草。歷代詩文中，有青蘋、綠蘋、白蘋之分，例如李白：「淥水明秋月，南湖採白蘋」、張籍：「渡口過新雨，夜來生白蘋」、白居易：「池幽綠蘋合」、于鄴：「三月煙波暖，南風生綠蘋」，以及張喬的「蒹葭浦際聚青蘋」等。

　　古人觀察到生長在水中的蘋「夏秋開小白花」，因此稱為白蘋。其實蘋屬於蕨類的隱花植物，並不會開花，所謂的「小白

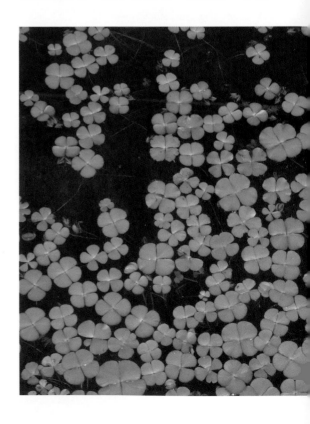

花」，指的應該是孢子果（產生孢子的器官）。孢子果外面覆蓋白色密毛，許多圓球狀的孢子果聚生在一起，看起來就像花。青蘋生長在陸地上，葉與白蘋完全相同，莖生在潮濕或稍乾燥的土中，高「三、四寸」，全株青綠色，稱為青蘋或綠蘋。由此可知，白蘋和青蘋、綠蘋全是指現代所稱的田字草，差異處只是生長的環境不同。

《詩經·召南》篇：「于以采蘋，南澗之濱。」所採之蘋是做為蔬菜食用或祭品。例如，《酉陽雜俎》：「太原晉祠，冬有水底蘋不死，食之甚美。」採蘋供食用；《左傳》：「蘋、蘩、蘊藻之菜，可薦於鬼神，可羞（饈）於王公。」所採之蘋則供祭祀。

其實田字草纖維較多，植株質地較硬，並不適合採食。因此，近人除採蘋供藥用外，已不再充當菜蔬食用；農家則採集莖菜，煮熟做豬飼料。蘋多生長在水澤處，稻田中尤多，常妨害水稻生長。但全草入藥清熱解毒，利水消腫，可治腎炎、肝炎、牙齦腫痛，外用則可治瘡癤、毒蛇咬傷。

田字草

淺水水生植物，根狀莖細長，在泥中橫走，有分枝。葉由4片小葉組成，小葉倒三角形，外緣圓形，基部楔形；全緣。孢子果長圓狀腎形至卵圓形，幼時密被毛，2-3枝簇生於短梗上；大、小孢子囊同生在孢子果內。

學名：*Marsilea quadrifolia* L.
科別：蘋科

【蘊藻

《詩經·召南》：「于以采藻？于彼行潦。」陸機《詩疏》說藻有兩種，其一「莖大如釵股，葉如蓬蒿」，謂之聚藻；另一種則「葉如雞蘇，莖大如箸」，但未說明名稱為何。這兩種藻都可食用，水煮除去腥味後，和米麵羹合煮，饑荒時可單獨蒸食之。聚藻葉細如絲，外觀有如魚鰓，節節連生，又名水蘊、鰓草、牛尾蘊。

古藻字意為「草之有文（紋）者」，出於水下，字從澡，意為自潔如澡。因此祭祀祖先鬼神，無不用藻。古代建築大都用木料搭建，容易發生火災，因此會在殿堂屋頂上畫藻以為飾紋，既取清潔之意，也有厭火、禳火之寓意。由於植物體分歧加上紋路複雜，古人也喜歡以藻來代表才華，如文藻、詞藻、藻思，象徵才思無限。

夏天為聚藻的生長旺季，除荒年或戰亂，一般不會採摘食用，但一年四季可採之養豬、養魚及養鴨。全草可入藥，有清涼、解毒、止痢的功效。第七十八回提到的「苹蘩蘊藻」之「蘊藻」，除了本種菹草外，還可能包括小二仙草科的聚藻（*Myriophyllum spicatum* L.）、烏蘇里狐尾藻（*M. propinquum* A. Cunn.）、狐尾藻（*M. verticillatum* L.）等。此外，金魚藻科之金魚藻（*Ceratophyllum demersum* L.）、杉葉藻科的杉葉藻（*Hippuris vulgaris* L.），也有稱為水藻者。

菹草

多年生沉水草本，具根狀莖；莖稍扁，多分枝。葉互生，長條形，長0.3-0.8公分；穗狀花序頂生，具2-4輪花。花小，花被4片，雄蕊4；子房下位，花柱絲狀，且比雄蕊略長。果卵形，長0.3-0.4公分。分布中國南北各省區，屬於世界廣布種，生長在河邊或淺水中，常形成大群落。

學名：*Potamogeton crispus* Linn.
科別：眼子菜科

【樗

樗和櫟都僅出現在第五十一回，即薛寶琴十首懷古絕句之一〈青塚懷古〉：「黑水茫茫咽不流，冰弦撥盡曲中愁。漢家制度誠堪歎，樗櫟應慚萬古羞。」

樗即臭椿，因枝幹常留有粗大葉痕，形如眼睛，故又名「虎目樹」或「大眼樹」。

花葉、嫩枝有特異氣味，對環境適應力強、耐乾旱、耐瘠薄，可在酸性土壤及石灰質土壤中生長，也可在鹽鹼地上栽植；又能耐寒，抗風沙煙塵，加上病蟲害少，因此到處可見。

古人常香椿和臭椿並舉，說香椿皮細、木實而葉香，臭椿皮粗、木疏而氣臭。臭椿「其本臃腫，不中繩墨；小枝曲拳，不中規矩」，即使長在路邊，木匠也不屑一顧。這種說法深入人心，因此文人皆以臭椿為無用之木。其實，臭椿樹幹通直高大，材質堅韌有彈性，紋理直而明顯，纖維長又耐腐朽，有光澤且易於加工，適合製作家具、農具及建築用材。

臭椿繁殖容易，屬於速生樹種，樹形又美觀，可當作綠化樹種。葉可餵養樗蠶，所織的布稱為「椿綢」。果為翅果，種子外形如鳳眼，果實在中藥材上特稱為「鳳眼草」，有清熱、收斂、止痢等功效。

臭椿

落葉喬木，高可達20公尺，樹皮平滑有直紋。奇數羽狀複葉，互生；小葉13-27，紙質，卵狀披針形，先端長漸尖，基部歪斜，兩側各具1或2個粗齒，齒上有腺體，具臭味。圓錐花序長10-30公分；花淡綠色。翅果長橢圓形，種子位於翅中間，扁圓形。

學名：*Ailanthus altissima* (Mill.) Swingle
科別：苦木科

【櫟

自古農書鮮少提到「櫟」和「樗」，意味著古人視這兩種植物為無用的雜木。《詩經》、《爾雅》各注家所言之「柞」或「柞櫟」，指的是蒙古櫟（*Quercus mongolica* Fisch.）、栓皮櫟（*Q. variabilis* Bl.）及枹櫟（*Q. glandulifera* Bl.）等用材樹種。

古人認為樗櫟均非良木，這種櫟材應指以矮林經營的木材而言。麻櫟是中國分布最廣、到處可見的樹種，葉子在冬季往往枯而不落，生長快速，萌芽力甚強，古來多進行矮林作業經營。砍伐後，由根株萌芽，繼續培育成林，用為薪炭材料，因此同一根株會留下許多萌蘗，植株高度大都比未處理前矮許多，謂之矮林作業。

《神農本草經》說櫟樹「大者可作柱棟」。大樹的邊材淡紅褐色、心材紅褐色，比重高，材質堅硬、耐腐朽，較一般闊葉樹佳。此外，木材也可用來培養香菇，可見櫟樹並非如古人所說的一無用處。

麻櫟

落葉喬木，高可達30公尺，樹皮深縱裂，葉互生，葉形變異大，以長橢圓狀披針形較常見，先端長漸尖，基部圓或寬楔形，葉緣有刺苞狀鋸齒。雄花序為下垂葇荑花序；雌花單生或簇生。總苞鱗片線形，向外反曲，覆瓦狀排列。堅果卵形至橢圓形。

學名：*Quercus acutissima* Carruth.
科別：殼斗科

鬥草遊戲

遠古先民生活單調，閒暇之餘常以鬥蟲、鬥草為樂。「鬥草」或「鬥百草」比賽，需要擁有一些植物學知識，並有「文鬥」和「武鬥」之分，這在歷代文人作品中多有描述。

所謂「文鬥」就是對花草名，一人報手中草名，他人亦以草名作對子，所報草名無人可對答者為勝；或是以對仗形式互報花名、草名，多者為贏。因此，參與「文鬥」的人，必須具備充分的植物學知識和文學知識。而所謂的「武鬥」，則是以人的拉力和草的受拉力強弱來決定輸贏的一種鬥草方式，比賽雙方先各自採摘具一定韌性的草，將草相互交叉後各自用力拉扯，以草不斷者勝出。

第六十二回寶玉來到薛姨媽處看大家吃飯，飯後小螺、香菱、芳官、蕊官、藕官、荳官等都坐在花草堆裡鬥草。有人說觀音柳，有人就回羅漢松，君子竹、美人蕉、星星翠、月月紅、牡丹花、枇杷果、姐妹花等一一出籠，眾丫鬟嬉戲打鬧，非常開心。這種「動口不動手」的鬥草方式，當然是屬於「文鬥」了。

觀音柳即今之檉柳；君子竹泛指竹類，因竹類中空有節，被喻為君子；星星翠不知是何物，可能指吉祥草；月月紅是月季的一個品種，花期長，四時均開，因此有月月紅之稱；姐妹花也是月季的一個品種。香菱所說的夫妻蕙，指的是花序上並頭結花的蘭花。

此次鬥草遊戲提到的植物，包括：觀音柳、羅漢松、美人蕉、星星翠、月月紅、枇杷果、姐妹花

色翠如玉】觀音柳

據《群芳譜》所載，檉柳有雨師、赤檉、河柳、人柳、三春柳、三眠柳、觀音柳及長壽仙人等別名，所以觀音柳就是檉柳。檉柳的枝條柔軟，隨風搖曳，性質類柳。《爾雅翼》說：「檉葉細如絲，婀娜可愛。」其實檉柳的葉已退化成鱗片，所謂「檉葉」的綠色絲狀部分是枝條。《嘉祐本草》說檉柳：「生河西沙地，皮赤色，葉細。」所說之葉也是枝條。

檉柳枝葉細碎，鱗片葉櫛比鱗次，色翠如玉，經常被誤認為柏樹。例如，唐朝詩人白居易〈有木詩〉就說：「有木名水檉，遠望青童童。根株非勁挺，柯葉多蒙籠。彩翠色如柏，鱗皴皮似松。為同松柏類，得列嘉樹中。」

檉柳適應性強，能耐乾旱瘠薄的環境，在生育條件嚴苛的西北地區及沙漠邊緣，檉柳是少數能生長繁茂的植物種類。明·吳寬詩句：「西戎每渡河，此木能載重。」說明用較粗的檉柳枝幹可以用來編製木筏，行船湖泊之中。

檉柳

常綠小喬木，樹皮紅褐色至灰褐色，枝細長，常下垂。葉退化成鱗片狀，互生，先端向內彎。總狀花序集合成圓錐花序；花粉紅色，花瓣5，卵狀橢圓形，先端外彎；花柱3；雄蕊5；花盤5裂。蒴果成熟後，種子飛散。種子多數，全被白色長柔毛。

學名：*Tamarix chinensis* Lour.
科別：檉柳科

葉簇生如團】羅漢松

羅漢原係佛家對修行得道者的尊稱，地位僅次於菩薩。羅漢松的種托成熟時呈紅色，猶如羅漢袈裟，因此得名。由於葉細長質潤、色澤墨綠，且葉多簇生如團，自古即以盆栽種植供賞玩；或栽植於庭園山石旁，樹姿秀麗蔥鬱，尤其適宜門前對植或中庭孤植。枝葉耐修剪，幹椏濃密，也適合栽植成綠籬。

本種羅漢松的栽培歷史悠久，已經發展出許多栽培品種，如狹葉羅漢松（*Podocarpus macrophyllus* (Thunb.) D. Don var. *angustifolius* Bl.）、柱冠羅漢松（*P. macrophyllus* (Thunb.) D. Don var. *chingii* Gray）、短尖葉羅漢松（*P. macrophyllus* (Thunb.) D. Don f. *condensatus*）、短葉羅漢松（*P. macrophyllus* (Thunb.) D. Don var.

maki Endl.）、斑葉羅漢松（*P. macrophyllus*
(Thunb.) D. Don cv. Argentens）等。

　　羅漢松科植物主要分布在南半球，中
國境內的羅漢松生育地以華南地區為主，長
江流域是其生長北限。由於幹材直徑可達1
公尺，富含油脂，不易受蟲蛀，材質細緻均
勻，可供作家具、器具及農具。但木材市場
上極少羅漢松，主要還是栽培作為觀賞用。
羅漢松屬全世界約有100種，和羅漢松形態
相近的樹種全中國有9種，這些樹種一般都
稱為羅漢松。

羅漢松

常綠喬木，樹皮淺縱裂，薄片狀脫落。
葉線狀披針形，螺旋狀著生，先端尖，
基部楔形，中肋明顯。雌雄異株，雄毬
花穗狀，單生或簇生葉腋；雌毬花單生

葉腋。種子核果狀，卵狀球形，熟時種
皮紫黑色，有白粉。種子下有肉質種
托，紅色或紫紅色。

學名：*Podocarpus macrophyllus*
　　　(Thunb.) D. Don
科別：羅漢松科

美人春睡起】美人蕉

　　美人蕉中肋粗大，兩側葉脈平行，葉
形有如芭蕉。原種為紅色花，所謂「心中抽
條，條端發花」，因此稱為紅蕉或紅蕉花。
唐朝時已出現在中國，白居易詩：「綠桂
為佳客，紅蕉當美人。」及李紳〈紅蕉花〉
詩：「紅蕉花樣炎方識，瘴水溪邊色最深。
葉滿叢深殷似火，不唯燒眼更燒心。」都有
提及。由於植株形狀美觀，花色鮮豔，「一
似美人春睡起，絳唇翠袖舞東風」，明清時

花冠黃色者為美人蕉的變種黃花美人蕉（*Canna indica* L. var. *flava* Roxb.），也有莖葉均呈紫色的品種。另外，常見的觀賞用美人蕉，還有花大密集的大花美人蕉（*C. generalis* Bailey），花色有乳白、淡黃、橘紅、粉紅、大紅、紫紅、酒金等，是園藝雜交品種，目前各地應用極為普遍，盆栽、花壇、花園中均廣泛栽植，已取代原來美人蕉的地位。另外，也有一類適宜盆栽的矮型品種，可放置室內、陽台、窗台上蒔養。原種美人蕉反而逸生野外，乏人問津了。

美人蕉

多年生直立粗壯草本，高可達1.5公尺，具有塊狀地下莖。葉大型，具葉鞘，葉片卵狀長圓形。花序總狀，有苞片，苞片卵形，綠色，花紅色，單生；萼3枚，綠色宿存；花瓣3，鮮紅色，唇瓣披針形。蒴果綠色，3瓣裂，長卵形，布滿軟刺。種子球形。

學名：*Canna indica* L.
科別：美人蕉科

代改稱為美人蕉。

美人蕉從熱帶地區引進，主要生長在炎熱的南方，花四時皆開，「深紅照眼，經月不謝」，引種至華中以北者可在夏秋開花。肉質根狀莖極易栽植，又不擇土宜，植株可不斷增多叢生，是大江南北到處都可見到的觀賞花卉。

花開若辰星】星星翠

星星翠可能是指吉祥草，又名觀音草、松壽蘭。植株叢生，「色長青，莖柔，葉青綠色」，栽培容易又能越冬不枯，常栽植在庭院中供觀賞。由於極耐陰，可栽植於林下或庭院稍陰暗處；也可植作盆栽，用以伴孤石靈芝，所謂「堪作書窗佳玩，不失清雅之甚」。

《花鏡》云：「花不易發，開則主喜。」《群芳譜》也說「花開則有赦」，古

人認為吉祥草花開表示家有喜慶之兆，同時也因為名字有「吉祥」二字而深受歡迎。吉祥草蒼翠如建蘭（*Cymbidium ensifolium* (L.) Sw.），花開若辰星，所以有「星星翠」之名。文人雅士多喜植於瓷盆中，置於几案上賞玩。

全草含多種皂甙，性甘涼，有潤肺止咳、清熱利濕的功效，可治療虛弱乾嗆咳嗽、吐血、咳血、黃疸病、慢性支氣管炎、風濕性關節炎，外用治跌打損傷或骨折等。

另有一說認為星星翠為星星草，即禾本科的大畫眉草（*Eragrostis cilianensis* (All.) Link）或同屬植物畫眉草（*E. pilosa* (L.) Beauv.）、小畫眉草（*E. poaeoides* Beauv.）等。花暗綠色，老時變淡，呈紫藍色，被當成藥材使用。花朵炒黑後，研細用香油調成糊狀，塗抹患部，可以治療膿疱瘡等皮膚病。

吉祥草

多年生草本，莖匍匐於地上，綠色，多節，逐年向前延長或發出新枝。每節上長3-8枚，葉線形至披針形，先端漸尖，深綠色。穗狀花序，長2-6公分，上部為雄花，下部為兩性花；花芳香，粉紅色，稍肉質。漿果熟時鮮紅色。

學名：*Reineckia carnea* (Andr.) Kunth.
科別：百合科

花有四季紅】月月紅

月月紅又名月季花、長春花。根據1990年出版的《中國花經》，「月季花」是一個綜合的花品種名稱，包括現代月季（*Rosa* cvs.），以及原產中國的月季花（*Rosa chinensis* Jacq.）。

中國古老的月季花，宋代時已盛栽各地，品種逐漸增加；明代栽培更盛，品種更多。中國在三百年以前的月季品種及栽培、育種技術居世界最前列，可惜此後即停滯不

前，特別是新品種的選育，遠瞠乎西方國家之後。以目前來說，中國內地栽培的月季，百分之九十以上的品種是外來的；中國也自行培育了少量新品種，但栽培應用不廣。

18世紀末至19世紀初，中國的月季、薔薇傳入歐洲後，與歐洲薔薇類反覆雜交，產生一系列新品種，現代月季的育種才有突破性的發展。現代月季的雜交、選育工作還在世界各地持續進行。

現代月季可分成六大類：雜種香水月季、豐花月季、壯花月季、微型月季、藤本月季、灌木月季，花有單瓣、重瓣品種，花色有多種，花期三到六月。現代月季的栽培種植，除了熱帶、寒帶之外，幾乎已遍及全世界。（另見62-63頁）

月季花

常綠或半常綠蔓性灌木，具鉤狀皮刺。羽狀複葉，小葉35，托葉與葉柄連生，緣具腺毛。花單生或排成繖房花序、圓錐花序。花單瓣或重瓣，粉紅或近白色。果卵形。

學名：*Rosa chinensis* Jacq.
科別：薔薇科

五月金黃似橘】枇杷

枇杷在中國的栽培歷史悠久，《周禮》即已記載，迄今至少已有兩千年。《西京雜記》說漢朝上林苑「群臣遠方各獻芳果異樹，有枇杷十株」。《唐書‧德宗本紀》則提到枇杷曾是貢品，可知枇杷在古代是珍貴的果品。宋‧陶穀的《清異錄》則記載，宋朝長江流域已廣為栽植枇杷。

由於枇杷「秋萌冬花、春實夏熟，備四時之氣，無他物類者」，因此歷代多喜栽植在庭院中，兼具採果及觀賞價值。歷代詠枇杷詩很多，如唐‧白居易的「淮山側畔楚江陰，五月枇杷正滿林」、宋‧梅堯臣的「五月枇杷黃似橘，誰思荔枝同此時？」大都是描述金黃色果實；寫花則有元‧顧瑛詩句「枇杷花開如雪白」。蘇東坡也有〈真覺院賞枇杷〉一詩。

近代栽培的品種超過200個，依果肉顏色可區分為紅肉類及白肉類兩大系統，各類又包含許多不同品種，並以「白者為上，黃者次之」。枇杷富含許多營養素，有止渴下氣、利肺氣、止吐逆、潤五臟的效果。枇杷葉是常用中藥，始載於《名醫別錄》，自古即用來清肺止咳。

枇杷

常綠小喬木，樹幹粗糙，新枝密被茸毛。葉倒卵狀披針形至長橢圓形，葉緣有鋸齒狀缺刻，葉表面光滑，背面則密被銹色茸毛；近無柄。圓錐花序；花小有芳香，花瓣白色，萼瓣各5枚，雄蕊多數；柱頭5，子房下位，通常5室。梨果為圓形、橢圓形至廣倒卵形，果皮橙紅或淡黃色，內質緻密，柔軟多汁。

學名：*Eriobotrya japonica* Lindl.
科別：薔薇科

簇擁枝頭各展顏】姐妹花

姐妹花是薔薇主要的栽培變種，盛花期在春末，體型嬌小別致，包括十姐妹和七姐妹。十姐妹的花小，十朵成叢，同叢中不同期間的花色有紅、紫、白、淡紫四色；七姐妹是指七朵花成叢者。但《花鏡》云：「十姐妹又名七姐妹，花似薔薇而小，千葉磐口，一蓓十花或七花，故有此二名。」認為十姐妹即七姐妹。薔薇和姐妹花的主要差

304

別在於花色：薔薇多白色至淺黃色，姐妹花多為粉紅至大紅色。

姐妹花的花序生於枝條頂端，花蕾數量隨生育地概況及花枝強弱而有不同，土壤貧瘠、花枝弱者，僅開四、五朵；土壤肥沃、花枝強者，常可達十五、十六朵之多。所謂七姐妹、十姐妹者，是取其植株平均概數。花著生成繖房狀，花色有大紅、朱砂紅、粉紅等。其中大紅者另稱為小麥紅，於小麥成熟時盛開；花粉紅色者最普遍，花期長約一個月，綻放後半個月才開始凋謝。

枝條常匍地蔓生，可作花籬或在坡地叢植，也可布置花框、棚架或栽植在牆垣處。「裊裊亭亭倚粉牆，花花葉葉映斜陽」，指的就是姐妹花。枝條發根容易，重瓣花品種不易結實，繁殖以扦插為主。

姐妹花

攀緣灌木，小枝有粗而短之彎曲皮刺。小葉5-9，倒卵形至卵形，邊緣有尖銳細鋸齒，表面光滑，背面有柔毛。花多朵排成繖房花序；重瓣花，粉紅色；花梗無毛；萼片為披針形，外面無毛，裡面有柔毛；花柱結合成束，無毛，比雄蕊稍長。極少結果，果近球形。

學名：*Rosa multiflora* Thunb. var. *carnea* Thory
科別：薔薇科

第十一章

應著人生的植物

植物有情，可以感應人生，孔子墳前的蓍草、沉香亭的木芍藥、端正樓的相思樹、王昭君塚上的長青草，都是代表。

應著人生的植物

　　大觀園怡紅院內種有一株神奇的海棠花，種種的異象都預示著不祥。第七十七回描述這株海棠無緣無故死了半邊，引出大觀園內部的大抄檢。晴雯模樣標緻、心直口快，得罪了負責抄檢的老婆子管家，導致被逐出大觀園而受虐夭亡。由大觀園大抄檢，抄出司棋房中有男人的情書、物品，事關風化，必須攆出賈府。司棋無法可想，只得含淚向迎春磕頭，和眾人告別。接二連三的事讓寶玉傷心不已，心中有許多感觸，他認為凡天下有情有理的事物均有靈驗之處，就像楊太真沉香亭的木芍藥、端正樓的相思林、王昭君墳上的長青草……怡紅院的海棠亦是應著人生的。

　　海棠通常在農曆三月間開花，這株海棠卻又在初冬的十一月開花，眾人眾說紛紜，有人說是喜兆，只有探春領會到：「此花必非好兆：大凡順我者昌，逆者亡。草木知運，不時而發，必是妖孽。」果然預示著賈府其後種種的災禍：首先是寶玉遺失了「比丟了命還厲害」的通靈寶玉，從此神智不清。然後是元妃的薨逝、黛玉含忿而逝、寧國府的抄家、迎春死亡、賈母去逝，導致寶玉看破紅塵，出家以終。

　　本篇「應著人生的植物」，除了怡紅院那株冬天開花的海棠，還包括孔廟前的檜樹、孔子墳前的蓍草、岳武穆墳前的松樹、楊太真沉香亭的木芍藥、端正樓的相思樹、王昭君塚上的長青草，全出自七十七回寶玉對襲人所說的一番感觸。

【 海棠

大觀園怡紅院內種有一株神奇的海棠花，其種種異常現象都預告著寶玉周遭將發生的不幸事故。第七十七回這株海棠無故死了半邊，預示寶玉的丫鬟晴雯被撵而夭亡；第九十回同株海棠突然在冬天開花，不久寶玉身上的玉即告失蹤，元春又薨逝，種種惡耗接連發生。

海棠是中國的木本名花，未開時，花色深紅點點；初開放時，花色淡紅；將謝時，花色變白，有如「隔宿粉妝」。南宋詩人劉克莊詩句：「海棠妙處有誰知，今在胭脂乍染時。」說的是未開的紅色花苞。海棠以豔麗無俗著稱，在細雨之下，更顯得嬌豔奇絕，即所謂：「豔麗最宜新著雨，妖嬈全在半開時。」

海棠花嬌美絕倫，因此宋陸游詩云：「若使海棠根可移，揚州芍藥應羞死。」唐朝之前詠海棠詩甚少，至宋朝時由蘇東坡啟其端。蘇東坡酷愛海棠，謫居黃州期間寫過好幾首詠頌海棠的詩。蜀中海棠聞名天下，但杜甫在成都寫了許多詠花草的詩，卻獨漏了海棠，蘇東坡因而打抱不平，有詩云：「此花本出西南地，李杜無詩恨遺蜀。」王十朋更有「杜陵應恨未曾識，空向成都結草堂」之惋惜。

海棠花一般為粉紅色，後來也培育出重瓣且純白色的重瓣白海棠（cv. Albiplena），這品種較為稀少珍貴，第三十七回賈芸送給寶玉的兩盆「白海棠」應該就是此種。（另見29、35頁）

海棠

落葉喬木，小枝嫩時具短柔毛。葉片橢圓形至長橢圓形，先端短漸尖或圓鈍，基部寬楔形或近圓形，邊緣有緊貼細鋸齒；幼嫩時兩面具稀疏短柔毛。花序近繖形，花徑4-5公分；白色花瓣卵形，基部有短爪，在花芽中呈粉紅色，花絲長短不等。黃色果近球形，果梗細長，先端肥厚。

學名：*Malus spectabilis* (Ait.) Borkh.
科別：薔薇科

孔子廟前的檜木（圓柏）

【檜木

　　古人相信，檜木有再生之瑞。所謂：「生於枯朽，證受命於敗德之時；長則繁茂，示寶祚於延慶之兆。」曲阜孔廟的檜木，相傳為孔夫子親手所植，歷周、秦、漢、晉數千年，至懷帝永嘉三年而枯，枯三百年後，至隋恭帝義寧元年復生，至唐高宗乾封三年再枯。枯三百七十四年後，至宋仁宗康定元年復榮。

　　聖人手澤，其榮枯興衰關乎天下盛衰。寶玉因怡紅院前的海棠無故枯萎，心生感觸，而想起象徵天地氣運的孔廟檜木。白居易任蘇州刺史時，勤政愛民，深獲百姓敬愛。他曾手植數株圓柏於官邸後院，後人稱

之為「白公檜」，只可惜目前已經枯槁。

　　檜今名圓柏，古又名「栝」，如《禹貢》：「杶榦栝柏」。木材性耐寒耐腐，大材可供製舟及棺槨，如《詩經》所言之「淇水悠悠，檜楫松舟」及《左傳》之「棺有翰檜」等。檜木樹冠整齊，枝葉濃密蒼綠，常栽植為園景樹及行道樹。名勝古剎、陵墓等多保留有檜木古樹。經長期栽種，已培育出龍柏（*J. chinensis* L. var. *kaizuca* Hort. *ex* Endl.）、偃柏（*J. chinensis* L.var. *sargentii* Cheng *et* Fu.）、塔柏（*J. chinensis* L. var. *pyramidalis* Hort.）等廣泛在各地栽培的品種或變種。

圓柏

常綠大喬木，樹皮灰褐色，裂成長條片，樹冠尖塔形至圓錐形。葉有二型：鱗片葉占多數，對生，先端鈍尖；針狀葉三片輪生，上面有白色氣孔帶。毬果肉質，近圓形，翌年成熟，被白粉，成熟時暗褐色。種子2-4，卵圓形，先端鈍，無翅。

學名： *Juniperus chinensis* L.
科別： 柏科

【蓍草

　　古人視蓍草為神草，《圖經》說蓍草：「其生如蒿，作叢，高五六尺，一本一二十莖，至多者三五十莖。生便條直，所以異於眾蒿也。」古人取莖來卜筮，以問鬼神知吉凶。卜筮時，必先「沐浴齋潔食香」，每逢滿月時，用蓍草洗浴五次，即所謂「浴

孔子墳前的蓍草

蓍草

多年生草本，高80公分；莖直立，常被白色長柔毛。下部葉花期凋落，中部葉線狀披針形，羽狀中深裂，基部裂片抱莖，裂片有不等之鋸齒狀齒或淺裂，齒端有軟骨質小尖；無葉柄。頭狀花序集生成繖房狀；總苞3層；舌狀花7-8片，白色，筒狀花亦白色。瘦果寬倒披針形，具翅，無冠毛。

學名：*Achillea alpina* L.
科別：菊科

【柏

蓍」。揲卦無蓍時，也可用荊蒿代替。

《論衡》說：「蓍草七十年生一莖。神靈之物，故生遲也。」實際卻不是如此，蓍草的莖數年內即繁生成叢。《史記·龜策傳》云：「蓍生滿百莖者，其下必有神龜守之，其上常有青雲覆之。能得百莖蓍並得其下龜以卜者，百言百當，足以決吉凶。」賦予蓍草一層神祕色彩。

古人也認為蓍草可以反映政治之清明與治亂。《傳》云：「王道得而蓍莖長，其叢生滿百莖。」《紅樓夢》第七十七回提到孔子墳前的蓍草，傳說此處蓍草最為靈驗；清朝金埴《巾箱說》也記載康熙皇帝曾親手摘下孔林蓍草，「細嗅之亦有異香」。花開於枝端，形如菊花，結實如艾實，中藥材稱為「一枝蒿」。蓍實味苦酸平、無毒，為健胃強壯劑，又可治療痔瘡。古藥書云：「蓍實益氣充肌，可聰耳明目，久服不飢，輕身前知。」莖葉含芳香油，可作焚香原料，也有活血、袪風、止痛、解毒功能。

劉備於西元223年病逝白帝城，葬在成都南郊的惠陵，並在陵墓旁修廟以便祭祀。

後來又在劉備廟旁蓋武侯祠，因諸葛亮死後諡忠武侯，稱「武侯祠」。祠前有孔明親手所植的大柏，樹圍「達數丈」，此即第七十七回寶玉所說的「諸葛祠前的柏樹」。

唐代杜甫的〈蜀相〉詩云：「丞相祠堂何處尋，錦官城外柏森森。映階碧草自春色，隔葉黃鸝空好音。三顧頻煩天下計，兩朝開濟老臣心。出師未捷身先死，長使英雄淚滿襟。」表示唐代時武侯祠或劉備廟還是古柏森森，有很多巨大的柏樹。李商隱的〈武侯廟古柏〉：「蜀相階前柏，龍蛇捧閟宮。」說的同樣是大柏樹。

明末戰亂，劉備廟全部被毀。清康熙十一年（1672）重新修建劉備廟，廟門額「漢昭烈廟」，在廟後修建武侯祠，但一般人只記得「武侯祠」。武侯祠經過數次的戰爭，祠內外的樹木，包括孔明親手所植的大柏都毀於戰火。目前雖然林木蔥鬱，但所有

武侯祠的柏木

岳武穆墳前的樹是檜木，詩文皆誤作松。

的樹徑均小於50公分，大多數柏木胸高直徑也都在30公分以下。劉備廟和武侯祠均為清代修復，樹木亦為清代康熙初年所植，已不復有當年古柏參天的氣勢。

為了紀念諸葛亮的功績，和表彰其忠貞之心，很多地方都建有武侯祠。諸葛亮生活過、活動過的地方都有建廟，例如在今四川奉節的白帝城（建三峽大霸後已沉水底）、襄陽隆中、河南南陽臥龍崗等地。

側柏

常綠喬木，樹皮淡褐灰色，小枝細長下垂。小枝綠色，由鱗片所包。葉鱗片狀，先端銳尖，十字對生，中央之葉背部有條狀腺點，兩側之葉背部有稜脊。毬果球形，熟時暗褐色，種鱗4對。種子近圓形，淡褐色，有光澤。

學名：*Thuja orientalis* L.
科別：柏科

【松

岳武穆就是宋代抗金名將岳飛，死後葬於杭州西湖畔。岳飛死後二十一年，宋孝宗才為岳飛昭雪，追謚岳飛為「武穆」。其後宋寧宗嘉定四年（西元1211年），又追封為「岳王」，所以西湖畔的岳墳稱「岳鄂王墓」。原紀念岳飛功業的「褒思衍福禪寺」，明英宗天順年間（約西元1650年）改為「忠烈廟」，又稱岳王廟。

墳前古木參天，相傳墳前的松樹為岳飛英靈感昭，枝條都向南生長，以示心向南宋。清代詩人王鵬運〈滿江紅〉詞句：「對蒼煙落日，似聞悲咤……撫長松郁律認南枝，寒濤瀉」之「南枝」，說的也是此事。

歷代文人在遊覽西湖岳飛墓時，無不悲憤激動，留下大量詩篇。如元代趙孟頫〈岳

鄂王墓〉：「鄂王墳上草離離，秋日荒涼石獸危。南渡君臣輕社稷，中原父老望旌旗。英雄已死嗟何及，天下中分遂不支。莫向西湖歌此曲，水光山色不勝悲。」荒涼深秋茂密的草，英雄的冤死，留下多少悲痛篇章。

歷代文學作品所描述的「岳武穆墳前樹」，說的都是松樹。事實上，岳武穆墳前所栽種的樹或留存的大樹，就跟曲阜孔廟種檜木一樣，絕大多數是今稱圓柏的檜木，連一棵松樹都沒有。

【木芍藥

楊太真即唐玄宗李隆基的寵妃楊玉環，俗稱楊貴妃。《開元天保遺事》有記載：「初有木芍藥，植於沉香亭前。其花一日忽開一枝兩頭，朝則深紅，午則深碧，暮則深黃，夜則粉白。晝夜之內，香豔各異。」因為與楊貴妃有關，人們疑為不祥之兆。

沉香亭前種植有不同品種、各種花色的牡丹，天寶初年春天，唐玄宗偕楊貴妃到沉香亭賞花，有樂工執樂器奏樂唱歌助興。玄宗嫌所唱的歌曲為舊樂詞，命李龜年召翰林學士李白進宮寫新詞。李龜年將酒醉不醒人事的李白扶進沉香亭，酒醒後的李白寫下著名的〈清平調詞〉，包括其一：「雲想衣裳花想容，春風拂檻露華濃。若非群玉山

頭見，會向瑤臺月下逢。」其二：「一枝紅豔露凝香，雲雨巫山枉斷腸。借問漢宮誰得似，可憐飛燕倚新妝。」其三：「名花傾國兩相歡，長得君王帶笑看。解釋春風無限恨，沉香亭北倚欄杆。」詩句中的「露華」、「紅豔」、「名花」都是指牡丹。

中國人利用芍藥的時期比牡丹早，由於牡丹形似芍藥，因此稱「木芍藥」。說明人們認識芍藥以後，牡丹才進入庭院成為觀賞花卉，兩者花容花色均美，「牡丹稱花王，芍藥稱花相，俱花中貴裔」。（另見55頁）

牡丹

落葉灌木，高達2公尺，分枝短而粗。葉常為二回三出複葉，表面綠色，背面淡綠色，有時具白粉。花單生莖頂，徑10-16公分；苞片5，花萼5，花瓣5或重瓣，花瓣紅紫色、紅色、玫瑰色、白色。骨葖果。

學名：*Paeonia suffruticosa* Andr.
科別：牡丹科

沉香亭前的木芍藥（牡丹）

【相思樹

宋朝樂史《楊太真外傳》卷下云：「華清宮有端正樓，即貴妃梳洗之所；有蓮花湯，即貴妃沐浴之室。」均位於驪山華清宮內。又說唐明皇「發馬嵬，行至扶風道。道旁有花，寺畔見石楠樹團圓，愛玩之，因呼為端正樹，蓋有所思也。」由此可知，第七十七回賈寶玉所說的「端正樓的相思樹」即為石楠。

唐人溫庭筠的〈重題端正樹〉詩：「路傍佳樹碧雲愁，曾侍金輿幸驛樓。草木榮枯似人事，綠蔭寂寞漢陵秋。」此樹即「端正樓的相思樹」。石楠凌冬不凋，春季開白花，秋結細紅實，唐・孟郊謂之「寒日吐丹豔，頹子流細珠。鴛鴦花數重，翡翠葉四鋪。」孤植、叢植均佳。曲阜古城顏回墓上曾經種有石楠樹二株，可惜目前已不存。野生的石楠樹亦蔚然可觀，《酉陽雜俎》記載：「衡山石楠花，有紫碧白三色，花大如牡丹。」

唐朝的詠石楠詩特別多，如白居易的〈石楠樹〉詩：「可憐顏色好陰涼，葉翦紅牋花撲霜。傘蓋低垂金翡翠，薰籠亂搭繡衣裳。」權德輿的〈石楠樹〉詩句：「石楠紅葉透簾春，憶得妝成下錦茵。」

石楠又名千年紅、扇骨木，主要栽植供觀賞，至今仍為重要的庭園樹及綠化樹種。由於木材紅褐色，堅韌緻密，紋理直且具香氣，也用於製造車輛、器具、工藝品等。

314

端正樓的相思樹（石楠）

石楠

常綠小喬木。葉革質，長橢圓形至倒卵
狀橢圓形，先端漸尖，緣具細腺齒，側
脈25-30對；葉柄粗，長2-4公分。複繖房
花序頂生；花瓣5，近圓形，白色；雄蕊
約20；心皮2，基部連合，子房半下位。
梨果小，球形，微肉質，紅色。種子1，
卵形，棕色。

學名：*Photinia serrulata* Lindl.
科別：薔薇科

【長青草

　　寶玉提到的「王昭君墳上的長青草」，
在宋朝樂史《太平寰宇記》卷三十八的記載
如下：「青冢在金沙縣西北，漢王昭君葬
於此。其上草色常青，故曰青冢。」《大
同府志》曰：「塞草皆白，惟此冢草青，
故名。」塞外冬季嚴寒（溫度通常在零下
20℃），所有草類不是枯死萎黃就是變白，
只有昭君墓上的草一年四季都長青不萎，因
此才被稱為「長青草」。

　　第五十一回薛寶
琴〈青冢懷古〉一詩，
也是關於王昭君墓的
描述：「黑水茫茫咽不
流，冰弦撥盡曲中愁。
漢家制度誠堪歎，樗櫟
應慚萬古羞。」

　　昭君墓在今內蒙古
呼和浩特市南郊的大黑
河附近，即上述的「黑
水」。經筆者實地勘
查，昭君墓上的植物有

20餘種，包括沙蓬、老芒麥、蘆葦、寧夏枸
杞、虎尾草、金色狗尾草、白草等。

　　在所有的植物中，墓圓頂上部以禾本
科的虎尾草（*Chloris virgata* Swartz）和金
色狗尾草（*Setaria glauca* (L.) Beauv.）占優
勢，下部靠近基座處以蘆葦和藜科的沙蓬
（*Agriophyllum squarrosum* (L.) Moq）最多。
禾本科的老芒麥（*Elymus sibiricus* L.）和白
草（*Pennisetum centrasiaticum* Tzvel.）、寧夏
枸杞（*Lycium barbarum* L.）等則散布其中。

　　上述草類除了蘆葦和寧夏枸杞為多年生
植物之外，其餘均為一年生草本，或冬季地
上部凋萎的宿根性草本。蘆葦在嚴冬之際，
地上部會枯死，只留下根莖越冬，第二年春
天再重新萌發新芽，長出新株；寧夏枸杞為
灌木，冬天會落葉，亦呈枯死狀；而沙蓬、
老芒麥、金色狗尾草，入冬後也會相繼枯
黃，虎尾草和白草則呈白色。由此可知，歷
代詩文強調昭君墳上綠草常青，純係一種文
學象徵、是「詩人好事之辭也」。

王昭君的墳塚

植物與顏色

　　植物的色彩主要來自花，從淡雅到濃豔不一而足。植物開花時，群芳競秀，色彩繽紛，是植物景觀中最具特色者。到了夏末或秋季，百花多已凋萎，此時就換果實粉墨登場，成為點綴景觀的美景，其中又以具鮮豔色彩的果實受到最多注目與讚美，尤以黃色和紅色為最。

　　除了醒目的花與果，有些植物的葉片顏色也甚有可觀之處，於是植物各部位的色彩來成了顏色的專有用語，例如桃花的「桃紅」色、成熟杏果的「杏黃」色、漆樹汁液的「漆黑」色，還有春天初萌的柳葉顏色成了「柳綠」色、「橘紅」是成熟的橘皮色、「棗紅」指暗紅的棗果、「松青」是暗綠的松葉等等。小說詩文中常常不直接寫出所引述物體的顏色，而以熟悉的植物體部分顏色來形容引述。

　　植物色彩的多樣性，使詩文內容更生動，更創造出中國文學的意境。《紅樓夢》共出現十四回共20條用植物的枝葉或花果顏色來形容衣物的例子，如第五十二回寶玉身上所穿的「哆囉呢的天馬箭袖褂子」即以「荔色」狀之，意即暗紅色；其他如第三回的松花撒花綾褲、第八回的蔥黃綾棉裙、藕合色綾襖，以及第四十九回的茄色哆羅呢狐皮襖子等。

豆綠色

　　像青豆一樣的綠色就稱「豆綠色」，如第三回描述鳳姐的打扮，說她「裙邊繫著豆綠色宮條」，「宮條」即宮製絲帶，是繫於腰間用來懸掛飾物的一種布條。「豆綠」色，指的應該是未成熟的嫩豆莢所呈現的青綠色。

　　常見的食用嫩豆莢豆類有豇豆、四季豆、豌豆等，其中又以豌豆（*Pisum sativum* L.）最為常見，分布最普遍。豌豆嫩芽幼苗入菜，名豌豆苗；嫩豆莢鮮美可口，原來就是著名佳蔬；成熟豆子，也是美食。春、夏收芽苗、嫩莢，秋收子，也是冬季蔬菜。有三個主要栽培變種：糧用豌豆（*Pisum sativum* L. var. *arvense* Poir.）、菜用豌豆（*P.*

sativum L. var. *hortense* Poir.）、甜豌豆（*P. sativum* L. var. *macrocarpon* Ser.）。又依生長習性分為蔓生、半蔓生、矮生等類型。

豌豆味甘氣盛，調榮衛、益中氣，所主病多脾胃。元人吃食多用豌豆，和羊肉共食，有補中益氣之效。原產地中海、西亞一帶，最遲在漢代已引進中國，東漢崔寔的《四民月令》已有載錄。

松花色

第三回黛玉初次見到寶玉，看到寶玉下身穿了一條「松花撒花綾褲」。「松花」是松花色，就是淺黃綠色；「撒花」是清乾隆年間流行，上有撒花狀紋飾圖案的衣料；「綾褲」意為絲製的褲子。這裡指出寶玉穿的絲製褲子底色是淺黃綠色的。另外說到松花色的織品還有第二十八回，寶玉送給琪官的「松花汗巾」，此「汗巾」是繫內褲用的腰巾。寶玉和琪官交換汗巾，表示兩人關係不同尋常。以及第七十八回寶玉穿的「松

花綾子夾襖」，第九十回鳳姐送給邢岫煙衣物中的一件「松花綾子一斗珠兒小皮襖」。根據明人屠隆的《造松花箋法》，說明松花色係以槐花作原料，煎黃汁染製織物後所呈現的淺黃綠色。

所謂的「松花」或「松花色」，指的應該是雄孢子葉毬（雄花）所釋出的花粉顏色。松樹的雌雄孢子葉分別為圓筒狀和球狀，稱「小孢子葉毬」（雄孢子葉毬）和「大孢子葉毬」（雌孢子葉毬）。通常小孢子葉毬長在小枝頂端或近頂端，成熟時會釋放淡黃棕色、黃綠色或淡黃色的花粉，花粉量極多。

歷代醫書，如《名醫別錄》、《唐本草》、《本草綱紀》等，都載明松花即松黃，也就是松花粉。松花粉具袪風益氣、收濕、止血的功能，長久以來都用來治療頭昏暈眩、諸瘡濕爛、創傷出血等病症。

玫瑰紫

雖然玫瑰有多種花色，但主色是紫紅色。第八回寶釵在梨香院作針線，穿著「玫瑰紫二色金銀鼠比肩褂」，此「玫瑰紫」指的是紫玫瑰花色；「二色金銀」意為衣上的花紋用金銀兩種線織出；「銀鼠」則是一種產自東北吉林的色白毛短的鼠，毛皮可禦寒，極貴重。

唐代及唐之前的玫瑰是指紅色玉石，如南北朝沈約的〈登高望春詩〉：「寶瑟玫瑰柱，金羈瑪瑁鞍」之玫瑰柱；唐人溫庭筠〈織錦詞〉：「此意欲傳傳不得，玫瑰作柱朱弦琴」之玫瑰作柱等，都說明玫瑰原來並不是指植物。唐代以後開始用玫瑰稱植物，例如唐·徐凝〈題開元寺牡丹〉：「虛生芍藥徒勞妒，羞殺玫瑰不敢開。」

常見的玫瑰品種有：紫玫瑰（*Rosa rugosa* Thunb. var. *typica*）、紅玫瑰（*Rosa rugosa* Thunb. var. *rosea*）、白玫瑰（*Rosa rugosa* Thunb. var. *alba*）、重瓣紫玫瑰（*Rosa rugosa* Thunb. var. *plenareg*）、重瓣白玫瑰（*Rosa rugosa* Thunb. var. *albaplena*）、雜交玫瑰（*Rosa hybrid*）等。

蔥黃、蔥綠色

《紅樓夢》常以蔥來形容衣物顏色，如第八回寶釵穿的「蔥黃綾棉裙」，「蔥黃」意為黃綠色。第五十一回襲人穿了一件「盤金彩繡棉裙」、第七十回晴雯穿的「院綢小襖」都是蔥綠色的，這是用蔥葉的綠色來形容。第六十五回說到尤三姐身上穿著大

紅小襖半掩半開，露出蔥綠抹胸、一痕雪脯，故意表現得荒淫浪蕩，把賈璉、賈珍兩兄弟搞得欲近不敢、欲遠不捨，一點辦法都沒有。

蔥葉下部由層層葉鞘包裹成為假莖，即俗稱「蔥白」的部分。假莖條棒狀，入土部分為白色，地上部為黃綠色，即「蔥黃」色所指。

蔥植物體內含硫化丙烯，具香辛味，是菜餚常用的調味料，又可炒食或生食。「凡蔥皆能殺魚肉毒，食品所不可缺」，蔥可殺菌，有預防風濕及防治心血管疾病的藥效，《名醫別錄》也說蔥：「利五臟，益目睛，殺百藥毒。」蔥被當成葷菜，是因為古人認為「熟之則發淫，生嗽增患，皆有損於性情」，所以修道人士絕口不吃。

蔥，據信是起源於中國西部和西伯利亞的野生蔥（*Allium altaicumpall* Pall.），經中國人數千年的馴化選育而來。野生蔥在中國西部山脊還有分布，蔥嶺就以大量生產蔥而得名。「蔥」又有大蔥、小蔥、香蔥之分，大蔥即一般所稱的蔥，最為常見；小蔥（*A. victorialis* L.）和香蔥（*A.*

schoenoprasum L.）產量較少，但也用於日常烹調。崔寔的《四民月令》提到：「四月別小蔥，六月別大蔥，七月可種大小蔥。」又說：「夏蔥曰小，冬蔥曰大。」可見二千多年前中國已栽培蔥，且有大小之分。

蔥

宿根性草本植物，莖極短，包於葉鞘基部。葉片長圓筒形，中空，翠綠或深綠色，表皮光滑並含有蠟質層；葉5-8，呈扇形排列。繖形花序，花莖亦中空；花瓣3片，淡黃色；雄蕊6；子房上位，3室，種子黑色，盾形，種皮有皺摺。

學名：*Allium fistulosum* L.
科別：百合科

杏紅色

第二十一回描寫黛玉和湘雲的睡姿。黛玉嚴嚴密密裹著一席杏子紅綾被，安穩闔目而睡，睡姿端莊。而湘雲卻是一把青絲拖於枕畔，一幅桃紅綢被只齊胸蓋著，襯著那一彎雪白的脖子，撂於被外。此處用桃紅色暗示湘雲的嬌媚，大剌剌的睡姿也顯示湘雲無拘率性的個性。杏花色淡而桃花色濃，黛玉和湘雲的特性在此特意做個對比。

杏樹耐寒不耐濕熱，只分布華中以北地區。三至四月先葉開花，開時花色微紅，花瓣由粉紅色轉成白色，至花落時成純白色。杏花盛開時，絢麗無比，文人常用「杏花春雨」來形容初春杏花遍地、細雨潤澤的景象；用「杏臉」表示女子白而紅潤的姣好容貌。

栽培杏原為收成果實，歷代各農書均將杏列在「果屬」或「果譜」之下。但因花色美豔，也常栽植供觀賞用，成為著名的觀賞樹木。觀賞用變種或品種有垂枝杏（*Prunus armeniaca* L. var. *pendula* Rehd.），枝條下垂；山杏（*P. armeniaca* L. var. *ansu* Maxim.），花常2朵並生；斑葉杏（*P. armeniaca* L. var. *variegata*），葉有斑紋；重瓣杏（*P. armeniaca* L.），花重瓣。

桃紅

從中國古典文學作品到今日的口語，都用「桃紅」為顏色名稱。桃紅指桃花般的顏色，即粉紅色。《紅樓夢》第二十一回湘雲臥房裡蓋的是「桃紅綢被」；第五十一回襲人母親病重，由哥哥接回家時穿的「桃紅百子刻絲銀鼠襖子」。這件襖子的主色是粉紅色，衣面紋飾是石榴（石榴多子因喻百子）；而用半熟蠶絲作經、彩色熟絲作緯，織成正反如一的花紋則稱刻絲。

有時詩文逕言「桃花色」，如南朝陳陰鏗〈渡青草湖〉詩：「沉水桃花色，湘流杜若香。」桃紅或粉紅色在詩文中，常常是青春或情愛的暗示。例如，用「面如桃色」

比喻美女豔麗的面容，即唐人溫庭筠〈照影曲〉：「桃花百媚如欲語，曾為無雙今兩身」之「桃花」。「桃花粉」是女子化妝用品，通常指胭脂；「桃花妝」是古代女子的盛妝，用胭脂淡抹兩頰。而桃色糾紛、桃色新聞、桃花眼及桃花運等，則是專指男女情愛方面了。

茜紅

第二十八回，琪官送給寶玉的「大紅汗巾」是指大紅色的紗羅汗巾，又作「茜香蘿」。第六十三回寶玉、寶琴生日，晚上在怡紅院酒宴，天熱眾人都脫掉大衣，寶玉只穿著「大紅棉紗小襖子」。這兩回的「大紅」色，都是指用茜草根染成的顏色。

第二十三回寶玉住進大觀園，每日只和姐妹丫鬟們一處，或讀書或寫字，或彈琴下棋或作畫吟詩，生活過得十分快意。他寫了幾首「四時即事詩」，記述真情真景，其中〈秋夜即事〉詩：「絳芸軒裡絕喧嘩，桂魄流光浸茜紗。苔鎖石紋容睡鶴，井飄桐露濕棲鴉。抱衾婢至舒金鳳，倚檻人歸落翠花。靜夜不眠因酒渴，沉煙重撥索烹茶。」提到了五種植物名稱：桂魄指月亮，茜紗指以茜草染色的輕紗（即紅色的紗），苔即青苔，桐即梧桐，沉煙指燒沉香的輕煙。

茜草的根細長，外皮紅褐色，斷面呈暗紅色，是古代用來製作大紅色顏料的材料，借指大紅色，是重要的染衣或繪圖原料，故有茜紅之稱。歷代農書都視為重要經濟植物，列在「染屬」。茜草的莖和根也是常用藥材，用以止血、行瘀，治療衄血、便血、尿血、吐血、崩漏等病症。

藕合色

第四十六回邢夫人看到鴛鴦穿著一件「藕合色綾襖」。藕合色是指新鮮蓮藕淺紫而微紅的顏色。

藕是荷花橫生於水底淤泥中的肥大地下莖。從藕節萌發長出細長的地下莖，先端

形成的新藕稱為主藕；從主藕分出支藕名子藕，從子藕再長出的小藕叫孫藕。藕的形態、色澤、品質、風味，均因品種而異，但也受栽植環境、栽培技術影響。

　　1972年出土的長沙馬王堆漢墓的陪葬品中有碳化藕片，昔代出版的《齊民要術》也有「蒸藕法」記載，可見中國人食蓮藕及選育「藕蓮」歷史悠久。

　　藕有涼血散瘀、止渴除煩的功效，切成片加糖拌，味美且可清暑熱；鮮藕可作蔬，老藕可作藕粉。

原產外國的品種，分布最普遍的就是「睡蓮」（*Nymphaea tetragona* Georg.），長江流域以南都有種植。此外，常見的栽培種還有：紅花睡蓮（*Nymphaea rubra* Roxb.），花色深紅，夜間開放，原產印度；藍睡蓮（*N. caerulea* Savigny.），花色藍，白天開放，原產非洲；白睡蓮（*N. alba* L.），花呈白色，白天開放，原產歐洲及北非；香睡蓮（*N. odorata* Ait.），花色白，午前開放，具濃烈香味，原產北美。

321

蓮青色

　　第四十九回下雪天，寶釵穿著「蓮青斗紋的鶴氅」到李紈的稻香村和大家會合，討論第二天蘆雪庵作詩事宜。鶴氅是類似斗篷的無袖禦寒外衣，至於蓮青色則說法不一。《紅樓夢大辭典》說是紫色，《紅樓夢鑑賞辭典》說是藍紫色，但無論是紫色或藍紫色，都不是蓮花或荷花的顏色，應是指開藍紫色的睡蓮花而言。

　　睡蓮花色有白、紅、粉紅、藍、紫等多種顏色。中國原產的睡蓮屬植物約有7種，但均無觀賞價值，各地栽植的睡蓮皆為

睡蓮

多年生水生植物。葉圓形，盾狀，近葉柄處有大缺裂，葉表面綠色，葉背紫紅色，浮在水面，有長柄。花色有白、紅、粉紅、黃、藍、紫等色。花亦浮在水面上，亦具長柄，花被片多數。果球形，內有多數種子。

學名：*Nymphaea tetragona* Georg.
科別：睡蓮科

茄色

　　第四十九回寶玉穿著「茄色哆羅呢狐皮襖子」，前往蘆雪庵參加李紈主持的作詩大會。茄色指紫色；哆羅呢為一種闊幅的毛

織呢料,清代時由西洋進口,後來也從日本輸入,「其價甚昂」。

就實用栽培觀點而言,茄依果實形狀可區分成圓茄及長茄。圓茄果實呈圓球形至橢圓球形,果皮紫色、黑紫色、紅紫色或呈白色。長茄果實呈細長棒狀,長30公分以上,果皮紫色、黑紫色、綠色、淡綠,也有白色的品種。無論圓茄、長茄,紫色都是主要顏色,因此中國古典文學作品中,茄色都是指紫色。杜寶《大業拾遺錄》說隋煬帝大業四年「改茄子為昆侖紫苽」,改的新名字還是有「紫」字。

茄自古就是中國的主要栽培蔬菜之一,各代農書大都有記載。元代王禎的《東魯王氏農書》說當時茄子以「紫茄」為主,又有青茄、白茄(銀茄)。可見青茄、白茄在中國的歷史一樣悠久,只是非主要的栽培品種。現今中國各地都有栽培,是夏季主要的蔬菜之一。

茄的果肉白色,為海綿狀鬆軟的組織,長期食用有降低膽固醇、增強肝臟生理功能的效果。

荔色

荔枝是華南、華中地區的重要水果,果實成熟時為暗紅色。小說詩文中常以熟悉的植物來形容物體的顏色,成熟荔枝的顏色就是其一。例如第五十二回寶玉身上穿的「哆囉呢的天馬箭袖褂子」,不直言顏色是紫紅色,而是以「荔色」來形容。哆羅呢為一種闊幅的毛織呢料;天馬即天馬皮,其實是沙狐腹下之皮,用來作衣料,顯示其名貴;箭袖即箭衣,古代射箭的人所穿,袖端去掉下半,以利射箭。

荔枝原產中國南方廣東、廣西、雲南等省,栽培歷史超過二千年。現已傳到熱帶、亞熱帶各國。果實圓形至卵狀心形,果皮有隆起的龜裂片,成熟果皮呈鮮紅、淡紅及紫紅色,而以紫紅色為代表色。

歷經千年以上的栽培育種,至少有百種以上的優良品種上市。例如,果皮鮮紅色、果肉軟滑多汁、種子退化的「糯米糍」;肉厚多汁,具桂花香味的「桂味」;適應性強,栽培最多的「懷枝」;早熟、味微酸的「三月紅」;果大、肉厚、核細的「妃子笑」等。除生產果實之外,荔枝也是重要蜜源,木材是建築及高級家具的用材。

海棠紅

海棠是中國名花,自唐代開始流傳,

宋代已經很興盛，是當時普遍栽植的觀賞花木，歷代都有詩詞詠頌之。時至今日，華中、華北各地公園、花園、路邊、庭院多有栽種，花呈徽形狀簇生，單瓣、重瓣兼而有之。未開時，花苞深紅；初開時，花色粉紅；將謝時淡粉，色趨淡而不失其風韻。整個花期的色調變化，由深紅、粉紅、淡粉，有時變成粉白色。

海棠花的顏色，被用來代表一種色彩名稱，可見中國人熟悉海棠花的程度。第五十八回描寫芳官穿著「海棠紅的小棉襖」，「海棠紅」是指海棠花盛開時呈現的淡粉紅色。

四川栽培海棠最盛，唐代時就已經很著名，有唐人薛能的「四海應無蜀海棠，一時開處一城香」詩句為證。海棠花的豔麗，宋人感受最深，詠海棠詩也特別多。 如劉克莊的「海棠妙處有誰知，今在胭脂乍染時」，和蘇東坡的「只恐夜深花睡去，故燒高燭照紅妝」，都是詠海棠名句。

石榴紅

「石榴紅」或「石榴色」，指的是最常見的石榴花色：鮮紅色。第六十二回荳官和香菱滾在地上扭打弄髒的「石榴裙」或「石榴紅綾」，是一種造型特殊的紅色衣物，唐代最為流行，一直到清代還是極受歡迎的衣著。

石榴初春新葉紅嫩、入夏花繁似錦、仲秋碩果纍纍、深冬葉落枝疏，具有明顯的四季變化，花果期又長達五個月，兼具觀賞及食用功能。花多呈紅色，也有黃、粉紅、白花、瑪瑙等色，屬於熱情、奔放的顏色。

根據栽植用途，石榴可區分成果石榴和花石榴兩大類。果石榴以食用為主，兼有觀賞價值，花多單瓣；又可依花色、風味、果皮顏色、種粒顏色等，區分為紅花種、白花種、酸石榴、甜石榴等不同品種。亞洲、非洲、歐洲地中海地區的石榴，大都以果樹用途目的栽培。

花石榴以觀花為主，花有單瓣、重瓣，又可依植株高矮、葉及果的大小，分為一般種、矮生種。一般種的品種包括：千瓣紅、千瓣白、黃石榴、殷紅石榴等，矮生種則有月季石榴、墨石榴、千瓣月季等品種。

第十二章

八十回以後的植物

《紅樓夢》第八十一回至第一百二十回，稱作「後四十回」，所出現的植物不僅大幅少於前八十回，連植物種類也大異其趣。

八十回以後的植物

　　《紅樓夢》第八十一回至第一百二十回，稱作「後四十回」，所出現的植物多集中在第八十六回、第八十七回及第一百零八回。四十回中提到10種以上植物的只有一回，即第八十七回，共有14種植物；第八十七回和第一百零八回各有8種。5種植物以下的共有34回，占絕對多數。全回無植物者有3回，即第一百回、一百零六回、一百零七回。

　　比起第一個四十回（第一至四十回）出現165種植物，第二個四十回（第四十一至八十回）出現161種，後四十回只提到了61種植物。其中，又以詞語典故所引述的植物種類最多，共出現16回26種，如不稂不莠、三秋蒲柳、蔦蘿之附、田家荊樹、蘭桂齊芳等具植物名稱的成語、典故。藥材類有5種，即曼陀羅、柴胡、鉤藤、人參、冰片（龍腦香）。食物類有12種，包括蔬菜類的白菜、青筍、紫菜、大頭菜、蘿蔔，及水果類的荔枝、龍眼（桂圓湯）、梨、甜瓜，其他還有稻米、茶、芝麻油等。家具器物類有5種，如花梨、紫檀、檳榔包、蒲團、菁草等。庭園植物類有9種，竹、松、柏、桃、梅、海棠、蘭花、菊、蘆葦。曲牌名4種，即第一百零八回之〈浪掃浮萍〉、〈秋雨入菱窠〉、〈白蘋吟盡處江秋〉等。其他還有石榴紅、松花色、桃紅，及第一百一十回的俗語：「牡丹雖好，全仗綠葉扶持」之牡丹。

　　在前八十回未曾出現，僅在後四十回提到的植物種類比較少，僅有9種，即成語典故之狼尾草、狗尾草、桑寄生、紫荊等；中藥材之鉤藤、曼陀羅；蔬菜的白菜、大頭菜；還有香料的安息香等。這些後四十回特有的9種植物，是本章引介的重點。

【鉤藤

第八十四回薛姨媽肝氣上逆、左肋作痛，寶釵先叫人去買了幾錢鉤藤，濃濃的煎了一碗湯藥給母親服下。鉤藤枝條上有鉤狀刺，故名，被當藥材使用，始載於《名醫別錄》，列為下品。

就解藥效而言，鉤藤的鉤比枝條強，自古即用以治療小兒驚熱、發斑疹及大人頭旋目眩，並有降血壓及清熱平肝之效。《本草綱目》說鉤藤：「狀如葡萄藤而有鉤，紫色，古方多用皮，後世多用鉤，取其力銳爾。」可見醫方多用鉤治病。鉤藤至今仍是常用的中藥材，用於治療高血壓和半身不遂等病症。

鉤藤莖上的彎鉤是枝條的變形，此彎鉤形如船錨，尖端向內彎曲。每一莖節上通常著生一對，有時亦有單鉤的情形。藥用部分雖然以鉤為主，但其實鉤藤的莖和根都含有降血壓的有效成分。

同屬多種植物的帶鉤莖枝也具有藥效，其中四種總含生物鹼量最高，均作鉤藤使用，即華鉤藤（*Uncaria sinensis* (Oliv.) Havi）、毛鉤藤（*U. hirsuta* Havil）、大葉鉤藤（*U. macrophylla* Wall.）、無柄果鉤藤（*U. sessilifructus* Roxb.）等，已成為鉤藤商品的主流。

鉤藤

常綠攀緣狀灌木，小枝四稜形，光滑無毛，在葉腋著生鉤狀的變態枝，鉤通常2個對生。葉對生，卵狀披針形至橢圓形，先端漸尖；全緣表面光滑無毛，背面脈腋處有短毛。頭狀花序；花萼管狀，先端5裂；花冠黃色，漏斗狀，上部5裂。蒴果倒卵狀橢圓形。

學名：*Uncaria rhynchophylla* (Miq.) Jacks.

科別：茜草科

【狼尾草

　　第八十四回賈母向賈政提起寶玉的終身大事，賈政回說先要寶玉自己學好，不然「不稂不莠」的，會耽誤好人家女兒的前程。不稂不莠一詞出自《詩經·小雅》，稂即狼尾草，莠為狗尾草，均為雜草。不稂不莠原意是指田中無狼尾草也無狗尾草，後來引申為不像狼尾草又不似狗尾草，用以比喻人不成材，沒有出息。

　　狼尾草植株高大，生長速度比一般穀類快，常會壓抑作物成長，是田中常見的雜草，農人欲除之而後快。由於成叢生長，枝葉量大，古人常用以飼馬，所以俗諺有「鋤田者去之則禾茂，養馬者秣之則牲肥」之謂，至今仍是良好牧草。

　　狼尾草葉長且質堅韌，不易腐爛，農家也割其莖葉覆屋。中藥上稱其根及根莖為狼尾草根，味甘、性平、無毒，有清肺止咳、解毒之效，臨床上用以治療肺熱咳嗽及瘡毒。用狼尾草根燉豬心、豬肺內服，可以治療熱咳；而以狼尾草根、白茅根、水豬毛七煎服，可治咳嗽咯血。

　　莖葉及穗粒均類似粟，而花穗、果穗都有毛，荒年可採穗粒充饑。狼尾草常與粱粟雜生，古人誤以為狼尾草是結不成果實的粱粟，而有「禾秀之穗，生而不成者」一說，稱狼尾草為童粱。事實上，兩者是完全不同的植物。

狼尾草

多年生草本，高可達120公分，稈直立，叢生。葉線形，先端長漸尖，基部生疣毛。圓錐花序直立，小穗緊密排成穗狀，呈圓筒形，主軸密生柔毛；不孕小枝剛毛狀，綠色或紫色；小穗單生，偶有雙生，線狀披針形。穎果長圓形。

學名：*Pennisetum alopecuroides* (L.) Spreng.

科別：禾本科

【狗尾草

　　《本草綱目》云：「莠草，秀而不實，故字從秀。穗形像狗尾，故名狗尾草。」古人認為狗尾草開花不結實，其實只是果實細小，成熟即掉落，不易見到如穀穗般成串的果實而已；未成熟的果穗極易黏附在動物毛皮上。

　　狗尾草自古即為田野間繁茂生長的雜

狗尾草

一年生草本，稈稍直立，高可達90公分。葉鞘鬆弛，邊緣密被綿毛狀纖毛。葉狹披針形至線狀披針形。圓錐花序緊密排列成圓柱狀，直立或稍彎曲，主軸被長柔毛；小穗2-5簇生，基部有剛毛；成熟後小穗與剛毛分離而掉落。穎果灰白色。

學名：*Setaria viridis* (L.) Beauv.
科別：禾本科

草，常成團成片生長，和農作物爭奪生存空間，此即孔子所說「惡莠之亂苗也」。與同科同屬的植物粟（小米）形態類似，對環境的需求也相同，防除不易。因此，古人說：「田廣而人力不至，則莠生。」

古人視狗尾草為不祥之物。晉明帝時，王如舉兵作亂，令人種粟，但全都長成狗尾草，結果兵敗。《左傳》也記載鄭國大夫公孫揮過訪伯有氏，見其門上長著狗尾草，馬上知道「伯有不能久存」，謂房舍的主人地位不保。

莖葉有除熱、去濕、消腫的功能，用以治療癰腫、瘡癬、赤眼等病症。特別用來治療眼疾，醫界稱之為光明草或阿羅漢草。

狗尾草常與狼尾草並提，如成語「不稂不莠」，兩者區分如下：狼尾草植株較高大，常聚生成叢，而狗尾草植株較小，常集生成團塊狀；狼尾草的葉子較狗尾草長，果穗也大於狗尾草。

【白菜

第八十七回時序清秋，紫鵑預備了一些南方菜，有「火肉白菜湯」加蝦米兒。「火肉白菜湯」是用白菜及火腿燉成，白菜古名為菘，即古人所說的「早韭晚菘」。由於凌冬不凋，四時常見，和四季長青的松樹一樣，遂有「菘」之名，自古即為主要的栽培蔬菜。一般包括小白菜（*B. campestris* L. spp. *chinensis* (L.) Makino）和大白菜（*B. campestris* L. spp. *pekinensis* (Lour.) Olsson）兩種。

小白菜（普通白菜）以長江以南為主要產區，又有秋冬白菜、春白菜和夏白菜之分。莖在營養生長期為短縮莖，遇高溫或營養不良時會伸長。短縮莖上的綠色蓮座葉為主要的食用部分，葉柄有白、綠白、淺綠或綠色等多種顏色。

大白菜又稱結球白菜，是從白菜中選育出來的特異品種，栽培歷史較短，為中國特產的蔬菜，主要產區在長江以北，但已逐漸擴及全世界各種氣候帶。葉柄較寬，內側

的葉捲結成球狀，呈白色或淺黃色，鮮甜可口，外層葉則為綠色。捲結心葉有球形、卵球、直筒形等形狀，耐貯藏，此一特徵最適合在寒冷地區栽培。

中國北方冬季時會大量貯藏大白菜，成為寒冷地方賴以維生的重要食品，貯藏的方式有堆藏、埋藏、窖藏等多種。大白菜經簡易加工，可以製成醃白菜、漬酸菜等，還可製成冬菜，供生食、炒食或作湯料，風味鮮美可口。

白菜

二年生草本，全株光滑。基生葉多數，大形，倒卵狀長圓形至寬倒卵形，先端圓鈍，邊緣皺縮，有時具不明顯齒牙，中脈白色，極寬；葉柄白色，扁平，邊緣有缺刻之寬翅。總狀花序；花鮮黃色，花瓣倒卵形。果為長角果，粗短，兩側扁壓。種子球形，棕色。

學名：*Brassica campestris* L.
科別：十字花科

【大頭菜

第八十七回備給黛玉吃的，還有道地的南方菜「五香大頭菜」。此菜是用五種香料來醃製大頭菜。大頭菜就是榨菜，又名根用芥菜、根芥菜，俗稱疙瘩菜，為芥菜的變種，有膨大的肉質莖（根），專供醃製之用，只產於南方，其中又以兩淮醃製的榨菜品質尤佳。根芥菜類至少在明朝已經出現，王世懋的《瓜蔬疏》已經出現根芥菜一名。

芥菜有許多變種和品種，包括：葉芥菜類，食用部分主要是葉片及柄部；芽用芥類，莖上的腋芽特別發達，肥大的腋芽和莖部均作食用；薹用芥類，肥大的花莖供食用；莖芥菜類，莖發育成不同形狀的肉質莖；根芥菜類，主根形成肥大的肉質根，榨菜即屬於此類。榨菜肥大的部分不是真正的根部，而是植株莖下部的瘤狀凸起。

榨菜加工醃製後，蛋白質水解會產生多種氨基酸，味道奇特，風味極佳且有香氣。醃製榨菜以兩淮地區最為有名，風味獨特，令人回味無窮。四川產的榨菜品質亦佳，遠銷海內外。

大頭菜

一年生草本，有時幼莖及葉具刺毛，全株有辣味。下部葉的葉柄基部膨大，肉質，形成高低不平之拳狀。基生葉倒卵形至長圓形，平坦或皺縮，先端圓鈍，基部楔形。總狀花序頂生；花黃色，花瓣倒卵形，4片。果為長角果，線形。種子球形，紫褐色。

學名：*Brassica juncea* (L.) Czern. *et* Coss. var. *tumida* Tsen *et* Lee
科別：十字花科

【荊樹

第九十四回黛玉提了「田家荊樹復生」的故事，荊樹即紫荊。紫荊樹姿優美，葉形秀麗，花色鮮豔，植株萌發性強，耐修剪，自古即為庭園觀賞樹種。春天開花，繁密著生於枝幹上，有時花生幹上或根上，故又名滿條紅，是相當美觀的觀花樹種，常栽植在庭園綠地、路緣、牆隅，可與其他觀賞樹種花卉或山石等配置，或植為盆栽，栽製成各種造型。

《齊諧記》記載有田氏兄弟決議分家，所有家產均平均分配，最後剩下庭院中一棵紫荊樹。兄弟爭論不休，決定將樹劈成三片，可是第二天樹卻枯萎而死。兄弟見紫荊樹如此有情，不忍手足離異，愧覺人不如木，於是放棄兄弟分家的念頭。不意紫荊樹竟然死而復活，枝葉恢復繁茂。因此，紫荊又有「兄弟樹」美名，人稱之「田氏之荊」。黛玉「田家荊樹復生」的故事，即出自於此。

另一品種為白花紫荊（cv. Alba）。本

屬常見的觀賞種類，尚有雲南紫荊（*Cercis yunnanensis* Hu *et* Cheng）、嶺南紫荊（*C. chuniana* Metc.）、垂絲紫荊（*C. racemosa* Oliver.）等。

紫荊

落葉灌木或小喬木，高可達15公尺，枝幹光滑、灰色。葉互生，心形至近圓形，長6-14公分；全緣。花著生於一年生枝條基部或二年生以上的老枝，4-10朵簇生，或形成總狀花序，先葉開放或與葉同時開放；花紫紅色。莢果扁平，由紫褐色變為褐色。

學名：*Cercis chinensis* Bunge
科別：蘇木科

【安息香

李時珍謂：「此香辟惡，安息諸邪，故名。」《唐本草》則云：「安息香出西戎，狀如松脂，黃黑色，為塊。」西戎有安息國，為安息香樹所出，樹因以名之。據《酉陽雜俎》記載，古人取安息香燒之，謂可「通神明，辟眾惡」。佛教傳入中國之後，即輸入安息香供燒香禮佛及驅邪之用。第九十七回寶玉昏憒的病復發，在屋裡燃點安息香，想定住他的神魂。

安息香樹必須割傷或遭昆蟲破壞時才能出脂，鐮刀菌的寄生、刺激可促進安息香樹分泌樹脂。採收安息香時，要選擇五至十年生的樹幹，距地面40公分處，在樹幹周圍割出三角形切口，深達木質部為止。然後每隔四十天左右，在原切口上下左右再進行切割，並收集凝成乳白色的固體安息香。此固

體放置後，表面及斷面會漸變成淡黃棕色、黃棕色至紅棕色，此即安息香。

安息香質脆易碎，斷面平坦，加熱則軟化溶解。氣芳香，味微辛，嚼之有砂粒感。作為藥材，有開竅清神、行氣活血及止痛的功效。同屬的多種植物也能收取安息香，如白葉安息香（又稱白花樹，*Styrax hypoglaucus* Perk.）、蘇門答臘安息香（*S. benzoin* Dryand）以及泰國安息香等（*S. benzoindides* Craib）。後二者是進口安息香的主要來源。

安息香

喬木，樹枝棕色，幼時被棕黃色星狀
毛。葉卵形，先端短急尖，基部圓或微
楔形，背面密被星狀毛；全緣或近上部
呈微齒狀。圓錐狀花序；花白色，花萼
高腳杯狀。果卵形，被灰色星狀毛。

學名：*Styrax tonkinensis* (Pierre) Craib *ex*
　　　Hartwiss
科別：安息香科

【桑寄生

　　第九十九回賈政上任，一日收到「鎮
守海門等處總制」周瓊的一封信。只見上頭

寫道：「金陵契好，桑梓情深。昨歲供職來
都，竊喜常依座右。……想蒙不棄卑寒，希
望葛藟之附……」「葛藟之附」典出《詩
經》的〈小雅・頍弁〉篇：「葛與女蘿，施
于松柏。」

　　《爾雅》解蔦為寓木、宛童，寓木即寄
生之木；郭璞解「蔦」為桑寄生。桑寄生是
桑寄生科中眾多成員之一，大概最早在桑樹
上發現，因此得名。蘿即松蘿，是一種附生
在松柏類或其他樹種樹幹上之植物。後世以
「葛藟之附」比喻依附他人。

　　桑寄生常生長在樹幹上或樹枝間，用吸
根伸入寄生植物的維管束，吸取對方的養分
和水分。果實上常有黏液，鳥類取食後，或
隨糞便排生或黏附在羽毛上，藉以傳播。即
《圖經》云：「鳥食物子，落枝節間。」古
人不解，認為這些種子「感氣而生」，而在
其他樹上生出不同的植物。

　　桑寄生有好幾個種類，並非只寄生在
桑樹上，常見被寄生的寄主有楓、槲、柳、
松、水楊、柿樹等，分別稱為楓寄生、槲寄
生、松寄生、柿寄生等，在分類上統歸於桑
寄生科。桑寄生科植物主要分布在熱帶、亞
熱帶，全世界有65屬，約1300種。葉形有兩
類：大形全緣厚革質的正常葉，以及退化的
鱗片葉。具正常葉者有桑寄生屬、鞘花屬
（*Macrosolen* spp.）、梨果寄生屬（*Scurrula*
spp.）及鈍果寄生屬（*Taxillus* spp.）。退化成
鱗片者，有槲寄生屬（*Viscum* spp.）、栗寄
生屬（*Korthalsella* spp.）。

桑寄生

灌木狀寄生植物，用吸根侵入寄主組
織。葉對生，倒卵形至橢圓形，先端鈍
圓或鈍，基部楔形。穗狀花序頂生；花
兩性，花被片6，花瓣狀披針形，每花具
1苞片；具副萼，環狀，漿果，果肉具黏
質，光滑，橙黃色。

學名：*Loranthus tanakae* Franch. *et* Sav.
科別：桑寄生科

【曼陀羅

　　第一百一十二回壞人用來迷昏妙玉的
「悶香」，及第八十一回從馬道婆家中抄出
的幾匣子「悶香」，是專門用來使人昏迷的
麻醉藥物，類似古人常用的「蒙汗藥」，古
代章回小說中也經常出現，這是由曼陀羅一
類的植物研製而成。

　　曼陀羅又稱洋金花，始載於《本草綱
目》。曼陀羅生於北方，有些人家也會栽
種。八月採曼陀羅花，七月採火麻子花（大
麻花，*Cannabis sativa* L.），陰乾後等分研為
末，熱酒調服，「少頃昏昏如醉」，是古代
的麻醉藥。開刀割瘡前服用此藥，則「不覺
其苦也」。曼陀羅也用來定喘、祛風，治療
哮喘、風濕痺痛、瘡瘍疼痛等病症。

　　根據近代分析，曼陀羅花中含有東莨菪
鹼（或稱天仙子鹼）、莨菪鹼（或稱天仙子
胺）等。其中的東莨菪鹼有鎮靜作用，服用

後可使人感覺疲倦，進入無夢之深層睡眠，還能解除情緒激動，古代廣泛用於外科手術的麻醉。

　　曼陀羅的花、葉、果實、種子均有劇毒，其中又以深秋果實成熟時最容易使人誤食而導致中毒；春季誤食嫩葉也有中毒之虞。曼陀羅各部分均含生物鹼，而以花中含量最高，因此藥材以使用花為多。葉中還含有可興奮大腦的阿托品。其他部分如根、種子，也都含有麻醉成分。商品生產的曼陀羅，尚有洋金花（*D. metel* L.），本種花較小，花冠上常有紫色脈紋。

曼陀羅

一年生半灌木狀草本，高可達2公尺，全株近無毛，基部莖木質化，上部呈二叉狀分枝，幼枝略帶紫色。單葉互生，葉片卵形至廣卵形，先端尖，全緣或微波狀。花單生於枝的分叉處或生於葉腋間；花萼筒狀，黃綠色；花冠漏斗狀，有5角稜；雄蕊5，貼生於花冠上；雌蕊1，柱頭棒狀。蒴果近球形，疏生短刺。

學名：*Datura stramonium* L.
科別：茄科

第十三章

其他遺珠趣談

其他遺珠趣談

　　詩詞歌賦、章回小說等文學作品中，常會用人們熟悉植物的葉、花果、種子形狀，生動地去描繪其他物件，或人體的器官、動作等，創作出多采多姿的文學語言，比如櫻桃小嘴、點頭如搗蒜等。本章描述的，就是這類用以表現文學藝術性的植物，還有無法歸類於前述章節的釀酒植物——葡萄。

　　《紅樓夢》中，借用植物器官來形容令人愉悅的、漂亮的女子面容或體態，有第五回用「唇綻櫻顆，榴齒含香」來形容美貌仙姑的嘴唇及牙齒；第四十六回鳳姐奉承賈母將鴛鴦調理得「水蔥兒」似的；第四十九回用「四根水蔥兒」來形容薛寶琴、李紋、李綺、邢岫煙的標致。第六十三回提到芳官左耳上戴著「白果」大小的大墜子，則是以眾人熟悉的銀杏種子性狀來說明多數人不熟悉的新物件。

　　此外，第七十一回說到鴛鴦撞見司棋私情時，司棋當場「磕頭如搗蒜」要求放他一馬，是以植物形容動作的最生動表現。中國人往往會跪在地上磕頭來表示卑微的懇求，動作類似搗蒜，文學上就以「搗蒜」來形容磕頭動作。

　　大觀園許多的建築物、家具用品，都有鏤刻植物圖案裝飾，如正門下面的白石台磯刻成「西番蓮」花的圖案；第十七回亭榭的隔架上刻有葵花圖案；第四十回劉姥姥造訪大觀園時，賈母所設的宴席上有各種「葵花」式雕漆几等。翔實的記載清代建築物、家具藝術，也提供極佳的文學寫作示範。

　　酒是各種植物發酵製成，大部分的酒類常會冠以製造材料或所加香料名稱，以為區別，如米酒、高粱酒、蘋果酒、菊花酒等。《紅樓夢》第六十回和第六十七回所提的酒，則是西洋葡萄酒。

唐彥謙、白居易等人都有詠葡萄詩，宋代後吟詠葡萄及葡萄酒的詩文更多。

全世界葡萄品種有8000個以上，按用途可區分成鮮果類、釀酒類、製乾類等，每一類各包含許多品種。製酒用的都是釀酒類的葡萄品種，經酒精發酵製成葡萄酒。葡萄酒的品質是果酒類中最好的，有紅、白、乾、甜等多種類型，是消費量最多的商品飲料酒。《紅樓夢》第六十回和第六十七回寶玉所喝的西洋葡萄酒未說明是產自哪個國家，可能是外國貢品，或是賈府自行購自歐洲輸入的舶來品。

葡萄

落葉性木質藤本，節上生有捲鬚。葉互生，葉片3-5裂，表面有茸毛。圓錐花序，花序軸3-5次分枝；花萼不發達，花瓣自頂部合生在一起；花有完全花、雌花和雄花三種。果為漿果，果皮有深紫、暗紅、紅、粉紅、黃、綠等色。

學名：*Vitis vinifera* L.
科別：葡萄科

【葡萄

葡萄古作蒲桃或蒲陶，起源於裡海、黑海和地中海沿岸地區。五、六千年前傳至埃及、敘利亞及中亞細亞等地，約在西元前一至二世紀傳入中國。《齊民要術》記載：「漢武帝使張騫至大宛，取蒲陶實，於是離宮別館旁盡種之。」又《史記・大宛列傳》也提到：「宛左右以葡萄為酒，富人藏酒至萬餘石……俗嗜酒，馬嗜苜蓿，漢使取其實來，於是天子始種苜蓿葡萄肥饒地。」由此可知，中國境內栽植葡萄應該始自漢朝。

到了三國以後，葡萄已大量栽種，〈魏都賦〉有「葡萄結陰」之誦，唐朝劉禹錫、

【櫻桃

第五回寶玉在太虛幻境的〈警幻仙姑賦〉聽到的賦詞中，用「櫻顆」來形容女子的嘴唇。「櫻顆」，即櫻桃。第四十回，賈母招待劉姥姥後，在大觀園喝酒行牙牌令，鴛鴦接著湘雲的「日邊紅杏倚雲栽」句，說出「湊成一個櫻桃九熟」。由於鴛鴦手中的三張牌點數加總是九，又都是紅點，因此比作九顆櫻桃。湘雲又接著下一句說：「御園

卻被鳥啣出」，意思是鳥把御園中的櫻桃啣出去了。

櫻桃又名含桃，意即果為鳥所含之意。櫻桃原產於中國，《禮記‧月令》記載：「羞（饈）以含桃，先薦寢廟。」可見中國在三千年前，櫻桃已作為珍果栽培了。唐朝櫻桃很普遍，上自皇宮御苑，下至寺院花圃園林，均有專門的櫻桃園或含桃園。

春季開花，花色雪白，在枝條上緊密簇生。白居易〈傷宅〉詩：「繞廊紫藤架，夾砌紅藥欄。攀枝摘櫻桃，帶花移牡丹。」顯示櫻桃和紫藤、芍藥、牡丹都栽植在院中，兼具觀賞及採果價值。唐朝皇帝常以櫻桃賜群臣，設「櫻桃宴」招待新科進士，如《唐摭言》所云「時新進士尤重櫻桃宴」，認為這是無上殊榮。

櫻桃

落葉喬木。葉卵形至橢圓狀卵形，葉緣有大小不等之重鋸齒，齒尖有腺。花白色，先葉開放，3-6朵簇生於極短的總狀花序上。核果近球形，直徑約1公分，成熟時紅色。

學名：*Prunus pseudocerasus* Lindl.
科別：薔薇科

【銀杏

第六十三回提到芳官左耳戴了一個白果大小的硬紅鑲金大墜子，白果即銀杏果實。銀杏原產於中國，葉似鴨掌，原名鴨腳；因其種子外形似杏且白色，宋初曾作為貢品，故稱銀杏。

銀杏植株直立高大，姿態挺拔，「枝葉扶疏，新綠時最可愛」，常植於名勝古蹟和古老寺廟中。「其木多經歲年，其大或至連抱，可作棟樑」，如泰山五廟前的大銀杏。《長物志》說：「吳中剎宇及舊家名園，大有合抱者。」蘇州的名園古剎確實多植有高大的銀杏樹。

本植物出現於古生代石炭紀，至中生代三疊紀、侏儸紀達到鼎盛，曾有許多種類繁茂興盛，分布於全世界各地。第四紀冰河期

銀杏

落葉大喬木，落葉前變金黃色，樹皮深
縱裂，枝條有長枝短梗之分。葉扇形，
多簇生於短梗上，淡綠色，有長葉柄。
雌雄異株；雄花為下垂荑黃花序；雌花
有兩顆胚珠裸露著生於長柄上，通常只
有一胚珠發育成種子。種子核果狀，外
種皮肉質，黃色，內種皮骨質，白色。
種仁為淡綠色，可供食用。

學名：*Ginkgo biloba* L.
科別：銀杏科

【西番蓮

　　明末清初，西方傳教士陸續前往中國，
帶進西方的建築、雕刻和裝飾技術。清雍正
及嘉慶時期的許多建築及室內裝飾，都時興
模仿西方藝術，當時的西洋紋飾統稱為「西
番蓮」。由於西番蓮花酷似蓮花，又稱「西
洋蓮」；常攀緣他物，又稱「纏枝蓮」。大
觀園正門門欄窗櫺上都是細雕的時新花樣，
下面的白石台磯則刻成西番蓮花的圖案。

　　全世界目前約有400多種西番蓮，均原
產南美。有些種類的果實可供食用，即現代
通稱的百香果，最常見者為本種西番蓮，果
皮紫色，其他還有樟葉西番蓮（*P. laurifolia*
L.），果皮黃色；甜果西番蓮（*P. ligularis*
Juss.），果皮黃色至紫色，味甜；果形巨大
的大果西番蓮（*P. quadrangularis* L.），均為
熱帶地區重要的經濟水果。

　　由於西番蓮花形、花色美麗，更多種
類被引進作觀花植物栽培，例如藍冠西番蓮
（*P. violacea* Vell.）、紫西番蓮（*P. caerulea*
L.）、葡萄葉西番蓮（*P. vitifolia* HBK.）及紅

341

之後，地球上僅存銀杏一種。現代的銀杏和
地質時代的銀杏，在形態上並無大差別，堪
稱為「活化石」，是僅存中國的孑遺植物。

　　種子生食可以解酒降痰、消毒殺蟲；熟
食則溫肺益氣、定喘嗽。但是食不能過量，
「食多則收令太過，令人氣壅臚脹昏頓」，
甚至《三元延壽參贊書書》還說：「白果食
滿千顆，能殺人。」提到從前大饑荒時，有
人以白果代飯食飽者，次日皆死。銀杏樹材
耐久、肌理白膩，術家取刻符印，云能召鬼
役神。

　　只有中國將銀杏作為果樹栽培，其他國
家主要作為行道樹或觀賞樹。銀杏為雌雄異
株，單植雄株或雌株都不會結實。結實時往
往滿樹纍纍，熟時掉落地面，黃爛而氣臭，
因此行道樹及觀賞樹宜栽植雄株。

花西番蓮（*P. manicata* Pers.）等。大部分種類的花大而豔，內側有絲狀副花冠，排列有如鐘表面，而柱頭三片則像鐘錶指針，因此又名「時計果」。

西番蓮

草質藤本植物，莖有細條紋。葉紙質，掌狀3深裂，葉緣內彎細鋸齒，莖有1-2個杯狀腺體，有捲鬚。聚繖花序僅剩1花；花瓣5，白色，瓣內側有2輪絲狀副花冠，紫白色相間。漿果球形，成熟時紫色。種子多數，外露橙色假種皮。

學名：*Passiflora edulis* Sims.
科別：西番蓮科

【蜀葵

《紅樓夢》雖然沒有提到大觀園中有種蜀葵，但葵花（蜀葵）卻多次以圖案花樣的方式出現。第十七回亭榭的隔架上刻有葵花圖案，第四十回劉姥姥造訪大觀園，在賈母所設的宴席上有各種花樣的雕漆几，其中之一就是「葵花式」。

這種植物在四川發現最早，故名蜀葵，又名戎葵，花色豔麗，自古即為觀賞名花。除花色種類繽紛外，根據花形還可區分為三大類型：一為堆盤型，外部有一輪大花瓣，中間聚集許多小花；二為重瓣型，花瓣排列

成多層；三為單瓣型，植株低矮。初夏開花，花繁葉茂，《長物志》說：「戎葵奇態百出，宜種空曠處。」而《群芳譜》云：「庭中籬下，無所不宜。」在所有的夏季花卉之中，這是最絢麗的一種，即「五月繁草，莫過於此」。

有人見蜀葵花而不識，賦詩曰：「花如木槿花相識，葉比芙蓉葉一般。五尺欄杆遮不盡，尚留一半與人看。」正確描繪出蜀葵的習性和花葉形態。歷代詩人多有詠頌，如南北朝王筠的〈蜀葵花賦〉、唐人岑參的〈蜀葵花歌〉、宋司馬光的〈蜀葵〉及明朝高磐的〈葵花〉詩等。

蜀葵

多年生草本植物，莖直立，高可達2公尺，小枝疏被短柔毛。葉大、互生、表面粗糙微皺縮，5-7淺裂，具長柄。花大，單生於葉腋或著生於枝條上部，排列成總狀；花徑8-12公分，花色絢麗；花下有小苞片6-9枚。蒴果盤狀；種子腎形，有翅。

學名：*Althaea rosea* (Linn.) Cavan
科別：錦葵科

【蒜

蒜是五辛之一，又名胡蒜、葫，原產於胡地，漢朝張騫出使西域時始帶回中原。中國原產的蒜稱為小蒜，古名又稱山蒜、蒚，孫炎注《爾雅》云：「黃帝登蒚山，遭薏芋草毒，得蒜，嚙食乃解，遂收植之，能殺腥羶蟲魚之毒。」

蒜的嫩苗可生食，是食用歷史悠久的蔬菜。蒜頭使用時必須搗碎，使其散發香味，古人就以「搗蒜」來形容磕頭的動作。《紅樓夢》第七十一回說到鴛鴦撞見司棋私情時，司棋當場「磕頭如搗蒜」求饒；第四十回劉姥姥的行酒令則有「一個蘿蔔一頭蒜」之語。

古人相信大蒜「生食增恚，熟時發淫，有損性靈」，因此佛、道家均視大蒜為葷菜。大蒜中含有大蒜素，具特殊的辛辣味，可增進食欲，並有抑菌和殺菌作用，自古即用來健胃、治瀉痢、止霍亂、解瘟疫及療瘡癬。古人遠行時常會隨身攜帶大蒜，用來加強抵抗力以克服炎風瘴雨。

蒜

二年生草本，鱗莖球形至扁球形，由5至
數十瓣狀鱗芽（蒜瓣）緊密排列而成，
每一鱗芽由兩層鱗片和一幼苗構成。葉
由葉片及葉鞘組成，葉片披針形，扁
平；葉鞘多層套合成圓筒狀，稱為假
莖。花常淡紅色，頂端有繖形花序，花
序中珠芽（氣生鱗芽）和花混生。

學名：*Allium sativum* L.
科別：百合科

【水蔥

水蔥生於水中，形狀如蔥，因而得名。
稈中空，又名翠菅，如王維詩所云：「水鷿
波兮翠菅靡，白鷺忽兮翻飛。」菅原本是指
陸生植物的芒草，在水中遠望如叢生的翠綠
色芒草，應該就是指水澤中常見的水蔥而
言。水蔥外形柔細，色澤青翠，適用來比喻
體態輕盈的小家碧玉。

第四十六回鳳姐奉承賈母將鴛鴦調理得
「水蔥兒」似的，第四十九回晴雯提起新來
的客人薛寶琴、李紋、李綺、邢岫煙，也用

像一把「四根水蔥兒」來形容。兩處都是用
水蔥來描寫姑娘的美好體態。

　　水蔥常在水中成堆成簇生長，莖稈直
立，隨風搖曳，極為美觀，常栽培供觀賞
用，古來官宦之家的庭園及風景名勝的水塘
多有栽種。稈可作為編織草席料，如唐《六
典》的記載「東牟郡歲貢蔥席六領」。蔥席
就是用水蔥編製的草席，是唐朝時獻給朝廷
的貢品，可見其細緻美觀。

　　水蔥屬藨草類，許多種類均稈細而堅
韌，如水毛花（*S. mucronatus* (L.) Palla）、
席草（*S. triqueter* (L.) Palla）等。席草至今仍

大量栽培供編織草席、草帽。

水蔥

多年生直立高草本，稈高大，圓柱狀，
高可達2公尺，平滑，基部有膜質鞘。葉
片線形，長2-10公分。有稈延長成苞片1
枚，短於花序。聚繖花序假側生，小穗
單生或2-3個簇生，具多數花；鱗片棕色
至紫褐色。小堅果倒卵形至橢圓形，長
約0.2公分。

學名：*Schoenoplectus validus* (Vahl) T.
　　　Koyama
　　　＝*S. tabernaemontani* Gmel.
科別：莎草科

一節複一節，千枝攢萬葉——漫談紅樓夢中的竹

禾本科的竹類是少數木質化的單子葉植物，全世界約有1200種，中國境內約有400種。竹類有兩種基本型態，一為合軸型（pachymoaph），一為散生型（leptomorph）。合軸型的竹地下莖粗短，新芽（筍）由側面生出，以原生竹稈為中心向外側生長新稈，呈數稈叢生狀態，因此又稱叢生竹，多生長於氣候較熱的地區，如慈竹、麻竹等。散生型竹類地下莖較細長，常在土中伸長蔓延，新芽（筍）四處冒出，形成整片竹林。此類竹稈較細，而且多生長在較冷的氣候帶，如孟宗竹、剛竹等。另外，也有兩類基本型的中間型竹類，如唐竹。

《紅樓夢》全書一共出現43回竹，前八十回中37回有竹，後四十回中6回有竹。其中景觀用竹有7回，如第十七回，賈政率賓客遊大觀園，見到「千百竿翠竹遮映」；第四十回賈母率劉姥姥到瀟湘館，進門後見兩邊「翠竹夾道」等。食用竹有5回，如寶玉在第八回所喝的酸筍雞皮湯，以及第五十八回的火腿鮮筍湯等。有竹籬、竹橋等建物4回，如第三十八回賈母一行人要去賞桂花，上了竹橋進入藕香榭的情節。全書描述最多的是包括竹帚、竹杖、竹簾、竹根香盒、竹根杯、竹椅、竹案、竹紙等，用竹製作的生活用具，共17回。另外，竹嚴寒不凋，與松、梅合稱為「歲寒三友」，深受文人喜愛，以畫竹及詠竹為樂，《紅樓夢》引述自詩文之竹也有4回。

以竹種而言，《紅樓夢》全書中製作家具用的竹類為毛竹、慈竹、麻竹等；器物用的竹種有箬竹、紫竹、玉竹等；筍用竹不外乎毛竹、麻竹等；至於觀賞用竹類的種類較多，有毛竹、斑竹、紫竹、箬竹、鳳尾竹、玉竹等，各地庭園、公園多有栽種。

慈竹

賈雨村革職除官後，在林如海家充為林黛玉的教席，閒居散步，在郊外遊覽村野風光，來到隱身於茂林修竹中的智通寺。此處所見的竹和第一回所說的竹類應為不同種，前回所述之竹為專門栽植在庭園中供觀賞用的散生小型竹類；而寺廟周圍所種之竹，作用有三：一為造景，二為區隔，三為生產竹筍，此竹宜為叢生型的巨大竹類。林黛玉故居位於華中蘇州，該地區最常見的叢生巨大竹類為慈竹等。

慈竹是華中至西南各省最普遍的竹種之一，梢端細長、弧形下垂如釣絲狀，造型特殊，極易辨識，多見栽植於農家房前屋後，專門種植在庭院四周作為圍籬。其用途亦算廣泛，稈可劈篾編製各類竹器、竹籬、竹牆或搭棚架，有時用作建築。筍味較苦，鮮筍必須及時處理才供食用。

合乎上述條件的竹種還有很多，許多刺竹屬（Bambusa spp.）植物，如孝順竹

（*B. multiplex* （Lour.）Raeusch.）、青皮竹（*B. textilis* McClure）等，以及牡竹屬（*Dendrocalamus* spp.）之麻竹等大型竹類，都有可能。

慈竹

高可達10公尺，直徑5-9公分。稈壁薄，不規則條紋上布滿黑褐色刺毛，節下有一團白色絨毛。籜革質，背面密生白色短柔毛和棕黑色刺毛；籜葉兩面均被白色刺毛，卵狀三角形。葉寬披針形，長10-30公分，寬1-3公分，先端漸尖，基部圓或楔形。

學名：*Neosinocalamus affinis* (Rendle) Keng f.

麻竹

第五十六回敘述大觀園開支太大，探春決心興利除弊。第一步就是停下浪費的支出項目，以節省開支；第二步是開源興利。大觀園各類可食的竹子很多，探春等人於是把生產竹筍的任務交給代代都管打掃竹子的老祝媽。如此做有許多好處：一是園子有專人管理，花木

自然茂盛；二是讓園中的值錢花草不致暴殄天物；三是老媽媽們可多點收入，不枉費整年在園中辛苦；四是省了花匠及打掃的工資。此回說明大觀園內的竹子，是兼具觀賞和採筍的竹種，叢生竹類之中，以麻竹最有可能。

麻竹是華中、華南各省栽培最廣的竹種。竹筍產量大，筍味甜美，各地都有生產。所產鮮筍不但行銷全國，所製筍乾、罐頭亦遠銷日本、歐美等廣大地區。

稈厚質優，材質堅韌，可作建築用材，又可用以製篾。葉形大，樹形美，亦栽植庭園供觀賞。台灣及華南地區民眾，採集麻竹葉包粽子。

散生竹類中，則以毛竹、剛竹（*P. bambusoides* Sieb. *et* Zucc.）等最有可能，兩者都是分布最廣、材質優良、筍味佳的竹種。

麻竹

單稈叢生型竹類，稈高20-30公尺，直徑15-20公分，幼時有白粉。籜厚革質，寬圓鏟形；籜葉卵形，外翻。小枝具7-8葉，葉舌突出，葉片長橢圓狀披針形，長20-40公分、寬3-8公分，基部圓，先端漸尖。

學名：*Dendrocalamus latiflorus* Munro

瀟湘竹

專為鋪陳小說情節而安排的竹種。瀟湘竹即斑竹，又名湘妃竹，因為是林黛玉的住所瀟湘館，根據小說內容需要，安排館內外都栽種瀟湘竹，營造「千點湘妃枝上淚，一聲杜宇水邊魂」的意境。第四十回劉姥姥隨著賈母到瀟湘館，進門就見到兩邊翠竹夾道；第四十五回說到秋天天氣陰晴不定，黛玉在屋裡聽見窗外竹梢蕉葉之上雨聲淅瀝。這個瀟湘館進門就見到的「翠竹」，和窗前「雨打竹梢」的竹，當是斑竹（瀟湘竹）。

根據元朝的《竹譜詳錄》所載，瀟湘竹有兩種：一種「圓而長節」，可以作傘柄、簫

笛；另一種「細小，高不過數尺」，人家「移植盆檻中，芃芃可愛」。瀟湘竹屬中至小型竹種，大觀園所植應為前述之「圓而長節」、高度較大的中型品種。

有植物學者認為，剛竹（一稱桂竹）易遭病菌感染危害，在竹稈表面留下紫褐或淡褐色斑點，這種竹類就稱為斑竹，在全中國各地栽培供觀賞。由於此斑點性狀被視為病菌所引起，所以不能做為植物分類依據。

斑竹

單稈散生竹類，高可達10餘公尺，稈徑2-5公分，幼稈綠色，成熟稈有紫褐色或淡褐色斑點，斑點形狀不規則，數量也不定。籜黃褐色，散布紫褐色斑塊和小斑點；籜葉線形，外翻。葉片披針形至狹長披針形，先端銳尖，基部鈍形，背面稍有白粉，長6-12公分、寬1.5-2公分。

學名： *Phyllostachys bambusoides* S. *et* Z. f. *larcrima-deae* Keng f. *et* Wen

紫竹

紫竹又稱黑竹、烏竹，新生竹稈呈綠色，成長後顏色漸次加深，成熟枝條及莖稈均呈黑色或紫黑色。《竹譜詳錄》說：「紫竹出江浙、兩淮，今處處有之。如笙竹、淡竹、苦竹，或大或小，但色有淺深，通名紫竹。有初綠而漸紫者，有筍出即紫者，共謂之紫竹。」可見通稱為紫竹的種類有數種，其中栽植最廣、樹姿最美且最受歡迎的還是本種。

紫竹多栽植在庭園內、山石間及牆垣下供賞玩，歷來文人雅士甚喜栽種在房宅周圍欣賞；也可栽植在草皮上或盆缽中，置於門口或廊下。

紫竹稈壁薄而性堅韌，外觀雅致，小型稈可供製簫笛、煙管、手杖、傘柄、傘骨及工藝品。浙江、福建、江蘇、安徽及江西等地產本竹極多，竹製工藝品馳名海內外，浙江溫州雨傘、杭州油紙傘等都是用紫竹製作。由竹材編製成的圍扇、摺扇也取用紫竹、斑竹、淡竹等。第七十五回中秋節前夕，賈珍等喝酒作樂，命人取紫竹簫吹奏，此簫即紫竹所製。大

型稈則供作几案、書架、椅凳等家具，精巧耐用。筍味稍苦澀，可食。

紫竹

散生竹類，稈高4-8公尺，直徑1-4公分，幼時綠色，逐漸出現紫斑，最後全變為紫黑色，稈生枝條一側有凹槽。籜紅褐色，上無斑點，或僅具細小深褐色斑點；籜葉三角狀披針形，綠色，脈紫色。末端小枝具2或3葉，葉片質薄。極少開花。

學名：*Phyllostachys nigra* (Lodd. *ex* Lindl.) Munro

箬竹

箬竹亦作篛竹，為長江流域特產。根與莖類似小竹，但葉形大、質厚而柔韌，用箬竹葉及竹篾製成之笠帽，謂之箬笠，有避雨防曬的功用。製作時，先用較強韌的竹篾製成笠帽形狀，用以強固上層的箬竹葉；接著鋪上數層葉片，以針線固定即成箬笠。與箬笠有關的詩句及圖畫，代表恬靜與悠閒。唐·張志和的

〈漁歌子〉：「青箬笠，綠蓑衣，斜風細雨不須歸。」顯然這頂箬笠是新的，因為顏色還是青綠色。《紅樓夢》也有箬笠，第四十五回的一個下著雨的黃昏，寶玉戴著大箬笠、披著蓑衣、腳上穿著棠木屐，特意去看黛玉。

箬竹屬植物，中國境內有17種，均為細小竹類，地下莖橫走地中而具有多節。葉較其他竹類寬而長，革質或紙質，大都適合製作箬笠。除箬竹（又稱米箬竹）外，尚有美麗箬竹（*I. decorus* Dai）、泡箬竹（*I. lacunosus* Wen）、闊葉箬竹（*I. latifolius* (Keng) McClure）等多種。其中分布較廣泛的箬竹、闊葉箬竹等應為歷朝詩文提及的「箬笠」之製作材料。

箬竹類的稈勻細雅致，也常用來製作筆管、菸筒或其他藝術品。葉長而寬，善避水濕，乾後有香氣，除製作斗笠外，還可用來包裹食物，有些地區就習慣用箬竹葉來包粽子。

349

箬竹

叢生之小灌木狀，高可達1.5公尺，地下莖複軸型；稈之節間約25公分，直徑0.5公分。籜鞘長於節間，上部寬鬆抱稈，下部緊密，密被紫褐色刺毛；籜葉窄披針形。小枝具2-4葉，葉鞘緊密抱莖。葉寬披形至長圓狀披針形，長20-45公分，寬4-10公分，背面灰綠色，密被貼伏狀短柔毛。

學名：*Indocalamus tessellatus* (Munro) Keng f.

鳳尾竹

第二十六回寶玉信步來到瀟湘館，看到院門前「鳳尾森森，龍吟細細」，鳳尾指的就是鳳尾竹，用森森來比喻密植成籬笆狀的鳳尾竹生長茂盛，用龍吟來形容風吹竹枝所發出的聲音。「鳳尾」有時指鳳尾蕉，即今日所稱的蘇鐵（*Cycas revoluta* Thunb.），但本回仍宜解為鳳尾竹。

鳳尾竹又稱觀音竹，是鳳凰竹（*B. multiplex* (Lour.) Raeusch）的變種。這是一種細矮竹類，所謂「長不盈丈，纖枝婀娜」。葉片細小「彷彿楊柳」，外觀甚嬌美，常種在庭院中觀賞。《竹譜詳錄》云：「鳳尾竹生江西，一如笙竹，但下邊枝葉稀少，至梢則繁茂，搖搖如鳳尾，故得此名。」

由於葉片排列宛若羽毛，可栽植在盆中賞玩，或栽於牆頭，或叢植於石岩小石之畔，均十分典雅幽致。鳳尾竹莖稈細緻，可密植、列植，且枝葉耐修剪，今人多栽植成綠籬，實用又美觀。

鳳尾竹

多年生的灌木狀竹類，稈合軸叢生，高1-2公尺，稈徑1-2公分，分枝性極低，為矮小之觀賞用竹類。葉片小，常10餘枚排列小枝上，形似羽狀複葉，小枝下部葉片逐漸枯落，而上部則陸續發生新葉，因此小枝上之葉形大小不一。籜厚紙質，籜葉三角形。

學名：*Bambusa multiplex* (Lour.) Raeusch var. *riviereorum* (R. Maire) Keng f.

毛竹

《紅樓夢》共有三十七回提到無確定種類的竹，而指名毛竹者僅有第九回。賈府學堂內，一些少不更世的子弟為了爭風吃醋，在學堂內大打出手。筆硯、書本、紙片齊飛，混亂中，金榮隨手抓了一根毛竹大板在手，茗煙結結實實地挨了一下。寶玉的茶碗砸得粉碎，秦鐘也頭破血流。

毛竹又名孟宗竹、江南竹，由於栽培時間久遠，已發展出許多栽培種，材質最好，用途最多，是中國分布最廣的竹類。幹形通直，稈材光滑堅硬，彈性又好，可供建築及製成竹筐、竹筷、竹席（簟）、竹籬、竹椅及其他家具。「稈大而厚，異於眾竹，人取以為舟」，長江以南的水鄉常以毛竹稈製作竹筏。竹筍是可食竹類中滋味最好的一種；竹篾可製成斗笠。各回中未指名竹種的食品、器物，很多應為毛竹，包括第七十五回賈母乘坐的竹椅，及第三十八回藕香榭的竹橋、竹案等。

毛竹出筍最早，冬天萌發者稱為冬筍；清明以後出筍者，謂之春筍。除了食用和製造器物外，毛竹也是重要的景觀作物。植株在地面上均勻分布，枝幹挺直，枝葉柔軟，外形嬌美，所謂「竹取長枝巨幹，以毛竹為第一」，常栽植在寺廟或官邸開闊處，形成兼具禾草和樹木外形的景觀。

毛竹

地下莖單軸散生；幼稈密被細柔毛及厚白粉，節環下也有毛，竹莖（稈）一側凹下，高8-15公尺，徑6-15公分。筍籜黃褐色至紫褐色，有黑褐色斑點，籜上密生棕色刺毛；籜葉長三角形至披針形。葉片小，披針形，長4-11公分，葉耳不明顯。

學名：*Phyllostachys pubescens* Mazel. *ex* H. *de* Lehaic

玉竹

所謂的「玉竹」，是指竹稈上生有其他顏色條紋的竹類。有些竹類的條紋寬如彩帶，有的窄如彩線，有的兼具寬細兩種條紋。條紋顏色有綠有黃，有些品種的竹稈為綠色，上面分布黃色條紋，稱為黃金間碧玉竹、玉鑲金竹、綠皮黃筋竹；有些竹稈呈金黃色，長著綠色條紋，如碧玉間黃金竹、金鑲玉竹、黃皮綠筋竹等。這些竹類除觀賞外，稈均可製造各類器具。其實，其他具有條紋的竹種不少，散生竹類和叢生竹類都有。

上述的黃金間碧玉竹和碧玉間黃金竹等，是剛竹的栽培品種；玉鑲金竹和金鑲玉竹，是黃槽竹（*P. aureosulcata* McClure）的栽培品種。《紅樓夢》所言之「玉竹」應為小型（稈細）的竹類，上述各品種竹類都有可能。叢生竹類之中最普遍的簕竹屬（*Bambusa* spp.）也有黃綠間隔條紋的觀賞竹類，如撐篙竹、桂綠竹等。不過叢生竹多生長在華南，在冬季會下大雪的地區不易見到。

黃金間碧玉竹

稈高可達8公尺，直徑1-3公分，節間長10-20公分。稈黃，節間溝槽綠色；或有時綠色條紋出現在槽外，幼稈有白粉。籜耳長卵形，上有長毛；籜葉矛頭狀至狹三角形。籜與稈環同高，淡橄欖色並間有淡綠色至乳白色之縱條紋；葉片表面無毛，背面基部微有柔毛。

學名：*Phyllostachys aureosulcata* McClure f. *spectabilis* Chut *et* Chao

351

《紅樓夢》全書提到的方劑及藥材

藥方名稱	藥材組成	出現回次	備註
人參養榮丸	黃耆、肉桂、當歸、 白芍、熟地、人參、白朮、 茯苓、甘草、五味子、 遠志、薑、棗等	3	
冷香丸	白牡丹花、白荷花、白芙蓉花、白梅花	7	作者杜撰的藥方
益氣養榮補脾和肝湯	人參、白朮、茯苓、熟地黃、 當歸、白芍、川芎、黃耆、 香附子、柴胡、山藥、阿膠、 延胡索、甘草、紅棗等	10	
獨參湯	人參	12	
延年神驗萬全丹	無固定組成	27	
八珍益母丸	益母草、人參、白朮、茯苓、 甘草、當歸、芍藥、川芎等	28	
左歸丸	地黃、山藥、枸杞、山茱萸、牛膝、 菟絲子（和鹿膠、兔膠等）	28	
右歸丸	地黃、山藥、枸杞、山茱萸、兔絲子、 杜仲、肉桂、香附子（和鹿膠等）	28	
麥味地黃丸	麥門冬、五味子、山茱萸、地黃、 茯苓、澤瀉、牡丹、山藥等	28	
金剛丸	萆薢、杜仲、肉蓯蓉、兔絲子、 巴戟天（和紫河車等）	28	
菩薩散	蒺藜、防風、蒼朮、荊芥、甘草等	28	
天王補心丹	人參、玄參、丹參、茯苓、 五味子、遠志、桔梗、當歸、 麥門冬、天門冬、柏子仁、 酸棗仁、生地黃等	28	
頭胎紫河車	無植物（紫河車等）	28	動物藥材
香薷飲	香薷、白扁豆、厚朴	29	
香雪潤津丹	處方不詳	30	

藥方名稱	藥材組成	出現回次	備註
山羊血黎洞丸	冰片（龍腦香）、阿魏、大黃、兒茶、三七、沒藥、乳香等植物藥材（及牛黃、麝香、血竭等）	31	
梅花貼舌丹	乳香、沒藥、梅花等植物藥材（及硼砂、蟾蜍、牛黃、珍珠、麝香、熊膽等）	42	
紫金錠	山慈菇、大戟、千金子（及雄黃、麝香等）	42	
活絡丹	烏頭、南星（及地龍）	42	
催生保命丹	處方不詳	42	
祛邪守靈丹	不定	57	
開竅通神散	處方不詳	57	
調經養榮丸	人參、當歸等	77	
療妒湯	梨、陳皮	80	作者杜撰的藥方
黑逍遙	甘草、當歸、茯苓、芍藥、白朮、柴胡、薑、薄荷等	83	
歸脾（肺）湯	白朮、茯神、黃耆、龍眼、棗、人參、木香、甘草、當歸、遠志等	83	
固金湯	地黃、麥門冬、貝母、百合、當歸、白芍、甘草、玄參、桔梗等	83	
四神散	冰片（龍腦香）（及牛黃、珍珠、朱砂等）	84	
十香返魂丹	沉香、丁香、乳香、檀香、青木香、栝蔞、藿香、香附子、降真香、蓮子、訶梨勒、鬱金、天麻、甘草、蘇合香、安息香、冰片（及礜、礞石、麝香、琥珀、朱砂、牛黃等）	91	
至寶丹	龍腦香、安息香（及犀角、玳瑁、琥珀、朱砂、雄黃、金箔、銀箔、麝香、牛黃等）	91	

353

索引

354

355

學名對照

Chloris virgata Swartz 虎尾草

Chrysanthemum morifolium Ramat. 菊

Cinnamomum cassia Presl. 肉桂

Citrullus lanatus (Thunb.) Mansfeld 西瓜

Citrus aurantium L. 酸橙

Citrus aurantium L. var. *amara* Engl. 玳玳花

Citrus erythrosa Tanaka 朱橘

Citrus grandis (L.) Osbeck 柚

Citrus medica L. 枸櫞

Citrus medica L. var. *sarcodactylis* (Noot.) Swingle 佛手柑

Citrus ponki Tanaka 甜橘

Citrus reticulata Blanco 橘

Citrus sinensis (L.) Osb. 甜橙

Citrus tangerina Hort. *et* Tanaka 福橘

Citrus unshiu Marcor. 溫州蜜柑

Codium fragile (Sur.) Hariot 刺松藻

Coix laeryma-jobi L. 薏苡

Colocasia esculenta (L.) Schott 芋

Coptis chinensis Franch. 黃連

Coptis deltoidea Cheng et Hsiao 三角葉黃連

Coptis teetoides C.Y. Cheng 雲南黃連

Cornus officinalis Sieb. & Zucc. 山茱萸

Corydalis arabigua (Pallas) Cham. *et* Schlecht. 東北延胡索

Corydalis bulbosa DC. 山延胡索

Corydalis yanhusuo Wang 延胡索

Corylus avellana L. 歐洲榛

Corylus chinensis Franch. 華榛

Corylus fargesii Schneid 披針葉榛

Corylus ferox Wall. 刺榛

Corylus heterophylla Fisch. 榛

Corylus mandshurica Maxim. *et* Rupr. 毛榛

Corylus tibetica Batal. 藏榛

Corylus wangii Hu 維西榛

Corylus yunnanensis A. Camus 滇榛

Corypha umbraculifera L. 貝葉棕

Cryptotaenia japonica Hassk. 鴨兒芹

Cucumis melo L. 甜瓜

Cucumis melo L. var. *conomon* 越瓜

Cucumis sativus L. 黃瓜

Cucurbita moschata Duch. 南瓜

Cudrania tricuspidata (Carr.) Bureau *ex* Lavall. 柘樹

Cunninghamia lanceolata (Lamb.) 杉木

Cunninghamia lanceolata (Lamb.) Hook. cv. Mollifolia 軟葉杉木

Cunninghamia lanceolata (Lamb.) Hook. cv. Glauca 灰葉杉木

Cupressus funebris Endl. 柏木

Cuscuta australis R.Br. 南方菟絲子

Cuscuta chinensis Lam. 菟絲

Cuscuta japonica Choisy 大菟絲子

Cuscuta reflexa Roxb. 大花菟絲子

Cymbidium ensifolium (L.) Sw. 建蘭

Cymbidium faberi Rolfe 蕙蘭

Cymbidium faberi Rolfe 蘭花

Cymbidium goeringii (Rchb. f.) Rchb. f. 春蘭

Cymbidium kanran Makino） 寒蘭

Cymbidium sinense (Andr.) Willd. 墨蘭

Cymbopogon citratus (DC.) Stapf 檸檬香茅

Cymbopogon distans (Nees) A. Camus 芸香草

Cyperus rotundus Linn. 香附子

D

Daemonorops margaritae (Hance) Becc. 黃藤

Dalbergia fusca Pierre 黑黃檀

Dalbergia odorifera T. Chen 降香黃檀

Datura stramonium L. 曼陀羅

Delbergia odorifera T. Chen 降香黃檀

Dendrocalumus laliflora Munro 麻竹

Dimocarpus longana Lour. 龍眼

Dioscorea alata L. 野山藥；參薯

Dioscorea bulbifera L. 黃獨

Dioscorea japonica Thunb. 山藥

Dioscorea opposita Thunb. 山藥

Diospyros diocolor Willd. 毛柿

Diospyros ebenum Koenig 黑檀

Dryobalanops aromatica Gaertn. f 龍腦香

Dryobalanops sumatrensis (Gmelin) Kosterm. 龍腦香

E

Echinochloa colonum (L.) Link. 芒稷

Echinochloa crusgalli (L.) Beauv. 稗

Echinochloa crusgalli (L.) Beauv. var. *breviseta* (Doell) Neilr. 短芒稗

Echinochloa crusgalli (L.) Beauv. var. hispidula (Retz.) Hack. 旱稗

Echinochloa crusgalli (L.) Beauv. var. *mitis* (Pursh) Peterm. 無芒稗

Echinochloa crusgalli (L.) Beauv. var.

zelayensis (H.B.K.) Hitchc. 西來稗

Ecklonia kurome Okam. 鵝掌菜

Elsholtzia densa Benth. 密花香薷

Elsholtzia E. ciliata (Thunb.) Hyland 香薷

Elsholtzia splendens Nakai *ex* F. Maekawa 海州香薷

Elymus sibiricus L. 老芒麥

Ephedra equisetina Bunge 木賊麻黃

Ephedra gerardiana Wall. 矮麻黃

Ephedra intermedia Schrenk *et* Mey. 中麻黃

Ephedra sinica Stapf. 麻黃

Eragrostis cilianensis (All.) Link 大畫眉草

Eragrostis pilosa (L.) Beauv. 畫眉草

Eragrostis poaeoides Beauv. 小畫眉草

Erigeron acer L. 飛蓬

Eriobotrya japonica Lindl. 枇杷

Eulaliopsis binata (Retz.) C.E. Hubb. 蓑草

Eupatorium japonicum Thunb. 澤蘭

Euphoria longana (Lour.) Steud. 龍眼

Euryale ferox Salisb. 芡

Evodia rutaecarpa Hook. f. *et* Thoms. 吳茱萸

F, G

Ficus pumila L. 薜荔

Ficus religiosa L. 菩提樹.

Firmiana simplex (L.) F. W. Wight 梧桐

Ganoderma japanicum (Fr.) Lloyd 紫芝

Ganoderma lucidum (Leyss. *ex* Fr.) Karst. 靈芝

Garcinia hanburyi Hook. f. 藤黃

Ginkgo biloba L. 銀杏

Glycine max (L.) Merr. 黃豆

Glycyrrhiza glabra L. 光果甘草

Glycyrrhiza inflata Batal. 脹果甘草

Glycyrrhiza kansurnsis Chang *et* Peng 黃甘草

Glycyrrhiza uralensis Fisch. 甘草

Glyptostrobus pensilis Koch. 水松

Gossypium arboreum L. 亞洲棉

Gossypium barbadense L. 海島棉

Gossypium herbaceum L. 草棉

Gossypium hirsutum Linn. 陸地棉

H

Hemerocallis citrina Baroni
黃花菜；金針菜

Hemerocallis fulva (L.) L. 萱草

Hemerocallis fulva (L.) L. var. kwanso
Regel 千葉萱草

Hemerocallis fulva (L.) L. var. longituba
Miq. 長筒萱草

Hemerocallis fulva (L.) L. var. rosea
Stout 玫瑰紅萱草

Hemerocallis lilio-asphodelus L.
北黃花菜；黃花萱草

Hemerocallis minor Mill. 小黃花菜

Hibiscus mutabilis L. 木芙蓉

Hibiscus syriacus L. 木槿

Hippuris vulgaris L. 杉葉藻

Hosta plantaginea (Lam.) Aschers.
玉簪

Hosta ventricosa (Salisb.) Stearn.
紫玉簪

I, J

Impatiens balsamina Linn. 鳳仙花

Imperata cylindrical (L.) Beauv. 白茅

Indigofera tinctoric L. 木藍

Indocalamus decorus Dai 美麗箬竹

Indocalamus lacunosus Wen 泡箬竹

Indocalamus latifolius (Keng) McClure
闊葉箬竹

Indocalamus tessellatus (Munro) Keng
f. 箬竹

Jasminum sambac (L.) Ait. 茉莉

Juglans regia L. 核桃；胡桃

Juniperus chinensis L. 圓柏

L

Lablab purpuveus (L.) Sweet 扁豆

Lagenaria siceraria (Molina) Standley
瓠瓜

Lagenaria siceraria (Molina) Standley
var. clavata Makino 瓠子

Lagenaria siceraria (Molina) Standley
var. cougourda Makino 長頸葫蘆

Lagenaria siceraria (Molina) Standley
var. depressa Makino 大葫蘆

Lagenaria siceraria (Molina) Standley
var. gourda Makino 細腰葫蘆

Lagenaria siceraria (Molina) Standley
var. microcarpa Makino 觀賞腰葫蘆

Laminaria japonica Aresch. 海帶

Ledebouriella seseloides Wolff. 防風

Lemna minor L. 浮萍

Lentinus edodes (Berk.) Sing 香菇

Leonurus japonicus Houtt. 益母草

Leonurus sibiricus L. 細葉益母草

Ligusticum acutilobum S. et Z.
日本當歸

Ligusticum brachylobum Franch.
川防風

Ligusticum chuanxiong Hort. 芎藭

Liquidambar formosana Hance 楓香

Liriope minor (Maxim) Mak.
小葉麥門冬

Liriope platyphylla Wang et Tang 闊葉
麥門冬

Liriope spicata Lour. 大葉麥門冬

Litchi chinensis Sonn. 荔枝

Livistona chinensis (Jacq.) R. Br. 蒲葵

Lonicera japonica Thunb. 金銀花

Loranthus tanakae Franch. et Sav.
桑寄生

Lycium barbarum L. 寧夏枸杞

Lycium chinense Mill. 枸杞

Lycium dasystemum Pojark. 毛蕊枸杞

Lycium potaninii Pojank 西北枸杞

Lycium turcomanicum Turcz.
土庫曼枸杞

Lycium. potaninii Pojark. 西北枸杞

Lycoris aurea (L'Herit) Herb. 金花石蒜

Lysimachia foenumgraecum Hance
靈陵香

M

Magnolia biondii Pamp. 望春玉蘭

Magnolia biondii Pamp. 望春花

Magnolia campbellii Hook. f. et Thoms.
滇藏厚朴

Magnolia delavayi Franch 山玉蘭

Magnolia denudata Desr. 木蘭

Magnolia denudata Desr. var.
purpurascens Rehd. et Wils.
紫花玉蘭

Magnolia liliflora Desr. 辛夷

Magnolia officinalis Rehd. et Wils.
厚朴

Magnolia officinalis Rehd. et Wils. var.
buloba Rehd. et Wils. 凹葉厚朴

Magnolia rostrata W. W. Sm. 滇緬厚朴

Magnolia sprengeri Pamp. 湖北木蘭

Malus asiatica Nakai 林檎

Malus halliana Koehne 垂絲海棠

Malus komarovii (Sarg.) Rehd.
山楂海棠

Malus micromalus Mak. 西府海棠

Malus prunifolia (Willd.) Borkh. 楸子

Malus spectabilis (Ait.) Borkh. 海棠

Malus spectabilis cv. Riversii
重瓣粉海棠

Malus. baccata (L.) Barkh. 山荊子

Marchantia polymorpha L. 地錢

Marsilea quadrifolia L. 田字草

Millettia reticulata Benth. 雞血藤

Mirabilis jalapa L. 紫茉莉

Miscanthus sinensis Anderss. 芒

Morus alba L. 桑樹

Mosla chinensis Maxim. 石香薷

Musa basjoo Sieb. & Zucc. 芭蕉

Musa nana Lour 香蕉

Musa sapientum L. 大蕉；甘蕉

Myriophyllum propinquum A. Cunn.
烏蘇里狐尾藻

Myriophyllum spicatum L. 聚藻

Myriophyllum verticillatum L. 狐尾藻

N

Narcissus pseudo-narcissus L. 洋水仙

Narcissus tazetta L. var. chinensis
Roem. 水仙

Nelumbo nucifera Gaertn. 荷

Neosinocalamus affinis (Rendle) Keng
f. 慈竹

Nepeta cataria Linn. 假荊芥

Nepeta tenuifolia Benth. 荊芥

Nymphaea alba L. 白睡蓮

Nymphaea caerulea Savigny. 藍睡蓮

Nymphaea odorata Ait. 香睡蓮

Nymphaea rubra Roxb. 紅花睡蓮

Nymphaea tetragona Georg. 睡蓮

Nymphoides peltatum (Gmel.) O.
Kuntze 荇菜

O, P

Ocimum basilicum L. 羅勒

Oenanthe javanica (Blume) DC. 水芹

Ophiopogon japonicus (L. f.)
Ker-Gawl. 麥門冬

Ormosia henryi Prain 花欄木

Ormosia hosiei Hemsl. et Wils. 紅豆樹

Oryza glaberrima Steud. 非洲稻

Oryza rufipogon Griff. 野生稻

Oryza sativa L. 亞洲稻

Oryza sativa L. 稻

Osmanthus fragrans (Thunb.) Lour.
桂花

Paeonia lactiflora Pallas 芍藥

Paeonia sterniana Fletcher 白花芍藥

Paeonia suffruticosa Andr. 牡丹

Panax ginseng C. A. Mey. 人參

Panicum miliaceum L. 黍；小米
Passiflora caerulea L. 紫西番蓮
Passiflora edulis Sims. 西番蓮
Passiflora laurifolia L. 樟葉西番蓮
Passiflora ligularis Juss. 甜果西番蓮
Passiflora manicata Pers. 紅花西番蓮
Passiflora quadrangularis L.
　大果西番蓮
Passiflora violacea Vell. 藍冠西番蓮
Passiflora vitifolia HBK. 葡萄葉西番蓮
Pennisetum alopecuroides (L.)
　Spreng. 狼尾草
Pennisetum centrasiaticum Tzvel.
　白草
Perilla frutescens (Linn.) Britt. 白蘇
Perilla frutescens (Linn.) Britt.var.
　arguta (Benth.) Hand. –Mazz 紫蘇
Phaseolus radiatus L. 綠豆
Phellodendron amurense Rupr. 黃蘗
Phoebe chinensis Chum 山楠
Phoebe faberi (Hemsl.) Chun 竹葉楠
Phoebe nanmu (Oliv.) Gamble 滇楠
Phoebe sheareri (Hemsl.) Gamble
　紫楠
Phoebe zhennan S. Lee & F. N. Wei
　楨楠
Photinia serrulata Lindl. 石楠
Phragmites communis (L.) Trin. 蘆葦
Phyllostachys aureosulcata McClure
　黃槽竹
Phyllostachys aureosulcata McClure f.
　spectabilis Chut et Chao
　黃金間碧玉竹
Phyllostachys bambusoides S. et Z. f.
　larcrima-deae Keng f. et Wen 斑竹
Phyllostachys bambusoides Sieb. et
　Zucc. 剛竹；桂竹
Phyllostachys flexuosa A. & C. Riv.
　甜竹
Phyllostachys glauca McClure f.
　yunzhu 筠竹
Phyllostachys nigra (Lodd. ex Lindl.)
　Munro 紫竹
Phyllostachys pubescens Mazel. ex H.
　de Lehaic 毛竹；孟宗竹
Phyllostachys reticulata (Rupr.) Carr. f.
　tanakae 日向斑竹
Phyllostachys sulphurea (Carr.) A. et
　C. Riv. 金竹
Phyllostachys yunhoensis Chen et Yao
　雲和哺雞竹
Pinus armandi Franch. 華山松
Pinus koraiensis Sieb. et Zucc. 海松
Pinus massoniana Lamb. 馬尾松

Pinus thunbergii Parl. 黑松
Piper betle L. 蒟醬
Platycodon grandiflorus (Jacq.) A.DC.
　桔梗
Podocarpus imbricatus Bl. 雞毛松
Podocarpus macrophyllus (Thunb.) D.
　Don 羅漢松
Podocarpus macrophyllus (Thunb.) D.
　Don cv. Argentens 斑葉羅漢松
Podocarpus macrophyllus (Thunb.) D.
　Don f. condensatus 短尖葉羅漢松
Podocarpus macrophyllus (Thunb.) D.
　Don var. angustifolius Bl.
　狹葉羅漢松
Podocarpus macrophyllus (Thunb.) D.
　Don var. maki Endl. 短葉羅漢松
Pogonatum inflexum (Lindb.) Lac.
　小金髮蘚
Pogostemon cablin (Blanco) Benth.
　廣藿香
Polygonatum humile Fisch.）小玉竹
Polygonatum macropodum Turcz.
　熱河黃精
Polygonatum odoratum (Mill.) Druse
　葳蕤
Polygonatum pratu Baker 康定玉竹
Polygonum mutiflorum Thunb 何首烏.
Polygonum orientale L. 紅蓼
Polygonum tinctorium L. 蓼藍
Poncirus trifoliata (L.) Raf. 枸橘
Populus tomentosa Carr. 白楊
Poria cocos (Schw.) Wolf 茯苓
Porphyra crispate Kjellm. 皺葉紫菜
Porphyra dentate Kjellm. 長葉紫菜
Porphyra suborbiculata Kjellm. 圓紫菜
Porphyra tenera Kjellm. 紫菜
Potamogeton crispus Linn. 菹草
Prunus americana March. 美洲李
Prunus armeniaca L. 杏
Prunus armeniaca L. 重瓣杏
Prunus armeniaca L. var. ansu Maxim.
　山杏
Prunus armeniaca L. var. pendula
　Rehd. 垂枝杏
Prunus armeniaca L. var. variegata
　斑葉杏
Prunus domestica L. 歐洲李
Prunus mume Sieb. et Zucc. 梅花
Prunus nigra Ait. 加拿大李
Prunus persica (L.) Batsch. 碧桃
Prunus pseudocerasus Lindl. 櫻桃
Prunus salicina Lindl. 李
Pterocarpus indicus Willd. 印度紫檀

Pterocarpus santalinus Linn. f. 紫檀
Pterocarpus vidalianus Rolfe.
　菲律賓紫檀
Pueraria lobata (Wild.) Ohwi 葛藤
Punica granatum L. 石榴
Pyrus bretschneideri Rehd. 白梨
Pyrus communis L. 西洋梨
Pyrus pyrifolia (Burm. f.) Nakai 沙梨
Pyrus sinkiangensis Yu 新疆梨
Pyrus ussuriensis Maxim. 秋子梨

Q, R

Quercus acutissima Carruth. 麻櫟
Quercus dentata Thunb. 槲樹
Quercus glandulifera Bl. 枹櫟
Quercus mongolia Fisch. & Turcz.
　蒙古櫟
Quercus varlablilis Bl. 栓皮櫟
Raphanus sativus L. 蘿蔔
Rehmannia glutinosa Libosch. 地黃
Reineckia carnea (Andr.) Kunth.
　吉祥草
Rhapis excelsa (Thunb.) Henry ex
　Rehd. 棕竹
Rhapis excelsa (Thunb.) Henry ex
　Rehd. cv. Variegata 斑葉棕竹
Rhapis gracilis Burret 細棕竹
Rhapis humilis Blume 矮棕竹
Rosa banksiae Ait. 木香
Rosa centifolia L. 洋薔薇
Rosa chinensis Jacq. 月季
Rosa hybrid 雜交玫瑰
Rosa multiflora Thunb. 薔薇
Rosa multiflora Thunb. var. albo-plena
　Yu et Ku 白玉堂
Rosa multiflora Thunb. var. carnea
　Thory 姐妹花
Rosa multiflora Thunb. var.
　cathayensis Rehd. et Wils.
　粉團薔薇；紅刺玫
Rosa multiflora Thunb. var.
　wichuraiana Crep. 光葉薔薇
Rosa rubus Levl.et Vant. 懸鉤子薔薇
Rosa rugosa Thunb. 玫瑰
Rosa rugosa Thunb. var. alba 白玫瑰
Rosa rugosa Thunb. var. plenareg
　重瓣紫玫瑰
Rosa rugosa Thunb. var. rosea
　紅玫瑰
Rosa rugosa Thunb. var. typical
　紫玫瑰
Rubia cordifolia L. 茜草

Rubus rosaefolius Smith var. *coronarius* (Sims.) Focke
重瓣空心泡

Ruta graveolens L. 芸香

S

Salix babylonica L. 垂柳

Salix gracilistyla Miq. 細柱柳；銀柳

Salix integra Thunb. 杞柳

Salix koreensis Anderss. 朝鮮柳

Salix lineariistipularis (Franch.) Hao 筐柳

Salix matsudana Koidz. 旱柳

Salix matsudana Koidz. 旱柳

Salix suchowensis Cheng 簸箕柳

Salix wallichiana Anderss. 皂柳

Sanicula chinensis Bunge 山芹菜

Santalum album L. 檀香

Saposhnikovia divaricata (Turcz.) Schischk. 防風

Sargassum enerve C. Ag. 馬尾藻

Sargassum fusihorme (Harv) Setch . 羊栖菜

Sargassum pallidum (Turn.) C. Ag. 海蒿子

Sargassum tortile C. Ag. 三角藻

Schizonepeta multifida (L.) Briq. 裂葉荊芥

Schizonepeta tenuifolia (Benth.) Briq. 荊芥

Schoenoplectus mucronatus (L.) Palla 水毛花

Schoenoplectus tabernaemontani Gmel. 水蔥

Schoenoplectus triqueter (L.) Palla 席草

Schoenoplectus triqueter (L.) Palla 蒲草；藨草

Schoenoplectus validus (Vahl) T. Koyama 水蔥

Scirpus cyperinus (Vahl) Suringar. 莎草

Sesamum indicum L. 芝麻

Seseli delavayi Franch. 竹葉防風；雲防風

Setaria glauca (L.) Beav. 金色狗尾草

Setaria miliacem L. 小米

Setaria viridis (L.) Beauv. 狗尾草

Shorea robusta Gaertn. 婆羅雙

Solanum melongena L. 茄

Solanum melongena L. var. *depressum* Bailey 矮茄

Solanum melongena L. var.

esculentum Bailey 圓茄

Solanum melongena L. var. *serpentinum* Bailey 長茄

Sophora japonica Linn. 槐樹

Spirodela polyrrhiza (L.) Scheid. 紫萍

Strobilanthes cusia (Nees) Kuntze 馬藍

Styrax benzoin Dryand 蘇門答臘安息香

Styrax benzoindides Craib 泰國安息香

Styrax hypoglaucus Perk. 白葉安息香；白花樹

Styrax tonkinensis (Pierre) Craib *ex* Hartwiss 安息香

Syringa × *chinensis* 什錦丁香

Syringa meyeri Sch. 藍丁香

Syringa microphylla Diels. 小葉丁香

Syringa oblata Lindl. 紫丁香

Syringa oblata Lindl.var. *alba* Hort. *ex* Rehd. 白丁香

T

Tamarix chinensis Lour. 檉柳

Tetrapanax papyriferus (Hook.) K. Koch. 蓪草

Thuja orientalis L. 側柏

Tilia mandshurica Rupr. & Maxim. 糠椴

Torreya grandis Fort. *ex* Lindl. 香榧

Toxicodendron vernicifluum (Stokes) F.A. Barkley 漆樹

Trachycarpus (Hook.) H. Wendl. 棕櫚

Trapa bispinosa Roxb. 兩角菱

Trapa bispinosa Roxb. 菱

Trapa natans L. var. *inermis* Mao 圓角菱；無角菱

Trapa quadrispinosa Roxb. 四角菱

Triarrhena sacchariflorus (Maxim.) Nakai 荻

Tribulus cistoides L. 大花蒺藜

Tribulus terrestris L. 蒺藜

Triticum aestivum (L.) Thell 小麥

Typha latifolia L. 香蒲

Typha orientalis Presl. 香蒲

U, V

Ulmus pumila L. 榆樹

Uncaria hirsuta Havil 毛鉤藤

Uncaria macrophylla Wall. 大葉鉤藤

Uncaria rhynchophylla (Miq.) Jacks. 鉤藤

Uncaria sessilifructus Roxb. 無柄果鉤藤

Uncaria sinensis (Oliv.) Havi 華鉤藤

Usnea diffracta Vain. 松蘿

Usnea longissima Ach. 長松蘿

Vigna radiatus (Linn.) Wilczek 綠豆

Vigna sinensis (L.) Savi. 豇豆

Vigna unguiculata (Linn.) Walp. 豇豆

Vigna unguiculata (Linn.) Walp. supsp. *cylidrica* (Linn.) Verdc. 短豇豆

Vigna unguicullata (Linn.) Walp. supsp. *sesquipedalis* (Linn.) Verdc. 菜豇豆；長豇豆菜

Vitex negundo Linn. 黃荊

Vitex negundo Linn. f. *alba* Pei. 白毛黃荊

Vitex negundo Linn. f. *laxipaniculata* Pei 疏序黃荊

Vitex negundo Linn. var. *cannabifolia* (Sieb. *et* Zucc.) Hand.-Mazz. 牡荊

Vitex negundo Linn. var. *heterophylla* (Franch.) Rehd. 荊條

Vitex negundo Linn. var. *micophylla* Hand.-Mazz. 小葉荊

Vitex negundo Linn. var. *thyrsoides* Pei *et* S. 擬黃荊

Vitis vinifera L. 葡萄

W, X, Z

W. floribunda (Will.) DC. 多花紫藤

Wisteria sinensis (SimS) Sweet. 紫藤

Wisteria venusta Rehd. *et* Wils. 白花藤

Wisteria villosa Rehd. 藤蘿

Wolffia arrhiza (L.) Wimm. 無根萍

Xanthium sibiricum Patrin. 蒼耳

Zanthoxylum ailanthoides S. & Z. 食茱萸

Zanthoxylum bungeanum Maxim. 花椒

Zingiber officinale Rosc. 薑

Ziziphus jujuba Mill. var. *spinosa* (Bunge) Hu *ex* H.F. Chow 酸棗

Zizyphus jujube Mill. 棗

Zostera marina L. 大葉藻

參考書目

南北朝梁・陶弘景／名醫別錄（緝校本）／尚志鈞緝校／北京人民衛生出版社

宋・寇宗奭／本草衍義／清・陸心源刻／台北廣文書局，1981年影印本

宋・蘇頌／本草圖經／尚志鈞緝校／安徽科學技術出版社，1994年排印本

宋・陳敬／新纂香譜／嚴小青譯注／北京中華書局，2012年排印本

明・文震亨／長物志／陳植校注／江蘇科學技術出版社，1984年排印本

明・王象晉／群芳譜／伊欽恆注釋／北京農業出版社，1985年排印本

明・朱橚／救荒本草／倪根金、張翠君校注／台北宇河文化出版，2010年排印本

明・李時珍／本草綱目／清・張紹棠刻本／台北國立中國醫藥研究所，1976年影印本

清・顧觀光輯／神農本草經／楊鵬舉校注／北京學苑出版社，2010年排印本

清・愛新覺羅・玄燁康熙几暇格物篇／上海古籍出版社，2007年排印本

清・張宗法／三農紀／鄒介正、劉乃壯、謝庚華、江君謨校釋／北京農業出版社，1989年排印本

清・李調元／粵東筆記／台北新文豐出版公司，979年影印本

王齊洲、余蘭蘭、李曉暉／紅樓夢與民俗文化／黑龍江人民出版社，2003

王錫全、孫茂實／雲南果梅與花梅／雲南人民出版社，1997

王從仁／清茶文化／台北商務印書館，1992

江蘇新醫學院中藥大辭典（上冊＋下冊）／上海科學技術出版社，1986

朱太平、劉亮、朱明／中國資源植物／北京科學出版社，2007

任仁安、陳瑞華等／中藥鑑定學／上海科學技術出版社，1986

任百尊等／中國食經／上海文化出版社，1999

何小顏／花與中國文化 北京人民出版社1999。

肖陪根等／新編中藥志／第一卷＋第二卷＋第三卷／北京化學工業出版社，2002

林冠夫／樓夢版本論／北京文化藝術出版社，2007

林耀然／品與香器使用大全／陝西師範大學出版社，2011

邱龐同／國菜餚史／青島出版社，2010

胡玉康／戰國秦漢漆器藝術／陝西人民美術出版社，2003

宣建人／紅樓夢雜記／台北黎明文化事業，1993

袁濤、趙孝知、李豐剛、趙衛／百花盆栽解說叢書／北京中國林業出版社，2004

秦一民／紅樓夢飲食／台北大地出版社，1990

馬芬妹／青出於藍－台灣藍染技術系譜與藍染工藝之美／台灣省手工業研究所，1999

孫遜主編／紅樓夢鑑賞辭典／上海漢語大詞典出版社，2005

陳詔／紅樓夢小考／上海書店出版社，1999

陳詔／紅樓夢的飲食文化／台北商務印書館，1995

梁中民、廖國楣／花埭百花詩箋注／清・梁修撰／廣東高等教育出版社，1989

張豐吉／台灣編織植物纖維研究／台中縣立文化中心，2000

張義君／百花盆栽解說叢書–荷花／北京中國林業出版社，2004

張梵、姜躍進／沉香收藏入門百科／北京化學工業出版社，2013

姬曉安／現代茶經／北京中國畫報出版社，2010

馮其庸、李希凡主編／紅樓夢大辭典／北京文化藝術出版社

舒迎瀾／古代花卉／北京農業出版社，1993

游修齡、曾雄生／中國稻作文化史／上海人民出版社，2010

楊鴻勛／園林史話／台北國家出版社，2004

鄧雲鄉／紅樓夢風俗談／台灣中華書局，1989

趙榮光／中國古代庶民飲食生活／台北商務印書館，1998。

劉修明／中國古代飲茶與茶館／台北商務印書館，1998

劉鵬等／中國現代紅木家具第二版／北京中國林業出版社，2010

蔡景仙等／紫檀木收藏與鑑定／遼寧遼海出版社，2011

《紅樓夢植物圖鑑》 2.0版 YN4006X

作　　者　潘富俊
企畫主編　謝宜英
特約執編　莊雪珠
校　　對　潘富俊、莊雪珠、謝宜英
美術設計　吳文綺
協　　力　張曉君
總 編 輯　謝宜英
行　　銷　張芝瑜
助　　理　林智萱

出 版 者　貓頭鷹出版
發 行 人　涂玉雲
發　　行　英屬蓋曼群島商家庭傳媒股份有限公司城邦分公司
　　　　　104台北市中山區民生東路二段141號2樓劃撥帳號：19863813
　　　　　戶名：書虫股份有限公司
城邦讀書花園：www.cite.com.tw
購書服務信箱：service@readingclub.com.tw
購書服務專線：02-25007718～9（週一至週五上午09:30-12:00；下午13:30-17:00）
24小時傳真專線：02-25001990～1
香港發行所　城邦（香港）出版集團／電話：852-25086231／傳真：852-25789337
馬新發行所　城邦（馬新）出版集團／電話：603-90578822／傳真：603-90576622
印 製 廠　成陽彩色製版印刷股份有限公司
初　　版　2004年9月
二　　版　2014年1月
定　　價　新台幣600元／港幣200元
ISBN 978-986-262-194-3

讀者意見信箱　owl@cph.com.tw
貓頭鷹知識網　http://www.owls.tw
歡迎上網訂購；大量團購請洽專線02-25007696轉2725

國家圖書館出版品預行編目(CIP)資料

紅樓夢植物圖鑑 / 潘富俊著.攝影. -- 二版. -- 臺北市：
貓頭鷹出版：家庭傳媒城邦分公司發行, 2014.01
　面；　公分　2.0版
ISBN 978-986-262-194-3(精裝)

1.紅樓夢 2.文學評論 3.植物圖鑑

857.49

102026726